Rares furent les déceptions

Du même auteur
chez le même éditeur

Blaireau se cache
Coyote attend
Dieu-qui-parle
Femme-qui-écoute
La Mouche sur le mur
L'Homme Squelette
Là où dansent les morts
La Trilogie Jim Chee (incluant *Le Peuple des ténèbres*)
La Trilogie Joe Leaphorn
La Voie de l'ennemi
La Voie du fantôme
Le Cochon sinistre
Le Garçon qui inventa la libellule
Le Grand Vol de la banque de Taos
Le Peuple des ténèbres
Le Premier Aigle
Les Clowns sacrés
Le Vent qui gémit
Le Vent sombre
Le Voleur de temps
Moon
Porteurs-de-Peau
Suite navajo 1
Un homme est tombé

Tony Hillerman

Rares furent les déceptions

Traduit de l'anglais (États-Unis)
par Danièle et Pierre Bondil

Collection dirigée par François Guérif

Rivages/noir

Retrouvez l'ensemble des parutions
des Éditions Payot & Rivages sur

www.payot-rivages.fr

Titre original : *Seldom Disappointed*

106, boulevard Saint-Germain – 75006 Paris

ISBN : 2-7436-1547-8
ISSN : 0764-7786

À Marie, qui a voulu que j'écrive ce livre, et à tous mes collègues écrivains, ceux qui voudraient l'être, le devraient, le seront et l'ont été, tous inclus, je dédie cet essai. Vous savez, vous, que cela n'a rien de facile. Je vous souhaite autant de chance que j'en ai eu.

1

La pastèque de papa… et ce qui s'ensuivit

Dehors, en cette matinée du Nouveau-Mexique, les pissenlits ajoutent à notre jardin une couleur festive tandis qu'assis dans la maison je sonde ma mémoire en quête d'éléments autobiographiques lointains dont je vais pouvoir me servir. Je souhaite que ce livre soit une succession d'événements heureux aux conséquences bénéfiques, mais mon esprit ne fait resurgir que fiascos et mésaventures.

Le premier souvenir qui me vient remonte à un dimanche torride où je suis assis sur les marches de notre maison, à Sacred Heart, dans l'Oklahoma, et je regarde papa qui avance à pas lourds à la limite de la section[1] en portant une énorme pastèque diamant noir dans ses bras. C'est le fruit le plus délicieux que connaisse l'espèce humaine et ce spécimen était plus qu'une pastèque normale. Papa l'avait choyée tout l'été sur notre vieille ferme Hillerman, cueillant ses voisines qui lui faisaient concurrence et, quand elle dépérissait, lui venant en aide avec deux seaux d'eau en application d'une de ses théories

1. Dans les zones planes cultivables des États-Unis, une grande partie des terres sont divisées en sections (ou grandes parcelles) souvent d'un mile carré, soit 2,5 km² environ, généralement clôturées. (*N.d.T.*)

agronomiques. Le jeudi précédent il avait déclaré qu'elle était mûre et avait érigé un petit abri de branches et de feuilles afin de lui procurer une ombre rafraîchissante. Le dimanche après la messe, avait-il annoncé, il la rentrerait dans la maison, la placerait dans un baquet rempli d'eau du puits pour la refroidir et, quand s'installerait la fraîcheur du crépuscule, les cinq Hillerman la consommeraient, invitant tous ceux qui passeraient par notre rue poussiéreuse à venir en manger une tranche.

Hélas, il en était écrit autrement. Durant cette longue marche sous la chaleur moite, la transpiration avait rendu la pastèque glissante. Quand il avait tendu la main vers le loquet, le fruit lui avait échappé, chutant sur le sol où il s'était fracassé. Je relate cet incident, aussi dérisoire puisse-t-il paraître, car quelque soixante-dix ans plus tard je me rappelle encore que ma réaction se partageait à égalité entre tristesse et confirmation. Dès cette époque, à je ne sais quel niveau de psychisme, j'avais senti que cette pastèque était trop belle pour être vraie. Et j'avais dû confier cette impression à maman quand elle nous avait réconfortés, nous, les enfants, car c'est le plus ancien souvenir que je conserve de son aphorisme préféré.

— Bienheureux ceux dont l'attente est modeste, disait-elle souvent, car rares seront leurs déceptions.

Je devais avoir cinq ans alors et l'ironie à double tranchant contenue dans cette philosophie de la béatitude m'échappait probablement. En me retournant sur ma vie passée, je m'aperçois que j'ai fréquemment reçu davantage que je n'en espérais et enduré moins de déceptions qu'il n'aurait dû m'en échoir.

Le véritable tout premier souvenir que je suis

finalement parvenu à tirer de l'oubli concerne également un fiasco et, comme tant d'autres par la suite, il eut un effet positif. J'étais assis sur l'un de ces petits monticules que les fourmis rouges construisent à l'aide des minuscules fragments extirpés de leurs galeries. Nous habitions alors sur la vieille ferme Hillerman, ce qui signifie que j'étais à peine en âge de marcher. Je ramassais du sable que je déversais dans le trou par lequel sortaient les fourmis. Pourquoi ? Peut-être pour bloquer le passage et empêcher les nuées d'occupantes de surgir pour m'attaquer. Hélas, celles qui se trouvaient déjà dehors grouillaient sur moi et me piquaient allégrement. Avant que maman n'entende mes hurlements et ne vienne à ma rescousse, j'avais accumulé suffisamment de piqûres pour que l'incident devienne une sorte de légende familiale.

L'épisode suivant qui jaillit de mon bloc mémoire concerne ce lamentable après-midi, à l'université A&M d'Oklahoma, où je sombrai dans un sommeil si profond en algèbre que je m'effondrai de ma chaise dans l'allée et que le professeur m'envoya signer la carte par laquelle je renonçais dorénavant à suivre son cours. Si je tourne le dos à cet incident, j'arrache au passé l'ultime nuit de ma carrière de fantassin durant laquelle je pris part à un ridicule petit raid destiné à capturer deux soldats allemands. Mon rôle consistait à me coltiner le brancard sur lequel nous ramènerions un prisonnier au cas où nous le blesserions. Au lieu de cela, ce fut moi qui effectuai le trajet de retour allongé dessus. Le camarade qui me portait, à l'avant, posa le pied sur une mine antipersonnel qui le tua et brisa la civière. La suite de l'expédition demeure un peu vague dans ma tête. Je me souviens uniquement de la fin de ce parcours, porté par deux amis aux poignets entrecroisés, d'une chute dans l'eau glaciale d'une rivière en plein mois de février, après quoi j'avais repris connaissance sanglé sur un brancard dans une Jeep, me disant que je partais quelque part où je pourrais dormir.

L'image suivante qui s'impose à mon esprit est celle de l'agent littéraire, à mes débuts, quand elle me communiqua son verdict sur mon premier roman. Je n'ai nul désir de le soumettre à qui que ce soit, m'annonça-t-elle. Pourquoi ? Parce que c'est un mauvais livre. Je dois penser à votre réputation en même temps qu'à la mienne. Pourquoi est-il mauvais ? Parce qu'on ne sait pas où le situer, il est à mi-chemin entre la littérature dominante et le roman policier. Impossible d'en assurer la promotion. Et sur quel rayonnage les libraires vont-ils le placer ? Cantonnez-vous dans le domaine essais et documents, me conseilla-t-elle. Ça, je pourrai vous le vendre. Et si je le récrivais ? Écoutez, dans ce cas, supprimez tous ces trucs sur les Indiens.

Aussi désagréables que ces expériences puissent paraître, chacune d'elles eut sa conséquence bénéfique. La chute ensommeillée dans l'allée de la salle de classe se solda par la mention « abandon » en lieu et place de l'inévitable F avec ses effets négatifs sur la moyenne générale. Le fiasco du village alsacien de Niefern m'a valu la « blessure inespérée » qu'appelaient de leurs vœux tous les soldats sains d'esprit des régiments d'infanterie de la Seconde Guerre mondiale et j'y ai gagné le rapatriement au moment adéquat. L'opinion de mon agent littéraire m'incita à quêter un second avis, ce qui me permit de rencontrer Joan Kahn, l'Einstein des responsables de collections policières, laquelle détecta le potentiel de l'univers culturel navajo et, par suite, me contraignit à élaborer de meilleures intrigues que je ne l'avais envisagé.

Même la bataille perdue contre les fourmis eut un résultat positif. Elle me valut le statut de gamin dont il ne fallait pas attendre grand-chose. Le souvenir en reste vivace parce que tout au long de mon enfance j'en ai entendu le récit lors d'innombrables réunions familiales. Il engendrait larges sourires et ricanements chez mes oncles, petites tapes affectueuses sur la tête de la part de mes tantes, et servit à me forger une réputation auprès de mes cousins. On y avait recours pour illustrer mon caractère impulsif (« Antnee ne s'est pas inquiété des fourmis qui étaient déjà sorties. Il a juste voulu leur barrer le passage »), entêté (« Antnee ne se serait jamais avoué vaincu »), et lent à la détente (« Antnee a attendu que neuf fourmis le piquent en même temps pour commencer à appeler au secours »).

Peut-être convient-il ici d'expliquer qu'on m'a appelé Antnee jusqu'à ce que le centre de sélection m'oriente vers ma caserne car aucun enfant n'est capable de prononcer intégralement les trois syllabes d'Anthony (Ann-to-knee)[1] et que papa interdisait l'utilisation du diminutif de Tony. Plus tard, les adultes prirent l'habitude de me surnommer « Little Gus » (papa, August Alfred Hillerman, était Gus) et je devins « Pue du Gus » pour mes alter ego masculins.

Les Gus et Lucy Hillerman de Sacred Heart avaient trois enfants : ma sœur aînée, Margaret Mary, mon grand frère Barney et moi. Je vais commencer par papa parce qu'il a été le premier à nous quitter et celui que j'ai le moins connu.

1. D'où « Antnee », *ant* étant une fourmi et *knee*, dont le k ne se prononce pas plus que le h de Anthony, un genou. (*N.d.T.*)

Comme il ne parlait jamais de lui, ce que je sais provient surtout de bribes de conversations entendues. Il était né dans le Missouri, d'une famille de fermiers émigrés d'Allemagne. À l'exception d'une année en partie passée sur les bancs de l'école, il était essentiellement autodidacte. Très jeune, il était parti à l'aventure dans l'ouest du Texas, avait enseigné à des gosses de paysans dans une école rurale qui ne comportait qu'une seule classe où (ainsi que je l'ai entendu le raconter à un de mes oncles, un soir d'été sur la petite terrasse devant la maison), la première tâche de l'enseignant consistait à prouver concrètement aux élèves les plus costauds qu'il était capable de les fouetter. (L'instituteur que papa remplaçait avait échoué à cet examen.) Il avait loué des terres, planté du blé et récolté une belle moisson la première année. La deuxième, il n'avait pas plu et papa avait « tout récolté dans mon chapeau ». Il avait travaillé comme cow-boy, instauré une sorte de légende d'endurance en chevauchant une seule monture sur plus de trois cent vingt kilomètres entre le manche de casserole de l'Oklahoma et je ne sais où, en un temps d'une brièveté stupéfiante. Il était devenu maréchal-ferrant et avait ferré les mules dans une mine de charbon. Un de ses frères et lui étaient partis s'installer dans le Territoire Indien et avaient ouvert un magasin à Violet, petite localité violente sise en un lieu où l'on pouvait traverser le fleuve, surgie de terre à la limite du Cherokee Strip[1] dans le but de garantir

1. Cette bande de terre du nord de l'Oklahoma, de 360 km de long sur 95 de large, un premier temps incluse dans les territoires dévolus aux Cherokees puis partagée avec d'autres tribus, fut partiellement ouverte aux Blancs en quête de terres lors d'une course au premier arrivant, le 16 septembre 1893. (*N.d.T.*)

l'hospitalité à ceux qui avaient besoin de franchir rapidement la frontière quand ils entendaient arriver les *marshals* des États-Unis d'un côté ou les bandes de policiers indiens à cheval de l'autre. Quand la loi et l'ordre avaient atteint le territoire de l'Oklahoma et rayé de la carte la ville de Violet, papa s'en était allé à Sacred Heart.

Je reste donc avec quantité de questions sans réponses, des questions qui n'ont jamais été posées parce qu'il s'est tué au travail avant que j'acquière une maturité suffisante pour m'y intéresser. Quelque part au cours de cette période il s'était marié : une union qui l'avait laissé veuf avec deux filles à élever. À mon avis, la localité de Sacred Heart, qui possédait la seule et unique église catholique de tout le territoire, et son école, l'avait attiré car elle lui avait donné le sentiment d'être un endroit plus civilisé pour éduquer des filles privées de mère. Ce qui est certain, c'est qu'elle n'offrait aucune perspective économique attrayante.

Sacred Heart avait vu le jour fin 1876 parce que les chemins de fer convoitaient des terres proches de la Mission Shawnee, dans le Kansas, là où l'armée avait déporté la tribu potawatomi afin de la chasser des terres que les Blancs guignaient, plus à l'est. Un groupe de Potawatomis avaient gagné le droit de faire figurer le terme de « citoyens », devant le nom de leur tribu, en aidant l'armée de bras cassés commandée par le général Andrew Jackson à vaincre les Anglais lors de la bataille de La Nouvelle-Orléans au cours de la guerre de 1812. Quand Jackson était devenu président, il les avait récompensés de leur héroïsme en leur octroyant la citoyenneté américaine. On les avait alors regroupés et déplacés vers les vastes espaces du Kansas. Des missionnaires bénédictins les y avaient rejoints, avaient bâti une école, un hôpital, etc. La communauté s'était agrandie jusqu'à devenir un peuplement substantiel que l'on en vint à nommer la Mission Shawnee. Elle attira des familles de paysans immigrés qui enrichirent le sol, ce qui enflamma l'avidité des rois du chemin de fer. Les Potts furent une nouvelle fois contraints de libérer la place.

Le gouvernement ne réitéra pas l'erreur qui consistait à leur octroyer des terres fertiles. En Oklahoma, il leur attribua une région de chênes nains rabougris et de collines d'argile érodées si dénuée de terres cultivables, de bois, de dépôts de minerais connus ou de tout autre source de richesse qu'on la jugea à l'abri de la rapacité des Blancs. Les moines et les prêtres bénédictins suivirent le mouvement, construisirent une autre école, une infirmerie, etc., et baptisèrent l'endroit Sacred Heart auprès des services postaux.

À Washington, pendant ce temps, le Grand-Père Blanc avait décidé que les dizaines de tribus indiennes déportées en Oklahoma n'avaient nullement besoin d'un territoire aussi vaste et, en 1899, l'Oklahoma fut ouvert aux colons fermiers et vit surgir un déferlement de Blancs. Dans leur immense majorité, il s'agissait de réfugiés, massivement protestants, issus des États Confédérés ruinés. Quelques-uns étaient des immigrants en provenance des États du Nord, des gens ayant des origines familiales en Europe continentale, surtout des catholiques. Sacred Heart attira ces fidèles comme un aimant attire la limaille de fer.

Terre pauvre ou pas, elle séduisit papa. Elle séduisit également un autre veuf catholique, un Anglais nommé Christopher C. Grove qui arrivait du Nebraska, au nord, avec ses deux fils et ses deux filles dans son chariot bâché. La plus jeune était Lucy, qui devait devenir ma mère. Née au Nebraska en 1885, elle avait trois ans quand le territoire de l'Oklahoma avait été ouvert aux colons blancs.

Aussi petite qu'ait été la ville de Sacred Heart, la romance dont je naquis ne fut pas marquée par des progrès rapides. Ils se marièrent en 1920, alors que maman avait trente-cinq ans et papa quarante-sept. Ils avaient donc respectivement quarante et cinquante-deux ans à ma naissance : assez âgés, pourrait-on imaginer, pour être un peu à court de patience devant les bêtises de l'enfance. Mais il devait en aller différemment.

Les lecteurs qui espèrent ces excitants récits de maltraitance infligée à enfants que les personnalités du monde du spectacle ont rendu populaires seront déçus. À la place des coups de martinet que nous méritions vraisemblablement, la discipline adoptait la forme suivante : pour une manifestation de désobéissance sans gravité, une règle transgressée ou une attitude turbulente dépassant les limites permises, maman nous faisait mettre au garde-à-vous et nous réprimandait, individuellement et de manière totalement privée. (Jc ne l'ai, en fait, jamais vue ni entendue tancer mon frère et ma sœur, mais je suppose qu'ils avaient droit au même traitement que moi. Je ne pouvais certes pas être le seul à mal me comporter.) Pour des infractions plus graves ou répétées, maman me disait (pareillement pour Barney et Margaret Mary ?) qu'elle allait en informer papa quand il rentrerait du travail.

Cela paraît peu sévère mais entraînait d'épouvantables heures à attendre le coucher du soleil et le spectacle de papa, rentrant d'un pas lourd à la maison sur le chemin de terre qui marquait la section, puis à s'asseoir sur le perron en essayant d'entendre le rapport d'indiscipline fait par maman, et enfin à être convoqué dans la cuisine pour l'audition, le jugement et l'énoncé de la peine.

Papa était assis sur une chaise (il avait passé toute la journée sur ses jambes) et nous restions debout. Il décrivait le délit tel qu'il lui avait été relaté et demandait si c'était exact. Ça l'était. Il exigeait une explication et nous nous justifiions comme nous le pouvions. Pour illustrer cette scène, je vais prendre l'exemple d'une triple transgression que je me rappelle, datant de l'automne 1934. Les règles violées en l'occurrence consistaient à m'être amusé sur l'arrière de la maison alors que des balles de coton y étaient entreposées, à avoir tiré avec une carabine à air comprimé sur un camarade et à avoir joué avec des allumettes. Mon excuse : j'avais été entraîné près du coton par Billy Delonie pour parler (et non pour jouer). Billy tirait des allumettes de cuisine avec sa carabine (nous n'avions pratiquement jamais de vraie carabine à air comprimé à portée de la main) et il m'avait laissé m'en servir pour que je ne reste pas spectateur. L'allumette avait touché une pierre, s'était enflammée, avait communiqué le feu que nous avions éteint avec nos pieds.

Est-ce que j'avais tiré l'allumette dans la direction de Billy ? Euh, oui, parce qu'il était sûr que j'étais incapable de l'atteindre et qu'il m'avait mis au défi d'y parvenir. Maman ne m'avait-elle pas averti à trois reprises que je ne devais pas jouer près des balles de coton ? Je croyais que c'était seulement deux fois. Papa m'expliqua alors les règles familiales et soupesa mes réponses. L'excuse devenue si populaire qui consiste à dire « tous les autres le font » n'était pas autorisée car nous avions appris que nous appliquions les règles qui étaient en usage dans notre famille. Parvenu à peu près à ce point, papa réitéra cette injonction, me rappela que je ne devais jamais juger le comportement des autres parce qu'ils avaient leur propre ensemble de règles, puis il décréta que je ferais bien d'aller dehors me munir d'une badine. J'en prélevai une (ni trop grosse et douloureuse, ni ridiculement frêle) sur un pêcher derrière la maison. Je la tendis à papa. Il l'examina puis m'observa. Est-ce que je pensais être capable de me souvenir des règles familiales sans coups de fouet ? Oh oui, j'en étais absolument sûr. Bon, conclut-il. Tâche de t'en souvenir et va voir si ta mère a besoin d'aide.

Dans la mesure où ni maman ni papa n'ont jamais réellement porté sur moi une main hostile, ma meilleure revendication au titre d'enfant martyr concerne les vêtements. L'été qui précéda la rentrée où j'allais rejoindre Margaret Mary et Barney dans la longue montée de Church Hill puis dans la descente, de l'autre côté, jusqu'à l'école St. Mary, maman commanda à mon usage une combinaison bleue chez Sears et Roebuck, comme tenue principale pour le cours préparatoire. Elle disait que j'avais très fière allure. Hélas, les garçons de l'école primaire qui portaient la salopette réglementaire des fils de fermiers pensèrent exactement la même chose. Je devins donc le vilain petit canard, un objet de mépris et de dérision. Mais quelques graves sanglots versés dans ses jupes mirent un terme au problème et me permirent d'enfiler à nouveau ma propre salopette.

En fait, il m'est impossible de dénicher une raison valable de me plaindre durant toute ma période formative. Nous, les enfants, avons passé les terribles années de la Grande Dépression dans la Cuvette de Poussière de l'Oklahoma en vivant à des kilomètres en dessous du seuil de pauvreté de l'époque, mais sous la bienheureuse protection de l'amour et de l'invincible ignorance des jeunes. À ce moment-là (et aujourd'hui aussi, d'ailleurs), la vie à Sacred Heart n'était compliquée en rien par l'éventualité la plus infime d'accéder à la richesse. Tout le monde était pauvre et, quand on est gosse, on ignore qu'on est défavorisé à moins de voir quelqu'un qui ne l'est pas. Ce qui ne se produisait jamais dans la région de Sacred Heart.

Dans le souvenir que j'ai gardé de notre village durant les années trente, il possédait au début deux stations-service/magasins généraux (rapidement réduits à un seul) et treize résidences, y compris la maison d'un étage en briques des Zoeller, les propriétaires de l'égreneuse de coton. J'estime la population à cinquante habitants, mais quand j'ai soumis ce nombre à Margaret Mary, en 1999, elle l'a trouvé exagéré. Son décompte personnel était de trente-quatre, et elle m'a cité tous les noms. Elle n'incluait pas certains résidents un peu limitrophes, cependant, Mme Bondeau et son fils alcoolique, par exemple, qui vivaient presque cachés aux regards, au nord des limites de la section, de l'autre côté de la rivière, ni Mme Brown, qui logeait avec ses fils dans une maison, sur les terres de la mission, et était souvent à Norman car elle souffrait de ce que nous appelions des « dépressions nerveuses », lesquelles étaient soignées là-bas, à l'hôpital pour malades mentaux de l'Oklahoma. Le recensement de ma sœur n'accordait pas davantage le statut de citoyen aux divers bénédictins qui veillaient sur le monastère pratiquement désert, de l'autre côté de Church Hill, aux Sœurs de la Miséricorde qui nous faisaient la classe à St. Mary, ni aux manœuvres des champs de pétrole qui étaient de passage et habitaient parfois un mois ou deux la maison dans le verger où poussaient les pêchers des Zoeller.

Quel que soit le décompte adopté, Sacred Heart était suffisamment petit pour qu'on nous considère comme des gosses de la campagne, par opposition aux gamins des villes qui habitaient à Konawa, et suffisamment grand pour que Barney et moi n'ayons pas tout à fait le statut de « gamins des fermes » puisque, durant nos années prépubertaires, nous participions aux corvées ménagères plutôt qu'aux travaux des champs. L'espèce humaine établit toujours des séparations entre nous et eux.

Notre centre-ville était l'endroit où se coupaient les lignes de section nord-sud et est-ouest : ces deux routes de terre étaient rarement nivelées, elles devenaient poussiéreuses quand la sécheresse sévissait, en ces années d'aridité, et à peine praticables quand il pleuvait. Papa et oncle Frank (qui était le mari de l'une des sœurs de papa) tenaient une station-service faisant aussi magasin général à l'est de ce croisement, juste de l'autre côté de la rue par rapport au magasin Zoeller. Derrière ce dernier, l'Égreneuse, notre unique industrie, fonctionnait pendant deux à trois mois d'automne quand les charrettes apportaient la récolte de coton.

Au sommet de Church Hill, dominant le reste, se dressait la nouvelle église, érigée en béton après qu'un incendie eut, en 1901, détruit l'ancienne (bien plus jolie dans le souvenir de ma mère) qui se trouvait au monastère, dans la vallée derrière la colline.

Dans mon enfance, le monastère parvenait encore à préserver son minuscule centre dédié à la culture française au cœur des étendues sauvages.

L'abbé avait depuis longtemps regardé la réalité en face et transféré l'école à Shawnee. Non seulement Shawnee (ô, cité bénie !) était la ville de Marie Unzer, qui allait devenir mon épouse, ma compagne et ma meilleure amie à partir de 1948 et jusqu'à ce jour, mais c'était le siège de l'administration du comté de Pottawatomie, le site de l'agence indienne potawatomi, et elle était entourée de riches terres alluviales cultivables qui donnaient aux habitants l'espoir de gagner leur subsistance.

Pendant ma jeunesse à Sacred Heart, les vieux bâtiments du monastère étaient vides pour l'essentiel, mais ils conservaient la solennelle dignité de leurs briques rouges. Le monastère-séminaire lui-même était une vaste structure en U avec sous-sol, étage et dortoirs dans le grenier. Autour, il y avait une boulangerie construite en pierre, un couvent où avaient vécu les nonnes, des granges, des étables, un silo à grain et ainsi de suite. Une rangée de grands arbres bordaient la route d'accès mais les jardins au tracé rigoureux étaient envahis de végétation et les cygnes de la mare dont ma mère conservait un souvenir attendri ne résidaient plus sur place. Margaret Mary pensait qu'ils avaient été emportés à Shawnee pour orner le campus de l'université St. Gregory que les bénédictins y avaient fondée. Barney et moi étions pratiquement certains qu'ils avaient été mangés par les jeunes Indiens séminole. (Les tribus potawatomi et Hillerman ne savaient pas trop que penser des Séminoles qui disposaient de revenus tirés du pétrole et possédaient ce que l'on appelle aujourd'hui, en jargon de reporters sportifs, des « capacités athlétiques supérieures ».)

Des années plus tard, mon régiment d'infanterie libéra une villa, en Alsace, qui ressemblait suffisamment au vieux monastère pour provoquer un épouvantable déferlement de nostalgie. Le propriétaire avait fui les lieux, laissant accrochés aux murs des tableaux représentant des chevaux et des photographies avec autographes qui le montraient en compagnie de Heinrich Himmler et d'autres dignitaires nazis. L'un de mes compagnons ouvrit le coffre-fort mural avec une grenade et nous partîmes les poches pleines de francs dépourvus de valeur émis par le gouvernement de Vichy et d'une liasse de deutsche marks tout à fait monnayables. Nous nous fîmes prendre et ne tirâmes aucun bénéfice de ce cambriolage, mais cet incident lui aussi se révéla chanceux. L'arrestation entraîna notre retour forcé à la villa où nous fûmes contraints de compter l'argent sous les yeux d'un commandant propre, bien nourri et bien payé, qui portait une bague de West Point. Ce qui nous permit d'éviter une vilaine petite bataille destinée à nettoyer Grube, un village situé au pied des Vosges et tenu par une unité blindée SS. (Il vaut mieux se retrouver exposé à la honte qu'au tir de l'ennemi.)

Mais revenons à Sacred Heart. Attenant aux terres du monastère et à l'extrême limite de la zone que j'inclus dans notre village, se tenait l'école St. Mary. Les Sœurs de la Miséricorde avaient décidé que les petites Indiennes potawatomi avaient le même droit à l'éducation que les garçons scolarisés par les bénédictins. Elles avaient construit un vaste édifice en bois, d'un étage avec sous-sol, ceint sur son pourtour par une véranda ouverte. Si les pensionnaires étaient surtout des Indiennes, les sœurs acceptaient également des externes, y compris des garçons.

À l'époque, l'Oklahoma exigeait qu'on aille à

l'école jusqu'en quatrième. À Sacred Heart, le choix se faisait entre St. Mary ou l'école Georgetown.

Pourquoi l'école primaire publique se trouvait-elle à Sacred Heart, un village dans lequel nul ne gardait le souvenir qu'un George y eût habité, et était-elle nommée Georgetown ? Je suppose que dans la mesure où Sacred Heart était un nom à consonance très catholique, représentative des papistes bouffeurs de poiscailles, et où la commission à l'éducation était à cent pour cent protestante, elle avait considéré que Georgetown constituait un excellent choix. Mais pourquoi mon frère et moi, des garçons blancs, devions-nous aller dans un internat pour filles indiennes ? Avant tout, je pense, en raison de l'instruction religieuse qui y était dispensée. Et en partie parce que, même si l'école Georgetown disposait de deux salles de cours, elle n'engageait qu'un seul instituteur, un jeune homme qui faisait la classe du cours préparatoire au cours moyen première année dans une des deux, et du cours moyen deuxième année à la quatrième dans l'autre. Une organisation qui ne pouvait pas déranger papa puisqu'il avait été l'unique enseignant d'une école en tous points semblable, au Texas. Ce qui le dérangeait peut-être, c'était l'idée que l'instituteur était à l'extrême droite du parti républicain, membre du Ku Klux Klan. Les livres présents dans la petite bibliothèque de papa traitaient de législation et de philosophie politique, et ceux dont je me souviens le mieux étaient les œuvres complètes d'un écrivain d'extrême gauche enragé qui avait publié *The Iconoclast*, un journal anticapitaliste, brûlot exaltant la classe ouvrière et les syndicats. Si papa était né à Munich au lieu d'avoir vu le jour dans le Missouri, il n'aurait jamais survécu aux nazis.

Je n'ai pas mentionné d'espaces de jeux pour les enfants, dans ce qui précède. Un portique avec balançoire se dressait sous le seul arbre de l'école Georgetown, mais il servait rarement car il était sous le vent des deux toilettes extérieures. L'école St. Mary disposait dans sa cour de récréation d'un portique à balançoire, d'un tourniquet et d'un toboggan, mais les garçons étaient parqués de l'autre côté de la haie. (Les sœurs nous pardonnaient de ne pas être potawatomi, mais pas d'être des garçons.) Il y avait généralement neuf ou dix garçons seulement dans l'effectif, pas assez pour constituer une équipe de base-ball ou de football américain (le basket n'avait pas encore fait son chemin jusqu'à l'Oklahoma rural), si bien que nous jouions au base-ball avec base unique, à la balle au prisonnier et autres jeux similaires, dans le pré des cochons derrière la grange.

Notre passe-temps favori était le Singe, qui consistait à tracer deux lignes dans la terre, séparées d'une quinzaine de mètres, puis à tirer au sort pour déterminer qui serait le Singe. Il se postait ensuite entre les lignes et les autres couraient de la ligne A à la ligne B tandis qu'il tentait de les attraper. Quand il y parvenait, le captif se changeait en un deuxième singe qui l'aidait jusqu'à ce qu'il ne reste plus qu'un seul coureur déclaré vainqueur. En général, c'était mon cousin Robert, un contemporain de mon frère Barney. Vif, agile, taciturne et fort, il excellait en tout et était le héros de mon enfance.

Puis arrivèrent les frères Eisheid, Jimmy et Billy, et le jeu changea. Les Eisheid étaient des visiteurs venus d'une autre planète, des gosses de la ville. Tous les gamins de la campagne savaient que ceux des rues étaient des poules mouillées, mais personne n'en avait informé Jimmy et Billy. Au lieu de se soumettre lorsqu'ils étaient attrapés dans nos parties de Singe, ils se débattaient. L'idée nous parut virile. Elle se répandit. Très vite, effectuer une capture signifia plaquer l'adversaire au sol. Voilà pourquoi nous rentrions en classe, après les récréations, avec des traces d'herbe et des écorchures dues aux graviers. Après quoi, les Eisheid franchirent un pas supplémentaire. Il fallut qu'ils reconnaissent leur capture. En général, Jimmy s'avouait battu après qu'on lui eut retourné un ou deux doigts jusqu'à l'extrême limite, mais pas Billy. Il fallait l'étouffer. La technique consistait à lui couper les voies respiratoires, à lui demander s'il était pris, à relâcher la pression juste assez longtemps pour l'entendre répondre « non », puis à l'asphyxier de nouveau. Le processus se répétait jusqu'à ce qu'il dise « oui ». La première fois qu'il perdit connaissance, engendrant les hurlements paniqués qui firent sortir une des sœurs en toute hâte pour découvrir ce qui se passait, nous la persuadâmes qu'il n'avait fait que s'évanouir. La deuxième fois, elle exprima ses doutes. La troisième, elle déclara qu'elle allait l'emmener à Konawa pour voir le docteur Giesen (le seul médecin dans ce coin du comté). Ce qui contraignit Billy à avouer la vérité. Et marqua la fin du Singe.

Les gosses de l'école Georgetown n'avaient qu'un seul jeu. C'était le base-ball. Ça durait d'un bout de l'année à l'autre et me fournit la matière du seul texte que j'aie jamais publié sur mon village d'origine : l'introduction à une étude universitaire consacrée aux écoles d'une seule ou de deux classes dans les États des Grandes Plaines. L'équipe de Georgetown s'inscrivit au tournoi de base-ball des établissements primaires organisé par les anciens combattants de la Légion américaine de l'Oklahoma. Elle remporta ses matches, parvint en finale et se rendit à Oklahoma City pour livrer bataille contre une gigantesque école élémentaire de Capitol Hill.

Si je souhaite que vous considériez pareille chose possible, il convient de vous expliquer que l'éducation rurale, dans les années trente, était très différente (au moins dans le comté de Pottawatomie) de ce qu'elle est aujourd'hui. La loi exigeant que la scolarité se poursuive jusqu'à la fin de la quatrième ne fixait pas de limite d'âge. Les gosses de la campagne manquaient beaucoup de jours d'école au printemps, en périodes de labours et de semences, et plus encore pendant les mois qui correspondaient à la moisson du blé et à la cueillette du coton. Les plus costauds s'absentaient aussi quand il y avait des postes de foreurs ou de manœuvres à pourvoir sur les sites de forage du bassin pétrolifère. En conséquence, si les écoles urbaines alignaient des équipes composées d'élèves de quatrième âgés de treize ou de quatorze ans, à Georgetown, où l'on n'avait à choisir qu'entre un nombre limité d'enfants, l'âge s'étalait entre les dix ans des petits du cours élémentaire et Nag Nonie, qui achevait sa quatrième à vingt et un ans. Trois de mes cousins faisaient partie de l'équipe. Nibs, qui devait avoir dix-neuf ans, Gobber, qui en avait dix-sept, et Larry, treize, tous trois fils de mon oncle Chris Grove, qui adorait la littérature mais adorait plus encore le base-ball. Georgetown fit le déplacement de la grande ville en emmenant dix joueurs. L'un d'eux se saoula la veille du match et fut renvoyé au bercail. (Jusque après la Seconde Guerre mondiale, l'Oklahoma appliqua la prohibition à l'encontre des boissons alcoolisées, ce qui rendait tout aussi facile pour les jeunes de se procurer du whisky que la « guerre contre la drogue » leur facilite actuellement l'obtention de ce que l'on voudrait leur interdire.) Il n'en restait plus que neuf. L'entraîneur de Capitol Hill déposa une réclamation contre les vingt et un ans et les quatre-vingt-quinze kilos du joueur de troisième base, arguant que s'il n'y avait pas d'âge limite pour le base-ball en école primaire, ça devrait foutrement bien être le cas. La présence de Nag fut déclarée irrecevable. Ce qui laissait huit joueurs pour une équipe de neuf mais Georgetown était quand même supérieure parce que les gamins de Capitol Hill étaient incapables de frapper les balles rapides adressées par notre lanceur de dix-neuf ans. Hélas, il fut alors décidé que le règlement exigeait une équipe complète et Georgetown dut déclarer forfait pour le match.

Après la quatrième, nous, les garçons, devions prendre le car de ramassage scolaire afin de nous rendre à l'école secondaire de Konawa, pour notre seconde étape sur le chemin du savoir. Cela se produisit approximativement au moment où notre famille quitta Sacred Heart pour s'installer sur une petite ferme dont ma mère était propriétaire, à deux kilomètres de là en suivant la limite de la section. Mais il me reste quelque chose à raconter, concernant la vie au village, qui a sa place dans ces Mémoires. Il s'agit de l'accession de Barney et de moi-même au statut d'Amoureux de la Guerre.

2

Préparation à la guerre

Il est peut-être normal, pour des jeunes garçons, d'être obsédés par des jeux de guerre. Ou peut-être, dans les années trente, était-ce le résultat des bruits de sabre qui résonnaient au niveau international, qui dominaient les quotidiens, les hebdomadaires et la radio. Mussolini essayait de recréer l'Empire romain en conquérant l'Éthiopie, les Japonais procédaient à l'invasion de la Mandchourie et l'état-major général allemand testait ses nouveaux tanks et ses avions de chasse contre le matériel de Staline pendant la Guerre civile en Espagne. Les informations diffusées par notre radio (quand l'accumulateur était rechargé) vibraient de récits de raids, de batailles et de bombardements. Il en allait de même dans le *Kansas City Star* du dimanche, auquel papa était abonné, et dans les numéros anciens de *Life* que le dentiste de la famille nous mettait de côté. Les rédacteurs de *Life* étaient aussi passionnés par la guerre que nous l'étions nous-mêmes.

Parmi nos jeux de stratégie militaire, il y en avait un avec des billes. Les joueurs plaçaient leur armée sur un champ de bataille et, à tour de rôle, ils tentaient d'atteindre les billes ennemies en tirant une fois avec chacune des leurs. Les billes touchées étaient mortes. Le dernier à qui il restait des billes avait gagné. Mais le jeu ne resta pas aussi simple. Très vite, nous creusâmes des réseaux de tranchées à l'échelle de nos soldats, façonnant avec de l'argile des blindés de taille correspondante dont les canons étaient des allumettes, etc. Barney rédigea notre version de la Convention de Genève sur les lois de la guerre. Chaque bille pouvait être déplacée de dix centimètres quand on procédait au changement de tireur, les tanks pouvaient avancer de trente, etc. Nous fîmes des parties d'une complexité croissante jusque pendant nos années d'études secondaires.

En primaire, nous jouions également à la cavalerie contre les Comanches, chevauchant des montures imaginaires à travers bois, rivières et prairies à vaches, armés de sabres en bois, de tiges d'herbes-aux-chevaux comme lances, et utilisant des boules d'argile (que nous stockions dans de vieilles chaussettes accrochées aux boutons latéraux de nos salopettes) comme munitions. Les règles statuaient que quiconque était touché par un missile devait tomber et les tricheries étaient rares. Sacred Heart n'offrait qu'une réserve de recrues limitée pour nos guerres, et les véritables garçons de ferme qui habitaient à l'écart du village étaient trop occupés par les labours, la récolte du coton, etc. D'ordinaire, il n'y avait que Barney et moi, le cousin Cecil qui venait de la limite de la section, les trois fils Delonie et, quand les circonstances les amenèrent de la ville, les Eisheid. Parfois Robert, le frère aîné de Cecil, se joignait à nos jeux, mais il mûrit plus rapidement que nous et, en règle générale, il avait plus important à faire.

Aux frères Delonie, qui étaient indiens, on attribuait le rôle des Comanches. Mais chaque samedi soir, le cinéma Rex de Konawa ouvrait ses portes et l'on y projetait un film. Dans les années trente, il s'agissait fréquemment de westerns et les frères Delonie en virent un. Ils y apprirent que dans les batailles entre les cow-boys et les Indiens, ce sont les Indiens qui perdent. À compter de ce jour, dans la mesure où, en tant que potawatomi, ils n'éprouvaient aucune aversion à tirer sur des Comanches, les fils Hillerman que nous étions durent accepter de changer de camp à chaque fois.

Pour nos guerres de tranchées, livrées dans les montagnes de déchets composés de graines et autres résidus de coton abandonnés derrière l'égreneuse, nous formions les équipes. Aujourd'hui, les cosses sont pilées, mises en sacs et vendues pour servir de paillis. À l'époque on les jetait, année après année, et elles s'entassaient en reliefs gigantesques. Quand on dégageait les rejets récents, on atteignait des strates où la pression et la décomposition avaient comprimé cette matière en couches qui avaient à peu près la texture d'un gâteau de Savoie. Dans ces immenses collines de restes pourris, nous créions des réseaux de tranchées et de tunnels pour reconstituer l'épouvantable boucherie de la Première Guerre mondiale.

La nature avait rehaussé ce site naturel par une rangée de buissons de bois d'arc (mûrier des Osages) qui frangeait la décharge. Les « mûres » qu'ils donnaient ressemblaient à des pamplemousses par la forme et la couleur mais étaient plus dures et plus lourdes : des boulets de canon idéaux. Les boules d'argile lan-cées à toute volée et les élastiques tirés à l'aide de pistolets pinçaient un peu et ils demeurèrent nos armes de petit calibre. Mais avant que nous ne découvrions ces fruits boulets de canon, les seuls éléments de danger qui mettaient du piment à ce jeu étaient les occasionnels effondrements de tranchées et éboulements de tunnels sous lesquels nous nous retrouvions ensevelis et un court instant effrayés. L'impact d'une mûre des Osages faisait vraiment mal, entraînant ecchymoses, lèvres fendues, dents déchaussées, saignements de nez et ainsi de suite. Ce qui conférait à la partie une tension nerveuse additionnelle. Et qui finit aussi par y mettre un terme.

L'un des fils Delonie (Tommy probablement, trop petit de toute façon pour participer à ce genre de jeu) avança la tête hors d'une tranchée pour décocher un élastique sur l'ennemi au moment voulu pour recevoir une mûre des Osages en plein entre les deux yeux. Nous lui fîmes reprendre connaissance avec de l'eau prélevée dans la mare de l'égreneuse mais il courut se réfugier chez lui en hurlant. Un instant plus tard, son père fit irruption par la porte de derrière en poussant lui aussi des clameurs. Nous abandonnâmes nos tranchées et prîmes la fuite pour ne plus jamais renouer avec ce jeu.

Nous n'abandonnâmes pas les environs de l'égreneuse, toutefois, ni aucun de nos autres affrontements belliqueux. Par les soirées estivales, nous faisions rouler des pneus. Les petits pneus minces qui provenaient des Ford Model A ou B étaient des avions de chasse. Les pneus de camions représentaient les bombardiers. L'idée consistait à manœuvrer son pneu de telle sorte qu'il déséquilibre le pneu ennemi en le percutant latéralement et qu'il l'envoie s'écraser au sol.

Les chambres à air récupérées sur ces pneus usés étaient découpées en lanières et servaient de munitions pour les pistolets à élastique. Barney nous en avait fabriqué un arsenal de onze. Huit d'entre eux étaient des armes à un seul coup, que l'on actionnait en appuyant sur la pince à linge fixée à la poignée. Trois étaient des fusils automatiques, une invention à lui. On les armait en tendant les caoutchoucs depuis l'extrémité du canon et en les insérant, au-dessus d'une ficelle, dans une succession d'encoches. Puis on les libérait, un par un ou selon une salve meurtrière, en tirant sur la ficelle. La douleur ressentie lorsque nous étions touchés de près était telle que nous fûmes finalement obligés de les bannir de la version du jeu qui se déroulait en intérieur.

Quand l'hiver et l'obscurité précoce rendaient inhospitaliers les abords de l'égreneuse, nous transférions le théâtre des opérations dans la cuisine. Pour expliquer, je dois marquer une pause et commencer par présenter notre maison. Ce qui implique une explication sur les logements préfabriqués en bois. C'était l'ingénieuse réponse de l'Amérique aux besoins des manœuvres des champs pétrolifères qui devaient passer plusieurs mois à forer un puits avant de partir pour l'endroit où ils en trouveraient un autre sur lequel travailler. La maison qui répondait à leurs besoins était une structure en bois léger, suffisamment étroite pour être véhiculée sur la remorque d'un camion. Sur notre terrain, à l'est du périmètre de l'égreneuse, papa en avait disposé deux en T. Celle qui faisait face à la rue était un modèle plus massif comportant trois pièces. Celle placée à l'est la complétait en faisant office de salon, de cabinet de travail et de chambre parentale. C'était là que papa et maman recevaient leurs invités et que se trouvait la radio. Quand elle marchait, elle nous permettait d'écouter *Annie la petite orpheline*, *Jack Armstrong*, *Amos et Andy*, Frank Buck capturant ses rhinocéros sauvages, les informations et des rediffusions partielles des matches des Cardinaux de Saint Louis. Et c'était là que les cinq Hillerman s'agenouillaient chaque soir pour louer le Seigneur au terme de cette nouvelle journée. Je me souviens encore du linoléum au contact de mes genoux, de l'estampe représentant la crucifixion, et du Christ qui nous regardait du haut de la croix. Les prières que papa dirigeait étaient surtout des remerciements pour l'immense bonheur dont notre famille était bénie, mais nous n'oubliions jamais d'ajouter une supplique pour avoir de la pluie.

La pièce du milieu servait de vestibule, de débarras et d'entrée. Celle située à l'ouest correspondait à la cuisine, à la salle à manger et à la buanderie. C'était là que nous nous lavions dans un baquet rond en métal galvanisé rempli d'eau tirée au puits, derrière la maison, et chauffée dans des seaux, sur le fourneau.

La porte extérieure de cette pièce ouest donnait sur l'arrière. Il y avait là un tonneau qui recueillait l'eau de pluie ruisselant du toit afin d'augmenter les réserves dont nous disposions pour les bains et la lessive, le tas de bois servant à alimenter le fourneau, le puits où étaient fixées la poulie et la corde au moyen desquelles nous hissions l'eau que nous buvions et utilisions pour la cuisine, ainsi que le cellier. Cette réserve était équipée de rangées d'étagères qui accueillaient les provisions de l'année en pommes de terre irlandaises, patates douces, oignons, etc., et de nombreuses rangées de bocaux en verre contenant betteraves, pois, haricots verts, maïs, condiments, pêches, poires, jus de pomme, mûres, ainsi qu'un assortiment de gelées et de confitures, denrées pour l'essentiel cultivées dans le potager de maman ou cueillies sur nos arbres, le tout pelé, préparé, cuit et préservé de la chaleur estivale torride de l'Oklahoma avant l'invention de la climatisation.

Derrière ce cellier à provisions se trouvait le « grillage à poules » qui séparait notre cour du territoire occupé par le poulailler lui-même, les volailles, la grange et Bossy, notre vache laitière. Les latrines familiales restaient pudiquement cachées à la vue derrière le poulailler.

Le reste de l'habitation était constitué d'une structure préfabriquée en bois de taille moindre, comportant deux pièces et accolée à celle de façade pour former une des branches horizontales d'un T. S'y trouvaient la chambre que Margaret Mary, Barney et moi partagions et, à l'extrémité, une réserve accueillant les caisses de pommes, les vêtements dans l'attente des changements de saisons, etc.

Plus important à mes yeux, la réserve contenait une énorme (selon les critères de l'enfance) et sinistre malle noire. À en croire le récit officiel de nos parents, elle renfermait des souvenirs, des objets de famille, des albums photo, des documents ainsi que d'autres possessions précieuses et irremplaçables, et en conséquence elle était formellement interdite aux enfants. Mais dans l'affreuse réalité qui s'impose aux garçons dans leurs rêves, j'avais conclu qu'il s'agissait en fait du repaire d'un gorille. Par les nuits de grand vent je l'entendais gratter et le couvercle grinçait quand il tentait de le soulever. Barney se lassa finalement d'être réveillé par le coude que je lui plantais dans les côtes et par mes murmures exigeant une explication à ces bruits. Il me força à sortir du lit, me conduisit à la malle qu'il ouvrit et me montra qu'elle était à ce point remplie d'albums photo, vieilles lettres, documents, ce qui avait dû être une robe de mariée, etc., que nul gorille n'était plausible.

Cela m'aida, mais le primate réapparut des années plus tard lorsque je me consacrais au sommeil au troisième hôpital général de l'armée à Aix-en-Provence. Dans mon cauchemar le plus fréquent, là-bas, je cheminais péniblement à travers bois sous la pluie, portant mon mortier, j'entendais le sifflement des obus d'artillerie et le craquement sec des arbres qui éclataient, je dépassais le sergent Arras qui gisait dans un fossé, le visage tourné vers le ciel, et qui me regardait en me disant quelque chose que je ne parvenais pas à comprendre. Mais le gorille se manifestait lui aussi fréquemment, j'entendais maintenant la porte de la réserve s'ouvrir en grinçant et je savais que si la lumière était un tout petit peu meilleure, je le verrais me regarder.

À l'exception de cette réserve sinistre, je n'ai que de bons souvenirs de cette maison. Papa avait construit une petite terrasse sur tout le devant et en avait fermé une partie afin que nous puissions y dormir par ces nuits où la chaleur devenait intolérable. La structure tout entière était perchée sur des piliers en parpaing, ce qui la rendait relativement horizontale. Le toit ne fuyait jamais et l'air circulait à l'intérieur de telle façon que, par les étés torrides, les serviettes mouillées que maman accrochait aux moustiquaires fournissaient une agréable touche de fraîcheur grâce à l'évaporation. Même la curieuse façon dont le plancher avait gauchi dans notre chambre d'enfants n'était pas si désagréable. Les planches étaient bombées au milieu, ce qui signifiait que les billes perdues étaient toujours aisément récupérables dans les angles.

L'aspect négatif de ce gauchissement du sol était dû aux chiens qui dormaient dans la poussière sous la maison. Les chiens de la campagne récoltent des puces, y compris nos bergers allemands adorés, Lad et Wags. Les puces ont perduré au fil d'incalculables millénaires en développant des capacités fantastiques pour le saut, en plus de systèmes radars servant à détecter les réserves de nourriture à sang chaud qui passent à proximité. C'est pourquoi les trois enfants Hillerman à sang chaud que nous étions apprirent à ne pas s'attarder au-dessus des planches fendues du parquet de leur chambre, durant l'été. Quand la température élevée engendrait l'activité des puces, nous contre-attaquions par une stratégie qui associait la course et le bond pour gagner notre lit.

Les vents hivernaux s'infiltraient également à travers ces crevasses. Les mauvais jours, le linoléum de la cuisine se soulevait et retombait au rythme des bourrasques. Je me souviens d'une maison heureuse, mais certes pas confortable. Même lorsque le feu de bois rugissait dans le fourneau sur lequel maman cuisinait et que le poêle chauffait à pleine puissance, la cuisine parvenait à être tiède au-dessus des genoux mais restait glaciale au niveau des chevilles.

Peu avant que nous partions pour nous installer sur la ferme de maman, Sacred Heart fut béni par l'arrivée de conduites de gaz naturel, et le New Deal de Franklin Roosevelt nous valut l'installation d'une ligne par les services de l'électrification rurale. Nous disposions désormais de l'éclairage électrique et, par les soirées d'hiver, cela se révéla très pratique pour rapatrier dans la maison nos jeux de guerre. Le nouveau champ de bataille devint la cuisine. Voici comment cela fonctionnait.

Barney, dans son rôle de gardien de l'arsenal, remettait des pistolets à élastique à ceux qui étaient venus sans armes. Nous prenions place de part et d'autre de la table de la cuisine, l'interrupteur était coupé par celui qui donnait le signal de début, et chacun des participants s'attribuait une cachette secrète en comptant tout bas jusqu'à cinquante (« mille un, mille deux », etc.). Puis, dans les ténèbres silencieuses où vibrait la tension, la bataille commençait.

On prêtait l'oreille, on retenait son souffle. On entendait un heurt. Devait-on lâcher un projectile ? Était-ce un piège pour vous inciter à dévoiler votre position ? Finalement, une clameur s'élevait : des tirs, des chaises renversées, des cris, des heurts. Celui qui avait donné le signal rallumait, les élastiques tirés par les pistolets étaient récupérés et le jeu reprenait. (Au moment où j'écris ces lignes, je m'aperçois que papa et maman, qui tentaient de lire dans le séjour-chambre à coucher, étaient des parents extrêmement tolérants.) Huit hivers plus tard, lorsque mes profonds sommeils de l'hôpital militaire n'étaient pas troublés parce que je passais à la hauteur du sergent blessé, dans le fossé, ou par le gorille de la réserve, mon subconscient me ramenait sous la table de la cuisine, à Sacred Heart, allongé à plat ventre, dissimulé par l'obscurité totale et les rabats de la nappe, linoléum froid au contact de l'estomac, dans un silence absolu que rompait uniquement le grésillement du bois brûlant dans le fourneau. Et par-dessus tout cela, la terrible impression que le pistolet à élastique de Billy Delonie devait se trouver à moins de trois centimètres de mon œil. Ce cauchemar-là était tout aussi perturbant que les autres.

3

De l’enfance à l’âge d’homme

Si je réussis à aller au paradis, je demanderai à mes parents pourquoi ils nous ont fait quitter la maison de Sacred Heart pour nous installer trois kilomètres plus loin sur les seize hectares appartenant à maman. Je crois que je connais la réponse.

Papa avait dû se rendre compte qu’il allait mourir. Peut-être le magasin était-il en perdition : victime de la Dépression, des routes refaites que les clients empruntaient pour aller acheter en ville, et de sa politique de faire crédit à quiconque avait une famille affamée ou une histoire marquée par la malchance. Quelle qu’en soit la raison, nous construisîmes une maison sur le terrain de maman, et papa agrandit les seize hectares en en achetant huit de plus, dc l’autre côté de la limite de la section, ainsi qu’une ferme de trente-deux hectares en état de décrépitude avancée, à huit cents mètres de là. Il paya ces trente-deux hectares mille cent dollars, ce qui montre avec éloquence quel était l’état de cette ferme et le prix du terrain dans les années trente. Il me fallut une conversation avec Barney, une trentaine d’années plus tard, avant de comprendre réellement pourquoi il l’avait achetée.

Dans mon idée, papa s’imaginait que nous pourrions y élever assez de bovins et y faire pousser suffisamment de foin pour réussir véritablement à en vivre. Barney était convaincu que ses raisons étaient beaucoup plus profondes.

Papa savait qu'il allait bientôt mourir. Margaret Mary, la plus intelligente de tous, avait choisi la voie de la sécurité et de l'indépendance avec le métier d'infirmière. Restaurer cette ferme rongée par l'érosion et la ruine nous donnerait, à Barney et à moi, une tâche dont nous pourrions nous enorgueillir. Cela ferait de nous des hommes.

D'accord, mais nous n'avons pas réussi, objectai-je à Barney. C'est vrai, me répondit-il. Mais nous aurions peut-être pu, si nous ne nous étions pas engagés. Et tu n'es pas heureux d'avoir essayé ?

Pour essayer, nous avions essayé. Nous avions érigé de petites retenues d'eau sur les pentes, afin d'arrêter l'érosion, semé les prés de trèfles et autres plantes fourragères afin de fournir aux bêtes des pâtures dignes de ce nom, et occupé nos deux chevaux tout l'été en leur faisant haler une charrue avec versoir d'un bout à l'autre de l'unique parcelle de bonne terre alluviale pour tuer le sorgho sous lequel elle disparaissait. Plus ambitieux que tout, nous avions lancé le projet de rectifier le cours d'une rivière qui serpentait dans ce creux en gâchant une grande partie de nos terres potentiellement bonnes pour la luzerne. Barney était convaincu que nous pouvions lui tracer un cours direct, d'un méandre à l'autre, en creusant puis en fermant l'ancien lit à l'aide d'un barrage pour obliger la rivière à prendre le nouveau. Nous progressâmes bien durant ce premier été mais le conflit survint et nous rattrapa avant que nous ne puissions terminer. Quatre ans plus tard, l'Axe avait perdu sa guerre mais la rivière avait gagné la sienne.

Mes souvenirs les plus vivaces de ces dernières

semaines précédant la mort de papa concernent ce mois de novembre lugubre. Les pluies que nous avions appelées de nos prières durant les chaleurs de l'été étaient venues, faisant de cet automne le plus froid et le plus humide de mémoire d'anciens. Pour Barney et moi, c'était la saison dévolue à édifier des clôtures, à creuser des trous pour les poteaux, à dérouler et tendre interminablement du fil de fer barbelé et à entretenir un petit feu pour marquer une pause de temps en temps afin de nous y réchauffer les mains. Une situation idéale pour que deux frères, un peu séparés par l'adolescence, réapprennent à se connaître.

Par exemple. Un lundi après-midi âpre. Le dimanche, après la messe, j'avais vu une voiture de sport Nash flambant neuve garée devant le magasin de Sacred Heart et j'en étais resté hypnotisé. Un jour, avais-je déclaré à Barney, j'en aurais une pareille. Je trouverais le moyen de gagner plein d'argent. Barney avait coiffé son chapeau de grand frère et m'avait demandé à quoi cela me servirait de gagner plein d'argent. Je lui avais répondu que je m'achèterais une Nash. Peut-être même une Packard. Il n'en avait pas été impressionné. Si tu as de quoi manger et une maison où tu es au chaud et au sec, m'avait-il répondu, il n'y a qu'une seule chose que l'argent puisse t'apporter. Tu peux t'en servir pour racheter ta vie. Après, tu n'es plus obligé de la gâcher à faire des choses que tu n'aimes pas dans le seul but de gagner de l'argent. Comme je ne comprenais pas cette théorie, il me l'expliqua. Ne cherche pas un moyen de gagner de l'argent ; trouve un moyen de gagner ta vie en faisant quelque chose que tu aimes faire de toute façon. Sinon, toute ton activité consiste à lever des fonds pour t'affranchir de l'esclavage.

À l'époque, ça m'avait paru idiot. En 1993, je suis retourné à la maison que nous avions laissée derrière nous cinquante ans plus tôt et j'ai effectué un petit détour pour voir comment notre clôture avait résisté. Elle continuait à remplir son devoir et, en la voyant, cela me rappela la philosophie de Barney. Idiote ou non, elle était en réalité très proche des règles de vie que nous avions tous les deux suivies.

4

La deuxième maison

Notre deuxième maison avait bien survécu elle aussi. Bâtie sur des fondations en béton, elle avait deux chambres à l'étage, un séjour, une chambre, une cuisine et (Dieu merci !) une salle de bains avec eau courante en bas. Cette salle de bains intérieure, une grande première pour notre famille et une chose très rare dans le sud du comté de Pott, était assurément un luxe.

Cette maison avait été rendue possible parce que, bien plus tôt, papa et oncle Frank avaient répondu à un besoin désespéré d'argent et fourni durant des années de la nourriture « à crédit » à une famille de fermiers crevant de faim. Cette famille avait finalement baissé les bras et s'était jointe aux Joad de Steinbeck dans la migration qui les avait menés de la Cuvette de Poussière jusqu'en Californie. La banque de Konawa avait décidé de saisir la ferme abandonnée mais papa était devenu le détenteur du « droit d'exploitation des minéraux » sur ce terrain. De tels droits sont généralement dépourvus de valeur (je suis bien placé pour le savoir, m'étant, au fil des ans, retrouvé avec ce genre de droits en ma possession), mais ce site fut l'exception qui confirme la règle. Il finit par attirer l'attention d'une compagnie pétrolière. Papa reçut environ cinq mille dollars en échange d'un droit de forage. Le puits de prospection se révéla être l'habituel trou aride, mais l'argent de la concession paya la construction de notre maison. La salle de bains intérieure fut rendue possible parce que la ligne installée par les services de l'électrification rurale suivait la route de la section qui longeait les seize hectares de maman, apportant l'électricité jusqu'à la maison et à la pompe, laquelle permettait à l'eau d'arriver dans la cuisine et la salle de bains.

Nous nous y installâmes en 1938, au creux terrible de la Dépression. Le prix du coton était si bas que la récolte restait sur pied dans les champs et que l'égreneuse de Zoeller fermait ses portes. Le magnifique porc Chester White que Barney avait entouré d'incalculables mois de soins affectueux et de tonnes de restes culinaires gagna un ruban bleu à la foire du comté mais ne lui rapporta que sept dollars et vingt-trois cents quand il le vendit. Les seuls emplois disponibles dans ce coin du comté étaient ceux de la WPA (quand ce programme fédéral encadrait un projet d'aménagement public en cours de réalisation) ou des journées de rude labeur sur les puits de forage quand quelqu'un avait de l'argent à miser sur ce genre d'entreprise. Le seul travail que je pus trouver, après que notre propre récolte eut été rentrée, fut avec les équipes chargées de mettre le foin en balles. À quinze ans, j'étais aussi capable que quiconque de conduire une faneuse, d'alimenter la presse à paille, voire d'introduire à travers les fentes le lien servant à nouer les balles. La paye était de un dollar vingt-cinq pour une journée de dix heures et il fallait apporter sa pitance. Ce tarif de douze cents et demi l'heure allait me faire paraître généreux les trente-cinq cents de l'heure que j'allais toucher plus tard quand je serais étudiant de première année à l'université A&M d'Oklahoma.

Je n'avais pas davantage conscience de cette crise économique qui touchait l'histoire de l'Amérique que de l'état d'épuisement du cœur de papa, et la seule aide que le docteur Giesen put lui apporter consista en une estimation du nombre de mois pendant lesquels il allait continuer à pomper le sang. Nos menus, typiques de l'époque qui précédait les réfrigérateurs, suivaient les saisons, mais nous mangions bien. Toute l'année nous disposions d'œufs frais, de lait frais, de beurre baratté de frais (je doute que dix pour cent des Américains d'aujourd'hui aient jamais goûté le délice de l'un ou l'autre de ces trois aliments dans leur état d'absolue fraîcheur, antérieur à toute réfrigération), sans oublier les volailles, le porc salé et les lapins à queue blanche. L'été nous apportait tout l'éventail des produits que maman tirait de son potager, et papa plantait quasiment toutes les espèces possibles d'arbres, d'arbrisseaux et de ronces producteurs de fruits qui acceptaient de pousser sous nos latitudes, y compris trois variétés de baies, quatre de vignes, des pommes, des poires, des prunes et des pêches. À l'exception des volailles et du gibier, le temps chaud nous limitait à la viande salée. Le camion de glace partait de Konawa pour sa tournée et les clients réguliers recevaient des petits panneaux, à fixer sur leur porte moustiquaire, qui stipulaient s'ils désiraient des blocs de dix ou de vingt kilos pour garnir leur glacière. Mais même vingt kilos ne duraient que trois jours environ. Ainsi, manger du porc ou du bœuf frais se limitait à l'hiver, la saison se poursuivant un peu grâce à la coutume qui consistait, entre voisins, à partager la viande quand on abattait un animal. Si la situation était très différente dans les villes, je doute que beaucoup de familles de cultivateurs aient souffert de la faim durant la Dépression.

Le problème, ce n'était pas la nourriture. C'était le manque d'argent pour payer les impôts fonciers et acheter ce qu'on ne pouvait faire pousser dans le comté de Pott, comme le sucre, le sel, la farine, d'autres ingrédients nécessaires à la cuisine, du barbelé pour les clôtures, des médicaments, des pièces pour permettre à la vieille voiture de continuer à rouler, etc. L'essence, cette année-là, coûtait un dollar les trente litres à Shawnee, mais à l'instar de la plupart des gens qui vivaient aux abords du champ de pétrole, nous n'achetions pas l'intégralité de notre carburant. Nous avions en permanence un baril d'essence de deux cents litres installé sur un support, afin de récupérer les résidus : le résultat de la condensation dans les pipelines de gaz naturel à l'endroit où ils fléchissent en franchissant les cours d'eau. Il est aujourd'hui illégal de s'approprier ce carburant et ça l'était probablement déjà à l'époque. Mais les compagnies pétrolières s'en moquaient. Si nous ne le volions pas, elles étaient obligées d'engager quelqu'un pour effectuer la tournée des tuyauteries afin de les purger. Mais, hélas, cela aussi avait son inconvénient. Cette essence de récupération était riche en soufre et les voitures qui la consommaient laissaient flotter dans leur sillage une épouvantable odeur d'œuf pourri, la preuve indéniable de ce que nous manigancions et une cause de déclin certain de notre statut social.

Quelle qu'ait pu être la motivation parentale pour quitter Sacred Heart, le déménagement marque le grand moment de mon enfance. Je cessai d'être un petit villageois pour devenir un fils de fermiers. S'installer trois kilomètres plus loin n'implique peut-être pas un changement spectaculaire de style de vie, mais en tant que gamins du village, Barney et moi n'assurions que des « corvées » : nettoyer le poulailler, arracher les mauvaises herbes du potager de maman, traire Bossy, nourrir les cochons, débiter du petit bois pour le fourneau, tirer l'eau au puits, derrière la maison, pour répondre aux besoins de la cuisine, de la journée lessive et des bains du samedi, aider maman dans ses efforts pour que le jardin soit beau, etc. Maintenant, nous étions des fermiers.

Point de vue travail, la grosse et réelle amélioration fut pour Margaret Mary qui avait toujours assuré la plus lourde charge. Étant la sœur aînée, le rôle qui consistait à surveiller les deux jeunes frères lui revenait. De même que les tâches d'aide cuisinière, de lavandière, de repasseuse, de femme de ménage, de boulangère, de responsable des conserves, etc. Comme le disait maman : « L'homme travaille peut-être du lever au coucher du soleil, mais le travail de la femme n'est jamais achevé. » Dans une maison où il n'y avait ni électricité ni eau courante, ce labeur était sans fin, pénible, et il s'effectuait dans la chaleur. Pour Barney et moi, ce fut un changement essentiellement psychologique. Les corvées demeuraient mais nous effectuions également un travail plus digne d'un homme derrière un attelage de chevaux.

Pour moi, ce gain de prestige était contrebalancé par une perte. Nous n'étions plus à distance de marche confortable de l'église de Sacred Heart. Même si ni à mes yeux, ni à ceux de quiconque, je n'ai jamais été considéré comme un enfant pieux, cette vieille et gracieuse bâtisse était pour moi importante à maints égards, mais il m'a fallu vieillir pour commencer à comprendre lesquels. Aujourd'hui il se peut qu'ils excèdent mes capacités d'explication. Mais je vais essayer.

Notre église était construite au sommet de Church Hill, le point le plus élevé de ce coin de l'Oklahoma. En conséquence, lorsque je m'asseyais à l'ombre de ses arbres pour m'adonner à mes songeries d'enfant, mon regard portait jusqu'à l'infini (à l'échelle du comté de Pottawatomie). À l'est, par-delà le cimetière et plus loin que le verger où poussaient les poiriers des Zoeller, s'étendaient les vallonnements de Mission Pasture. Là-bas, derrière la colline la plus lointaine, se trouvait la mare remplie d'énormes crapauds-buffles, pour ceux d'entre nous qui avaient la témérité d'investir ce territoire interdit et l'astuce nécessaire pour les emprisonner dans un sac. À l'ouest, au-dessus des toits du monastère et de l'école St. Mary, des collines boisées se succédaient dans un désordre sans fin et s'abaissaient vers l'horizon dans l'attente d'être explorées. Et de toutes parts l'immense ciel bleu étendait son climat aride sur la Cuvette de Poussière, et les amoncellements de nuages patientaient jusqu'à l'hiver pour donner de la pluie.

Le sommet de la colline était le premier lieu à profiter de la brise et l'intérieur de l'église était généralement frais et sombre. Y flottaient les arômes de l'encens dominical, du vieux bois, de la fumée des cierges et l'impression que Dieu était présent. Parfois, elle était fermée en raison de rumeurs selon lesquelles le Ku Klux Klan prévoyait de l'incendier. Mais j'étais devenu notre bibliothécaire autoproclamé, ce qui non seulement m'y donnait accès mais me fournissait également une bonne raison de passer mon temps de loisir à ne rien faire au sommet de Church Hill.

La bibliothèque dont j'étais en même temps le fondateur et l'unique usager occupait une réserve attenante au chœur. Les livres qu'elle contenait étaient le tout-venant abandonné derrière eux par les bénédictins quand ils avaient transféré leur école à Shawnee où elle était devenue l'université St. Gregory. Certains étaient en latin, en allemand ou en français, et donc indéchiffrables pour moi. D'autres, consacrés à la métaphysique de la théologie, dépassaient mon entendement. Mais le reste de ces ouvrages laissés pour compte, aussi fatigués, déchirés, usés qu'ils puissent l'être, constituait un trésor pour un gosse qui adorait lire et n'avait jamais mis les pieds dans une véritable bibliothèque.

Je les avais découverts alors qu'ils emmagasinaient la poussière dans des piles de cartons, un dimanche où je furetais après avoir rempli ma tâche d'enfant de chœur pendant l'office. Au jeune prêtre que nous avions à l'époque, j'affirmai que j'allais les classer et lui en dresser l'inventaire. Je soupçonne le père Bernard, en raison de cet amour des livres et de l'habitude que j'avais de traîner autour de l'église, d'avoir envisagé que je puisse devenir une éventuelle recruc pour l'ordre de saint Benoît.

Il me fallut de nombreux mois pour établir cette liste car je devais me faire une idée du contenu avant d'inscrire au crayon, dans mon carnet Big Chief, le titre du livre, le nom de l'auteur, le sujet et la date de publication. Je commençai par la traduction établie par Lord North de *La Vie des hommes illustres* de Plutarque, une sorte de compte-rendu anecdotique sur les machinations et turpitudes des hommes de pouvoir et d'influence de l'Antiquité, au contenu assez leste pour un élève de sixième. Puis suivirent *L'Histoire de la conquête du Pérou* et *La Conquête du Mexique* de Prescott, *L'Origine des espèces* de Darwin, *Les Contes de l'Alhambra* de Washington Irving et ainsi de suite. Je picorai ici et là dans *La Vie des saints* pour changer de rythme. Ce n'était pas une fuite pieuse devant les sanglantes batailles des conquêtes que j'y cherchais. Je choisissais ceux qui avaient atteint la canonisation non par la prière mais par la mort : leur martyre inspirait des descriptions détaillées parlant de langues arrachées, de têtes coupées, de corps jetés dans l'huile bouillante, brûlés sur le bûcher, fouettés ou empalés.

Pareilles lectures suscitaient une source ininterrompue de questions à poser au père Bernard, et il y répondait. Les théories de Darwin, me dit-il, ne s'opposaient pas au récit de la Genèse, dans la Bible, parce que nous étions bien conscients que dans ces récits l'enseignement de Dieu s'exerçait au travers de métaphores poétiques. Les « jours » de la création biblique représentaient des périodes incommensurables. L'humanité nous avait distingués des autres primates lorsque Dieu avait révélé au premier d'entre nous la connaissance de Sa présence et de la vie, de la mort, du bien et du mal. La théorie de l'évolution n'était rien d'autre que la tentative d'un scientifique brillant pour nous aider à appréhender l'éblouissante complexité de la création divine… depuis la force stupéfiante des pattes d'une sauterelle jusqu'à la façon dont notre cerveau traduit les signaux reçus par nos nerfs optiques. Il rendait les Évangiles tout aussi simples. Le Christ avait tenté de nous enseigner que le bonheur réside dans l'aide apportée aux autres, que l'égoïsme est le chemin de la damnation. Pour le père Bernard, le fin mot de l'histoire revenait toujours à dire que Dieu nous aime. Qu'il nous a octroyé le libre arbitre, la permission d'aller en enfer si bon nous semble, les règles à suivre si nous préférons à la fois une vie heureuse et le paradis, et une conscience pour nous guider sur notre chemin.

À peu près au moment où j'achevais mon travail d'indexation, il fut brusquement transféré vers un ministère plus important, et ma nouvelle source de livres ne se présenta pas assortie d'un conseiller spirituel philosophe. Ce fut la bibliothèque de l'État d'Oklahoma qui répondait aux demandes par l'envoi postal d'un catalogue de volumes disponibles. Les usagers notaient alors les titres désirés et joignaient les timbres pour couvrir les frais d'expédition. Au terme de trois semaines environ passées à se ronger les ongles, le paquet arrivait, générant une intense excitation chez les enfants Hillerman. Au sommet de la pile reposait toujours une lettre circulaire polycopiée :

« Chers usagers de la bibliothèque, nous sommes désolés de vous informer que tous les livres que vous nous avez demandés ne sont pas disponibles actuellement. En conséquence, nous avons sélectionné pour vous des ouvrages de substitution dont nous ne doutons pas qu'ils sauront répondre à vos attentes. »

Nous avions commandé, disons, *Les Quatre Filles du Docteur March* et *La Maison aux pignons verts* pour Margaret Mary, et des livres comme *Captain Blood*, *Death on Horseback*, *Tom Swift et son cycloplane* ou *La Conquête du courage* pour Barney et moi. Le paquet renfermait des volumes tels *L'Histoire de l'ordre maçonnique en Oklahoma, The Bobbsey Twins on Blueberry Island, Le Déclin et la chute de l'Empire romain, Tom Brown's Schooldays, L'Économie du coton dans le delta du*

Mississippi après la guerre de Sécession et *Pollyana and Her Puppy*. Ils étaient tous lus avant que la date de renvoi ne survienne, même si cette nouvelle vie dans notre nouvel environnement nous laissait moins de temps pour nous asseoir en compagnie d'un livre.

Durant la première année environ, papa se rendait au volant de notre vieille Dodge à Sacred Heart où il abattait avec régularité des journées de dix à onze heures au magasin. Margaret Mary partait avec lui pour terminer son année à l'école St. Mary, tandis que Barney et moi marchions jusqu'au carrefour où le car de ramassage scolaire s'arrêtait pour nous conduire à l'école secondaire de Konawa afin d'y poursuivre notre éducation. Le samedi et les jours où il n'y avait pas classe, la version bille de nos jeux de guerre résista assez brièvement sous les arbres derrière la ferme. Junior Johnson, Jr., le garçon qui habitait dans la maison louée de l'autre côté de la limite de la section, se joignait à nous. Son père, Junior Johnson, Sr., vint voir ce que son fils fabriquait et en conçut de l'intérêt. Il se constitua son propre sac de billes et, quand il était au chômage, il participait aux combats. Mais cela ne dura pas longtemps. La vraie guerre approchait.

5

Apte aux études

L'automne qui précéda mon engagement dans l'armée, maman réunit autour de la table de la cuisine un conseil de famille lourd de conséquences et cette discussion exige un contexte historique. Les Japonais avaient bombardé Pearl Harbor le 7 décembre précédent. Papa, qui était parvenu à se maintenir en vie avant tout par l'effet de sa volonté, était décédé sur le canapé du séjour le matin de Noël suivant. Barney avait franchi le cap des dix-huit ans en janvier et s'occupait de la ferme en attendant son appel sous les drapeaux. Margaret Mary achevait sa formation d'infirmière à Oklahoma City. Je venais d'obtenir mon diplôme de fin d'études secondaires à Konawa et j'avais eu dix-sept ans la semaine suivante. Maman suggéra alors qu'un des garçons au moins devrait aller à l'université.

Barney et moi avions passé la journée avec un cousin, à installer une pierre sur la tombe de papa… une circonstance solennelle qui précipita peut-être la décision de maman. Quelques jours avant sa mort, il nous avait dit qu'il voulait les obsèques les moins onéreuses possibles et nous avait arraché la promesse que nous ne gâcherions pas d'argent dans l'achat d'une pierre tombale. Nous ne l'avions pas fait, mais un moine du monastère nous avait expliqué que nous pouvions fabriquer une belle croix blanche avec du ciment, de la chaux et du sable. Il nous avait aidés à obtenir cette forme et nous avait procuré les matériaux. Papa eut ainsi sa pierre tombale, qu'il le veuille ou non, et nous respectâmes notre parole.

Nous eûmes moins de réussite comme agriculteurs. Les patates douces que nous avions cultivées pour alimenter la cuisine du Civilian Conservation Corps[1] de Konawa restèrent invendues. Le coton que nous avions planté (papa n'aurait jamais accepté du coton sur ses terres) avait été florissant jusqu'à ce que les papillons de nuit le repèrent et l'anéantissent. Le lopin de mûriers que nous louions à grand-père Mann, plus loin sur la limite de la section, nous rapportait moins d'argent qu'il ne nous en fallait pour le payer. Le côté positif des choses, c'était que nous avions engrangé une belle récolte de luzerne, que le prix du bœuf avait un peu grimpé, accroissant la valeur du troupeau de trente-cinq bêtes de race Angus et Hereford que papa avait constitué, et que nous avions gagné un peu d'argent en revendant nos fraises, raisins, pommes et pastèques en ville. Mis bout à bout, notre revenu était probablement suffisant pour acquitter les impôts fonciers.

Mais tout était en devenir. Barney s'était trouvé un boulot d'ouvrier non qualifié à l'usine de conditionnement Swift d'Oklahoma City, afin d'ajouter au trésor familial durant la saison automnale où les travaux fermiers étaient ralentis, mais il serait

1. Programme de chantiers publics qui fournit du travail à 3 millions de personnes au cours de la Grande Dépression. (*N.d.T.*)

bientôt incorporé. Que nous réservait le futur? Barney, qui remplaçait papa dans le rôle d'optimiste de la famille, pensait que nous pouvions gagner notre vie sur la ferme. Moi, j'en doutais. Maman voyait bien au-delà. L'un de nous devrait aller à l'université. C'était une idée révolutionnaire à une époque où les études supérieures étaient réservées aux enfants des nantis, mais nous décidâmes d'essayer. Comme c'était moi qui avais les meilleures notes et que je ne partageais pas l'enthousiasme de mon frère pour l'agronomie, je serais l'intellectuel de la famille. (En réalité, c'était Margaret Mary qui avait toujours obtenu les meilleures notes mais, étant déjà à l'école d'infirmières, elle n'était pas concernée par cette conversation.) Nous parvînmes à une décision. Barney dirigerait la ferme jusqu'à sa mobilisation. Je m'inscrirais à l'école supérieure de mécanique agricole d'Oklahoma. Et ensuite? Dans notre famille, la règle consistait à mettre notre confiance dans un Dieu bienveillant, à ne rien redouter et à ne pas nous inquiéter à l'avance de ce qui nous attendait. Le plan s'organisait comme suit. Les fonds familiaux paieraient mes frais d'inscription du semestre d'automne, mes manuels et le loyer de ma chambre pendant le premicr mois. D'ici là, j'aurais trouvé du travail, je pourvoirais moi-même à mes frais de résidence ainsi qu'à mes dépenses et j'engrangerais suffisamment d'argent pour régler le semestre de printemps.

Avant que la révolution socio-économique entraînée par le GI Bill of Rights n'envoie littéralement des millions de jeunes hommes à l'université, les prêts pour études, les fonds d'aide aux étudiants et les bourses d'État n'avaient pas encore été inventés. Les seules personnes de ma connaissance à avoir suivi des études supérieures étaient le docteur Giesen, qui assistait les malades de Konawa et du territoire environnant, et plusieurs de mes professeurs du secondaire (mais pas tous). L'université était un lieu où les couches supérieures de la société, et quelques familles appartenant aux classes moyennes, inscrivaient leurs héritiers. Ainsi, l'idée de maman selon laquelle je devais être envoyé dans les royaumes nobles de l'élite dominante était absolument stupéfiante. Mais il est non moins exact que maman était une femme absolument stupéfiante.

Une fois la décision prise, il n'y avait plus de temps à perdre. L'automne était presque là et les cours allaient bientôt débuter. J'emballai mes habits du dimanche. Maman nous prépara un déjeuner. Nous montâmes dans notre vieille automobile et prîmes la route de Stillwater.

En fait, les cours étaient déjà entrés dans leur deuxième semaine. Pendant que maman et Barney s'occupaient de me trouver un logement et du travail, je fus orienté vers un conseiller universitaire. Ainsi donc je voulais devenir ingénieur ? Bon, comment je me débrouillais, en maths ? Je répondis que je n'avais obtenu que des A. Hélas, il ignorait que les seules mathématiques dispensées à l'école secondaire de Konawa consistaient en un semestre d'introduction à l'algèbre et un semestre de géométrie plane. Ces deux matières étant enseignées par l'entraîneur de l'équipe de foot américain des Tigres de Konawa. Comme il ne comprenait vraiment pas plus l'une que l'autre, et comme personne ne semblait s'inscrire à l'exception des joueurs de l'équipe, nous passions une grande partie de notre temps à étudier les schémas d'attaques orientées sur une seule aile, les tactiques de passes, etc. Dans son ignorance béate, le conseiller m'inscrivit en algèbre et en trigonométrie, en première année d'anglais, en biologie, chimie théorique et labo de chimie.

Pendant que lui et moi échafaudions ce plan d'action désastreux, maman et Barney réglaient les quinze dollars correspondant au premier mois de mes quartiers d'habitation. Pour cette somme, je partageais la moitié d'un lit deux places, dans une chambre exiguë au premier étage de la vieille demeure de Mme Pulliam, dans la Douzième Rue, à Stillwater. Ils s'étaient également rendus au bureau de placement des étudiants où ils avaient recueilli une liste d'emplois potentiels. À la fin de l'après-midi, quand ils prirent le chemin du retour (les gens qui ont des vaches à traire ne passent pas la nuit loin de chez eux), je disposais d'un travail, six jours par semaine, comme garçon de salle et plongeur à la pension de Mme Wallen, d'un emploi de domestique pour le week-end chez un dentiste de Stillwater, et d'une promesse d'embauche, « quand le besoin s'en ferait sentir », comme nettoyeur de fossés d'irrigation pour le compte du département d'agriculture de l'université. Ma paye de plongeur était de trois repas par jour, dimanche excepté. Pour les autres boulots, je recevais trente-cinq cents de l'heure.

Des années plus tard, après avoir lu *L'Attrape-cœur*, les souvenirs de cette journée revinrent m'envahir et je tentai de les associer pour en tirer la matière première d'une nouvelle, insérant la longue embrassade d'au revoir avec maman, la poignée de main échangée avec Barney, puis moi qui restais là, debout sur l'herbe des Bermudes plus morte qu'autre chose, devant la maison de Mme Pulliam, à regarder notre voiture disparaître au bout de la rue avec des sentiments où se mêlaient la peur, l'exultation, la solitude et l'excitation. Tout à coup, j'étais un adulte officiellement reconnu. Libéré enfin de l'adolescence, une vie dans laquelle je ne m'étais pas senti à mon aise. J'étais maigre, maladroit, lent dans mes mouvements, rescapé de deux vilaines pneumonies antérieures à l'ère des antibiotiques, et d'un combat contre la malaria qui, en sixième, m'avait interdit l'école pendant des mois. J'avais le genre d'oreilles qui ont fait de Ross Perot une des cibles préférées des caricaturistes, un gros nez osseux et une tendance à m'engager dans des trucs idiots afin de minimiser les risques d'être considéré comme une poule mouillée par mes pairs. (Par exemple, sauter du grenier d'une grange pour illustrer devant mes copains la technique des parachutistes et, comme cela arrivait souvent aux parachutistes, m'arracher les ligaments de la cheville.) Là, c'était un nouveau départ. J'étais à la fois effrayé et débordant de joie, un mélange d'émotions que je n'ai jamais su dépeindre dans les récits de fiction.

Imaginez, si vous le pouvez, le parfait contraire des stéréotypes d'étudiants présentés par le cinéma ou la télévision et vous aurez mes six colocataires des chambres de l'étage, chez Mme Pulliam. Ils avaient une propension à être ternes, d'un sérieux mortel, fatigués et à l'extrême limite de se faire virer ou de se retrouver complètement fauchés, à moins que ce ne soit les deux à la fois. L'exception était Sam Singletery Elliot, le rejeton d'une vieille et influente famille de Géorgie, et la raison pour laquelle il en était réduit à vivre parmi nous sera expliquée dans un instant. Celui avec qui j'allais partager un matelas pour la durée du semestre s'appelait James Bean, c'était le fils d'un capitaine de l'armée. Il avait joué en défense, au poste de secondeur, dans l'équipe de l'une des gigantesques écoles secondaires d'Oklahoma City. Il était grand, solide, emporté de caractère et très mécontent de devoir perdre son intimité, même s'il s'agissait du côté du lit situé contre le mur, tout ça à cause d'un plouc retardataire.

Bean revendiquait l'occupation du côté extérieur du lit non pas en se basant sur le droit du premier occupant ni sur son évidente supériorité physique. Il me fit remarquer que son boulot (aide-cuisinier et concierge dans un club d'étudiantes) exigeait qu'il soit en cuisine à cinq heures du matin. Dans la mesure où son lieu de travail se trouvait à trois kilomètres à pied, il fallait qu'il se lève vers les quatre heures et je n'avais sûrement pas envie qu'un défenseur de quatre-vingt-dix kilos passe au-dessus de moi à cette heure-là, sept jours par semaine. C'était un garçon sympathique et généreux, qui m'avança un jour cinquante cents pour financer un plan visant à inviter une fille de mon labo de chimie à aller boire une tasse de café. Elle rejeta l'invitation mais Bean et moi nous devînmes amis.

Il avait déjà dix-huit ans, s'était porté volontaire et attendait sa convocation sous les drapeaux. Elle arriva à la fin du semestre. Des années plus tard, j'appris qu'il avait été tué en Italie, un des jeunes hommes parmi ces milliers d'autres que le général Mark Clark sacrifia dans sa course égocentrique et monomaniaque pour pénétrer dans Rome avant les Britanniques.

À l'instar d'Elliot, Bean faisait figure d'exception dans notre groupe, mais uniquement parce qu'il était d'Oklahoma City, et par conséquent citadin. Les autres, soit nous étions des fils d'agriculteurs, soit nous venions de petits villages situés au croisement des routes. En ces jours innocents précédant la libération de la femme, un fort pourcentage de jeunes filles allaient à l'université en quête d'un bon parti. Les locataires de Mme Pulliam, qui subvenaient à leurs besoins grâce à divers petits boulots rapportant trente-cinq cents de l'heure, ne répondaient de toute évidence pas plus à cette recherche que nous ne pouvions lutter contre les garçons des fraternités estudiantines. Pas un seul d'entre nous n'obtint de rendez-vous durant ce semestre.

Notre participation à la vie sociale avait lieu en bas, dans le salon de Mme Pulliam où elle tentait de nous apprendre le bridge. Sam Singletery Elliot possédait, lui, ce profil du possible futur mari, mais il avait quasiment en permanence les cartes à la main parce qu'il n'avait pas plus de travail rémunéré qu'il ne faisait ses devoirs. Sam était tombé amoureux et il mérite un paragraphe parce qu'il tient son rôle dans l'éducation que j'ai reçue à l'école supérieure A&M.

Ce fut à son contact que j'appris tout d'un système de classes sociales dont je ne soupçonnais absolument pas l'existence en dehors des romans de la période victorienne que j'avais lus. J'appris qu'il y a des pauvres et des riches, et que nous figurions dans la première catégorie. Sam appartenait à la seconde : un réfugié parmi nous, alors, parce que sa famille en avait par-dessus la tête de ses bêtises et lui avait coupé les vivres. Dans le souvenir que j'ai gardé de l'histoire de Sam, il avait fréquenté une école privée de Savannah, ville où ses proches possédaient des intérêts dans le transport maritime et la banque. Il avait prêté serment dans la fraternité estudiantine de sa famille, participé aux fêtes et échoué dans ses études. Une tante qui habitait à Tulsa avait ensuite pris la relève et réussi à l'inscrire à A&M. Sam était grand, bel homme, courtois, agréable et généreux. J'étais fasciné par lui tout comme l'était un autre des locataires de Mme Pulliam, un fils d'agriculteur nommé Darrell qui cultivait le blé. Parvenu au milieu du semestre, nous étions ses amis et ses confidents.

Mais Sam avait besoin de davantage que de simples copains.

Il lui fallait quelqu'un qui l'aime vraiment et cette personne, il l'avait repérée. C'était une élève qui passait devant chez nous en se rendant à l'école secondaire de Stillwater et en en revenant. Sam disposait de la plus belle chambre de la maison pour lui tout seul, avec une série de fenêtres qui dominaient ce trottoir fatal. Il avait cessé d'assister aux cours parce que, du lundi au vendredi, matin et après-midi, il fallait qu'il soit posté à ces fenêtres dans l'attente du passage de la jeune fille. Pendant ce temps, des renseignements concernant sa conduite avaient dû parvenir à sa famille et sa tolérante tante de Tulsa perdit elle-même patience. Ses rentrées d'argent se tarirent. Sam commença à vendre sa nombreuse et coûteuse garde-robe.

J'observai tout cela avec un intérêt détaché mais Darrell perdit patience lui aussi. Il exigea de Sam qu'il se procure le nom et le numéro de téléphone de la jeune fille et qu'il l'appelle. Sam refusa de courir le risque d'un rejet. Finalement, par un après-midi glacial, juste avant les vacances de Noël, Darrell sortit précipitamment sur le trottoir, arrêta la jeune fille, se présenta et lui parla de Sam. Il l'invita à entrer, la présenta à Mme Pulliam et courut à l'étage chercher notre ami. Comme j'étais sorti pour aller faire ma plonge pendant que se déroulaient ces événements, le récit que j'en donne est de seconde main, mais selon Darrell, Sam était furieux, très gêné, humilié, et il avait éprouvé un mal de chien à le convaincre de descendre dans le salon. Là, il avait procédé aux présentations et s'était retiré. Quelques minutes plus tard la jeune fille était partie, adressant un geste d'au revoir à Sam. Ce qu'il advint par la suite, je l'ignore. Je rentrai chez moi pour Noël. À mon retour, Sam n'était plus là.

Le seul objet que je gardai de lui fut une magnifique veste de sport en cachemire qu'il m'avait vendue. (Ma tenue de sortie avait été un blouson de l'école secondaire de Konawa orné d'une lettre, gagné lors de mes héroïques prestations au poste de garde droit, sur le banc des remplaçants : mais l'organisation locale similaire interdisait le port de pareils vêtements sur le campus, ce qui me laissait en pull et en manches de chemise.) Je crois que j'avais dû la lui payer quatre dollars. Des années plus tard, après la guerre, à l'époque où j'essayais d'attirer l'attention de ma future épouse, je la portais encore.

Malheureusement, Sam avait les pieds qui correspondaient à sa taille. S'il possédait bel et bien des quantités de chaussures, aucune ne m'allait et c'était pour moi devenu un sérieux problème.

L'école supérieure A&M était une université à vocation agricole dont les terrains avaient été cédés par l'État fédéral, lequel, en contrepartie, exigeait de tous les étudiants de sexe masculin aptes qu'ils s'engagent dans les programmes de formation des officiers de réserve. Exactement ce que je souhaite, pensai-je avant d'apprendre que même les pseudo soldats étaient tenus de porter des chaussures marron. Je possédais deux paires à l'époque : une de chaussures montantes normales pour le travail de tous les jours, que j'avais laissées à la ferme parce qu'elles étaient usées jusqu'à la corde et qu'elles me serraient, et une paire de chaussures habillées bicolores. J'avais investi l'argent gagné en ramassant les mûres dans cette commande par catalogue. C'étaient des Roblees, marron clair avec le coup de pied recouvert d'un cuir de veau blanc très mince et très souple perforé d'une multitude de trous carrés : à la pointe de la mode telle que je me la représentais dans le comté de Pottawatomie. Je les portais avec fierté, une attitude que ne partagea pas notre sergent instructeur quand il finit par les remarquer.

— Vous ne pouvez pas porter ces trucs-là, me dit-il. Nous ne sommes pas à une soirée dansante, ici. Mettez des chaussures marron.

Je lui répondis que je n'en possédais pas. Il m'ordonna de m'en procurer d'ici le mercredi suivant, le prochain jour de manœuvres.

Je n'ai aucune idée du prix que pouvait coûter, à Stillwater en 1942, une paire de chaussures marron bon marché. De toute façon, je n'avais pas l'argent. Mon plan consistait à gagner du temps et cela réussit pendant une quinzaine de jours jusqu'à ce qu'il me remarque à nouveau. La conversation se déroula à peu près comme suit :

— Je ne vous avais pas prévenu, pour ces saloperies de chaussures de soirée ?

— Si, sergent. Je cherche.

— Marron, la semaine prochaine, ou vos fesses efflanquées vont goûter des miennes.

Le cirage que j'empruntai rendit moins évident ce merveilleux cuir de veau perforé, lui conférant à peu près l'aspect qu'auraient eu des chaussures avec lesquelles on aurait traversé un enclos à vaches boueux, et persuada le sergent que j'avais consenti un effort. Ça ne suffit pas, me dit-il. J'obéis. Mon plan consistait désormais à rajouter du cirage jusqu'à ce qu'il baisse les bras et me fixe un nouvel ultimatum dont je me soucierais en temps et en heure, s'il survenait jamais. Comme toujours dans mon cas, la bonne fortune me sourit. Le sergent disparut (muté dans les Aléoutiennes, espérais-je à l'époque) et fut remplacé par un caporal qui s'intéressait moins à ce que l'on portait aux pieds.

Je n'ai gardé que quelques souvenirs de cette première tentative pour parfaire mon éducation : une expérience semblable à celle d'Alice suivant le lapin au pays des merveilles. À dix-sept ans, je n'avais qu'une notion abstraite de la structure sociale et, sur le campus, l'ignorance qui m'avait servi de bouclier avait été balayée. Margaret Mary rejette toujours l'idée de notre pauvreté et peut-être a-t-elle raison. Nous portions le costume de notre communauté, nous mangions bien, et quand papa et maman se souciaient de l'état de nos finances, ils ne nous le laissaient pas voir. Mais Stillwater, c'était le *monde*. Ce n'était pas Bennington, Hanover, Beverly Hills ou New Haven, mais les castes sociales sont des données relatives. Ses clubs d'étudiantes, ses fraternités masculines, jusqu'à ses résidences universitaires étaient remplis de jeunes bourrés de FRIC, disposant d'allocations mensuelles versées par leurs parents, dont les frais d'inscription, de logement et les dépenses courantes étaient réglés par des tiers. Beaucoup de ces étudiants avaient même des voitures. Je voyais un monde dont je ne connaissais l'existence que par mes lectures. En rentrant chez moi fatigué, un soir, après avoir lavé la vaisselle à la pension, je passai devant la fraternité Sigma Alpha Epsilon où débutaient les festivités d'une soirée. Des rangées de décapotables, des jolies étudiantes, des garçons en smoking, et ma première vision de près sur ce qu'était l'inégale répartition des richesses : ce que Bryan l'Iconoclaste vilipendait dans ses éditoriaux socialistes. Un professeur d'anglais aurait utilisé le terme de révélation pour décrire cette expérience.

Je n'ai pas conservé la mémoire du ressentiment que nous autres, les déshérités, sommes censés ressentir quand, pour la première fois, nous voyons les possédants. C'était plus proche de la surprise. Mais dans la mesure où ces souvenirs se veulent honnêtes, j'avouerai également une pointe d'envie.

Peut-être serait-il possible d'imputer à Albert Harjo l'humeur renfrognée que je communiquai au trottoir sur lequel je restai planté à observer les festivités de la fraternité SAE : il était le plongeur-chef de notre pension, mon supérieur, un authentique rabat-joie quotidien. Albert était un Indien choctaw, grand et massif, un étudiant de troisième année de génie électrique dont l'expression morose ne fluctuait jamais et qui chantait *I'll Never Smile Again* pendant que nous débarrassions les dix-huit tables et faisions la vaisselle. Ces sessions où nous avions les mains dans l'eau savonneuse et récurions les assiettes sales se reproduisaient trois fois par jour, six jours par semaine, et duraient environ deux heures et demie. La voix de baryton d'Albert ne faiblissait jamais. Il connaissait toutes les paroles de tous les couplets de cette chanson d'amour mélancolique. Il en alla de même pour moi dès le milieu de la deuxième semaine, et cela n'a pas changé à ce jour. À la fin du semestre, Harjo partit dans un camp d'entraînement des Marines et fut, par la suite, envoyé à Iwo Jima où les défenseurs japonais rendirent sa chanson prophétique. Quant à moi, quand le semestre prit fin, je rentrai chez nous à la ferme.

Il était désormais clairement établi que l'université n'était pas ce qui me convenait. Barney avait reçu sa feuille de route et était sur le point de se présenter à l'incorporation. J'avais mis de côté la majeure partie de ce que j'avais gagné en introduisant les patients chez le dentiste, en nettoyant les fossés pour le département d'agriculture et en travaillant au magasin pour le corps des officiers de réserve, mais cela ne suffisait pas à payer les droits d'inscription du second semestre. J'avais réussi à obtenir un A en composition anglaise, un D en introduction à la chimie, avais en algèbre évité une note désastreuse comptant dans la moyenne (sauvé du F parce que je m'étais fait mettre à la porte du cours pour m'être endormi), et décroché un C miraculeux en trigonométrie où, grâce à la mansuétude d'un jeune enseignant, j'avais échappé à un autre F inévitable.

La conversation, telle que ma mémoire l'a conservée, se déroula approximativement de la sorte :

— Que vous est-il arrivé, jeune homme ? Seulement des A pendant la première moitié du semestre et maintenant uniquement des F.

Je lui expliquai que je pouvais mémoriser toutes les formules des sinus et des cosinus, les différentes règles, etc., mais maintenant que nous nous servions de l'algèbre, j'étais perdu. Il me demanda quelle note j'avais obtenue en algèbre intermédiaire. Je lui répondis que j'avais été obligé d'abandonner. Ignorais-je que je ne pouvais pas m'inscrire en trigonométrie avant d'avoir obtenu algèbre intermédiaire ? Oui, je l'ignorais. Bon, quelle note avais-je eue en introduction à l'algèbre ? Je lui répondis que je n'avais pas passé ça non plus.

Un temps de silence. Est-ce que je savais que je ne pouvais même pas m'inscrire en algèbre intermédiaire si je n'avais pas réussi introduction à l'algèbre ? Non, je ne le savais pas. Est-ce que je savais que j'avais devant moi deux semestres d'apprentissage de l'algèbre avant de pouvoir suivre son cours ? Maintenant, je le sais, lui répondis-je. Un nouveau silence pendant qu'il se livrait à ses calculs. Il nous reste deux tests programmés, me dit-il. Vous allez avoir deux nouveaux F. À la suite de quoi j'additionne les quatre points de vos A et les zéros de vos F, je divise et j'obtiens un deux qui correspond à C. Pourquoi perdre votre temps à venir en cours ? Je n'y retournai donc pas et ce C est la note que ce jeune enseignant sympathique m'a accordée.

Il y a quelques années, je suis retourné à A&M (devenue l'université d'État d'Oklahoma) pour y faire une conférence et j'ai profité de l'occasion pour découvrir ce qui avait remplacé la vieille maison de Mme Pulliam quand les démolisseurs avaient exécuté l'ordre de condamnation édicté par la ville. Elle se dressait toujours au même endroit, attendant d'être rasée, et, sous sa couche de peinture fraîche, elle avait plus fière allure que je n'en avais conservé le souvenir.

La petite fenêtre étroite qui éclairait notre étroite petite chambre (dont la largeur n'excédait pas de plus de trente centimètres l'espace occupé par le lit) était désormais équipée d'un store et les écureuils avaient effectué leur retour, occupant les arbres où Darrell avait prélevé son tribut. À son sens, l'interdiction de cuisiner dans nos chambres qui nous était stipulée par Mme Pulliam avait uniquement vocation d'information : une concession consentie pour pacifier le responsable de la lutte anti-incendie à Stillwater. Le ragoût d'écureuil qu'il concoctait discrètement se révélait très pratique le dimanche quand ceux d'entre nous qui occupions des emplois de plongeurs devaient se procurer ailleurs leur nourriture. L'idée m'est venue que les experts en sociologie de l'économie pourraient apprendre beaucoup de choses sur la façon d'évaluer les temps difficiles en comptant les canards et les oies qui survivent sur les mares des grandes universités, et la population des écureuils dans les arbres des campus.

Mais fini, pour moi, les ragoûts d'écureuil. La feuille de « bienvenue » de Barney arriva. Il nous conduisit, maman et moi, jusqu'à Maud où il agita la main en signe d'au revoir quand le car du conseil de révision démarra. Je ramenai maman chez nous, conscient de l'importance de ce changement derrière le volant et suffisamment réfléchi pour comprendre que la gaieté naturelle qu'elle affichait n'était destinée qu'à moi. La route du retour passait par Sacred Heart et elle suggéra que nous marquions une petite halte à l'église.

— On va adresser une prière pour qu'il nous revienne sain et sauf, suggéra-t-elle.

Nous nous agenouillâmes un instant sur les prie-Dieu du fond et je crois que c'est à ce moment-là que, pour la première fois, j'ai pris conscience de la réalité de la guerre. Du risque que Barney ne revienne jamais. Jamais je n'ai prié avec davantage de ferveur. Si j'avais su qu'il allait trouver moyen de s'intégrer dans les unités de planeurs de l'infanterie aéroportée, j'aurais su que mes prières s'orientaient vers quelque chose qui tenait du miracle.

En même temps que j'avais reçu la garde des clés de la voiture, j'étais plus ou moins, dans ma tête en tout cas, devenu exploitant de la ferme, rôle pour lequel je n'avais pas plus de compétences que pour la trigonométrie. Maman devait bien s'en rendre compte, et comprendre pareillement que je mourais d'envie d'imiter mon grand frère en revêtant l'uniforme. Nous abordâmes le sujet ce soir-là au dîner, dominé par la chaise vide de Barney, et parvînmes à une décision. Si je voulais partir, je le pouvais. Nous arrêterions l'exploitation de la ferme, vendrions les bêtes, fermerions la maison. Maman partirait à Oklahoma City. Elle trouverait un emploi. Et après ? Je n'ai pas le souvenir que cette question me soit jamais venue à l'esprit. La seule justification que je puisse évoquer pour expliquer semblable égoïsme est que les adolescents ont tendance à voir dans leur mère une Superwoman.

Je n'ai pas gardé la mémoire de sa présence à la vente aux enchères organisée dans la grange pour le matériel agricole. La Dépression et la sécheresse avaient transformé ces événements en cérémonies de l'échec de l'Amérique rurale. Elle devait savoir que plus jamais elle ne reviendrait dans sa maison. Ayant vu ce que la guerre réserve aux fils d'autres femmes quand elle avait soigné les blessés de la Première Guerre mondiale, elle ne pouvait avoir aucune illusion non plus à cet égard. Je crains quc la vente de notre chariot, de nos charrues abîmées, de nos outils agricoles, râteaux à foin et harnais, ait constitué un spectacle qu'elle était heureuse de rater. Mon unique souvenir concerne Blackie et Dan, nos deux chevaux de labour mal assortis et sujets à bien des malheurs que mon cousin Joe Grove acheta. Je savais déjà à l'époque qu'il n'en avait nul besoin et avait renchéri par pure bonté. Des années plus tard, je lui ai demandé s'il lui était une seule fois arrivé de les harnacher. Non, m'a-t-il répondu, il voulait les garder pour Barney et pour moi.

6

Maman

Avant d'en arriver à la guerre elle-même, il faut que vous fassiez plus ample connaissance avec maman, l'héroïne de ce livre. Sans la compréhension dont elle fit preuve, jamais je n'aurais eu la possibilité de porter l'insigne du fantassin au combat, ce que les anciens troufions que nous sommes considérons comme la plus haute décoration militaire américaine, pas plus que je ne serais devenu écrivain. Sa propre vie lui avait enseigné que la jeunesse doit comporter ses aventures, quels qu'en soient les risques. Elle nous a transmis cette sagesse, de même qu'elle m'a enseigné, à sa façon, que rêver a des vertus. Sa leçon la plus importante était que nous ne devions avoir peur de rien : une variante du thème cher au père Bernard. Puisque Dieu nous aime, il n'existe aucune justification rationnelle à la peur. Si nous remplissons notre rôle en nous appuyant sur le bon sens dont Il nous a pourvus, Il ne laissera pas se produire une chose qui ne soit, d'une façon ou d'une autre, pour notre bien. Si une porte, en claquant, se refermait sur notre main ? Tout en soignant la blessure, elle nous disait, d'abord, de faire l'offrande de cette douleur en pénitence de nos défauts et, ensuite, de tirer un enseignement de l'incident de telle sorte qu'il ne se reproduise pas. Si le loisir lui en était donné, ce genre de petit désastre l'incitait à nous raconter une histoire à vocation pédagogique.

Maman était capable d'inventer un récit magique pour ses enfants tandis qu'elle bandait un genou écorché, qu'elle mettait des betteraves en conserve ou qu'elle tournait le bras de l'essoreuse à vêtements à côté de la bassine qui servait pour la lessive. Elle était notre chanteuse de ballades, notre lectrice de contes de fées, celle qui nous renforçait dans la conviction que (en dépit de la sécheresse, de la Dépression et de la pauvreté qui engloutissaient le comté de Pottawatomie) nous n'avions, en tant qu'enfants, à nous inquiéter de rien sinon de conserver notre pureté, d'être gentils les uns avec les autres, d'assurer le salut de notre âme et d'obtenir de bonnes notes à l'école. Avec l'aide de papa, elle nous persuada que nous étions exceptionnels. Nous n'étions pas juste des petits Blancs pauvres et minables. De grandes choses nous attendaient. Nous avions beaucoup à prouver. Bosses, ecchymoses et rhumes hivernaux ne méritaient pas que l'on s'en plaigne ; gémissements et apitoiements n'étaient pas tolérés.

— Fais-en l'offrande, nous disait-elle en nous serrant contre elle.

Quand la vie semblait horrible, cruelle et injuste, elle nous rappelait que c'était une brève épreuve qu'il nous fallait endurer, une course qu'il nous fallait courir, un test que nous devions passer de notre mieux. Nous étions nés, nous allions vivre un court moment puis nous mourrions. Après viendraient l'allégresse, l'immense récompense, la Sublime Aventure, la vie éternelle. En conséquence, les enfants n'avaient jamais aucune raison d'avoir peur, jamais. Ni des araignées (évitez la veuve noire et elle vous évitera), ni de la foudre (évitez de vous abriter sous un arbre pendant les orages), ni des nuées dans le ciel (regardez la beauté qui est la leur, leur majesté ; mais si vous voyez un entonnoir de tornade, nous irons faire un petit pique-nique dans le cellier aux provisions). Ni de la noyade (Dieu vous aime mais il compte sur vous pour témoigner d'un peu de sens commun). Ni des serpents (ils sont nos alliés dans la guerre que les humains livrent aux rats et aux souris).

Les instructions de papa étaient plus spécifiques. Les gens que nous étions ne mentaient jamais, ne volaient jamais, ne trichaient jamais. Et plus important que tout peut-être, les Hillerman ne jugeaient jamais les autres. Tous, nous étions les enfants de Dieu, et nous laisserions Dieu exercer Son jugement. Cela signifiait que nous ne pouvions pas être racistes. Mais il ne nous spécifiait jamais aucune interdiction particulière. Par exemple, durant l'automne qui précéda sa mort, il nous fit venir, Barney et moi, et nous dit qu'il avait entendu des bruits préoccupants concernant la salle de billard de Konawa. « Je serais déçu si vous y alliez, tous les deux », nous dit-il, et je n'ai pas mis les pieds dans une salle de billard des années durant, même après sa mort. Ou alors, quand il découvrait que j'avais raté le car de ramassage scolaire et que j'avais parcouru à pied les trois kilomètres qui me séparaient de la rivière South Canadian pour passer les heures à rêvasser à l'ombre, il me disait que je serais peut-être plus heureux en restant à la maison pour participer aux tâches quotidiennes. Je tentai un jour l'expérience et ne refis plus jamais l'école buissonnière.

Maman était une anglophone, née dans le Nebraska. Alors qu'elle était bébé, sa mère était décédée et elle avait fait le voyage de l'Oklahoma dans un chariot bâché avec son père (grand-père Grove, le seul de mes grands-parents que j'ai connu), une sœur et deux frères. Son aventure suivante était survenue quand elle avait été confiée à une famille voisine, d'origine allemande, afin qu'ils prennent soin d'elle en attendant que sa sœur aînée soit suffisamment âgée pour lui tenir lieu de mère. Maman fut rendue à sa famille en bonne santé mais ne parlant qu'allemand, une situation qui suscita des problèmes d'incompréhension dont nous riions encore des années plus tard aux réunions familiales.

Alors qu'ils étaient ados, son frère Christopher et elle prirent deux attelages de chevaux, un chariot et une carriole, et mirent le cap au nord-ouest vers la queue de casserole de l'Oklahoma pour fonder une ferme. Dans le comté de Beaver, ils plantèrent chacun des piquets jalonnant soixante-cinq hectares de prairie, bâtirent les habitations requises par le Homestead Act et s'y installèrent pour y vivre le temps imparti aux termes de cette loi afin d'obtenir le titre de propriété des lieux. Ils découpèrent des carrés de mottes dans l'herbe de la prairie, les empilèrent et les couvrirent d'un toit pour ériger leurs maisons au sol de terre. Ils allaient chercher leur eau dans des barils, à une rivière qui coulait à des kilomètres de là, vivaient grâce aux articles de première nécessité qu'ils avaient apportés dans le chariot (farine, sel, sucre, etc.), agrémentés de ce qu'ils pouvaient élever ou capturer. Il y avait pléthore de lapins, et les gélinottes huppées pouvaient être prises au piège. (Comment ? Retirez le couvercle d'un baril de farine vide, replacez-le en équilibre, fixé sur deux clous. Répandez des grains de maïs à la surface. Le tétras se pose pour manger, fait basculer le couvercle, se retrouve au fond, le couvercle reprend sa place, l'oiseau ne peut ressortir.)

Leurs « huttes de mottes » étaient représentatives des logements des pionniers sur les grandes plaines : des abris partiellement creusés dans le sol, aux murs de terre. Maman se souvenait du sien comme relativement frais en été et chaud en hiver, une chance car il n'y avait ni charbon ni bois disponible sur ces immenses plaines dépourvues d'arbres. Le carburant brûlé pour cuisiner et chauffer était fourni par les « bouses de bison ». Ces excréments séchés abandonnés par les gigantesques troupeaux de ruminants qui avaient récemment parcouru ces prairies se consumaient en libérant une chaleur assez agréable, se remémorait-elle, de même qu'un arôme très particulier.

Cela donne l'impression d'une vie extrêmement rude, mais les souvenirs qu'elle en gardait (tout au moins ceux qu'elle transmettait à ses enfants) étaient remplis d'épisodes drôles et heureux. Par exemple, je me rappelle qu'elle riait de leur ardent désir d'ombrages… et du jour où son frère était venu la chercher à sa hutte de mottes avec la carriole qui leur servait à tous deux. Chris lui avait rappelé qu'ils avaient vu des arbres pousser le long d'une rivière qui se jetait dans la North Canadian. Ils avaient préparé à manger, avaient traversé une quinzaine de kilomètres de prairie et passé la journée à profiter à la fois de l'ombre et de l'occasion de parler à quelqu'un.

Maman avait conservé ce goût de l'ombre et des lieux paisibles tout en élevant ses trois enfants. Elle préparait un panier, nous partions en pique-nique vers les rivières ou les bois et elle profitait de ces moments pour nous montrer ce qui, dans la nature, était bon à manger et ce qui ne l'était pas. Par exemple, les champignons sauvages qu'elle cueillait devaient passer trois tests. Elle nous montra l'aspect qu'ils devaient avoir (blanc rosé), leur odeur (délicieuse) et, pour finir, la façon dont la fine membrane du capuchon devait se peler. Nous apprîmes comment récolter les épinards sauvages qui poussent le long des rives, afin qu'ils repoussent l'été suivant, et ne jamais, jamais en mâcher avant qu'ils ne soient cuits. Nous apprîmes les caractéristiques du sumac vénéneux et de l'arbre à gale, apprîmes à nous méfier de l'endroit où nous posions nos mains lorsque nous escaladions la berge des rivières à la saison des serpents. Par-dessus tout, elle nous apprit qu'il était infiniment préférable d'avoir un genou écorché que de passer sa vie à craindre de tomber.

Une des chansons qu'elle entonnait célébrait la gloire des colons exploitants agricoles, il y était question de la poussière que le vent soulevait dans les airs, des puces, de la boue gelée, des punaises, etc. *Good-bye to Green County*, chantait-elle :

où se lèvent les tempêtes de neige,
où jamais le soleil ne se couche,
où les puces ne meurent jamais,
où le vent jamais ne s'apaise
mais toujours perdure
jusqu'à nous réduire à la famine
sur les terres ouvertes par la loi.

Je ne sais combien de temps exactement elle a connu cette existence solitaire sur les hautes plaines, mais ce fut suffisant pour obtenir le titre de propriété légal pour sa parcelle réglementaire de soixante-cinq hectares. Le prix qu'elle en obtint quand elle la revendit permit l'achat des seize hectares de ferme sur lesquels j'ai enduré l'adolescence.

Maman adorait la musique (pas les chansons de musique western style Bob Wills avec « trilles et baragouin » ni les airs de « bastringues à quatre sous ») et ses mélodies favorites étaient celles de la Première Guerre mondiale. « *It's a long way to Tipperary* », chantait-elle de sa voix douce parfaitement placée, « *it's a long way to go* ».

Les seuls éléments de mobilier de quelque valeur que nous possédions faisaient naître de la musique. Il y avait un grand Victrola noir à l'intérieur duquel un moteur à ressort qu'on remontait à la manivelle passait des disques 78 tours, surtout de l'opéra et des airs de music-hall. L'autre était un piano droit. C'est sur lui que maman fit de Margaret Mary une musicienne (elle est toujours, à ce jour, une excellente organiste) et nous confronta au clavier jusqu'à ce qu'elle obtienne l'assurance que nous n'avions ni talent, ni motivation. Barney joua un court moment du tuba dans l'orchestre de l'école St. Mary. J'entretenais le rêve de devenir guitariste et de ravir le monde avec mes ballades, mais ce que je parvins à dominer de mieux fut la grosse caisse.

J'ai gardé beaucoup de souvenirs embarrassants de cette période musicale (les enfants qui jouaient dans l'orchestre étaient catalogués comme poules mouillées) et un très heureux. Je convainquis (du moins je me l'imaginai) une flûtiste potawatomi très mignonne que si, quand la peau de la grosse caisse vibrait, elle enfonçait son doigt dans le petit trou par lequel l'air s'échappait, son ongle tomberait. Cela entraîna maints coups de tambour et maints gloussements pendant les répétitions jusqu'à ce que sœur Gregory y mette le holà.

Mais revenons à maman.

Peu après sa période « hutte de mottes », elle suivit sa sœur aînée à l'école d'infirmières de l'hôpital St. Anthony, à Oklahoma City. Elle s'engagea dans les services soignants de la Croix-Rouge pendant la Première Guerre mondiale et fut envoyée à Camp Travis où elle s'occupa des blessés qui s'en revenaient des champs de bataille en France, ainsi que de ceux qui se mouraient de l'épouvantable épidémie de grippe espagnole qui accompagna la guerre. Ce fut peu après que la romance s'épanouit entre elle et papa. Ils se marièrent à Sacred Heart en 1920. Il était veuf, âgé de quarante-sept ans, avait à sa charge deux filles adolescentes, sa belle-mère souffrante et son vieux père. Elle avait trente-cinq ans. Si jouer les colons au milieu des prairies du manche de casserole de l'Oklahoma ne suffisait pas à assurer à Lucy Grove le statut de femme courageuse et brave, je crois que ce mariage le lui garantissait largement.

Si l'idée qu'écrire est un moyen intelligent de passer son temps s'acquiert par héritage, ce gène m'a été transmis par elle. Son amour de la musique s'étendait à un amour similaire pour la poésie, les histoires, le monde de l'imaginaire. Un jour, elle me confia qu'elle avait écrit de la poésie quand elle était jeune mais qu'elle s'était arrêtée parce qu'elle avait des problèmes d'orthographe.

Je tiens d'elle également cette difficulté à orthographier correctement, en plus de sa capacité à supporter les espaces vides et les lieux isolés. Si elle riait beaucoup de l'inconfort et des inconvénients inhérents à une existence dans une maison faite de mottes de terre au milieu de la prairie, je ne l'ai jamais entendue se plaindre de ces interminables mois d'isolement et de silence qu'impliquait la fondation d'une ferme dans le comté de Beaver. C'était une aventure.

Ce souvenir m'a permis de comprendre pourquoi, quand j'eus dix-huit ans et qu'arriva ma convocation devant le conseil de révision, elle accepta de me laisser libre de vivre ma propre aventure. À ce moment-là, Barney était au Texas où il s'entraînait à voler sur les planeurs Waco CG4A, et de par ma condition de dernier fils présent sur l'exploitation agricole tenue par une veuve, j'étais exempt de service militaire. J'étais censé rester chez moi pour cultiver la terre. Elle savait que j'avais une envie folle de partir et signa le papier nécessaire m'y autorisant. Je dois avouer avec honte que je ne compris pas la nature de ce sacrifice avant d'avoir des enfants à mon tour. Je grimpai dans le car des conscrits à Maud, dans l'Oklahoma, rempli de joie et ne tenant pas en place : hermétique à toute chose hormis le fait que j'étais en route pour la guerre, la vraie, et ma grande aventure personnelle.

Maman avait cinquante-huit ans. Elle rangea ses vêtements dans des valises, dit au revoir à la maison qu'elle avait aimée et à la ferme qu'elle avait achetée grâce à l'argent du terrain acquis comme pionnière, et s'installa dans une pension d'Oklahoma City. Margaret Mary achevait en ville sa formation d'aide-soignante à l'hôpital St. Anthony, et la sœur aînée de maman, sœur Monica, était responsable des infirmières. Maman y subvint à ses besoins grâce à un emploi dans une salle de stérilisation de l'hôpital.

Deux décennies plus tard, Margaret Mary, Barney et moi l'escortâmes à Sacred Heart pour l'enterrer à côté de papa dans le cimetière au sommet de

Church Hill. Je garde le souvenir d'une journée clémente du début de l'été, avec le verger des Zoeller toujours en fleur en contrebas, les oiseaux moqueurs donnant leur concert dans les vieux résineux du cimetière et les chants des sturnelles des prés accompagnant les prières au bord de la tombe. Il me revenait à quel point maman avait adoré pareilles journées. Et une foule de choses sur elle que j'étais maintenant suffisamment âgé pour commencer à comprendre. Comme la manière dont elle avait pu savoir que j'étais le genre de gamin qui avait besoin de vivre une aventure.

7

L'aventure

La vraie guerre, qui devait être mon aventure, dut attendre un peu, même après que je me fus engagé.

D'abord, il y eut le centre médical de sélection d'Oklahoma City qu'on surnommait, pour je ne sais quelle raison, « Le Sanctuaire ». On y subissait les examens physiques qui précédaient les vaccinations exigées par l'armée. Les hommes déclarés aptes montaient dans un car pour Fort Sill. Là, un membre de l'encadrement nous gueulait dessus, on nous remettait une paire de chaussures de marche montantes réglementaires de couleur marron (enfin) et un paquetage rempli de vêtements, puis on nous initiait à ce que l'armée appelait « la discipline militaire » : le salut, les ordres de marche et ce que j'avais déjà appris lors de mon semestre dans le corps de formation des officiers de réserve. Ce fut là que je finis par comprendre ce qui s'était passé auparavant, au centre d'examen médical, quand on m'avait conduit dans une pièce où un capitaine m'avait interrogé. Est-ce que vous aimez bien les garçons ? m'avait-il demandé. Bien sûr, avais-je répondu, il y en a plein que j'aime beaucoup. Et les filles ? Est-ce que j'avais une petite amie ? Je lui répondis que je n'en étais pas très sûr. Qu'est-ce que je voulais dire par là ? Je lui expliquai que j'avais une amie nommée Carol qui vivait à Ada et que j'avais même rendez-vous avec elle la veille, histoire de lui dire au revoir avant de partir pour la guerre, mais quand je m'étais présenté à son adresse à l'heure précise, sa tante était venue ouvrir et m'avait dit que Carol n'était pas là. Pourquoi ? Elle n'en savait rien. Mais son expression, compatissante, m'incitait à pressentir que je n'avais plus de petite amie. L'histoire ne s'arrêtait pas là, mais le capitaine avait perdu tout intérêt pour le sujet et m'avait poussé vers la sortie.

Durant le trajet de Fort Sill, je fis la connaissance de Bob Huckins, qui devait devenir un ami pour la vie et être blessé en tentant de me prêter assistance lorsque j'allais sauter sur une mine à Niefern. Huckins venait de Sasakawa, un village à peine plus grand que Sacred Heart, où son père était à la fois négociant et entrepreneur de pompes funèbres. Oui, me dit-il, le capitaine lui avait posé le même genre de questions. Bob lui avait demandé à quoi elles rimaient et il lui avait répondu qu'elles cherchaient à déterminer si nous étions des invertis. Je n'avais jamais entendu ce terme. Huckins oui, mais il n'était pas sûr de ce qu'il impliquait. Est-il nécessaire de vous rappeler que nous étions des gamins de la campagne ?

Rapidement, l'armée nous expédia, Huckins, moi et un train complet de conscrits de l'Oklahoma âgés de dix-huit ans révolus, à Fort Benning, en Géorgie, pour y apprendre à devenir des fantassins. Nous fûmes logés dans les bâtiments délabrés d'une caserne du corps de la défense civile à l'abandon, dans un quartier appelé Harmony Church, loin de l'usuel centre de formation de l'infanterie du fort. À l'exception des planchers, qui étaient aussi gauchis que ceux de notre maison de Sacred

Heart et à travers lesquels s'infiltrait l'eau que nous déversions quand nous tentions de les récurer, c'était assurément pour moi un monde étrange.

Notre unité d'instruction était remplie de recrues envoyées dans le Sud par les centres de sélection de New York, du New Jersey et de Boston, et affectées au corps d'instruction spécialisé de l'armée. Nous étions quatre de l'Oklahoma, un du Kansas et deux de la côte Ouest à avoir obtenu le même genre de score élevé, sur un test ou un autre, et avions donc été ajoutés à ce mélange. Ce fut mon introduction à la diversité culturelle. Il s'agissait de jeunes citadins tout droit sortis des rues d'East Orange, de Queens et de Scully Square : urbanisés et sophistiqués. Ils parlaient la version rude de la langue anglaise telle qu'elle se pratique dans le Nord-Est, rapide et dépourvue de l'accent traînant de l'Oklahoma, décrivaient des coutumes bizarres, exotiques, et (tout au moins me semblait-il) étaient mieux préparés à comprendre comment fonctionnait le monde moderne. En revanche, peu d'entre eux savaient conduire une voiture ou atteler un cheval, comprenaient que le lait ne provenait pas directement de la bouteille, ou avaient chassé l'écureuil. Ainsi notre sentiment d'ignorance et d'infériorité fut-il compensé quand nous arrivâmes au champ de tir. Tous sans exception, les sept qui étions issus de souche paysanne, obtînmes dès notre premier passage le statut de tireur d'élite ou d'expert, et nous réussîmes quatre des scores les plus élevés, au tir au fusil, sur un bataillon de mille hommes.

Ce n'est pas ici l'endroit pour décrire les joies et les rigueurs rencontrées quand on subit l'instruction de base du fantassin. Je m'y étendrai un instant seulement car ce fut là que je commençai à mieux appréhender le lien entre le monde réel et celui dont j'avais eu connaissance à travers les romans et les récits publiés dans les magazines. Le redoutable sergent de l'ordinaire qui nous affamait de manière si impitoyable sortait tout droit de Dickens. À Sidney Jablonski, le jeune du Bronx rondouillard dont la couchette était juste sous la mienne et qui rêvait perpétuellement de gloire obtenue sur le champ de bataille, il ne manquait qu'un patronyme de la haute société anglo-saxonne pour être l'un des héros de P.C. Wren. (Sa vie épousa par ailleurs l'idée de base de l'intrigue typique de Wren, car il se porta volontaire pour les parachutistes et se noya quand les avions remorqueurs larguèrent leurs planeurs au large des côtes, lors de l'invasion de la Sicile.) Notre sergent instructeur, un survivant des combats des Aléoutiennes, était exactement le type de cynique que Cervantès avait dans l'idée pour le serviteur de Don Quichotte. La matière première d'une œuvre de fiction m'environnait de toutes parts dans les forêts de pins, mais je ne l'emmagasinais que pour raconter des histoires drôles ou des anecdotes sans envisager alors que je pourrais en faire un usage plus important. Au demeurant, bien peu des souvenirs que j'accumulai en ce lieu pourraient s'insérer dans des histoires inventées. Par exemple, si la gélatine de l'armée pouvait être étirée et refusait de fondre, cela ne pouvait me servir dans un récit de fiction. Pas plus que les visages des prisonniers de guerre allemands devant lesquels nous défilions durant nos marches à travers les bois de Géorgie. Anciens combattants de l'Afrikakorps de Rommel, ils nous scrutaient, échangeaient des remarques sardoniques et nous communiquaient l'impression que les chèvres doivent ressentir quand elles passent devant une meute de loups en cage.

Des souvenirs inexploitables, mais qui restent en moi.

La phase numéro deux de notre carrière militaire nous vit, Huckins et moi, reprendre le chemin de l'université A&M d'Oklahoma : on nous annonça qu'on nous renvoyait sur les bancs de l'école pour nous préparer au rôle que nous tiendrions dans la nouvelle armée ultramoderne. Fini les rêves de gloire. Il nous fallut coudre des épaulettes représentant la lampe du savoir (« le pot de chambre flamboyant »), et la formule choc de la chanson scandée lors de nos marches devint :

Mère, range l'auguste drapeau du service actif,
Ton fils suit le programme scientifique et technique.

Le bon côté des choses, c'est que les baraquements jouxtant le campus représentaient une énorme amélioration par rapport à la caserne délabrée du corps de la défense civile dont nous venions, et nous étions mieux nourris. La honte que représentaient nos épaulettes était partiellement compensée par le fait que nous avions fait nos classes dans l'infanterie, ce qui signifiait que nous pourrions arborer l'étroit insigne bleu de la Reine des Combats, avec son fusil à un coup, si nous parvenions un jour à intégrer une unité d'infanterie. Nous étions suffisamment cyniques pour en douter. L'officier qui nous commandait, par exemple, était vieux (quarante ans au moins), il avait fait West Point et n'était que capitaine alors qu'il aurait dû, au bas mot, arriver au grade de colonel. Quel acte épouvantable avait-il commis ? Ça ne pouvait pas être par simple stupidité. Les citoyens appelés sous les drapeaux, venant du monde réel, savaient que la stupidité ne constitue pas un obstacle à l'avancement chez les diplômés de West Point. Avait-il séduit l'épouse d'un général, ou quoi ?

En tout cas, c'était un chef compréhensif. Quand les vérifications opérées dans les chambrées établissaient que nous violions le couvre-feu, il était tout disposé à croire (en dépit de la répétition des faits, et sans opérer de vérifications) que nous avions étudié à la bibliothèque d'A&M au lieu d'aller traîner en ville du côté des cinémas en essayant de rencontrer des filles, comme cela lui avait été rapporté à plusieurs reprises.

Ma mémoire ne retient guère d'éléments dignes d'être mentionnés dans cette phase technique et scientifique de la vraie guerre. Mes cours avaient pratiquement le même contenu qu'à la fac, la grosse différence étant que j'avais maintenant de l'argent, des chaussures qui avaient la couleur marron réglementaire dans l'armée, et que je n'étais plus plongeur adjoint, portier et nettoyeur de fossés en même temps qu'étudiant. Et en fait, j'obtenais des A en maths et en physique. Une autre différence se situait sur le front du sexe opposé. J'avais appris, lors de mon premier passage officiel sur le campus d'A&M, que les garçons de première année faméliques habillés en civil étaient tout simplement invisibles aux yeux des étudiantes à la recherche de partis d'avenir. Maintenant nous étions visibles, mais considérés avec mépris. Chez ces jeunes femmes, le patriotisme avait succédé à l'appartenance à la caste. Pourquoi n'étions-nous pas de l'autre côté de l'océan avec leurs grands frères pour défendre le drapeau ?

Peut-être ce mépris était-il plus imaginaire que réel, résultait-il de l'image que nous avions de nous-mêmes. Nous nous disions que notre sigle, PSTA, signifiait en réalité Planqué en Sécurité sur le Territoire Américain. Comment pouvions-nous échapper à cette servitude et reprendre notre quête de gloire ? Huckins, qui débordait toujours d'idées risquées, me convainquit de m'associer à lui en demandant un transfert dans les troupes aéroportées. Nous présentâmes notre requête auprès du capitaine. Ne vous inquiétez pas, nous répondit-il. Vous allez partir d'un jour à l'autre. Et il ne se trompait pas : on nous envoya colmater les rangs de la 103e division d'infanterie et nous préparer au combat. Mais avant d'entrer dans la phase trois de la vraie guerre, qu'y eut-il, dans ce que j'ai pu raconter, qui ait pu m'orienter vers l'écriture ? Pas grand-chose. Pas d'histoire d'amour. Pas d'université prestigieuse aux murs couverts de lierre. Les jardiniers de cet établissement à vocation agricole avaient préparé l'arrivée future du printemps en fertilisant le campus, littéralement au moyen d'hectares de fumier en provenance d'étables, de porcheries, d'écuries, et (plus aromatique que tout) de sols de basse-cour. Quand le soleil hivernal réchauffait cet étrange paysage d'excréments animaux, le parfum était omniprésent et, à cause de mes paroles imprudentes, je trouvai moyen en une occasion de m'en imbiber personnellement de très près.

Nous revenions du gymnase après notre quotidienne séance de culture physique. (Pourquoi l'armée pensait-elle que ses érudits avaient besoin de muscles ? Nous connaîtrions bientôt la réponse.) Mes amis s'amusaient beaucoup de ma capacité remarquable à endurer le froid. Un jeune de Chicago se moqua de l'hiver version Oklahoma, faisant remarquer que les membres du Club des ours polaires brisent la glace du lac Michigan pour s'y baigner. Je désignai Theta Pond.

— Je traverserais à la nage si ça ne risquait pas de m'attirer des ennuis avec l'armée.

Aucun garçon n'a besoin d'explications pour comprendre comment l'affaire se termina. Un pari est lancé : cinq dollars d'un côté, ma réputation de l'autre. J'accepte, espérant que, le jour de la solde étant loin derrière nous, ils n'auront pas ces cinq dollars. Hélas, si. Je plonge à travers la fine pellicule de glace, vêtu de ma tenue de sport, une sensation qui est demeurée très vivace. Tout fonctionne parfaitement à l'exception de mes poumons qui refusent de se gonfler d'air. Je soulève des gerbes d'eau jusqu'à une île minuscule qui orne le centre du plan d'eau et est couronnée d'une épaisse croûte d'engrais. Je m'assieds sur cette montagne de fiente de poulet glacée, le temps de convaincre mes poumons de recommencer à remplir leur fonction, et de décider que je préfère geler sur l'île plutôt que d'achever la traversée. Mais les sarcasmes et les railleries de mes camarades me poussent à nouveau dans l'eau. Ils me dédicacèrent le billet de cinq dollars que je gardai sur moi pendant plus d'un an jusqu'à ce que mon portefeuille tombe entre les mains du personnel médical quand je fus blessé.

Dans tout ça, la seule contribution concrète que je voic à mes futurs essais d'écriture est liée à une étrange amitié avec un garçon que je nommerai Jack McKeen. Il me montra une facette de l'humain que j'ignorais totalement. Je me souvins de lui quand j'essayai de peindre un méchant crédible dans *Le Peuple des ténèbres*.

McKeen était le fils unique d'un banquier, grand, beau garçon, charmant et spirituel. S'il avait des sœurs (ou une mère), il n'en faisait jamais mention. Dans sa vision du monde, l'humanité se divisait en deux espèces : les proies et les prédateurs. Les proies incluaient toutes les femmes et la majorité des hommes ; les prédateurs étaient le père de Jack, Jack lui-même et une poignée d'autres individus. Nous fîmes connaissance dans un magasin de musique proche du campus où j'avais demandé à un employé dubitatif de me faire écouter un enregistrement de Bach. Jack, qui passait par là, m'informa que Bach, c'était bien, mais que si je voulais écouter de la vraie musique, il fallait que j'essaye du Wagner. Comme il venait effectivement d'acheter des disques, l'employé procéda au changement. Et nous écoutâmes Wagner.

Jack prenait notre programme de formation encore moins au sérieux que nous. Il avait suivi ses études secondaires dans une académie militaire très chère et était dans l'attente d'un imminent rendez-vous à West Point. Dans la mesure où il esquivait le travail en bibliothèque, il disposait de beaucoup de temps libre et je le trouvais souvent dans la cabine d'audition du magasin de disques, le casque sur les oreilles, dans un déferlement d'accords wagnériens. Il m'attirait comme un martien aurait pu le faire. Il était intéressant. Âgé d'un an de plus (ce qui est énorme quand on a dix-huit ans), il avait vu beaucoup de choses. Je pense que je ne le laissais pas indifférent parce que j'étais le seul de la caserne qui fût disposé à prêter l'oreille à ses théories politiques et philosophiques. Je lisais Platon. Il m'affirma que Platon racontait des inepties. Enseigner la morale et l'éthique est utile, me dit-il, uniquement parce que cela contribue à maintenir placidement la majorité des gens dans leur rôle de proies destinées à la classe des prédateurs. Les philosophies qui valaient la peine d'être lues étaient celles de Nietzsche, de Zénon et l'hédonisme : l'apôtre du surhomme et les deux doctrines présentant l'existence comme source du plaisir personnel. Pourquoi étais-je catholique ? Nietzsche enseigne que la chrétienté est le pire fléau jamais infligé à l'humanité, mais le père de Jack affirmait qu'il fallait s'en faire le défenseur pour s'assurer de la docilité de la classe ouvrière. Ne va surtout jamais t'imaginer que les règles sociales s'appliquent à toi, expliquait Jack. Elles s'appliquent à la gazelle, pas au lion ; à la chèvre, pas au tigre.

Une manière de concevoir les choses extrêmement virulente, et Jack McKeen ne se contentait pas de prêcher, il mettait en pratique. Par exemple, il me montra un jour une épingle de cravate en diamant que son oncle lui avait envoyée comme cadeau d'anniversaire, ainsi que les certificats du bijoutier établissant sa perfection et l'évaluant à 2,2 carats. Jack suggéra que nous obtenions une permission de quartier libre pour nous rendre à Oklahoma City. Je prendrais le bijou que j'irais déposer chez le prêteur sur gages. Il déclarerait le vol et, si la police ne retrouvait rien, il se rendrait à la boutique, ferait comme s'il voulait s'acheter une épingle de cravate en diamant, la reconnaîtrait, appellerait les flics et récupérerait son bien. Je garderais alors la moitié de l'argent touché pour me dédommager des risques encourus.

L'armée nous sépara en abolissant le programme scientifique et technique et en nous expédiant à Camp Howze, au Texas, afin de combler les trous laissés dans les rangs de la 103e division d'infanterie. Je fus affecté à la compagnie C et Jack à la D. Des semaines plus tard, me voilà convoqué dans le bureau du capitaine Curtis C. Neeley, qui commandait la compagnie Charley. Neeley m'apprend que le deuxième classe Anthony G. Hillerman a été arrêté le week-end précédent à Oklahoma City alors qu'il n'était pas en possession de l'ordre de mission réglementaire. Avant de statuer sur mon cas, est-ce que je peux justifier de ma conduite ? Absolument, ayant passé la journée en question loin d'Oklahoma City, dans les cuisines à nettoyer des collecteurs de graisse sur ordre du sergent Carl Pohlad, le responsable de l'ordinaire de notre compagnie. Le capitaine lit mon numéro d'identification sur le rapport. Est-ce le mien ? Oui. Nous nous dévisageons. Le capitaine va-t-il appeler Pohlad pour confirmer mes allégations ? Va-t-il me demander qui m'a joué ce sale tour ? Si oui, vais-je lui répondre ? Il décide de ne pas me mettre à l'épreuve, hoche la tête, me congédie. Il retourne à ses papiers. Moi, je me mets en quête de Jack McKeen.

Est-ce qu'il nie ? Bien sûr que non. Un prédateur ne s'excuse pas devant sa proie. Mais, je lui demande, pourquoi moi ? Parce que, à l'exception du sien, mon numéro d'identification était le seul qu'il connaissait.

(Si des amateurs de base-ball lisent ces lignes, le sergent Pohlad survécut à la guerre avec le grade d'officier et devint propriétaire de l'équipe des Minnesota Twins.)

Ce fut à peu près à ce moment-là que j'abandonnai mon projet de convertir Jack au christianisme et je ne le revis qu'en trois occasions. La première, quelques jours à peine avant que nous ne partions de Camp Shanks, la base de départ pour la traversée en bateau vers l'Europe. Jack m'apprit qu'il ne partait pas parce que son ordre de transfert pour devenir cadet à West Point était finalement arrivé. Il me souhaita bonne chance, me rappela que les proies donnent les héros morts et que les prédateurs survivent. Par la suite, je le vis sur un parking de camions, quelque part en remontant la vallée du Rhône, toujours avec la compagnie D. La classe de West Point étant au complet, son transfert avait été annulé. Mais l'ami sénateur de son père avait obtenu une affectation pour l'école des officiers de marine d'Annapolis, ce qui avait toujours été son choix numéro un. Des semaines plus tard, je vis la section des mitrailleuses de la compagnie D cheminer péniblement sur une route engloutie sous la pluie dans le massif des Vosges mais je n'aperçus pas Jack. Je me laissai glisser le long de la pente boueuse pour me renseigner. Touché pendant les combats de Saint-Dié, me répondit-on : une balle de mitrailleuse à la tête.

J'ignore ce qu'il est finalement advenu de lui. Je sais qu'il a survécu à sa blessure parce qu'il se présenta un jour à l'université d'Oklahoma. C'était en janvier 1946, alors que la liste d'attente était telle, pour obtenir une voiture, qu'il fallait patienter une année entière. Jack roulait dans une conduite intérieure flambant neuve. Il ôta sa casquette de golf et me montra l'endroit où une plaque de métal remplaçait l'os manquant. Il attira mon attention (sans me présenter) sur la superbe jeune femme qui attendait dans sa voiture. Il me posa des questions sur le bandeau qui me couvrait l'œil et sur ma claudication. Il allait s'inscrire à l'université, intégrer la fraternité de son père et devenir homme de loi. Nous allions nous revoir.

Je ne l'ai plus jamais rencontré mais, pour moi, il vit sous les traits de B. J. Vines. McKeen me permit de créer ce personnage. Si papa a tenté de nous enseigner à ne pas juger les autres, grâce à McKeen, ce que fait Vines dans *Le Peuple des ténèbres* devient plausible et sa mort justifiée. Je prie pour que l'authentique Jack McKeen connaisse une fin plus heureuse.

8

La compagnie Charley

Enfin ! Enfin ! Enfin ! On nous fait descendre du train comme un troupeau, à Gainesville, on nous convoie en camion jusqu'à une succession de baraquements délabrés au milieu des plaines vallonnées du nord du Texas, le long des rues gravillonnées du bataillon, on nous dépose par petits groupes devant les bâtiments des quartiers généraux des différentes compagnies, selon ce qu'indiquent nos feuilles de route. La mienne dit : « Compagnie C, 410e régiment d'infanterie, 103e division » ; enfin une unité de combat vraie et authentique.

Je grimpe les marches de bois, franchis le seuil, pénètre dans le bureau d'accueil de la compagnie, tends mon ordre de marche à un caporal qui y jette un coup d'œil sans paraître impressionné.

— Encore un intello, annonce-t-il à l'adjudant-chef.

— Renvoie-le au magasin.

Je repars au pas de course vers l'entrepôt des équipements où est garé un camion équipé de six roues motrices dont le conducteur décharge des paquets de vêtements. Je me présente à un autre caporal.

— Encore un intello, dit-il.

— Juste au bon moment, commente le sergent

responsable des équipements qui se tient à côté du conducteur et coche une liste.

Le chauffeur remonte dans sa cabine, démarre. Le sergent désigne la remorque du camion.

— Saute à l'intérieur, soldat, et balance la marchandise.

Je grimpe, interloqué. Le camion roule sur l'allée, en direction de la rue du bataillon, avec le caporal et le sergent qui courent derrière en me faisant signe de commencer à larguer les paquets. Je m'exécute. Tandis que le camion bifurque dans la rue, la porte du quartier général de la compagnie s'ouvre, deux hommes dévalent les marches et se joignent au caporal et au sergent, ramassant les ballots que je jette et m'encourageant à en expédier davantage. L'un d'eux porte des galons de capitaine. Le camion ralentit, tourne dans l'allée proche du quartier général de la compagnie B. Je m'éjecte en marche, retourne à pied à la compagnie Charley pour reprendre ma tentative de me présenter au magasin. Les quatre récupérateurs de colis y sont, y compris le capitaine Curtis C. Neeley, qui commande notre compagnie, déterminé à remplir son devoir en s'occupant de ses hommes avant tout.

Lesquels hommes constituaient un étrange mélange qui pouvait grossièrement être réparti en deux groupes, le clivage habituel effectué par la société américaine entre NOUS et EUX. EUX, c'était l'encadrement, ceux qui avaient survécu aux Manœuvres de Louisiane, officiers ou sous-offs pour la plupart, mais dont certains étaient de simples soldats qui avaient réussi à passer inaperçus quand la division avait été ponctionnée pour fournir des remplaçants aux fantassins qui mouraient en Afrique, dans le Pacifique et en Europe. NOUS, c'était ceux qui n'avaient pas eu à souffrir des horreurs agrémentant les jeux de guerre en Louisiane, surtout des renforts, transfuges des programmes scientifiques et techniques avortés, et des jeunes aspirants aviateurs qui avaient été jetés dans la broyeuse de l'infanterie quand l'armée s'était rendu compte qu'elle formait davantage de personnel volant qu'elle n'en avait l'usage.

Les cadres avaient droit au surnom de « crevures » : le terme injurieux que les civils devenus soldats réservaient à l'époque aux militaires de carrière. Certains en avaient fait leur métier, mais beaucoup étaient des anciens de la Garde nationale de l'Arizona, des rescapés de cette existence antérieure de la 103e. C'était accessoire. Rien d'autre n'importait que les Manœuvres. Elles avaient fourni une inépuisable réserve d'anecdotes : récits d'exploits héroïques, d'imbécillités dues à l'alcool, de nourriture constamment infestée de germes et de microbes, de manifestations de la célèbre stupidité militaire, et d'indicibles souffrances endurées. Ces Manœuvres avaient également généré les liens que seule la détresse partagée semble engendrer. Nous autres les intellos étions exclus de cette fraternité au même titre que les aviateurs et cela, apparemment, à tout jamais.

Par une journée d'août oppressante, nous parvînmes à créer une fissure dans ce rideau de fer grâce à un autre gars de l'extérieur, tout juste sorti de l'école des officiers de Fort Benning et récemment nommé sous-lieutenant. Il avait joué au poste de demi dans l'équipe de football de Georgia Tech. Il jouissait d'une condition physique magnifique mais n'avait pas participé aux opérations de Louisiane. Lui échoit alors la tâche de guider la compagnie pendant les quinze kilomètres obligatoires, une marche forcée de fin d'instruction destinée à démontrer au lieutenant-colonel, ou à tout autre gradé chargé de juger de l'état des troupes, que nous sommes prêts pour le combat. J'ai toujours soupçonné notre nouveau sous-lieutenant de s'être porté volontaire afin d'avoir une opportunité de prouver à la fraternité des Manœuvres qu'il était à tous égards aussi dur et résistant qu'eux.

Ce qu'il réussit, hélas.

Il est prévu que ces quinze kilomètres doivent être bouclés en deux heures avec tout le barda de campagne sur le dos. Dans mon cas, cela signifie le sac de couchage, une « moitié d'abri » qui, associée à la seconde moitié, forme une tente de base, deux piquets de tente, une couverture, des rations pour une journée, une gourde remplie d'eau, une enveloppe contenant des pastilles de sel, et tout ce que l'on peut posséder d'autre en plus de son arme, des munitions attribuées, etc. Pour le troufion moyen, cela s'élevait à quatorze ou quinze kilos, sans compter le casque lourd. Dans mon cas, en tant que servant de mon peloton de mortier, la charge inclut également une malle en cuir contenant la lunette de pointage, le tube du mortier, un de ces pistolets de calibre 45 conçus pour abattre à bout portant les émeutiers fous furieux pendant l'insurrection des Philippines, et deux chargeurs supplémentaires pour arme de poing. Un pistolet que je n'ai jamais appris à aimer mais qui devait un jour me sauver la vie.

Il y a un postulat, dans l'armée, disant que, de mémoire d'homme, là où vous êtes règne l'été le plus torride, le printemps le plus poussiéreux, l'hiver le plus glacial, que la neige y est la plus épaisse, etc. Ainsi, ce jour-là, la température devait-elle monter à quarante-deux degrés. Ajoutez un soleil flamboyant et une forte humidité. Nous voilà partis sur la piste poussiéreuse, nous échauffant au fil des premiers quinze cents mètres en appliquant le rythme standard de l'infanterie qui correspond à six kilomètres à l'heure, nous préparant pour la tranche suivante de quinze cents mètres. Celle-là, nous la parcourons à la course. Nous nous reposons dans le fossé au bord de la route, les fesses dans le trou, les pieds sur le talus, ayant rejeté les casques lourds (trop brûlants pour être touchés avec la main) et ramené sur nos visages, afin de les protéger du soleil, le casque plastique que nous portons en dessous, une technique que nous avons apprise durant nos classes. Notre lieutenant marche de long en large devant nous, nous conseillant d'économiser l'eau de nos gourdes et de prendre nos pastilles de sel. Je me souviens encore avoir pensé avec appréhension qu'il avait l'air frais comme un gardon.

Après le quatrième kilomètre, le premier homme s'effondre, un maréchal des logis de l'un des pelotons de fusiliers. Nous le dépassons, gisant dans le fossé. Plusieurs autres s'écroulent durant notre deuxième quinze cents mètres de course. Au kilomètre huit, les choses deviennent sérieuses. La compagnie Charley avait toujours été réputée, dans le 410e régiment d'infanterie, pour chanter en marchant. Plus de chansons, désormais. Nous cheminons avec difficulté dans un silence pesant, guettant, chez celui qui nous précède, l'inclinaison révélatrice indiquant qu'il est sur le point de s'effondrer. Bientôt, le fossé du bord de la route affiche une belle densité de population. Pendant la pause, avant d'aborder le dixième kilomètre, le bruit court dans nos rangs que l'un des sous-offs les plus méprisants a rompu les rangs et est retourné au quartier général de la compagnie pour rendre compte de la situation au capitaine Neeley. Des ambulances ont été dépêchées sur les lieux, à ce qu'il paraît, et Neeley a donné l'ordre de suspendre l'exercice.

S'il a agi de la sorte, notre sous-lieutenant n'en a rien su. Nous revoilà partis à la course pour le quinze cents mètres suivant. À nouveau des hommes qui s'effondrent, des gourdes qui sont vidées de leur contenu, des marcheurs qui penchent sur leur droite puis suivent le poids du fusil et culbutent dans le fossé. Pendant la pause précédant le treizième kilomètre, Bob Lewis et moi nous consultons pour déterminer si notre fierté virile souffrirait trop au cas où nous basculerions dans le camp des défaillants. Avant que nous n'ayons pu prendre une décision, nous revoilà partis pour l'ultime kilomètre. Le terme de la marche est enfin en vue et il est trop tard pour choisir la solution raisonnable.

Dans les douches des latrines, après cette terrible épreuve, une vérité stupéfiante nous assaille. Ceux qui sont parvenus au bout de ces quinze kilomètres de marche forcée sont presque tous des intellos. Pratiquement tous ceux qui se sont évanouis sont les durs de durs des Manœuvres de Louisiane. Le capitaine Neeley le remarque. Tout le monde l'avait remarqué. Le seul signe officiel et formel que ces quinze kilomètres sont derrière nous est la remise du second exemplaire de la barrette bleue avec son fusil à un coup, à épingler sur notre chemise d'uniforme et certifiant que nous sommes bien des fantassins. Plus important, nous sommes reconnus comme de vrais soldats par les vieux de la vieille. Quelques plaisanteries perdurent, mais plus d'irrespect flagrant.

Je suis certain qu'il en allait de même pour notre tout jeune sous-lieutenant. Il se révéla qu'il avait mal lu la carte et que nos quinze kilomètres en avaient fait vingt, mais les difficultés rencontrées avec les cartes ne semblaient pas représenter un handicap pour les officiers de la 103e division. Il devint le chef de l'une des sections de fantassins.

La dernière fois que je l'ai vu, c'était par une journée beaucoup plus froide, dans les faubourgs de Villa, une bourgade française que nous nous efforcions de reprendre aux Allemands. Il avait été éjecté de la rue par l'explosion d'un obus de mortier et une partie de son visage avait été arrachée par un fragment. La neige soufflait sur lui et un des secouristes était agenouillé à ses côtés, essayant d'arrêter l'hémorragie. Mais les obus de mortier continuaient de siffler en s'abattant et nous courions nous mettre à l'abri. Personne ne s'est arrêté pour lui dire au revoir.

Cette marche forcée épique marqua également la fin de notre instruction. Nous étions désormais prêts au combat. Une revue de troupes fut organisée afin que les officiers supérieurs de la division puissent nous inspecter de la tête aux pieds, puis on nous fit monter dans des camions à destination du Sud pour défiler dans les rues de Dallas au milieu des orchestres qui jouaient et des drapeaux des régiments qui flottaient au vent, après quoi nous récurâmes les planchers et passâmes au blanc de chaux les rochers de Camp Howze afin d'abandonner des lieux irréprochables au vent et aux intempéries, nous pliâmes notre paquetage pour le trajet en train vers le port et obtînmes une permission pour aller procéder à nos ultimes au revoir.

9

Voyage sentimental

Je marchai jusqu'à la grand-route et fis du stop pour le Nord, Oklahoma City et une visite d'adieu à maman et Margaret Mary. Et cela, me semble-t-il, nécessite une digression à l'usage des jeunes qui n'ont pas le souvenir de ce que représentait l'auto-stop en ces temps révolus. La Dépression avait rendu acceptable, socialement parlant, d'être sur la route sans avoir d'argent pour se payer un billet de car. Avec le taux de chômage aux alentours de trente pour cent, ceux qui étaient assez chanceux pour tenir le volant avaient assurément des amis, ou des membres de leur famille, qui étaient arrachés à leurs racines, sans domicile, partis au hasard dans l'espoir de trouver du travail de l'autre côté de l'horizon. Puis la guerre était survenue, multipliant le nombre des déracinés, le rationnement de l'essence, les transports publics pris d'assaut, et les millions d'hommes essayant de rentrer chez eux ou de s'en retourner à la caserne. Ne pas s'arrêter pour prendre quelqu'un qui tendait le pouce était un comportement asocial. Laisser sur le bord de la route quelqu'un qui portait l'uniforme s'apparentait à une trahison. Pour les simples soldats, faire du stop était devenu si courant qu'un protocole s'était établi. Si d'autres sollicitaient l'arrêt des voitures sur la portion de route qui vous intéressait, vous les dépassiez tous pour vous installer au bout de la queue. Il était de bon ton de leur part de suggérer au conducteur qui les avait pris que vous aussi, vous lui seriez reconnaissant d'être du voyage. Ce qui précède ayant pour but d'expliquer que l'auto-stop était facile, conventionnel, excitant à l'occasion. Excitant ? Quand je rentrai à la caserne, précisément après cette permission, une limousine LaSalle conduite par une dame d'une quarantaine d'années, et déjà occupée par trois jeunes femmes et un soldat qui portait sur son calot le ruban rouge de l'artillerie, fit halte pour me laisser monter. Les jeunes femmes m'expliquèrent que la conductrice était la tenancière de la maison où elles travaillaient, à Tulsa, et qu'elle les conduisait à Dallas où les affaires marchaient mieux. Pourquoi ne les accompagnerais-je pas ? Je répondis que ma permission expirait. Comme elles soupçonnaient mes réticences d'être davantage motivées par la peur que par le devoir (les films sur l'hygiène que l'armée projetait aux recrues étaient bien plus terrifiants que ce que Stephen King a pu engendrer de mieux), elles me montrèrent les traces des aiguilles laissées par leurs piqûres anti-maladies vénériennes. Mais mes principes moraux s'en mêlèrent. Et nous étions sur le point de prendre le bateau pour la vraie guerre. Je ne pouvais pas courir le risque de le manquer.

Le premier conducteur qui m'avait pris en charge, lors de cette permission de trois jours, n'avait rien eu d'aussi mémorable. Mais la deuxième étape s'était déroulée en compagnie d'un ancien combattant de la Première Guerre mondiale qui connaissait plein d'histoires sur la guerre des tranchées, le gaz moutarde et les poux. Il m'annonça qu'il pouvait me rapprocher d'Oklahoma City d'une trentaine de kilomètres mais qu'ensuite il bifurquait vers l'est… il se rendait à Ada. Ada n'est qu'à quarante kilomètres environ de Sacred Heart. Je décidai d'effectuer le crochet, de passer jeter un coup d'œil nostalgique à l'endroit où j'étais né avant d'aller voir maman. Deux voitures plus tard, et un peu après minuit, un chauffeur de camion me déposa à Higdon's Corner : à mille cinq cents mètres de chez nous.

Ma mémoire n'est absolument pas fiable, chronologiquement parlant, marquée d'oublis et de vides qui peuvent couvrir un an. Les quelques heures qui suivirent, en cet été de 1943, occupent plus d'espace dans mon subconscient que les dix longues années de la décennie quatre-vingt. C'est une nuit douce, la lune dans son troisième quartier éclaire la façade de la maison, il y a les odeurs familières de l'été chaud et sec, un oiseau moqueur sur la crête du toit qui imite le cri du geai bleu. La porte d'entrée est fermée. Je n'ai pas la clé et n'en ai nul besoin. Je soulève la fenêtre à guillotine de la salle de bains et enjambe l'appui, entre au milieu de ces odeurs de poussière et de vide que l'on trouve dans les maisons désertées, pénètre dans des pièces sombres où les boutons électriques sont inopérants mais où je n'ai nul besoin de lumière. J'ouvre des fenêtres pour laisser entrer l'air nocturne, m'assieds à la table de la cuisine en me remémorant le dîner où maman, Barney et moi étions réunis pour décider que j'allais poursuivre mes études, me rappelant le repas où le bizarre grincement que nous ne parvenions pas à identifier était en réalité celui que le chiot blessé, recueilli par papa, faisait en mordillant le pied du Victrola de maman, me souvenant de nos embrassades, de notre bonheur, et des rêves immenses.

J'allai dans la pièce de devant et m'assis dans le fauteuil où papa s'était reposé tout au long de ses dernières semaines jusqu'à ce qu'il ne puisse plus s'asseoir. Le clair de lune qui pénétrait par la fenêtre de façade illuminait maintenant le canapé où il avait passé ses journées quand il lui était devenu impossible de se tenir droit… et où il était mort le matin de Noël.

Margaret Mary, de retour de son école d'infirmières, nous avait conduits au monastère pour voir si nous pouvions trouver un prêtre dont la présence n'était pas requise par les messes de Noël afin de venir lui accorder ce que nous appelions alors « l'extrême-onction ». Nous ne réussîmes pas mais il était trop tard, de toute façon, et nous le savions tous les deux. Papa était déjà décédé. Je pense également que nous savions l'un comme l'autre qu'il n'avait pas besoin de ce dernier sacrement. Il avait donné de la nourriture aux pauvres, des vêtements à ceux qui allaient nus, porté sa croix et réussi à nous persuader, nous, ses enfants, que nous étions spéciaux et qu'un comportement identique était attendu de nous.

Ce n'est pas le genre de pensées que l'on souhaite après une épuisante journée d'auto-stop. Je grimpai les marches pour entrer dans la chambre que Barney et moi avions partagée, ouvris les fenêtres et m'étendis sur notre lit poussiéreux. L'oiseau moqueur était parti mais l'engoulevent chantait sa chanson triste et solitaire dans les bois, sur la ferme de grand-père Mann, exactement comme il l'avait fait été après été. Cette mélodie dans l'oreille, je m'endormis. Je me sentais en manque d'affection, seul, enclin à l'apitoiement.

J'avais l'intention de réaliser de grandes choses au cours de cette guerre. Bon sang, papa devrait être en vie pour en avoir connaissance.

Je me souviens de m'être réveillé le lendemain matin avec la faim ressentie par les adolescents qui grandissent vite quand leur dernier repas se trouve dix-huit heures et de longs kilomètres de marche derrière eux, et qu'il n'y a pas même la perspective de boire un verre d'eau pour le petit déjeuner. Cela, ajouté à la réalité bien concrète d'une existence d'agriculteur en dessous du seuil de pauvreté, abrégea cette inspection de notre maison. Si, à l'instant présent, c'était un roman que j'écrivais, je décrirais une halte au sommet de la colline, un regard en arrière, beaucoup d'émotions. Je ne m'arrêtai pas. J'avais quinze cents mètres à parcourir pour atteindre la route principale gravillonnée où j'aurais une chance d'être pris en stop. Par ailleurs, je n'avais nul besoin de regarder derrière moi. Mon souvenir était précis dans ses moindres détails (et l'est resté à ce jour). J'avais connu le bonheur sur cette ferme, mais j'avais le sentiment que plus jamais je n'y revivrais.

Le premier véhicule qui me prit ce matin-là fut le camion du négociant en bétail nommé Davis qui avait acheté notre petit troupeau quand ma convocation devant le conseil de révision était arrivée. Nous en discutâmes un peu, de la façon dont le prix de la viande de bœuf avait grimpé à toute allure dans l'année qui s'était écoulée depuis, de la difficulté que nous aurions à racheter tout cela quand la guerre serait terminée. Mais surtout, il voulait me parler de papa. Il me raconta une série d'anecdotes, comment il était parti à la recherche de la vieille Agnès Brown et l'avait conduite à l'asile de Norman quand elle était devenue folle, comment il avait convaincu une famille de Potawatomis d'exiger plus d'argent quand un acquéreur intéressé par la reprise de leur bail avait essayé de les léser ; il me débita le nom des familles que papa avait contribué à nourrir quand le prix du coton avait chuté à quatre cents la livre à l'égreneuse. Ma mémoire n'en a pas conservé beaucoup mais je n'ai pas oublié l'exclamation par laquelle il ponctuait chaque anecdote.

— Gus, c'était un gars bien, disait-il en m'appliquant une tape sur le genou.

Il me déposa au village d'Asher, sur la route goudronnée qui menait à Oklahoma City. Pas de café à cet endroit, mais je bus trois bons litres d'eau au tuyau d'arrosage de la station-service puis je montai dans une voiture conduite par une femme qui travaillait à l'usine où la compagnie Douglas produisait à la chaîne pour l'armée les avions C-47. Trajet direct Oklahoma City. Là, maman me procura à manger, ses derniers conseils et les instructions que les mères prodiguent à leurs fils cadets en même temps qu'elles les serrent dans leurs bras au moment du départ. Margaret Mary n'était pas là. Elle avait épousé Frank Chambers, un guetteur avancé dans l'artillerie qui appartenait au même régiment que moi, et elle était au Texas pour lui dire au revoir.

L'étape suivante fut Camp Shanks, dans le New Jersey, et notre vaisseau transport de troupes. Pendant que nous attendions son arrivée, on nous accorda de très brèves permissions, juste assez longues pour nous rendre à Manhattan en ferry et revenir à temps pour le clairon annonçant le réveil matinal, assez longues aussi pour que j'en tire deux leçons mémorables. Un des quatre membres de notre détachement affirmait qu'il avait une expérience suffisante de la grande ville pour savoir comment nouer connaissance avec des jeunes filles. Il nous regroupa autour d'une grille, au niveau du trottoir, et nous exhorta à regarder au travers comme si nous étions fascinés. Comme il nous l'avait promis, cela attira rapidement un petit groupe de curieux. Même s'ils partirent rapidement après avoir décidé que nous ne proposions rien d'intéressant à contempler, nous finîmes par susciter le doute chez trois filles, des adolescentes comme nous, qui nous demandèrent ce que nous faisions. Quand nous leur avouâmes que nous essayions seulement de faire connaissance avec des jeunes femmes, elles acceptèrent de nous accompagner à un concert de Fats Domino.

La seconde leçon survint après les avoir déposées à l'arrêt du métro qui allait les ramener chez elles. Nous fîmes halte dans un bar-gril qui se trouvait sur le trajet du ferry. Je commandai un Singapore Sling, dont la publicité précisait qu'il contenait huit variétés de rhums. Je le bus, en plus de divers autres trucs, et un peu plus tard le serveur me signala que la gaufre sur laquelle j'avais versé du sirop et que j'essayais de couper était une photographie, celle du menu. La gueule de bois qui s'ensuivit fut une expérience épouvantable.

Après nous avoir assujettis au printemps le plus nauséabond dans les annales d'A&M, suivi de l'été le plus torride de l'histoire du Texas, l'armée des États-Unis couronna le tout par la traversée la plus tempétueuse depuis Christophe Colomb. Le capitaine Neeley avait rendu cette épreuve plus pénible pour les hommes placés sous sa tutelle en choisissant la paille la plus courte quand les commandants des compagnies avaient décidé d'attribuer par tirage au sort les corvées de cuisine et de vaisselle du bord, condamnant la compagnie Charley à récurer les plateaux couverts de vomi (presque tout le monde souffrait du mal de mer) et nous préservant des parties de dés qui se déroulaient sur le pont. Et pour la toute première fois de ma vie, je fus plein aux as.

Dès mes classes à Fort Benning, j'avais consciencieusement mis trois ou quatre dollars de côté par mois comme contribution aux parties de dés du jour de solde. Si les jeux d'argent étaient interdits par l'armée, il était de tradition, dans la compagnie Charley, que les officiers n'approchent pas des latrines des engagés les soirs de solde, évitant de la sorte d'avoir connaissance de ces méfaits. Je jouais toujours. Je ne gagnais jamais. Absolument jamais. Une situation qui changea à Camp Shanks.

La veille de notre départ, on nous imposa de troquer tout notre argent liquide, supérieur aux pièces de monnaie et aux billets de un dollar, contre des papiers peu crédibles d'aspect que l'armée avait imprimés et que nous pourrions utiliser partout où nous irions. Ce qui nous laissa sans réserves à investir dans la partie des adieux. Tous les sept et les onze qui n'avaient cessé de me fuir sortirent alors. Je lessivai tout le monde dans ma compagnie, accumulant de quoi bourrer mes poches. Un ami me suggéra qu'il serait trop bête de ne pas profiter de ma veine actuelle et nous traversâmes la rue en direction des latrines de la compagnie Baker. Là, ma chance tint. Quand je négociai avec difficulté la passerelle d'embarquement, le lendemain matin, portant sur moi tout ce que je possédais, mon pantalon s'affaissait sous d'incalculables kilos de pièces de monnaie, et des liasses de un dollar gonflaient chacune des poches de ma veste de treillis.

Sur le bateau comme en France, il était totalement impossible de dépenser ces richesses… et par ailleurs illégal. Il n'en sortit rien de bon. Des mois plus tard, je parvins à convertir les cent soixante-douze dollars que je n'avais pas donnés à des villageois français en un mandat que j'adressai à ma mère. Dans l'attente d'une occasion de l'envoyer, je le gardai au sec dans une des poches de ma veste de treillis. Avant que ladite chance ne se présente, il fut capturé, en même temps que veste, casque, mortier et sac d'obus de mortier, par un groupe de fantassins allemands lève-tôt chaussés de skis. Mais j'y reviendrai ultérieurement.

Rien de notable ne se produit durant la traversée. Notre convoi oblique vers le nord, ce qui donne du poids aux bruits généralement considérés comme vrais selon lesquels nous allons libérer la Norvège des nazis. Nous traversons la frange d'un ouragan qui soulève des vagues suffisamment hautes pour balayer le pont d'envol du porte-avions escortant nos transports de troupes, et pour que nous soyons tous confinés dans les entrailles du bateau. Quand nous sommes autorisés à remonter, nous voyons des alignements de trains d'atterrissage toujours enchaînés au pont d'envol, mais les vagues qui ont déferlé ont emporté les appareils.

Approximativement au moment où nous apercevons Gibraltar, Axis Sally[1] nous apprend que la Norvège ne s'inscrit pas dans notre avenir. Elle souhaite la bienvenue à la 103e division et à notre général en l'appelant par son nom, puis elle nous annonce un chaleureux accueil à Marseille. Nous y arrivons avec un peu de retard. Le port a déjà été

---

1. L'actrice américaine Mildred Gillars qui relaya de la propagande nazie par la voie des ondes à destination des troupes américaines, méritant ainsi son surnom de « Sally de l'Axe ». (*N.d.T.*)

pris et le seul accueil que rencontre notre péniche de débarquement est celui d'un Français, dans un bateau à moteur, qui nous remet des cartes d'invitation pour un bordel.

Une période de grande excitation s'ensuit, alors que de la ville portuaire s'élèvent encore les fumées consécutives aux velléités de démolition des Allemands battant en retraite et dues à l'avion de reconnaissance qui, de loin en loin, attire les tirs de la DCA. La grande aventure nous attend, mais d'abord vient une marche épuisante depuis la zone de débarquement située au niveau de la mer jusqu'au sommet du plateau qui domine la ville, suivie d'une introduction prolongée à la vie dans la boue du camp où se dressent les tentes de la division.

Un philosophe a un jour décrit la guerre comme un ennui infini ponctué de courts instants de terreur abjecte. Le seul ennui dont je me souvienne, je l'ai ressenti dans ce lieu de rassemblement. Nous passons une dizaine de jours à vivre sous nos minuscules tentes sans rien d'autre à faire que creuser les étroites tranchées sanitaires indispensables et être de temps en temps véhiculés en camion jusqu'au port pour contribuer au déchargement des armes et des munitions convoyées par bateau.

Bob Lewis et moi nous échappons de l'une de ces corvées de dockers, trouvons à proximité une sorte de bistro improvisé où nous rencontrons un trio d'autres fainéants qui boivent du vin et portent les épaulettes de la célèbre 45e division. Nous sommes des servants de mortier ? Ils secouent la tête pour indiquer la tristesse et la pitié. Dommage. Suivent d'atroces récits sur la bataille d'Anzio, puis l'information selon laquelle l'espérance de vie des fantassins des sections de mortiers se situe, sur le front, quelque part en dessous de quinze minutes. À les entendre, les combats sont encore pires que les Manœuvres de Louisiane, et si nous voyons dans ces propos le jeu que réservent aux nouveaux venus les soldats ayant déjà pris part aux combats, ils rendent plus tolérable l'ennui du camp de rassemblement.

Les seuls autres moments mémorables surviennent quand Lewis, deux autres éléments de l'unité de mortiers et moi décidons de nous esquiver sous couvert de l'obscurité pour voir si nous pouvons retrouver un petit café que nous avons repéré pendant que les camions nous ramenaient des quais de débarquement. Sans succès, mais nous découvrons néanmoins une villa massive dont la longue allée est bordée de Jeep, de véhicules de combat, de ces affreuses conduites intérieures gris-vert qu'utilisent les officiers supérieurs, de quelques véhicules civils, plus deux ou trois arborant le bleu de la marine américaine. De quoi peut-il s'agir ?

Sur le perron, une demi-douzaine d'hommes attendent que leur tour vienne de se joindre à la foule du vestibule. Nous avons découvert un bordel, nous expliquent-ils. Ils sont les derniers à attendre. Il faut compter environ une heure. Nous contournons la vaste demeure en la scrutant du regard. L'un de nous (je plaide non coupable) remarque qu'en vidant un tonneau rempli d'eau de pluie, en le faisant rouler depuis sa gouttière jusqu'à une fenêtre éclairée et en sautant dessus, nous pourrons établir s'il s'agit réellement d'une maison de mauvaise réputation. C'est bien le cas, et le bref coup d'œil dans la chambre est plus anti-érotique encore que les épouvantables films sur les maladies que nous avons regardés durant nos classes.

Puis vient le transfert vers les reliefs boisés des Vosges en remontant la vallée du Rhône. Ce pour quoi nous sommes venus va bientôt débuter.

10

Enfin, la vraie guerre

La vraie guerre commença pour moi par une douce journée d'automne dans une ferme au bord de la Meurthe. La nuit précédente, la compagnie Charley et le reste du premier bataillon du 410e régiment avaient progressé à pas feutrés vers la vallée, sur le flanc abrupt d'une colline fortement boisée, avertis par nos supérieurs que le moindre bruit ou la moindre source de lumière nous exposeraient aux tirs d'artillerie dévastateurs venus des positions allemandes, sur la pente opposée. Parvenus à une ferme en ne déplorant que des foulures, des éraflures et des égratignures, nous nous étions installés dans les bâtiments de l'exploitation et avions survécu à une première journée paisible passée sur le front. Maintenant que le soir approchait, mes camarades de l'unité de mortiers et moi-même fûmes convoqués dans la pièce principale de la ferme en même temps que des membres d'un peloton de fantassins. Là se tenait le capitaine Neeley, le chef de notre unité, et un inconnu qui portait les feuilles de chêne dorées correspondant au grade de commandant. C'était notre premier contact avec les renseignements militaires, un terme dont nous devions apprendre qu'il constitue le parfait oxymoron.

Le capitaine Neeley nous apprit que nous nous apprêtions à mener un raid. Le commandant allait nous expliquer. Ce qu'il fit. Juste de l'autre côté de la Meurthe, nous dit-il, en face de notre ferme, il y avait une voie de chemin de fer avec une route qui courait en parallèle. Chaque nuit, les camions de ravitaillement allemands arrivaient par cette route pour livrer des munitions aux troupes qui tenaient Saint-Dié. Nous devions traverser la rivière à pied, établir nos positions et tendre une embuscade à ces véhicules. Mon mortier, bien évidemment, ne nous serait d'aucune utilité pour cette mission et resterait ici. Pour augmenter la puissance de feu dont je disposais avec mon pistolet calibre 45, on me confia un « pistolet graisseur », le joyau absolu de la panoplie d'armes bâtardes et mal conçues utilisées par l'armée américaine. Le commandant déplia une carte et exposa la situation au lieutenant qui devait nous diriger dans notre entreprise. En amont, nous trouverions une passerelle, mais étant donné qu'elle était minée nous devions l'éviter. Cependant, comme la rivière n'avait qu'un mètre de profondeur environ, et que le courant n'était pas dangereux, nous traverserions à gué en aval de la passerelle, prendrions position près de la route et ouvririons le feu sur les camions quand ils se présenteraient. Ceux d'entre nous qui étaient les plus proches des propos échangés nous relayèrent par la suite que, d'après les renseignements donnés par le commandant au lieutenant, les Allemands disposaient de positions fortes de l'autre côté de la route, que nous devions anticiper une réaction rapide et regagner sans délai notre rive de la Meurthe.

Et nous voilà partis dans les ténèbres, silencieux, bien espacés et, pour parler en mon nom, inquiet et excité : un peloton de fantassins renforcé par des servants de mortier. Je crois que je peux m'exprimer au nom de toute la troupe quand je dis que nous n'avions pas encore suffisamment d'expérience pour être aussi effrayés que nous aurions dû l'être. Nous avançons, sans faire plus de bruit que des petites souris à travers le champ de foin désert qui sépare les bâtiments de notre ferme de la rivière. Sur la berge, nous nous plaquons au sol pendant que le lieutenant et le chef de peloton se consultent. La passerelle ne figure pas à l'endroit indiqué sur la carte du commandant. Des éclaireurs sont dépêchés en amont et en aval pour la trouver. Ils reviennent. Pas de passerelle. Nouvelle conférence en sourdine. C'est presque l'heure où les camions allemands vont arriver. Nous allons simplement traverser en ce point et remplir notre mission. Le chef de l'unité s'avance avec précaution dans l'eau. S'ensuit une exclamation étouffée et des éclaboussements désordonnés. De l'endroit où je suis allongé sur le sol, tout ce que je sais c'est que le sergent a perdu pied. Il émerge un court instant, lesté par son casque lourd, son fusil, ses munitions, ses grenades, etc. et le voilà entraîné par le courant. Une quinzaine de mètres plus loin, sur la rive, nous l'aidons à s'extirper de l'eau. Visiblement, les renseignements du commandant concernant la profondeur de la Meurthe ne sont pas plus précis que la position de la passerelle.

Je me dis que nous allons annuler l'opération, regagner discrètement la ferme et laisser la guerre attendre une journée de plus. Nous n'avons pas cette chance. Le lieutenant est aussi novice que nous et n'a pas encore mesuré l'invincible ignorance des services de renseignements militaires. Le commandant nous ayant affirmé que la rivière est peu profonde, le lieutenant pense que nous pouvons trouver un gué. Nous progressons lentement vers l'aval en quête d'un endroit de ce type, parvenant uniquement à plonger dans l'eau deux fantassins de plus. Hélas, les éclaboussures et les cris ne sont pas passés inaperçus… mais pas des Allemands, de la compagnie A qui occupe les terrains en hauteur, en aval de notre ferme. Un mortier de la compagnie Able lance une fusée éclairante. Elle s'enflamme au-dessus de nous en donnant une lumière éblouissante et descend lentement sous son parachute. Suivie d'une autre fusée puis d'une autre encore. Nous sommes étendus dans les chaumes, aussi aplatis que le corps humain peut y parvenir, essayant de ramper sous nos casques. La compagnie A va-t-elle conclure qu'elle a surpris une patrouille allemande à découvert et nous faucher sur place ? Ou est-ce que ce sont les lignes des mitrailleuses allemandes, sur l'autre rive, qui vont s'en charger ? Dans un cas comme dans l'autre, la guerre sera, pour nous, courte et ignominieuse.

Mais il ne se passe rien. Les fusées se consument et s'éteignent. Même le lieutenant en a maintenant assez de cette expédition. Nous nous hâtons à travers les ténèbres bénies pour regagner nos abris.

Deuxième journée. Notre unité est mise en alerte vers deux heures du matin. Nous prenons nos mortiers, nos sacs de munitions et des containers renfermant des obus supplémentaires. Nous traversons la route en tournant le dos à la rivière et peinons dans l'obscurité pour gravir ce même flanc de colline boisé que nous avons descendu pour atteindre notre ferme. Nous nous retranchons. Notre objectif, nous dit-on, consiste toujours à détruire les camions allemands que les renseignements militaires nous signalent maintenant garés sous un pont de chemin de fer, sur l'autre rive. Les gars des renseignements vont nous indiquer comment nous y prendre.

Arrive l'aube. Le commandant qui semble mener cette opération contre les camions nous envoie par radio l'ordre d'abattre quelques arbres afin de nous ouvrir un champ de tir. Dont acte. Quelque part de l'autre côté de la rivière un Allemand repère cette activité, il s'empare de sa radio et nous fait pleuvoir une demi-douzaine d'obus d'artillerie sur la figure. Nous nous terrons dans nos trous. Terrifiant, mais personne n'est touché. Et ça y est, nous ne sommes plus puceaux. On nous a bel et bien tiré dessus. Comme l'a dit Winston Churchill après son expérience au combat durant la guerre des Boers : « Il n'est rien de plus exaltant que de se faire tirer dessus sans conséquence. »

C'est le moment de riposter : notre première salve de la Seconde Guerre mondiale. La voix qui nous parvient par radio nous précise distance et direction. Pas de problème pour la direction, mais la distance est une autre paire de manches. Apparemment, personne n'a expliqué aux services de renseignements militaires que les compagnies de fantassins sont équipées de petits mortiers de 60 mm à courte portée pour occire de près et de manière personnalisée. Nous n'avons pas ces gros machins de 81 mm à longue portée que possèdent les compagnies d'artillerie lourde. Bob Lewis, qui n'a que dix-huit ans mais est loin d'être bête pour son âge, trouve un moyen de réussir quand même.

Un mortier, c'est un tube d'acier posé sur une plaque de base. La bombe qu'il projette est pourvue d'une amorce explosive conique à une extrémité et de quatre ailettes de queue à l'autre. Entre les ailettes est fixé un petit carré de TNT. Quand on lâche l'obus dans le tube, une cartouche de fusil, à l'extrémité arrière du projectile, heurte un percuteur à la base du tube. Cela déclenche l'amorce, qui enflamme le TNT, lequel propulse la bombe hors du tube. La portée maximum est d'environ un kilomètre si tout le TNT est bien à sa place et si le tube est disposé selon une inclinaison de quarante-cinq degrés. Pour des portées moins longues, on retire des carrés de TNT (tous si la cible est dangereusement proche), et on relève l'angle d'inclinaison.

Pour l'objectif que l'on veut nous faire atteindre en l'occurrence, les quatre carrés de TNT au grand complet et les quarante-cinq degrés ne suffisent pas pour atteindre le but, et de loin. Nous ne distinguons pas notre cible, ni l'endroit où nos obus tombent, mais la personne qui suit notre tir nous indique que nos projectiles sont trop courts.

L'idée de Lewis consiste à plaquer deux carrés de TNT supplémentaires entre les ailettes. Il en prélève donc sur des obus de réserve et les ajoute à ceux qu'il s'apprête à tirer. Je m'assieds à côté de mon mortier et l'observe, me disant que si cela fonctionne et ne fait pas exploser son tube, j'essaierai peut-être moi aussi. Il achève sa préparation, se penche en arrière, grimace un sourire, la cigarette non allumée accrochée aux lèvres.

— Quelqu'un aurait du feu ?

On lui lance une cigarette allumée.

FFFFFUITT ! !

Lewis est englouti dans un épais nuage de fumée blanche. La cigarette a apparemment touché un des carrés de TNT qui a enflammé les cinquante-trois autres carrés composant l'impeccable pyramide qu'il avait soigneusement érigée entre ses jambes. Fin de l'expérience, fin de ses cils, de ses sourcils et de ses accroche-cœurs.

C'est mon unique souvenir précis de cet épisode. Nous tirons quelques obus trop courts et inutiles. Quelqu'un ouvre sa trousse de premiers secours et étale une pommade sur le visage de Lewis. Quelqu'un explique par radio au commandant le problème de la portée des mortiers et, quand la nuit arrive, nous redescendons une fois de plus la colline en portant notre barda.

Pour ceux qui tentent de comprendre les services de renseignements et la guerre, je devrais ajouter que lorsque notre batail-lon franchit la Meurthe et participa à la capture de Saint-Dié en flammes, nous remarquâmes qu'il n'y avait ni route ni voie ferrée sur l'autre rive, en face de notre ferme. Sur la nôtre, il y avait les deux. Le commandant lisait-il sa carte en la tenant à l'envers ? Ça semble avoir été le cas, car la seule route et la seule voie ferrée qui suivaient la Meurthe étaient sur notre rive. La chose nous parut incroyable, sur le coup. Un peu plus tard, pareille erreur nous semblerait tout à fait normale.

Pour illustrer ce point, je vais passer sous silence plusieurs journées épuisantes pour arriver à une grange à foin dans laquelle nos unités de mortiers et de mitrailleuses profitent d'une confortable nuit de sommeil dans la paille. Arrive notre chef de peloton.

— En selle, nous ordonne-t-il. Barda à l'épaule.

J'avais transgressé les ordres en ôtant mes godillots et je me souviens encore de ma quête effrénée, à tâtons dans le tas de foin, pour retrouver le gauche, porté disparu. Nous sortons dans un désordre indescriptible, sous la pluie précédant l'aube, et partons vers le nord en suivant la route. Le lieutenant nous dit de charger nos armes dans la Jeep, une grande première pour nous et un signe encourageant. Personne ne dépose sa mitrailleuse ou son mortier dans une remorque de Jeep s'il s'apprête à combattre. De fait, la rumeur se répand le long de la colonne que nous allons nous placer en réserve. Jubilation. Nous partons nous planquer dans une petite ville française appelée Lusse, assez longtemps pour avaler de la nourriture chaude, nous sécher et nous reposer. Le soldat de première classe Tom Morick, un autre servant de mortier qui possédait un meilleur sens de l'orientation que la majorité d'entre nous, nous signale qu'il trouve bizarre de cheminer vers le nord et les ennuis, plutôt que vers le sud et les lignes arrière. Mais à l'époque nous étions encore relativement innocents. Pourquoi s'inquiéter ?

Le capitaine Neeley, cependant, a eu des contacts plus poussés avec les renseignements militaires et est moins résolument optimiste. Il nous ordonne de faire halte à côté d'une voie de chemin de fer et envoie une patrouille de fantassins en reconnaissance afin de voir comment les choses se présentent à Lusse que nous apercevons juste devant nous. Pourquoi ? Les services de renseignements nous affirment que, la veille, la compagnie A a capturé la localité. Nous attendons, casques ajustés de telle sorte que l'eau qui ruisselle dessus dégouline ailleurs que sur nos nuques. Puis, à travers le crachin, nous parvient le son désagréable d'un tissu qui se déchire et que nous sommes depuis suffisamment longtemps sur le front pour identifier comme étant la chanson qu'entonnent les mitrailleuses allemandes MG38. Le lieutenant n'a pas besoin de nous dire de récupérer nos armes dans la remorque. Les renseignements militaires ont omis de notifier aux Allemands qu'ils ne sont plus maîtres de ce petit village français. Notre patrouille, ou ce qu'il en reste, est épinglée sur une pente, sous le feu de leur position dominante.

Je suis ici tenté de décrire, comme si j'en avais eu une vision d'ensemble, ce qu'il advient en pareilles circonstances d'une compagnie de fantassins. Mais tout ce que je vois, ce sont mes amis du quatrième peloton qui arrachent de la remorque mitrailleuses, boîtes à cartouches, mortiers, sacs de munitions, etc., et se précipitent le long des rails et de la route, courbés en deux, cherchant des positions de tir. Les pelotons de fantassins sont déjà en action devant nous.

C'est à peu près à ce moment-là que la compagnie A, avec un jour de retard, se présente pour capturer Lusse. Les fantassins du groupe de reconnaissance d'Able entendent les coups de feu, nous voient courir ici et là sous le crachin, concluent que nous sommes des Allemands et commencent à nous prendre pour cibles. Je n'ai pas assisté à l'épisode personnellement car j'étais occupé à installer mon mortier et à repérer l'endroit d'où provenait le tir des mitrailleuses allemandes, mais la légende raconte que Neeley a mis un terme à cette guerre intestine en courant le long des rails tout en tirant avec son pistolet, en sautant en l'air, en agitant les bras et en hurlant des imprécations.

Notre petite bataille pour prendre Lusse ne vaudra jamais la moindre mention dans les livres d'histoire, mais elle eut sur nous un effet permanent. Neeley devint pour nous tous une sorte de héros, et jamais plus nous ne fîmes confiance à la compagnie A.

(Les paroles de notre chant de marche devinrent :

La A est toujours en retard, parlez-vous,
La A est toujours en retard, parlez-vous,

La A est toujours en retard,
Ils restent au lit à se tripoter le dard.
Hinky-dinky, parlez-vous.)

Pour moi, ce fut en cette occasion que je commençai à me considérer comme un authentique et adroit servant de mortier. Dans le souvenir que j'ai gardé de cet affrontement, mon premier obus explosa plein axe, juste un peu en arrière de la position de la mitrailleuse, sur la pente qui dominait la voie ferrée. Un léger ajustement pour augmenter l'angle et les trois obus suivants tombèrent pleine cible. Nous prîmes Lusse, perdant cinq de nos hommes et mettant hors de combat vingt-sept Allemands, dont quinze prisonniers. (Pas des prisonniers très glorieux car il s'agissait d'imbéciles abandonnés dans la prison locale quand leur unité avait battu en retraite.)

Lewis prétendit que c'était son mortier qui avait réduit au silence la mitrailleuse, mais nous ne tenions pas plus l'un que l'autre à grimper la colline pour aller inspecter notre œuvre. À la différence des fantassins, nous étions généralement en mesure de maintenir notre guerre sur un plan impersonnel : nous réfléchissions en termes de mitrailleuses que nous détruisions et non pas dc jeunes hommes semblables à nous qui se trouvaient derrière et que nous tuions.

Il y a quelques années, un historien sociologue a publié les résultats de recherches suggérant que les soldats, entre le début du dix-neuvième siècle et la Seconde Guerre mondiale, n'ont pas semblé prendre plaisir à massacrer leurs ennemis. Je ne me souviens ni du titre du livre ni du nom de l'auteur, mais il fournissait quantité de statistiques intéressantes. Par exemple, un fort pourcentage des troupes engagées dans la bataille de Waterloo n'avaient pas fait usage de leurs armes et la majorité des fusils à un coup récupérés sur le champ de bataille de Gettysburg étaient encore chargés. Les recherches consécutives à la Première Guerre mondiale avaient montré un schéma identique. Les militaires américains avaient pris conscience de ce manquement, chez les soldats au combat, et, à Fort Benning, on nous avait enseigné combien il était important de tirer ne serait-ce que pour contraindre les méchants ennemis à baisser la tête. La leçon semblait bien comprise lorsque nous avions visé des cibles. Maintenant, toutefois, les choses avaient changé. J'en avais vu la dramatique démonstration durant notre cinquième journée sur le front. Ce jour-là périt le premier d'entre nous.

Si l'on se réfère à la pendule, l'épisode qui changea le jeune homme que j'étais en soldat dura une quarantaine d'heures, mais j'en garde le souvenir d'une unité homogène car en fut exempt le temps consacré généralement à se restaurer, à dormir et à se sécher. Cela débuta un peu après minuit. Nous nous regroupons sur la route devant notre ferme avec tout notre barda, et on nous ordonne de laisser beaucoup d'espace entre nous et de ne pas faire de bruit. Pour quelle destination ? Nous finirions par apprendre que le premier bataillon lançait une attaque sur le flanc des unités allemandes qui tenaient Saint-Dié et les collines environnantes, et que la compagnie Charley était placée en avant-garde. Mais demander au sergent du peloton où nous partions n'était pas conforme aux usages militaires. Les officiers ne le lui avaient probablement pas dit. Nous voilà donc partis dans le noir, au propre comme au figuré.

Une pluie froide s'abat. La route est boueuse.

Nous cheminons au rythme normal, cinq kilomètres en cinquante minutes, dix minutes de repos, cinq kilomètres de plus, nouveau repos et ainsi de suite durant toute la nuit. Deux heures environ avant l'aube, nous faisons halte en lisière de forêt. L'information nous parvient de proche en proche que la Jeep venant de l'ordinaire de la compagnie va arriver avec de la nourriture chaude. Nous attendons. Pas de Jeep. Pas de nourriture. L'estomac dans les talons, nous descendons de la haute crête que nous avons escaladée la plus grande partie de la nuit, dérapant et glissant sur la pente. Nous atteignons à nouveau un terrain plat… et maintenant nous entendons des tirs d'artillerie. Cela vient en partie de nos lignes, en partie des Allemands devant nous, suffisamment près pour nous rendre mal à l'aise mais pas assez pour déclencher la peur. Nous entendons la rivière, la Meurthe encore à ce que nous pensons, rendue bruyante par les eaux de ruissellement et parce qu'elle est largement sortie de son cours. Nous marchons dans l'eau, de dix à quinze centimètres de profondeur, et y restons plantés. Au bout d'une heure environ, l'information parvient jusqu'à nous. L'artillerie allemande a rendu inutilisable le pont flottant que nous devions emprunter. Nous attendons pendant que le niveau de l'eau grimpe vers le sommet de nos godillots et que le génie répare. Une pluie opiniâtre ruisselle sur nos casques, nos imperméables enfilés par la tête, le dos de nos mains, dans nos cous, le long de nos échines. Nous sommes équipés pour cheminer dans la neige : chaussures hautes avec dessus de cuir et semelles en caoutchouc. Chacune livrée avec deux semelles intérieures en feutrine, une que l'on porte, l'autre que l'on range dans ses sous-vêtements afin que, séchée par la température du corps, elle soit prête à l'emploi le lendemain. Mais ces merveilleux souliers eux-mêmes ne peuvent résister à un séjour dans une eau aussi profonde. Pas plus que nos ponchos ne peuvent lutter contre cette pluie chassée par le vent. L'aube pointe, nous demeurons immobiles. Mais pas tous. Un axiome de base de l'infanterie dit que l'on peut endurer n'importe quoi si on a les fesses au chaud et au sec. Beaucoup d'entre nous ont échoué. Certains l'avouent et reposent leurs jambes gagnées de crampes en s'asseyant dans l'eau boueuse.

Il fait désormais grand jour et nous continuons d'attendre. Enfin retentit le cri béni de « en avant, marche ». Nous progressons dans l'eau en éclaboussant, traversons à la course le pont flottant qui danse en tous sens, escaladons péniblement une longue pente boueuse pour atteindre un hameau de petites maisons en pierre. Notre chef de peloton en désigne une, nous dit d'y entrer et d'essayer de nous sécher. Il nous annonce que la tambouille arrive mais que nous ne devons pas dérouler notre couchage parce que nous allons repartir tout de suite. Nous nous allongeons, rêvons de repos, d'être au chaud, au sec, mais avant tout, nous rêvons de nourriture chaude ou au moins de rations C, les rations de combat qui représentent le niveau supérieur par rapport à nos ordinaires rations K, celles d'urgence. Au lieu de cela, un chauffeur de Jeep arrivé du quartier général jette un tas de barres D sur le sol.

Les barres D se situaient au plus bas de l'échelle culinaire militaire : l'alimentation de dernier recours. C'étaient des céréales mélangées à unc concoction de protéines (peut-être du soja) et de chocolat. Le tout comprimé dans un parallélépipède qui avait la taille et la consistance d'une brique écrasée et qui était enveloppé dans de multiples couches de papier sulfurisé. Avec du temps, de l'eau et une source de chaleur, on pouvait suffisamment ramollir cette barre pour y planter les dents en la trempant dans son quart d'eau bouillante. Sinon, il fallait la réduire en fragments à coups de masse et la laisser se dissoudre dans la bouche. Les barres D que nous recevions semblaient avoir été fabriquées en 1918 et emmagasinées depuis la fin de la Première Guerre mondiale. Le tiers d'entre elles environ étaient rongées par la moisissure, ce qui les rendait beaucoup plus faciles à manger et n'avait aucun effet notable sur le goût.

La bonne nouvelle, c'était que nous avions enfin quelque chose à avaler. La mauvaise, que le sac contenait exactement assez de barres pour qu'on en octroie deux à chacun de nous. Cela nous indiquait que nous allions passer deux jours sans nourriture digne de ce nom : et pour moi, cela entraîna un de ces étranges épisodes démontrant que je pouvais me tromper même quand j'avais raison.

Notre section de mortiers venait de recevoir en renfort deux soldats qui bouchaient les trous laissés dans l'unité à la suite de maladies et de blessures. Tous deux se connaissaient, ayant apparemment transité ensemble par la caserne des réservistes, mais pour les membres de notre section, ils restaient des inconnus complets. Quand tout le monde jusqu'au dernier eut réussi à consommer sa barre quotidienne, les deux nouveaux retirèrent l'emballage de leur seconde ration. Ayant déjà testé ces apports en protéines, et désirant impressionner les nouvelles recrues par les sarcasmes de l'expérience, je les prévins qu'une seule constituait pour leur estomac le maximum tolérable pendant un nombre d'heures conséquent, et que s'ils mangeaient la seconde tout de suite, ils crèveraient de faim le lendemain. Excellent conseil, mais je remarquai par la suite qu'ils terminaient tous deux la ration future. Cela m'apprendrait à donner mon avis quand on ne me le demandait pas.

Une heure plus tard, nous progressons sur un étroit sentier qui suit une pente herbeuse. Nos rêves de repos, de chaleur, etc., ne se sont pas concrétisés mais la pluie a enfin cessé et les nuages se lèvent. Un guetteur des positions avancées de l'artillerie allemande nous repère et décide que nous valons bien quelques projectiles. Ce sont des obus de mortier léger basse vélocité, pas les redoutables 88 qui tombent avant qu'on ne les entende venir. Le temps que ceux-ci explosent sur la pente juste au-dessus de nous, tout le monde a le nez dans l'herbe à l'exception des deux nouveaux qui portent les sacs de munitions de mortiers juste derrière moi. Les fragments les fauchent l'un et l'autre. Ont-ils survécu ? Ils donnaient l'impression d'être morts mais je n'en sais rien. Je n'ai jamais connu leurs noms et les registres de la compagnie qui recensent les soldats tués au combat dénombrent maintes recrues dans ce cas : des étrangers parmi les hommes auprès desquels ils ont trouvé la mort. Qu'ils aient survécu ou non, il est clair que leur idée concernant le moment où il convenait de manger leurs barres de protéines sous le feu de l'ennemi était plus sensée que la mienne. Demain ne viendra peut-être jamais.

Nous reprenons notre marche. Le brouillard se dissipe sur les sommets. Le soleil est maintenant là, suffisamment chaud sur notre dos pour que la vapeur monte de nos vestes de treillis détrempées tandis que ma barre de protéines se dissout avec bonheur dans mon estomac. Les interminables heures de froid et de faim sont derrière moi. Vers midi, nous marquons une pause dans un bois à flanc de colline. L'un des éclaireurs découvre deux ruches et tente d'en extraire les rayons de miel tandis que tous les hommes disponibles soufflent la fumée de leurs cigarettes sur l'essaim. Les abeilles sortent victorieuses de l'escarmouche. Les fantassins reprennent leur marche sans avoir gagné, par cette tentative, autre chose que des piqûres multiples et ils deviennent la cible de traits d'humour. Dans les compagnies de fantassins, même quand les soldats sont aussi novices que nous l'étions ce jour-là, l'oubli immédiat est la règle. On continue sa route en abandonnant les morts.

Aussi peu plausible que cela me paraisse aujourd'hui, j'ai gardé de l'après-midi qui suivit le souvenir des heures les plus heureuses de la guerre. Me voilà au sec, réchauffé par le soleil, marchant sur un versant herbeux dans un paysage magnifique. Les cousines alsaciennes de notre sturnelle des prés sont de sortie, chantant leur adieu à la saison estivale. Un petit vol de corneilles sort des arbres dans le désordre, se livrant aux chamailleries caractéristiques de l'espèce, exactement comme elles le faisaient au-dessus de notre champ de luzerne dans l'Oklahoma. Le fait d'avoir été épargné par les éclats d'obus deux heures plus tôt me renforce dans ma conviction que je suis invincible.

Mieux encore, j'écris l'Histoire. Il est maintenant clair que la compagnie Charley constitue le fer de lance de notre percée vers nul ne sait où et je fais partie du peloton de fantassins de première ligne. Ainsi, chacun de mes pas affecte la carte militaire de l'Europe, repoussant les limites des conquêtes nazies d'une infime fraction de millimètre. L'herbe qui s'étend devant moi se trouve en territoire occupé. Celle que je viens de fouler est libre. L'aventure enfin.

Dans un de ses essais, Joan Didion nous explique que la mémoire représente souvent un effort pour apprendre à connaître l'étranger que nous étions dans le passé. C'est approximativement ce que je m'évertue à faire en ce moment alors que je tente de recréer cette journée dans le souvenir remarquablement précis qu'elle m'a laissé, ma réaction au destin cruel de ces deux garçons, juste derrière moi, et les événements qui survinrent ensuite.

UNE ÉTRANGE RENCONTRE AVEC L'ENNEMI, tel est le titre que cet épisode reçut, dans le *Reader's Digest*, quand j'en fis le récit quarante ans plus tard… et pour être étrange, elle le fut assurément.

« C'était le début de l'après-midi », écrivis-je alors, « quand notre section approcha de la crête où nous devions attendre les deux pelotons qui nous suivaient. Nos deux éclaireurs s'avancèrent prudemment au milieu des roches granitiques, s'immobilisant pour étudier le terrain devant nous, puis nous faisant signe d'avancer. Tout à coup, l'un d'eux nous signala du geste : "Aux abris". »

L'épisode demeure aujourd'hui exactement semblable au souvenir que j'en avais alors. Nous nous dispersons au milieu des rochers. Notre chef de peloton se hâte de se porter à la hauteur de l'éclaireur. J'entends le son d'un harmonica qui flotte dans l'air automnal paisible. Je regarde au pied de la pente dans une vallée étroite couverte d'herbe et je distingue une cabane de pierre à côté d'un petit cours d'eau. La fumée qui sort de sa cheminée étend une brume bleue au-dessus de la prairie, devant l'habitation, et disparaît dans la sombre forêt de sapins proche. Le lieutenant observe cela dans ses jumelles et l'éclaireur pointe le doigt sur quelque chose, en contrebas, qui est masqué par des arbres et échappe à mon champ de vision.

« À ce moment-là, deux hommes apparurent en dessous de nous, flânant sur un chemin tracé par les vaches, en direction de la cabane. L'un d'eux était nu-tête, ses cheveux blonds paraissant presque blancs au soleil. L'autre portait la casquette du simple soldat allemand. Tous deux étaient drapés dans les longs pardessus gris de l'infanterie germanique. Le blond tapait ce qui devait être un harmonica contre la paume de sa main tout en parlant et en gesticulant… Il souffla à nouveau dans son instrument… un air que je reconnus alors comme étant *Lili Marlene*. Le soldat qui portait la casquette marchait les mains derrière le dos. Il semblait jeune et de petite taille, peut-être un adolescent comme nous autres. »

Ainsi que le suggère ce long paragraphe, le peloton avancé de la compagnie Charley ne jaillit pas pour lancer l'attaque immédiate que requiert pareille situation. Une vingtaine d'hommes jeunes, équipés de fusils M1 et de deux fusils automatiques Browning, restent là à regarder ces représentants des forces ennemies durant un long, très long moment. Le lieutenant donne alors, avec la main, le signal de tirer. Nous tirons.

Ce n'était pas un travail pour mon mortier. Je fais feu avec mon pistolet, tranquillisé de savoir que ces deux cibles sont hors de portée de mon arme ridicule, quand bien même je les viserais. Pour ceux qui sont armés de fusils, ce n'est pas la même histoire. Chacun d'eux avait réussi les tests de tireur d'élite pour gagner son badge de l'infanterie. La plupart étaient des experts reconnus. N'importe lequel d'entre eux aurait pu abattre ces deux jeunes gens au pied de la pente en ne consacrant qu'une seule balle à chacun. Le destin a fait de chaque tireur un jury constitué d'un unique membre pour décider de cette sentence de mort. Ils déclenchent le tir. Mais ils étaient jeunes encore, à ce moment-là, ce n'étaient pas tout à fait des soldats.

Les Allemands courent à corps perdu sur le chemin menant à la cabane. Le jeune à la casquette tombe, se relève comme il peut, reprend sa course. Une balle tranche un rameau de bouleau. D'autres dispersent les feuilles jaunes en bordure de sentier. Des ardoises brisées volent du toit de la cabane. Les ennemis disparaissent par la porte. Les tirs cessent. Dans le silence soudain, j'entends le chef du peloton porteur du fusil automatique s'esclaffer. Quelques instants plus tard, nous voyons les Allemands s'enfuir par l'arrière de la cabane et disparaître dans les sapins sous une nouvelle volée de projectiles.

Le gamin blond emportait-il une mitrailleuse qu'il avait prise dans l'abri ? Certains l'affirmèrent. Je n'ai pas vu, mais à en juger par la tactique allemande à laquelle nous allions régulièrement être confrontés par la suite, c'était sans doute le cas. Il s'agissait vraisemblablement de deux « faucheurs » laissés dans un avant-poste avec une mitrailleuse MG42, une réserve de munitions et l'ordre de tuer le plus grand nombre d'ennemis possible dans l'unité qui attaquerait, puis de décrocher pour reprendre le combat plus loin.

Peu après, un autre peloton de fantassins nous remplace en pointe sur cette crête et affronte une fusillade, dans les bois de l'autre côté de la vallée. Je n'ai qu'un unique souvenir clair de cet épisode, où je suis allongé sur le ventre derrière un arbre couché, tandis que des balles de fusil cassent des branchages au-dessus de moi et qu'un soldat allemand blessé, dans mon dos, répète les cris alternés de « *Wasser, Wasser* », et de « *Mutti, Mutti* », dont la signification doit être « Maman ».

Quand la fusillade cesse nous lui donnons de l'eau en dépit des instructions spécifiant que c'est mauvais pour quelqu'un qui a reçu une balle dans le ventre. Mais ce soldat est également touché aux poumons et ailleurs. Sa tunique grise est imbibée de rouge et il est au-delà, bien au-delà des douleurs que peut entraîner une gorgée d'eau bue dans un quart.

Ce fut lors de cette petite escarmouche que, pour la première fois, un homme que j'avais connu personnellement rejoignit les statistiques des « soldats tombés au combat » et que la guerre prit également fin pour cinq autres membres de la compagnie Charley. Le sergent Adolph Lucchesi perdit la vie en tentant de s'approcher assez pour lancer une grenade sur une position de mitrailleuse, dans les bois. Lucchesi travaillait dans un petit bar de Chicago et c'était un garçon agréable, affable, qui aimait s'amuser. Je me suis demandé à l'époque, et je me le demande toujours, si le servant de mitrailleuse qui l'a tué était le gamin blond qui jouait de l'harmonica. Au terme de cet accrochage, nous n'étions plus tout à fait aussi jeunes.

Mon jour le plus long à moi avait encore quelques heures devant lui pour atteindre les quarante. Avant qu'il ne se termine, il me soumit à un « rite de passage » par lequel il me fallut décider, sans vraiment comprendre à quel point semblable décision serait cruciale, le genre d'homme que j'allais être.

Nous avions nettoyé la crête boisée où Lucchesi

était mort. Sur la pente qui domine Saint-Dié, nous attendons à nouveau en vain l'arrivée de nos rations. Nous trouvons un champ de betteraves en partie récolté, en déterrons un certain nombre et nous apercevons qu'elles sont consommables à condition d'avoir assez faim. Le crépuscule s'installe. Nous négocions le versant en trébuchant pour pénétrer en bordure de la cité enfumée et prenons nos quartiers dans un entrepôt, mouillés, affamés, transis et épuisés. Enfin, le repos, me dis-je, et je déplie mon matériel de couchage… qui n'est plus détrempé mais simplement humide. « En selle », crie le chef de section et nous voilà repartis… nous grimpons une colline, en dévalons l'autre versant pour aller prêter main forte à la compagnie Able qui en découd avec l'ennemi.

Le trajet nous conduit à un talus très raide dominant une route encaissée : négociable en glissades plus ou moins contrôlées. Il pleut à nouveau. J'ai faim, je suis crasseux, démoralisé, conscient que la guerre n'est pas ce que j'attendais, à l'extrême limite de mes capacités d'endurance. La cheville que je m'étais abîmée quand j'étais gamin en sautant du grenier de notre grange pour démontrer comment s'y prenaient les parachutistes était encore fragilisée. Je me souviens que je me suis tenu au sommet de cette pente, que j'ai contemplé la route, en bas, sachant pertinemment que, avec la charge que je portais, tout ce que j'avais à faire pour échapper à ce cauchemar et obtenir de la nourriture, du repos, un lit chaud, etc., consistait à sauter et à me recevoir sur cette cheville peu fiable tournée en dedans. Elle se briserait et j'échapperais à tout ça.

Cette propension de certains soldats à signer leur traité de paix individuel n'était pas sans précédent. Morick m'avait raconté qu'un de nos camarades lui avait tendu son fusil afin qu'il lui tire dans la main (« Je lui ai répondu de le faire lui-même »). Notre compagnie a connu au moins deux cas de soldats traduits en cour martiale pour s'être infligé des blessures volontaires, mais une cheville cassée n'aurait pas entraîné de mesure punitive. Pourquoi ne l'ai-je pas fait ? Cela n'avait rien à voir avec le patriotisme, ni avec la douleur que ça allait me causer. Je crois que c'est parce que je n'avais pas envie de rater ce qui m'attendait ou parce que je ne voulais pas continuer mon existence en sachant que j'étais une poule mouillée.

11

La traversée des Vosges

De ce qui m'attendait dans les jours déclinants de cet automne, je n'ai conservé que des souvenirs épisodiques. Certaines semaines sont presque totalement effacées alors que certains jours resurgissent avec un luxe de détails et de couleurs, incluant les sons, les odeurs et même cette impression perpétuelle de porter des vêtements détrempés et d'avoir les pieds froids. Pour l'essentiel, je me souviens de marches sans fin, d'une pluie froide sans fin, de plongeons occasionnels dans les fossés en bord de route quand nous essuyions les tirs de harcèlement de l'artillerie allemande, ainsi que les brèves mais exaltantes rafales échangées quand nous tombions sur des barrages routiers.

Au nombre de mes souvenirs précis figure cette progression pénible sur une route de terre étroite et extrêmement boueuse alors que la nuit est rendue plus sombre par la pluie et par la forêt de sapins dense. Un tank Sherman remonte la route dans son bruit de ferraille, avançant peut-être à six kilomètres à l'heure… toutes lumières éteintes, bien évidemment. Un chef de section armé d'un fusil automatique se trouve deux hommes devant moi, trop loin pour que je distingue exactement comment l'accident se produit. Mais soudain il pousse un hurlement à vous déchirer les oreilles et le soldat qui marche derrière lui commence à marteler la paroi du blindé avec la crosse de son fusil en lui criant de s'arrêter, ce qui, si vous comprenez comment fonctionnent les chenilles d'un tank, est ce qu'il y avait de pire à faire. La chaussure de l'homme qui hurle de douleur a, en dérapant, coupé la trajectoire du tank et celui-ci a déposé un de ses patins sur le pied. Lequel patin est désormais immobile et le restera jusqu'à ce que le char, ayant plaqué ses homologues sur le sol l'un après l'autre, ait parcouru sa propre longueur et relevé celui qui écrase le pied du malheureux.

Où cela s'est-il produit et quand ? Je dispose d'un seul indice. Les trente tonnes du blindé eurent pour seul effet d'enfoncer le soulier de la victime dans la boue, entraînant des ecchymoses douloureuses mais uniquement de nature à le faire séjourner un jour ou deux dans un poste de soins. Cela signifie que l'épisode eut lieu suffisamment tôt, lors de notre participation active à la guerre, pour que la terre n'ait pas eu le temps de geler au point de devenir dure comme le fer, et suffisamment tard pour que nous sachions que ce soldat aurait eu plus de chance s'il avait souffert de multiples fractures au pied. Ça lui aurait valu au moins un long repos au chaud, bien nourri dans un hôpital… peut-être même un billet de retour chez lui. (La politique appliquée lors de la guerre du Vietnam consistait à renvoyer les hommes dans leurs foyers au terme de douze mois passés au combat, et les équipages des avions de l'armée de l'air, durant la Seconde Guerre mondiale, gagnaient le droit de s'en retourner au pays après avoir effectué vingt-cinq, et parfois trente-cinq, missions de guerre. Dans l'infanterie, durant la Seconde Guerre mondiale, la seule façon de rentrer chez soi vivant était d'être blessé suffisamment grièvement pour ne plus être réparable et renvoyé au front.)

Dans les derniers mois de la guerre un système de points fut instauré, qui prenait en compte le temps passé par-delà les océans et les décorations reçues (une Purple Heart[1] valait cinq points et il en allait de même pour les médailles octroyées pour « acte de bravoure »). Je n'ai jamais entendu mentionner l'exemple d'un seul homme, dans une compagnie de fantassins, qui soit resté suffisamment longtemps en bonne santé pour obtenir les quatre-vingt-cinq points requis. En moyenne, un soldat de l'armée de terre qui se trouvait dans une compagnie placée aux avant-postes tenait environ cinq mois avant d'être tué ou blessé suffisamment grièvement pour être transféré dans un environnement plus sûr, telle l'une des unités de l'arrière.

Un autre de ces souvenirs d'une clarté indélébile survint par une matinée ensoleillée qui vaut la peine d'être retenue ne serait-ce que pour cette absence de pluie. Nous nous trouvons dans les contreforts des Vosges, sur le versant est, couvert d'herbe et exposé, avec une étroite piste de terre adossée à la paroi rocheuse. Nous sommes allongés de tout notre long sur le bord et nous attendons en écoutant le bruit sporadique des armes légères qui crépitent devant nous, suffisamment dégourdis maintenant pour savoir que la compagnie B est placée en avant-garde ce jour-là, et tout heureux de la laisser régler le problème. Nous profitons pleinement de ce moment de repos.

---

1. Décoration décernée pour blessure reçue en temps de guerre. (*N.d.T.*)

Soudain nous entendons le bruit d'étoffe qui se déchire caractéristique d'une mitrailleuse allemande, tout près de nous. Cela semble provenir d'une maison en pierre dont nous pouvons apercevoir le sommet, sur la pente en contrebas, à deux cents mètres environ de la route. Nous sommes protégés par le talus et la paroi rocheuse. Pas de panique. Quelqu'un qui est payé pour décider de ce qu'il convient de faire dans pareille situation va nous indiquer l'attitude à adopter, ou n'en rien faire, au choix. Nous attendons. Le temps passe. De nouveaux tirs partent devant nous. Une nouvelle salve de notre mitrailleuse toute proche. Un homme appartenant à l'un des pelotons de fantassins nous dépasse en remontant la route, fusil-mitrailleur à la main. Il quitte la route par un passage dans la paroi rocheuse, s'engage sur un sentier qui descend en direction de la maison et disparaît. Nous écoutons. Nous entendons à nouveau la mitrailleuse et le crépitement plus lent du fusil-mitrailleur. Puis le silence. L'ordre nous est donné de mettre le barda à l'épaule, de former les rangs et de repartir. Tandis que nous nous exécutons, nous voyons le tireur remonter le sentier en direction de la route, l'arme sur l'épaule. Un incident bizarre, dérangeant, en fait, mais il se passait tant de choses à ce moment-là que sur le coup je n'y ai pas réfléchi. Au fil de plus de cinquante années de temps de paix, je me suis interrogé sur ce qui s'était passé à cette maison et sur ce qui avait incité notre soldat à effectuer cette petite marche semi-suicidaire sous le soleil. Avait-il atteint les mêmes tréfonds de désespoir qui m'avaient en une occasion incité à envisager de fuir toute cette misère en me brisant la cheville ? Peut-être avait-il décidé qu'il préférait endurer la souffrance d'une ou deux balles de 9 mm tout de suite plutôt que d'autres journées froides, pluvieuses et épuisantes à attendre que quelque chose d'aussi terrible ou de pire lui apporte sa délivrance. Mais les nuages s'étaient déchirés et la matinée resplendissait. Ces jours-là, l'espoir l'emporte sur la réalité. Peut-être était-il simplement un héros.

Plus tard, sous le soleil de l'après-midi, nous atteignîmes le point où nous pouvions enfin voir par-delà les reliefs dans l'immense espace dégagé de la vallée du Rhin. Mais avant de pouvoir en arriver là, nous avions dû franchir la charmante petit ville carrefour d'Itterswiller qui est aujourd'hui l'un des plus beaux joyaux sur le circuit des vins établi par le ministère français du Tourisme.

La dernière fois que je l'ai vue, j'étais avec Marie. C'était par une fin de journée estivale des années quatre-vingt. Les bacs à fleurs, sur le rebord des fenêtres d'Itterswiller, resplendissaient de géraniums, et les rues étaient envahies de voitures de touristes. La première fois que j'avais vu cette bourgade, ç'avait été par une matinée de novembre froide, depuis la crête boisée qui se trouve à l'ouest. De là-haut on n'en distinguait que les vignobles, la rangée de bâtisses de pierre alignées le long de la route par laquelle on y entrait, et nul signe de vie. Ça sentait les ennuis et, de fait, ils avaient déjà commencé.

12

Comment gagner une Bronze Star sans savoir pourquoi

Ayant consulté les ouvrages relatifs à ce que les historiens de l'armée américaine appellent la bataille pour les Sommets des Vosges, j'ai maintenant une vague idée au moins de ce que nous faisions en cet automne pluvieux. Itterswiller et la haute région des Vosges à travers laquelle nous avancions étaient tenues par la 716e division de panzers Grenadier, une unité d'infanterie blindée équipée de chars d'assaut, de matériel d'artillerie autopropulsé, etc. Le deuxième classe d'une unité d'infanterie est l'expert absolu quant à la manière de mener la guerre sur un rayon d'environ vingt mètres dans toutes les directions à partir de la position où il est retranché, et d'une ignorance crasse pour tout ce qui se situe au-delà de son champ de vision. Debout sur cette hauteur d'où j'observais Itterswiller à l'aide de jumelles empruntées, je n'avais pas la moindre idée que notre bataillon constituait le fer de lance du plan de campagne de la VIIe Armée visant à gagner la vallée du Rhin par le col des Saales, coupant de la sorte quatre divisions allemandes du reste de leurs troupes.

Cette stratégie se basait sur la réflexion que, dans la mesure où cette zone montagneuse ne disposait pas de voies de communication négociables pour les tanks, l'artillerie et les camions indispensables à l'acheminement d'éléments tels que munitions et nourriture pour les soldats, l'ennemi ne s'attendrait pas à pareille manœuvre. Les montagnes seraient donc dotées, dans la phraséologie des historiens de l'armée, de « défenses légères ».

Ce qui était bien le cas. Nous avions essentiellement rencontré des barrages routiers hâtivement constitués et des actions destinées à nous ralentir, menées par des unités qui, comme nous, ne disposaient ni de blindés ni d'artillerie de soutien. Peu de pertes hormis dans les groupes de fusiliers choisis pour être placés aux avant-postes au mauvais moment. Et donc nous étions là, les soldats du premier bataillon du 410e d'infanterie, la compagnie Charley sur la crête de gauche, la compagnie Baker sur celle de droite, de l'autre côté de l'étroite vallée, à observer à travers les arbres les vignobles d'Itterswiller et la Terre promise. Bravo ! Nous avions « encerclé » la 716e division de panzers Grenadier.

Selon les règles que nous appliquions, nos amis, Barney et moi, en disputant nos jeux de guerre à Sacred Heart, au vu de la situation, la 716e était censée ramasser ses billes et abandonner la partie. Elle n'en fit rien. Si les défenses du massif montagneux avaient été légères, celles d'Itterswiller étaient lourdes. Heureusement pour les soldats de la compagnie Charley que nous étions, la compagnie Baker était arrivée la première.

Le schéma d'organisation d'une division allemande de panzers Grenadier montre qu'elle possède deux bataillons d'obusiers de 105 mm, un bataillon d'obusiers de 150 mm, auxquels il faut ajouter un bataillon de lutte « antitanks », autrement dit équipé de ces épouvantables 88 à haute vélocité. De nos positions sur ce que nous en sommes venus à appeler la colline Charley, la plupart de ces armes lourdes semblent réparties quelque part en retrait d'Itterswiller et la majorité dirigent leur feu sur la colline que tient la compagnie Baker.

D'après les tirs de petit calibre qui parviennent à nos oreilles depuis l'autre côté de la ravine, les gars de Baker se heurtent à une opposition beaucoup plus vive que celle que nous rencontrons de notre côté de la déclivité. Leur colline est environnée par la fumée des obus qui explosent alors que notre lopin de bois ne reçoit qu'un projectile de loin en loin, juste assez pour stimuler l'énergie que nous mettons à creuser nos trous individuels et, arrivé ce moment, nous sommes suffisamment expérimentés pour en choisir l'emplacement à découvert, là où ils sont moins exposés aux « éclats d'arbres » mortels. Nous nous terrons et attendons, ne sachant absolument rien de l'endroit où nous sommes, de ce que nous faisons là ni de ce qui va se passer ensuite. Quelque chose de grave est arrivé au capitaine Neeley et au lieutenant qui commande notre peloton. Comme il a été blessé plus tôt et qu'il n'a pas été remplacé, c'est un sergent qui dirige les opérations dans notre zone de combats. Nous creusons, nous attendons et, bon sang, nous nous interrogeons sur ce qui peut bien se passer.

Cette interrogation est bientôt intensifiée par un crépitement d'armes qui retentit sur la pente, dans notre dos. Qui tire sur qui ? Des rumeurs circulent. Mon vieil ami Bob Huckins s'avance jusqu'à mon trou, sans se départir de son calme habituel. Bob dépend du quartier général de la compagnie, il est le messager du capitaine Neeley et donc, en jargon militaire américain, son voleur de chien. Huckins a été détaché vers notre position avec pour instruction, donnée par notre sergent de peloton, de choisir un volontaire et de retourner au quartier général de la compagnie afin de découvrir ce qui se passe. De manière plus spécifique, le sergent veut savoir pourquoi nous entendons des tirs derrière nous au même titre que devant. Huckins me suggère de l'accompagner. Pourquoi pas ? Le dernier obus a explosé dans les arbres à une quarantaine de mètres sur la droite, se rapprochant un peu. Une petite balade vers l'arrière en sa compagnie me semble une bonne idée.

Bob croit que le quartier général est installé dans une grande ferme en pierre, avec grange, située dans la vallée étroite entre les collines Baker et Charley… et il connaît un itinéraire facile. Nous descendons du sommet vers nos lignes arrière, là où un chemin part en diagonale le long de la pente en direction de la bâtisse. C'est une magnifique fin d'après-midi, le soleil s'insinue à l'oblique à travers les arbres, les énormes rochers de granite qui bordent la crête projettent des ombres allongées. Une brise douce nous apporte les échos des obus qui pilonnent la compagnie Baker et celui du projectile occasionnel qui explose sur les positions de la compagnie Charley. Mais quand on est jeune et en bonne santé, il ne faut pas beaucoup d'efforts pour convertir cela en des bruits qui, par exemple, ne sont guère plus menaçants que ceux de convois ferroviaires que l'on accouple dans une gare de triage. De la sorte, on parvient à chasser la guerre.

Hélas, elle revient vite.

Bob s'arrête. Tend le doigt. Deux Allemands sont assis par terre au milieu de l'amas de rochers devant nous, à quarante mètres peut-être, le dos contre la pierre. L'un d'eux a étalé un bout de tissu sur la roche et donne l'impression de couper une tranche d'un long et gros saucisson. Une radio, antennes déployées, est posée par terre près d'eux, dans son dos. Huck et moi nous glissons discrètement hors de vue. Quand nous étions à Fort Benning, Huck avait obtenu un score presque parfait, au tir au fusil. Il est armé d'un M1. Moi d'un pistolet calibre 45, tout juste bon à donner aux pilotes d'avion et aux officiers supérieurs le sentiment d'être des guerriers, mais inutile dans les combats au-delà d'une portée correspondant à un jet de pierre. Nous nous consultons dans un murmure. Faut-il les tuer ou les faire prisonniers ? Dans un cas comme dans l'autre, nous récupérons le saucisson. Le temps que Huckins vient de passer auprès des officiers du quartier général lui a fait prendre conscience de l'extrême importance que revêtent les prisonniers… surtout lorsqu'on n'a aucune idée de ce qui se passe. Et ni l'un ni l'autre ne sommes enchantés à la perspective d'abattre ces adeptes du pique-nique. Nous allons contourner leur position par l'arrière et procéder à leur capture. Nous entamons cette manœuvre furtive, fusil prêt à tirer et pistolet armé. Nous atteignons l'endroit choisi. Je glisse un œil sur le côté du rocher. La radio est là mais les hommes et le saucisson ont disparu. À ce moment, une balle s'écrase contre le rocher, me projetant des bouts de caillou au visage. Des Allemands remontent le chemin qui vient de la ferme. Combien sont-ils ? Pas le temps de compter puisqu'ils nous tirent dessus.

La remarque de Churchill sur l'exaltation que l'on ressent à être pris pour cible et raté se révéla exacte. Nous prenons nos jambes à notre cou. L'un des deux radiotélégraphistes réapparaît et ouvre le feu sur nous avec son pistolet mais des hommes qui courent à perdre haleine au milieu d'arbres et de rochers sont difficiles à viser. Le temps que nous atteignions le périmètre de la compagnie Charley, nos amis en ont déduit qu'ils sont peut-être encerclés. Leurs fusils et leurs mitrailleuses pivotent alors sur leurs arrières. En d'autres termes, sur nous. Mais ils reconnaissent nos cris, nous accueillent au bercail et attendent l'arrivée des ennuis que nous n'avons assurément pas manqué d'attirer sur tout le monde.

Rien ne se produit. Avec la tombée du crépuscule, l'artillerie allemande décrète que la journée a été assez longue comme ça. Des rumeurs se répandent : l'une est l'évidente vérité que, si nous encerclons la 716e panzers Grenadier, les Allemands nous le rendent bien. Des hommes tapis dans leur trou, plus bas sur la pente, nous transmettent l'information qu'ils n'ont pas cessé d'entendre le grondement de tanks dans la vallée derrière nous : une nouvelle extrêmement désagréable. On nous annonce que tous les officiers de la compagnie Baker ont été tués ou blessés et que les survivants sont retranchés sur leur colline. On nous annonce que le lieutenant Boyle, l'observateur avancé de notre artillerie, a traversé le défilé pour gagner la colline Baker et prendre le commandement de ce qu'il reste de cette compagnie. On nous annonce que le capitaine Neeley a été blessé et emporté à l'infirmerie de campagne du quartier général de la compagnie. On nous annonce qu'une unité de panzers allemands a capturé le quartier général de la compagnie, y compris notre capitaine. Le crépuscule s'intensifie. Les Allemands que Huck et moi avons surpris en plein déjeuner sont sans doute des guetteurs avancés qui dirigent le tir sur la colline Baker. Cela paraît logique et explique pourquoi une pluie d'obus plus intense ne s'est pas abattue sur nous. Quel soldat sain d'esprit irait demander l'appui de l'artillerie si un tir trop long peut l'atteindre ? Le bruit court que nous sommes encerclés. Il se révèle exact mais, étant optimiste par nature, je le repousse avec mépris. Le sergent qui, en l'absence de tout officier, a pris le commandement de notre colline nous a depuis longtemps fait adopter un périmètre de défense. C'est alors que la situation prend un tour encore plus bizarre.

Nous entendons une motocyclette qui pétarade sur la route, venant d'Itterswiller. Elle s'arrête, redémarre et continue à rouler en contrebas vers la ferme qui sert de quartier général à notre compagnie. Gene Halsey et George Rice, dont les mitrailleuses sont positionnées sur la pente qui domine la chaussée, nous font savoir qu'il s'agissait bel et bien d'une motocyclette mais qu'ils n'ont pas tué le motard car ils n'ont aucune idée de ce qui se passe. Cette ignorance n'est que de courte durée. À nouveau nous entendons l'engin, le bruit de tanks et des voix qui crient. Le message est : « Ne tirez pas. Nous sommes prisonniers. » Une colonne de nos camarades cheminent en bas sur la route (servant par la même occasion de boucliers humains aux tanks), destinés à passer le reste du conflit comme prisonniers de guerre des Allemands. Halsey, Rice et leurs compagnons qui sont terrés dans leurs trous sur le versant de la colline au-dessus de la route en sont réduits à regarder… de toute façon, ce n'est pas avec leurs mitrailleuses de calibre 30 ou avec leurs fusils qu'ils pourraient entamer un blindage, à condition qu'ils soient assez fous pour tirer.

Nous passons une nuit d'angoisse. L'aube survient et les rumeurs s'amplifient. Le quartier général de la compagnie a effectivement été capturé, à moins que ce ne soit celui du bataillon ? Les tanks allemands et l'infanterie que nous avons contournés dans notre ruée à travers les montagnes ont encerclé hier après-midi les bâtiments de la ferme, derrière nous. Ils ont capturé les équipes médicales du bataillon qui pansaient les blessures à l'abri des murs, sans compter les hommes affectés au quartier général ainsi que le peloton de reconnaissance et d'espionnage. Le capitaine Neeley, que l'on était en train de soigner pour une blessure à la jambe, a sauté par la fenêtre et s'est enfui dans les bois, sans chaussures ni pantalon. Les tanks qui sont passés devant nous pendant la nuit escortaient des prisonniers, y compris les blessés en état de marche, vers la ville d'Itterswiller.

Arrive le matin. Calme. Pas de tirs d'artillerie. Huckins se présente une nouvelle fois à mon trou. Le sergent envoie une petite patrouille de reconnaissance dans la bourgade. Les Allemands se sont retirés, nous affirme-t-il, ils ont évacué le village pendant la nuit. Ceux qui nous commandent veulent seulement en obtenir confirmation. Viens, me suggère Huckins.

Ayant rédigé ce qui précède, je me retrouve tout à coup bloqué : je scrute l'écran de l'ordinateur et interroge ma mémoire. Ce qui s'est passé ensuite me paraît extravagant et irrationnel. Comment puis-je demander au lecteur de prêter foi à ce récit quand j'éprouve moi-même des difficultés à le croire… alors que j'y étais et que j'y ai participé. Je lui réponds d'accord, ou quelque chose d'approchant, me hisse hors de mon trou et m'élance, plus ou moins en tant que volontaire, même si ce terme me dérange. Il est plus vraisemblable que le sergent m'avait rajouté à la liste des volontaires et avait chargé Huckins de venir me communiquer la mauvaise nouvelle.

Le groupe se compose de cinq hommes du rang et d'un sergent-chef du deuxième peloton, plus Huckins et moi. Nous descendons la colline, à bonne distance les uns des autres, en file derrière le sergent, restant à couvert autant que possible et cherchant à atteindre la route en dessous d'un vignoble, ce qui nous permet d'entrer dans les premières maisons du village sans constituer des cibles faciles avant le dernier moment. Les services de renseignements militaires semblent ne pas s'être trompés, pour une fois. Personne ne nous tire dessus. Mais au moment où nous dépassons le vignoble, à moins de vingt mètres de la première maison, nous apprenons que ces services ont bien leur efficacité coutumière.

Je me souviens des bruits de démarrage entendus dans la localité devant nous et, simultanément, de la voix criant quelque chose en allemand, juste dans notre dos et un peu plus haut. Un soldat se tient au milieu des vignes, le fusil pointé sur nous. Une sentinelle, probablement. Il devait dormir sans quoi il nous aurait vus arriver. Huckins tire et l'Allemand s'écroule au milieu des ceps. Nous fonçons vers le village. Deux hommes se précipitent hors de la première maison, l'air surpris, voient cinq ou six fusils braqués sur eux et s'immobilisent. L'un d'eux lève les mains en l'air. L'autre arrache son casque et le jette sur les pavés en jurant. À cet endroit, la route qui pénètre dans la bourgade décrit un virage de quatre-vingt-dix degrés avant de devenir la rue principale d'Itterswiller. Plaqué contre un mur, j'entends d'autres moteurs qui s'arrachent au sommeil mais il m'est impossible de rien voir. Le chef de notre groupe ordonne aux prisonniers de marcher à découvert vers les positions que tient notre compagnie, dans les bois, il leur ordonne de se diriger là-bas et de se constituer prisonniers une fois de plus. Puis il tourne le coin et disparaît. Nous vivons quelques instants de tension extrême, le doigt sur la détente. Les deux soldats que nous avons réduits à l'impuissance trottinent en direction de la colline Charley, les mains sur la tête, et disparaissent derrière les arbres. Ont-ils couvert l'intégralité du trajet qui les séparait de la compagnie Charley pour se rendre ? On ne me l'a jamais dit, je n'ai jamais posé la question et je ne m'en suis jamais soucié. Mais j'en doute. Le sergent refait son apparition avec l'heureuse nouvelle que les Allemands (vraisemblablement une arrière-garde tout au plus) sont partis pour de bon.

L'escarmouche d'Itterswiller est terminée. Mais il lui manque deux notes explicatives, la première pour illustrer la stupéfiante irrationalité des militaires et la seconde pour évoquer la survivance d'un certain degré de compassion au sein de notre espèce, même dans l'ardeur des combats.

Environ six mois après cet épisode, j'appris que l'armée américaine m'avait décerné la Bronze Star pour « acte de bravoure lors d'une patrouille de reconnaissance de jour, le 29 novembre 1944 ». Dans la mesure où je n'avais fait que suivre le mouvement, je conclus que tous les participants à l'opération avaient bénéficié de ces cinq points facilitant le retour au pays, avec peut-être une récompense plus importante pour le sergent. Mais j'appris par la suite que Huckins, le seul d'entre nous, à l'exception du sergent, à avoir effectivement tenu un rôle actif dans l'épisode, n'avait pas obtenu de médaille et j'en conclus donc que les autres non plus. Pourquoi moi ? Qui peut savoir ? Peut-être tire-t-on les noms au sort dans la casquette d'un colonel ?

Voilà pour l'exemple irrationnel. La compassion, maintenant.

L'un des quatre-vingts blessés que déplora ce jour-là la compagnie Baker était John Walters avec qui je m'étais lié d'amitié pendant nos classes et qui était l'un des soldats détenteurs d'un fusil-mitrailleur. J'ai retrouvé Walters, aujourd'hui retraité à Durango après une carrière dans l'industrie du pétrole, et il m'a raconté son histoire. La compagnie Baker avait essuyé une fusillade nourrie, presque à bout portant, venant de fantassins allemands terrés dans leurs trous sur cette colline de triste mémoire. Walters s'était trouvé engagé dans une sorte de duel, dans les bois, fusil-mitrailleur contre MG42 ennemie. Il avait été blessé au visage. Il garde le souvenir d'être resté assis contre le tronc d'un arbre, tentant de reprendre ses esprits, puis d'avoir retrouvé totalement ses facultés et découvert que la cime de l'arbre avait été pulvérisée, que trois heures s'étaient écoulées, et qu'il avait un énorme éclat de bois planté dans le muscle de la cuisse, la blessure la plus grave dont il souffrait parmi une multitude d'autres de moindre importance. Il était parti à cloche-pied vers l'arrière, avait rencontré le lieutenant Boyle, été chargé à bord d'une Jeep et conduit au corps de ferme où était installé le quartier général. Là, on lui avait extrait le fragment de bois, on avait pansé diverses blessures et il attendait la suite des événements dans la cave avec d'autres blessés. Il se souvient qu'il a entendu arriver des véhicules chenillés avec l'espoir qu'il s'agissait de tanks américains, qu'il a entendu cris et coups de feu puis qu'un appel a été lancé dans l'escalier.

« C'est le lieutenant Remington qui vous parle. S'il y a quelqu'un en bas, vous pouvez monter. »

— Il avait un accent parfait, me raconta Walters. Nous l'avons pris pour un officier américain.

Walters et d'autres, qui étaient capables de grimper les marches, furent faits prisonniers et conduits à travers nos lignes jusqu'à Itterswiller puis, de là, franchirent le Rhin où Walters acheva sa guerre en contribuant à dégager les ruines causées par les bombardements menés sur Munich. Il était de pratique courante, quand on était confronté à des sous-sols louches, de lancer une grenade d'abord et de poser les questions ensuite. On reste en vie en ne prenant pas de risques. Nous le faisions et je suis certain que c'était aussi le processus normal dans l'infanterie allemande. Ceux qui se trouvaient dans cette cave doivent leur vie au faux « lieutenant Remington » qui a préféré prendre un risque plutôt que de tuer un groupe d'ennemis blessés.

On trouve des individus qui ont le sens de l'humain dans toutes les armées, au même titre que des brutes, mais ces dernières ont une propension à ne pas s'exposer aux situations dangereuses et à s'entasser, comme la crasse au fond du seau, dans les unités de l'arrière. Un après-midi, j'étais allongé au bord d'une route de montagne où j'attendais l'ordre de repartir lorsque deux hommes du quartier général du régiment se présentèrent avec deux prisonniers qu'ils conduisaient vers les lignes arrière. Ils s'arrêtèrent pour fumer une cigarette et décidèrent qu'il leur en coûtait trop de garder leurs captifs. Ils pointèrent leurs fusils sur ces garçons qui avaient à peu près mon âge et leur ordonnèrent de partir en courant vers le sommet de la colline. Ils obéirent et furent abattus dans le dos : les seuls prisonniers assassinés sous mes yeux. Nous signalâmes les faits et on nous assura que les responsables avaient été placés en état d'arrestation et traduits devant une cour martiale. J'espère qu'ils ont été exécutés.

Durant plusieurs jours, après Itterswiller, je n'ai que de vagues souvenirs de longues marches et de trajets en camion : on nous acheminait vers le sud pour constituer une force de combat équivalente à un régiment, envoyée en renfort de la 1re division blindée française qui ne semblait pas faire grand-chose. L'unique image qui me reste de cette participation est celle d'un camion chargé de munitions sautant sur une mine : il s'ensuivit une explosion phénoménale et un cratère béant. La première semaine de décembre, notre premier bataillon bénéficia du statut d'unité de réserve près des fortifications de la ligne Maginot. Le but des unités de réserve est de permettre aux troupes épuisées par les combats de se reposer un peu. Au lieu de cela, on nous soumit à un régime sévère d'exercices en ordre serré : une formation utile à l'époque où les troupes étaient armées de fusils à un coup mais dépassée (partout sauf à West Point) depuis la guerre de Sécession. Nous fûmes également mitraillés par deux de nos chasseurs bombardiers qui ouvrirent le feu de trop haut pour atteindre quoi que ce soit. (Pour compléter ce compte-rendu de l'aspect aérien de notre guerre, le seul blessé que la compagnie C ait eu à déplorer en raison de ces attaques fut un soldat de deuxième classe touché dans le dos par une douille vide de calibre 20 mm provenant d'un Spitfire britannique qui visait une cible située loin devant nous.) En une autre occasion, un

Focke-Wulf allemand, qui volait sournoisement en rase-mottes, terrifia un certain nombre d'entre nous, nous faisant plonger dans un cours d'eau glacial et, alors que nous venions de franchir la Zinsel, deux P-47 surgirent et bombardèrent le pont flottant que notre génie venait d'édifier, projetant un tank Sherman dans la rivière. Ils effectuèrent un second passage et l'équipage du tank en abattit un.

Nos vacances en tant que réservistes nous valurent l'épisode marquant de l'hiver. Deux énormes tentes sont installées avec un chauffe-eau fonctionnant à l'essence, et la compagnie Charley se lave de pied en cap. En peloton, nous pénétrons au pas dans la tente numéro un, nous y débarrassons de nos tenues (vestes de combat, casques, bonnets de laine, imperméables, chaussures pour marcher dans la neige, etc.). En caleçon et chaussettes, nous empruntons une sorte de promenade en planches sous un mélange de neige et de grésil et pénétrons dans la tente de la douche. Là, nous ôtons caleçon et chaussettes que nous jetons dans des poubelles métalliques, on nous distribue des savonnettes et nous avançons sous une rangée de pommeaux qui crachent de l'eau chaude. Une minute environ pour se savonner, une minute environ pour se rincer et nous nous retrouvons de l'autre côté, au terme du processus. On nous y remet caleçon et chaussettes propres, nous récupérons nos chaussures et nos vêtements, les enfilons, et nous voilà de retour à l'extérieur, dans le champ boueux, en bien moins de dix minutes. C'était à mi-chemin entre le lave-auto et le bain à moutons, et le premier (et dernier) récurage complet que j'aie eu entre le débarquement du transport de troupes à Marseille et le jour où, des mois plus tard, on me retira le plâtre qui m'emprisonnait tout le corps, au troisième hôpital militaire. Quelle odeur pouvions-nous sentir ? Une puanteur abominable, assurément, pire encore que l'on ne saurait l'imaginer puisque c'était aussi la première fois que nous changions de caleçon depuis notre départ des États-Unis.

C'est là, également, que nous eûmes notre seul contact officiel et solennel avec une structure religieuse organisée au sein de l'armée américaine dans la zone du front. Un aumônier catholique arrive, dresse un autel de fortune sur une plate-forme de réparation de tanks, et tous ceux qui se sentent concernés, catholiques ou non, sont conviés. En une autre occasion, pas plus officielle que solennelle, Bob Lewis et moi voyons la Jeep de ce même aumônier, apprenons que le prêtre (qui avait le grade de capitaine) célèbre la messe dans l'église du village et, avec son chauffeur, nous composons une congrégation de trois membres pour cet office. Notre seule autre chance d'assister à la messe survient un dimanche, le matin qui précède la bataille pour reprendre Shillersdorf. Remarquant que des villageois entrent dans la petite église locale, nous avançons pour nous joindre à eux mais, sur le seuil, un portier nous barre le passage en nous informant, dans un allemand mêlé de gestes, que nous ne pouvons pas pénétrer dans l'édifice avec nos armes, ce qui nous laisse le choix de décider quelles sont les règles que nous souhaitons respecter. Cette fois-là, c'est l'armée américaine qui perd. Mon pistolet et la mitraillette de Bob nous attendent devant la porte.

13

La vie au couvent de Mertzwiller

Pour le quatrième peloton, l'étape qui suit ce bain mémorable est un couvent. On nous convoie en camion jusqu'à Pfaffenhoffen où on nous dépose et nous fait parcourir dans les vingt kilomètres à pied pour atteindre Mertzwiller et le front. Les derniers kilomètres s'effectuent à travers bois sous les tirs d'artillerie, pas un barrage sévère mais suffisant pour nous apprendre que nos quatre jours de régiment de réserve sont terminés. Nous attendons dans la forêt qu'il fasse nuit et pénétrons dans la ville où nous remplaçons les hommes d'une unité de combat épuisés, et sentant épouvantablement mauvais, qui appartiennent au 160ᵉ régiment d'infanterie de la 45ᵉ division et donnent l'impression de ne pas s'être lavés depuis des mois. Mertzwiller est approximativement divisée en deux par la Zinsel. Le 160ᵉ régiment en avait capturé la moitié sud. Les Allemands tenaient l'autre moitié et, malheureusement, la rivière n'avait qu'une petite dizaine de mètres de large. Cela donne une situation qui, une fois de plus, incite un servant de mortier à remercier Dieu de ne pas être un simple fantassin.

Nous installons notre mortier derrière un épais mur de pierre qui relie une grande église catholique au couvent, un emplacement parfait. Le clocher fournit un point d'observation pour un guetteur, avec de grandes facilités de communication. Le sous-sol du couvent, depuis longtemps évacué par ses résidents, fournit un lieu adapté où dormir au chaud et au sec, le tout perché sur une colline d'où nous dominons la partie hostile de la ville. Merveilleux ! Le seul désavantage est que l'inclinaison du terrain expose le mur du sous-sol aux tirs des Allemands et que ceux-ci, nous ne tardons pas à l'apprendre, possèdent un canon antichar de 76 mm et deux véhicules semi-chenillés de défense antiaérienne armés de doubles canons de DCA de 20 mm. Ces véhicules allaient rendre la vie très difficile aux groupes de fantassins postés dans les maisons prises pour cible, le long de la rivière, mais ne constituaient pas pour nous un sujet de réelle inquiétude. Le canon, cependant, obligeait ceux qui utilisaient le sous-sol comme dortoir à dormir d'un sommeil léger, avec l'angoisse de savoir qu'à tout moment un servant allemand pouvait décider de perforer, au petit bonheur la chance, ce mur de couvent exposé.

Les seuls textes de fiction que j'ai écrits sur la guerre s'appuient sur des épisodes survenus à Mertzwiller où nous traînâmes (un verbe approprié pour ceux d'entre nous qui faisaient partie de la section de mortiers mais pas pour les groupes de fantassins) nos guêtres durant quatre journées mémorables avant d'expulser les Allemands de leur moitié de la ville.

La première de ces nouvelles m'a été inspirée par le destin d'une de ces flopées de soldats envoyés en première ligne pour combler les trous dans nos rangs. Huckins en guidait un pour le remettre à un peloton de fantassins, tout près de la rivière, ce qui les obligeait à traverser deux rues exposées. Au cours de la course folle pour franchir la seconde (« respire à fond, prie et fonce »), le nouvel arrivant laissa tomber quelque chose. Il s'arrêta, revint d'un bond sur ses pas pour ramasser l'objet et fut abattu. Son corps demeura dans la rue jusqu'à ce que les ténèbres précoces de l'hiver permettent à quelqu'un de le tirer à l'abri en respectant la prudence.

Le fait que nul n'ait su son nom avant d'avoir récupéré son cadavre et regardé ses plaques d'identification inspira ce récit. Je fis de mon protagoniste principal un des deux soldats qui attendent, sur l'arrière de la ville, afin de guider les hommes envoyés par le quartier général, lesquels, à la tombée de la nuit, traverseront les bois en apportant des munitions. Il essaye d'obtenir le nom des jeunes renforts qui, ne connaissant pas les stratagèmes de la survie au pays de la mort, ne vivent pas suffisamment longtemps pour se lier d'amitié. J'interrompais ce cheminement de pensées par le vacarme lointain de tirs de mitrailleuses, provoquant l'envoi des trois obus réglementaires en représailles, suivi du silence au milieu duquel apparaît un de ces hommes qui s'avance en plein jour sur la route d'accès, exposé à la vue de la batterie antiaérienne tapie dans les bâtisses en ruines sur l'autre rive. Il interprète les gestes lui intimant de se mettre à l'abri comme des signes de bienvenue, mais les Allemands font la sieste. Il arrive sain et sauf : il s'agit d'un sous-lieutenant venu remplacer le chef récemment décédé d'un groupe de fantassins que son destin lui commande, l'aube venue, de conduire de l'autre côté de la rivière. Cette nouvelle, si vous ne l'avez pas encore deviné, se termine au moment où mon protagoniste principal s'assure qu'il a bien mémorisé le nom de ce malheureux. C'est la seule des trois qui ait été publiée. Une deuxième était influencée par la veine minimaliste et je m'en suis débarrassé sans la soumettre à un éditeur lorsque j'ai recouvré le bon sens et le goût, et la troisième se trouve encore quelque part dans mes archives. Dans cette dernière, notre guetteur, installé dans le clocher avec ses jumelles, remarque qu'un motocycliste arrive à peu près à l'aube, chaque matin, dans la partie allemande de la ville, entre dans une maison, y reste un moment puis repart sur sa machine pétaradante. Un messager, suppose-t-il. Notre mortier pourrait-il l'atteindre ? Oui. Nous choisissons donc un site emprunté par ce messager sur son trajet quotidien, déterminons la charge exacte et l'inclinaison du canon voulues pour expédier un projectile à cet endroit de la rue, calculons les secondes requises pour qu'il parcoure la distance séparant le fût de la chaussée. Dans le clocher de l'église du Bon Pasteur, notre guetteur apporte sa contribution à la conspiration, il évalue les secondes qu'il faut au motocycliste pour aller du passage à niveau où il apparaît d'abord jusqu'à l'endroit où nous avons choisi de le faire mourir. Nous testons cette formule un après-midi, pendant les exercices de tir en aveugle ayant pour but de faire rentrer la tête dans les épaules à nos ennemis. Notre réglage est parfait. Le lendemain matin notre guetteur nous donnera le signal du « franchissement des voies », nous égrènerons onze secondes puis nous tirerons trois obus de mortier et nous attendrons.

Mais quelle fin donner à cette histoire ? Dans la réalité, quand C.J. Smith (pointeur de pièce) et moi avions discuté exactement comme ci-dessus, la prise de pareille décision entraînant la vie ou la mort nous avait été épargnée grâce aux ordres que notre compagnie avait reçus de traverser la Zinsel au pas de charge pour investir le reste de la ville, y compris la maison dans laquelle le messager se rendait chaque matin. Dans la nouvelle, une des fins montrait l'exécution mise en pratique et, plus tard dans la journée, le protagoniste passait devant le corps du motocycliste. Dans une autre, je lui faisais abaisser délibérément le canon d'un cran pour allonger la portée. Dans une autre encore, le guetteur décrivait en détail le motocycliste et la moto, ce qui faisait passer le messager du statut d'ennemi à celui de congénère et rendait sa machine très proche de celle que le cousin de notre soldat le laissait enfourcher. Ma question aujourd'hui (en tant que mémorialiste tentant de renouer connaissance avec celui que j'étais en 1944) est de savoir si C.J. et moi aurions effectivement tué ce garçon si le destin ne s'en était pas mêlé. C'était exactement ce pour quoi on nous payait soixante-cinq dollars par mois. Je ne crois pas que nous l'aurions fait.

Cela doit paraître étrange, mais Mertzwiller ressort dans ma mémoire comme un autre des rares lieux agréables de l'hiver 1944-1945. Pour la première fois, nous étions constamment au chaud, au sec et modérément propres, dormant chaque nuit sous un toit. Si la section des mitrailleuses de notre peloton était postée le long de la rivière, apportant son soutien aux groupes de fantassins lors d'une succession d'accrochages avec les tireurs allemands embusqués et avec les canons de DCA qui rôdaient, nous, les servants des mortiers, menions notre guerre particulière et confortablement abstraite.

Chacun de nos trois groupes avait son tube disposé derrière un mur, ce qui, pour nos ennemis, rendait difficile le repérage de l'éclair et de la fumée qui, généralement, leur signalaient notre position. Nous avions un guetteur posté dans un endroit d'où il pouvait nous guider, les Allemands n'ayant pas pris la peine de démolir le clocher. Notre train-train quotidien était agréable : récupération de l'approvisionnement en munitions, récupération de nos rations de nourriture (ici, des rations de combat en conserve à la place des tristes boîtes de rations K), tir d'obus de harcèlement de temps en temps ou tentative pour anticiper les déplacements de l'un des véhicules antiaériens quand il parcourait la berge en tirant sur nos fantassins.

Pour bien souligner le contraste, voici un court extrait pris dans les notes de E.E. Reed, un éclaireur des troupes au sol qui passa ces journées dans le sous-sol d'une maison, à côté du pont sur la Zinsel. La nuit qui précéda notre attaque pour la franchir, Reed se trouva parmi les six hommes qui furent dépêchés afin d'étudier les défenses de l'ennemi. Accueillis par des coups de feu, cinq d'entre eux parvinrent à traverser le cours d'eau en sens inverse.

« Spivak manquant à l'appel, Link, Copeland et moi-même sommes repartis de l'autre côté pour le chercher. Nous l'avons trouvé gravement blessé à la tête, gisant dans un fossé et perdant tellement de sang que nous l'avons cru fichu. Nous avons entrepris de revenir en nageant dans les eaux glaciales quand les Fritz ont lancé une fusée éclairante et ouvert le feu… »

Je passe directement à la citation officielle par laquelle le sergent Copeland reçut ses cinq points pour rentrer au bercail et une Bronze Star récompensant des « actes de bravoure s'inscrivant dans la plus haute tradition du service armé ».

« Le sergent Copeland rampa pendant soixante-quinze mètres sous le feu hostile de l'ennemi, tira le blessé jusque sur la rive et l'installa dans un canot pneumatique. Quand des Allemands le visèrent d'une distance de quelques mètres à peine, il retourna le feu avec son fusil et lança deux grenades, tuant et blessant plusieurs ennemis... »

Ce que je veux démontrer :

Remarquez que ni Reed ni les autres, qui avaient également pris part à cet échange de tirs nocturne, n'obtinrent les cinq points précieux pas plus que la Bronze Star. Comparez cette patrouille avec celle qui, à Itterswiller, me permit de décrocher la médaille. La justice militaire n'était pas égale pour tous à l'époque, et cela a encore empiré. Quand nous nous sommes un peu frottés avec les troupes cubaines sur l'île de la Grenade, en 1983, des Bronze Star furent distribuées, littéralement par centaines, dont beaucoup à des officiers de haut rang qui étaient restés calés dans leurs fauteuils pivotants sans jamais quitter Washington. Ou considérez ce qui s'est passé au Kosovo quand une patrouille de nos soldats chargés du maintien de la paix se sont arrêtés pour acheter des barres de friandise, se sont trompés de route, ont pénétré en territoire serbe et ont été arrêtés. Celui qui a reçu un coup sur le pif lors de ce ridicule incident a été décoré d'une Purple Heart.

Alors que les hommes de troupe vivaient dans un danger constant sur la rive de la Zinsel, notre unique souci sérieux survint l'après-midi, juste avant que nous ne traversions tous la rivière. Comme d'habitude, je rejette la responsabilité des gaffes qui précédèrent cette opération sur les services de renseignements militaires. Quelle qu'en soit la cause, un camion tirant une remorque chargée d'éléments de pont flottant pénétra dans Mertzwiller en plein jour et s'immobilisa au carrefour, juste devant notre couvent, pour demander son chemin. Le véhicule était parvenu, allez savoir comment, à pénétrer en ville sans attirer l'attention des Allemands mais cela ne dura pas. Pour les troufions chevronnés que nous étions, il n'en fallait pas plus que la vue de ce camion garé dans la rue pour plonger dans nos trous individuels, ce que nous fîmes. Le premier obus de mortier allemand tomba en plein milieu de la rue et les suivants couvrirent la zone environnante, projetant des éclats qui sifflèrent tout autour de nous. Un de ces fragments d'acier traversa le tube en carton à l'intérieur duquel mes projectiles étaient empaquetés, transperça le casier individuel qui contient chacun des obus, trancha l'amorce en plastique au sommet du projectile et ressortit.

Je mentionne cela parce que l'ensemble se trouvait juste derrière mon abri individuel, à un petit mètre de ma tête, lorsque l'incident se produisit. Les détonateurs de mortiers sont réglés pour exploser à la moindre pression. Si celui-ci avait rempli son rôle, cela aurait déclenché l'explosion des autres obus de la réserve. C.J. et moi aurions été pulvérisés. Nous retrouvâmes le mécanisme de l'amorce. Le shrapnel avait touché le petit percuteur, le coupant en deux. Quand j'affirme plus loin, dans ces Mémoires, que j'ai bénéficié d'une chance insensée, j'espère que le lecteur se souviendra de cet épisode.

Les deux gars du génie n'eurent pas cette chance. Tués tous les deux, dont l'un d'une façon qui m'a laissé le genre d'images qui restent « gravées sur la rétine ». Quand les tirs cessèrent, C.J. et moi descendîmes avec mille précautions voir ce qui s'était passé. Un casque gisait sur les pavés près des vestiges du camion, partie inférieure vers le ciel. Le haut de la tête de son propriétaire, y compris un œil, s'y trouvait toujours. Cinquante-six ans plus tard, je le vois encore.

Cette nuit-là, nous portâmes les éléments du pont flottant et les déposâmes hors de vue près de la Zinsel. La rumeur disait que l'attaque se produirait à l'aube, et qu'elle serait précédée d'un barrage d'artillerie « ajusté sur cible ». Nous prîmes position près de la rive où nous attendîmes en observant. Loin vers le sud, l'horizon s'illumina tout à coup d'immenses éclairs : les énormes pièces d'artillerie de 200 mm à canons nervurés étaient si distantes qu'il fallait plusieurs secondes avant que le bruit ne nous parvienne. Puis il y eut les éclairs plus proches de canons de 155 mm, suivis par les gros obusiers et, finalement, par les 105 de notre propre régiment. Après quoi, l'air au-dessus de nos têtes retentit des hurlements de centaines d'obus qui nous survolaient. Presque aussitôt la moitié nord de Mertzwiller fut la proie d'un déferlement infernal d'explosions assourdissantes. Quand le pilonnage cessa, nous traversâmes la rivière sans rencontrer d'opposition et prîmes la ville en n'essuyant que quelques brefs échanges de coups de feu.

14

L'hiver le pire (bien sûr) que l'on ait jamais vu

L'hiver commença à sévir sérieusement. Il allait être le pire du continent, en froid et en neige, depuis son légendaire prédécesseur de 1902-1903, parfaitement adapté au schéma qui veut, dans le souvenir de tout conscrit de la Seconde Guerre mondiale, qu'on se soit toujours trouvé aux endroits où étaient battus les records mémorables dans les domaines de la chaleur, du froid, de l'humidité, des moustiques, des puces et autres désagréments liés aux conditions générales et aléatoires de l'environnement. Je me souviens surtout des marches sans fin, du froid, des occasionnelles escarmouches sans avoir jamais aucune idée du qui, du quand, du où ni du pourquoi. Enfin nous comprenons que ces journées de la mi-décembre sont vouées à une progression vers Wissembourg et la ligne Siegfried car nous finissons par capturer une petite ville dont la route d'accès mentionne ce nom. Nous faisons un prisonnier lors d'un très bref petit combat à Walbourg, couchons dans un authentique lit avec édredon en plumes d'oie sans prêter attention aux tirs de mortier survenant de loin en loin. Pénétrons dans Eschbach sans rencontrer de résistance. Là, la compagnie B nous relève à l'avant-garde et nous bénéficions de huit heures de repos.

La demeure d'Eschbach dans laquelle je passai ces huit heures était un manoir entouré d'un parc magnifique, d'étables et d'un champ de courses. Les murs de son grand salon étaient décorés de nombreuses toiles, dont la majorité représentaient des chevaux, d'une photo de Joseph Goebbels, d'une autre du Reichsmarschall Hermann Goering, toutes deux portant inscription manuscrite et autographe, de plusieurs d'un homme bien habillé posant en compagnie de personnages arborant le brassard à croix gammée et, à en juger par leurs galons, l'uniforme d'officiers de grade élevé. Derrière l'un des portraits de chevaux se dissimulait un coffre-fort mural qui opposa peu de résistance lorsqu'une grenade y fut fixée avant que nous en retirions la goupille. Il contenait des documents d'apparence officielle, des clés et une boîte de cigares renfermant des billets de banque, dont certains correspondaient à des émissions de l'ancienne république de Weimar et portaient les dénominations monstrueuses dues à l'inflation dévastatrice de la monnaie allemande, souvenirs d'une tragédie nationale. Beaucoup étaient des billets du Troisième Reich dont la somme totale s'élevait à plus de quatre mille marks et qui, à ce que nous avions compris, pouvaient, une fois rapportés au dollar, être dépensés au taux d'environ soixante cents.

Nos heures chaudes et sèches prennent fin quand les gradés de l'arrière décident que le village est suffisamment sûr pour eux. Ils s'y installent et nous nous retrouvons sous la pluie à cheminer à travers bois en direction de Walbourg. Le bruit se répand dans la colonne que Huckins, Hillerman et Lewis ont mis la main sur un magot et nous soignons notre popularité en distribuant des deutsche marks aux moins fortunés. Cela n'a qu'un temps. Une

Jeep du quartier général du bataillon passe à notre hauteur, ses occupants cherchent le capitaine Neeley. Puis le sergent-chef redescend la colonne, posant des questions et obtenant des réponses qui nous valent d'être reconduits en Jeep à Eschbach où on nous livre à un commandant. Dans sa main, il tient la boîte de cigares vide.

Ce commandant qui, je suppose, était un officier des renseignements donnait l'impression d'avoir inspecté la cave à vin du propriétaire de la maison. Il parvient à fixer son regard sur un chiffre, inscrit sur une feuille de papier pliée, nous fait asseoir à la table de la cuisine, nous ordonne de vider nos poches et de compter les deutsche marks mal acquis qui sont en notre possession. Nous sommes dans de sales draps, nous déclare-t-il. À moins de restituer les plus de quatre mille marks figurant sur son papier, ça ne va pas s'arranger. Nous comptons chacun de notre côté et, quand les totaux sont additionnés, nous arrivons à un peu plus de cinq mille marks, ayant tous trois essayé de tricher suffisamment pour masquer nos distributions charitables et ayant un peu exagéré. Le commandant fourre les piles de billets dans la boîte, rectifie le chiffre figurant sur son papier et nous réexpédie dehors sous la pluie pour reprendre notre marche en direction de Walbourg puis, au-delà, vers la frontière allemande à Wissembourg.

La compagnie Charley y est placée en réserve, les hommes s'occupant à perfectionner leurs abris dans le sol d'une vigne à flanc de coteau pendant que les unités moins chanceuses tentent de forer une brèche dans la ligne Siegfried. Smith et moi recouvrons notre trou d'un toit se composant de poteaux de clôture, laissons un passage afin que la fumée puisse s'échapper et trouvons, dans une maison dévastée, des carpettes sérieusement roussies que nous utilisons comme revêtement de sol. Nous l'ignorons mais, pendant que nous perfectionnons ce Tāj Mahal des abris, les Allemands, sur notre flanc gauche, effectuent une percée à travers le front de la IIIe Armée du général Patton et, dans le rugissement des moteurs, leurs divisions de panzers foncent vers Bastogne et ce qui va devenir la célèbre bataille des Ardennes, Hitler ayant ordonné « l'élimination de toutes les forces américaines entre les contreforts des Vosges et le Rhin ». C'est-à-dire nous. Mais le sergent du peloton se contente de nous ordonner : barda à l'épaule, formez les rangs, en avant marche. L'occasion d'allumer un feu pour rendre notre refuge plus douillet ne nous fut jamais donnée.

Nous nous retirons, passant alternativement les trois jours et les trois nuits qui suivent entre les cahots, à l'arrière d'un camion, et les marches pénibles à travers bois, le tout sous une neige éternelle. Cette période me laisse un unique souvenir mémorable. Par une soirée sombre et froide, nous progressons rapidement sur l'étroite piste tracée par une charrette, quelques obus nous arrivent droit dessus, dont un explose à environ cinquante mètres devant nous, frôlant le sergent Jack Arras, un ami, le plus sympathique de tous les sous-officiers de la section des mitrailleuses. Arras est projeté en dehors de la piste. Il gît sur le versant du fossé, casque arraché. Il a l'air hébété mais quand je lui crie quelque chose, il me donne l'impression d'essayer de rire. Je ne l'ai plus jamais revu mais un des hommes de sa section est allé le voir après la guerre. Il s'amusait avec ses jouets dans une pièce sur l'arrière de la maison et sa mère s'occupait de lui.

Les rescapés remontent dans les camions, en

descendent en un lieu qui n'a pas de nom et escaladent les collines dans la neige pour rejoindre Buschbach et un autre aspect de la guerre.

Ah, Buschbach ! Je n'ai pas de trou de mémoire, cette fois. Notre toit, là-bas, est la maison d'un fermier le jour, mais l'interminable nuit hivernale doit être endurée dans un trou d'un mètre cinquante de profondeur creusé dans la terre gelée et suffisamment grand pour que deux hommes y tiennent debout. Il se situe sur une pente en contrebas des forces ennemies, nous offrant une vue sur les arbres fruitiers sans feuilles et la neige profonde et infinie. Sur le bord du trou repose la mitrailleuse de Gene Halsey, blanche de givre. La toile de la bande chargeur qui l'alimente est cassante, raidie par le gel, la fermeture de culasse gelée, il y a de la glace dans le canon. Tirera-t-elle si Halsey appuie sur la détente ? Peut-être la munition engagée dans la chambre sera-t-elle expulsée et produira-t-elle suffisamment de chaleur pour que le tir se poursuive. Probablement pas.

Je comprends maintenant qu'on nous avait déroutés vers le sud pour protéger le flanc de la IIIe Armée, remplissant l'immense étendue gelée couverte d'une neige blanche autrement laissée déserte. Ainsi la compagnie Charley, dont les effectifs de deux cent douze hommes étaient réduits à environ cent quarante car les pertes n'avaient pas été remplacées, était éparpillée sur un peu plus de six kilomètres de collines gelées, sans personne en soutien à l'exception de quelques chasseurs de chars et d'une batterie d'obusiers, très loin en arrière.

Je sais que les chasseurs de chars et les obusiers étaient là parce que le jour de Noël, pendant que nous faisons la queue pour recevoir nos rations, les premiers nous repèrent, décrètent que nous sommes des Allemands et commencent à tirer. Cela interrompt notre déjeuner et met le capitaine Neeley dans une telle rage qu'il demande à l'artillerie de diriger son tir sur les unités blindées (du moins c'est ce que nous pensons), ce qui met rapidement un terme à cette bataille intestine. Par une autre journée glaciale à Buschbach, notre artillerie nous bombarde de tracts, imprimés en allemand, qui nous incitent à nous rendre et nous promettent que nous serons bien traités si nous le faisons.

Ces deux incidents nous conduisent à penser que le capitaine Neeley nous a fait investir une ville qui se trouve un cran plus loin que celle où nous sommes censés être. Cette notion est renforcée tôt, un matin, de la manière suivante :

Nous occupons la dernière maison du village qui, représentative des maisons alsaciennes, est moitié résidence humaine, moitié étable à vaches. Je viens de rentrer d'une nuit supplémentaire passée dans mon trou glacial, et un autre homme se trouve avec moi dans la grange où nous nous soulageons. Quelqu'un frappe un coup à la porte. Sur le seuil se tient un soldat allemand, le pistolet-mitrailleur en bandoulière. Il commence à poser une question, s'aperçoit que les deux gaillards qu'il contemple doivent être des soldats américains, tourne les talons et s'enfuit en lançant des cris d'alerte aux hommes qui sont répartis dans la rue derrière lui. Tout le monde court. Nous nous précipitons à l'étage pour donner l'alarme auprès de nos compagnons endormis. Les poings se referment sur les armes mais les Allemands ont déjà disparu au coin de la rue. Nous en concluons qu'ils devaient rentrer de patrouille sans savoir que Buschbach était accidentellement tombée aux mains d'Américains souffrant d'une déficience pour lire les cartes d'état-major.

Les services de renseignements ennemis paraissent donc tout aussi imparfaits que les nôtres. Mais les stratèges allemands avaient compris qu'il neige en hiver et avaient équipé leurs troupes de bandes chargeurs modernes en plastique pour mitrailleuses, de casques blancs et de tenues de camouflage blanches. Notre armée nous avait vêtus de kaki pour la neige. Quelques unités chanceuses avaient volé des housses de matelas (utilisées comme sac pour les cadavres) dans les fournitures du service de recensement des pertes et les portaient sur leurs vêtements, mais la majorité donnaient l'impression que les diplômés de West Point responsables de ce genre de décisions nous avaient désignés comme cibles. (Incroyable ? Souvenez-vous qu'une génération antérieure d'anciens élèves de cette académie dota nos soldats de vêtements de pure laine pour aller combattre les Espagnols dans l'oppressante chaleur cubaine.)

Après tout ce temps, je reste surpris qu'une telle portion de ma mémoire soit vouée à ces neuf jours à Buschbach. Il ne s'y passe pas grand-chose. Nous ne perdons que cinq hommes durant cette période : quatre blessés et une crise de dépression nerveuse. Les seules pertes concernent les rangs des pelotons de fantassins dont la tâche consiste, pendant les patrouilles de nuit, à arpenter la neige gelée en surface dans leur tenue de camouflage kaki pour s'assurer que des Allemands ne préparent pas de mauvaises surprises dans les villages environnants. On ne me désigne pour aucune de ces missions. En lieu et place, chaque jour vers le coucher du soleil, Gene Halsey et moi urinons et déféquons (notre dernière chance de nous acquitter de l'un comme de l'autre avant au moins quinze heures), enfilons tous les vêtements en notre possession jusqu'au dernier, et progressons avec difficulté dans la neige sur une distance d'environ deux kilomètres pour atteindre notre verger à flanc de colline, y parvenant vers dix-sept heures, le moment où, au cœur de l'hiver, règne une obscurité complète sous cette latitude. Nous relevons les salopards qui ont la chance d'être de jour, descendons dans le trou et tentons de nous installer confortablement en prévision de la pénible épreuve qui nous attend.

Nous nous insinuons dans nos sacs de couchage. Un des deux remonte la fermeture Éclair jusqu'en haut, se laisse glisser au fond du trou et tente de dormir. L'autre prend position derrière la mitrailleuse, guettant, attendant, mémorisant la silhouette de chacun des arbres nus du verger, le tracé de la pente à l'endroit où elle rencontre le ciel, notant à quel endroit se trouvent les étoiles sur l'horizon afin de déterminer si un ennemi en tenue de camouflage blanche en obstrue certaines, forçant sur sa vue en quête d'un mouvement, imaginant le pire, gardant le fusil à l'abri du gel à l'intérieur de son sac de couchage dans la mesure où la mitrailleuse, qui, elle, est gelée, ne marchera vraisemblablement pas. Puis, quand celui qui est dans le fond du trou souffre trop de crampes, ou quand celui qui monte la garde a trop froid, on inverse les rôles. Une heure s'écoule avec une lenteur abominable, mais la montre persiste à vous dire qu'elle n'a duré que dix minutes. Et de loin en loin, Halsey et moi parlons, extrêmement bas parce que les bruits portent à une distance incroyable dans le froid mordant.

Durant les premières heures de la première nuit, on s'interroge sur sa position. À quelle distance se trouve le trou de guet le plus proche ? Nous ne l'avions pas vu, mais d'après ce qu'on nous avait annoncé, cela pouvait aller jusqu'à un kilomètre. Si une patrouille allemande franchit la colline, est-ce que nous pourrons compter sur une aide ? Impossible. Nous ne sommes que des postes avancés. Des pions sacrifiés. Les tirs déclencheront l'alerte, les réserves seront prévenues qu'il y a incursion, attaque, allez savoir quoi. Il faut bien que quelqu'un remplisse ce rôle.

Cette question une fois réglée, nous parlons des filles, du sens de la vie, de la mort de tel ou tel ami, de la raison pour laquelle deux de nos sous-officiers de grade le plus élevé ne sont jamais dans les parages quand les échanges de tirs sérieux commencent. Nous parlons de chez nous, de la vie après la mort, de la différence entre perception et réalité, de l'interrogation soulevée par l'évêque Berkeley quand il s'est demandé si un arbre qui tombe dans une forêt fait du bruit quand il n'y a personne pour l'entendre. Enfin point la légère coloration rose de l'aube, à l'est. On continue d'attendre, puis les privilégiés qui montent la garde de jour arrivent et nous repartons à pas pesants dans la neige des collines en direction de Buschbach, de la nourriture, de la chaleur, et de la possibilité d'échapper un peu au gel avant de répéter le processus.

Nous sommes finalement relevés par le deuxième bataillon et parcourons à pied dans la neige la distance qui nous sépare de Diebling où nous rejoignons les réserves du corps de la VIe Armée (ce qui nous met très loin en arrière, avec les colonels et les généraux) jouissant d'un confort et d'une sécurité maximum en ces circonstances. Le nirvana enfin. Nous sommes logés dans une maison, au chaud et au sec, avec de la nourriture chaude, heureux comme les élus au paradis.

Le paradis des imbéciles, en réalité. Quand bien même nous l'ignorons, les Allemands ont abandonné la campagne de la bataille des Ardennes. Ils ont tourné leurs divisions blindées vers le sud pour lancer l'offensive Nordwind destinée à recapturer Strasbourg. Tout ce que nous savons, c'est qu'on nous dit de mettre le barda à l'épaule et de grimper dans les camions. Nous retournons en Alsace où on nous fait descendre dans une jolie petite ville nommée Niederbronn. Nous sommes toujours dans les troupes de réserve du corps d'armée, sous délai d'intervention de trois heures, par opposition aux quinze minutes qu'ont les réservistes des régiments. Il y a un piano droit dans le séjour de la maison que nous occupons. Bob Huckins nous joue du Chopin et quelques airs de comédies musicales. Puis retour à la réalité.

« En selle », crie le sergent et, en moins d'un quart d'heure, nous sommes de nouveau dans le camion roulant sous le grésil, Dieu sait pourquoi et pour quelle destination. Nous sommes suffisamment expérimentés pour savoir que si le général trois étoiles qui commande le corps d'armée engage ses réserves, cela ne va pas être pour un lieu de tout repos.

En fait, c'est le bois de Sessenheim, à l'extérieur de la petite et plaisante ville de Sessenheim, à la fois sur le Rhin et sur la voie ferrée, où Goethe rédigea une grande partie de ses écrits. Pas très loin, de nos jours, du magnifique cimetière militaire de Saint-Avold, dont les pierres tombales portent le nom de vingt des hommes de la compagnie Charley, et de dizaines d'autres des compagnies Able et Baker. La nuit précédente, la 10e division blindée SS avait pris la ville d'assaut et en avait chassé la 42e division d'infanterie, ce que, bien entendu, nous ignorions complètement.

Pour ces Mémoires, je me suis procuré les comptes-rendus officiels. Notre premier bataillon avait été détaché de la 103e division pour se joindre à la 79e division afin de l'aider à reprendre Sessenheim ; puis on nous avait détachés une nouvelle fois et rattachés à ce qui avait pris le nom de force d'intervention Linden et semble avoir été un conglomérat d'unités contrôlées par la 42e division, notoirement inepte. Pendant cette redistribution des cartes, on nous annonce qu'une colonne de camions chargés de troupes de la 42e division est entrée dans Sessenheim, ignorant apparemment que les Allemands ont repris possession de la ville. Tous sont capturés, avec camions et matériel. Les clowns qui dirigent ce cirque lancent alors une attaque conjointe, blindés-infanterie, contre la ville. Quand l'intégralité des huit chars Sherman engagés sont détruits, l'attaque est annulée et les plans modifiés, passant de l'offensive à la défensive.

Hélas, on nous a littéralement égarés dans ce brassage général des unités. Si les gradés de la 103e ont tenu informés les colonels de la 79e, la 79e semble avoir omis d'avertir les gens de la force d'intervention Linden que notre attaque imminente était annulée.

Sessenheim est l'endroit où tout, pratiquement, a mal tourné. (Mais grâce à la chance opiniâtre qui me suit partout, c'est également l'endroit où je participai à un épisode grâce auquel je fis la connaissance de la femme qui m'a persuadé de devenir écrivain.) Ayant lu les récits de cette bataille rédigés après-guerre, je sais maintenant que des éléments du Groupe G de l'armée allemande avaient percé les positions tenues par la 42e division et que nous étions sur le point de déclencher une contre-attaque pour colmater cette brèche. Mais au moment où nous descendons de l'arrière de notre camion, dans les bois, et restons là au cœur des ténèbres de minuit à attendre les ordres pendant que le grésil crépite sur nos casques, nous ne savons rien. Je me souviens avoir éprouvé une sensation d'effroi inhabituelle pendant que nous nous enfoncions dans la forêt. Nous marchons vers les échos des tirs d'artillerie. Quand nous faisons halte à l'aube pour creuser nos retranchements, nous sommes du côté de ceux qui reçoivent les projectiles.

Il n'y avait aucun endroit, dans cette forêt dense de la vallée du Rhin, où se mettre à l'abri des éclats d'arbres. Je me souviens avoir creusé profondément, taillant à travers les racines à l'aide de ma pelle à tranchées, et m'être recroquevillé dans le fond, la tête baissée, les bras repliés sur mon casque, écoutant les obus qui convergeaient sur nous et estimant la distance des explosions.

Le soleil se lève, le grésil cesse. Nous repartons, marquant une pause à un endroit où des arbres ont été abattus en une longue trouée formant un coupe-feu d'environ cent cinquante mètres de large. De l'autre côté de cet espace dégagé nous pouvons distinguer la terre nue correspondant aux positions allemandes fraîchement creusées en lisière de forêt. Loin sur notre gauche, nous apercevons les clochers de Sessenheim et la fumée des tanks Sherman en flammes. J'en compte sept mais les rapports officiels précisent qu'il m'en manque un : les huit chars engagés dans cette attaque bien précise ont tous, sans exception, été méthodiquement détruits alors que l'ennemi n'avait qu'un seul Tigre engagé dans l'affrontement. Nos tankistes donnaient à leurs

Sherman le surnom de « Ronson », la marque d'un briquet populaire à l'époque, parce qu'ils « s'enflamment à chaque fois ».

Nous creusons à nouveau. Puis c'est l'attente, longue, interminable. Quelques échanges de tirs de mitrailleuse fusent de part et d'autre du coupe-feu. Nous lançons plusieurs obus de mortier. Les tirs cessent. L'attente à nouveau, encore et toujours.

La rumeur court maintenant que nous allons attaquer d'une minute à l'autre en traversant l'espace découvert, chasser les Allemands de leurs positions et nous emparer d'un endroit où une route étroite, à une seule voie, qui traverse les bois, croise la nationale et la voie ferrée qui longent le Rhin pour entrer dans Sessenheim. Dans les profondeurs de la forêt, le capitaine Neeley s'époumone sur sa radio. Nous supposons qu'il demande un écran de fumée pour nous protéger quand débutera l'intervention préparatoire de l'artillerie. Je regarde les bois tenus par l'ennemi, de l'autre côté de cette vaste étendue de neige dépourvue du moindre abri. Je pense au récit transcrit par Pickett, dans *Lee's Lieutenants*, concernant la funeste attaque de Gettysburg, sur les pâtures herbeuses. À charge, les Yankees qui avaient taillé en pièces les Virginiens ne disposaient pas de mitrailleuses. À décharge, nous allions disposer d'un soutien de l'artillerie bien supérieur et, à ce qu'on nous avait annoncé, la compagnie Able devait lancer une attaque contre le flanc de l'ennemi, sur notre droite.

L'attente. Le temps nécessaire à l'artillerie pour activer ses fumigènes et expédier des obus sur les positions ennemies s'égrène. Le terrifiant message nous parvient. Pas de soutien d'artillerie. Mais pourquoi ? Qui sait pourquoi ? Personne n'a eu l'idée de prévenir un bataillon, emprunté à une autre unité, qu'il lui faut battre en retraite au lieu d'attaquer. Le capitaine Neeley a lâché la radio. L'ordre est de sortir des trous et d'attaquer.

Survient alors un autre de ces proverbiaux moments de vérité. Préféreriez-vous vous élancer à découvert hors de votre forêt pour charger sur ce champ de neige et être cueilli par une balle de mitrailleuse ou vous défiler et vivre en affrontant le mépris de vos amis avec pour fardeau l'inguérissable blessure portée au fragile respect qu'on ressent pour soi-même à dix-neuf ans ? Pareille question a plusieurs fois déjà trouvé sa réponse. On sait qu'on va franchir le pas. Le secret consiste à ne pas y penser. On s'élance et tout le monde fait de même. (Sauf, comme on le remarque ultérieurement en procédant à la revue des troupes, deux de nos sous-offs durs de durs et tyranniques, devenus invisibles en présence du danger.) À cet instant heureusement, nous ignorons que les Allemands retranchés de l'autre côté du coupe-feu appartiennent à la 6e division de montagne SS, sur laquelle je cite un rapport officiel établi par l'armée américaine concernant cette bataille.

« La 6e division de montagne SS était indubitablement la meilleure division allemande engagée dans les combats pour s'assurer la maîtrise des contreforts des Vosges ; en réalité, c'était vraisemblablement la meilleure unité d'infanterie allemande de tout le front ouest, en ce début de janvier 1945. Elle avait combattu les Russes en Finlande. Quand les Finlandais avaient conclu la paix avec l'Union soviétique, elle s'était retirée en traversant la Norvège puis, requinquée, reposée et rééquipée, elle avait été jetée dans la bataille des Vosges. »

Le soutien d'artillerie que nous attendions ne s'était pas produit car les obusiers de la 79e division roulaient vers nos lignes arrière. Au moment approximatif où nous nous élançons à travers le coupe-feu, la compagnie Able reçoit l'ordre de repli et annule son attaque de diversion. La situation semble vraiment désespérée pour la compagnie Charley, non ? Mais s'ils n'étaient pas handicapés par les traditions de West Point, les gradés allemands avaient leur pesant de débiles légers.

Rétrospectivement, je soupçonne les commandants de la 6e division SS d'avoir su pertinemment que la 79e se retirait. Par conséquent, ils se préparaient pour se lancer à sa poursuite et non pour défendre leurs positions, et notre assaut à travers ce champ de neige, dicté par des erreurs de transmission, sans préparation d'artillerie, fumigènes, tanks, ni soutien d'aucune sorte, dut entraîner une réaction de surprise et de stupéfaction. Quelle que soit l'explication, nous emportons les positions allemandes et parvenons même jusqu'à l'objectif fixé, la nationale et la voie ferrée, et ce au prix de seulement vingt-six hommes.

(Plus de quarante ans après, dans un hôtel de Hot Springs, dans l'Arkansas, la compagnie Charley organisa sa première réunion ; dans un bar, nous, les anciens du quatrième peloton, tentons de coordonner nos récits de guerre. Pour résoudre le problème, nous nous accordons pour commencer le compte-rendu de notre téméraire charge de Sessenheim au moment où, jaillissant des bois, nous avions dépassé le corps de Vincent Thornton qui nous précédait de quelques pas. Cela fonctionna parfaitement. L'un de nous se souvint qu'il avait vu Vince s'écrouler. Un autre se rappela l'onde de choc d'un obus de mortier secouant son corps tout entier et ainsi de suite. Je me remémorai que j'avais jeté un coup d'œil sur son cadavre, en passant, et poursuivi à toutes jambes. Un peu plus tard, j'allai au comptoir commander une tournée de bières. Le serveur me signala que le client assis quelques sièges plus loin cherchait des anciens de la compagnie C, du 410e régiment d'infanterie. Je m'approchai et me présentai.

— Je suis Vince Thornton, me répondit-il. Bon sang, où vous étiez passés, les gars ? J'ai le souvenir que je suis sorti du bois en courant, là-bas à Sessenheim, et l'instant d'après je me suis retrouvé à l'hôpital de Saverne.

Cela en dit long sur la fiabilité des souvenirs de guerre.)

Mais ce dont je me souviens très clairement, c'est de la casemate en béton gris que les Français avaient construite pour garder le passage à niveau dont nous venions de nous emparer. Le quartier général de la compagnie s'y installe pendant que les troufions de base que nous sommes se répartissent sur des positions défensives, creusent une nouvelle série d'abris derrière la voie ferrée et attendent les instructions.

La neige recommence à tomber puis se change en pluie. (Heureusement pour nous parce que la 6e division de montagne SS était équipée de tenues de camouflage hivernales d'un blanc pur.) C.J. et moi installons notre mortier dans un espace dégagé derrière les rails et creusons un trou juste en retrait. Deux hommes de l'unité de renseignements et de reconnaissance arrivent une fois la nuit tombée. Ils emmènent les deux Allemands que nous avons capturés et abandonnent dans leur sillage les rumeurs qu'ils ont entendues au quartier général du bataillon. À savoir :

1. La 79e division s'est retirée et a oublié d'en aviser le bataillon.

2. Neeley était censé annuler l'attaque de la veille mais n'en a pas été averti.

3. Able et Baker l'ont été et se trouvent maintenant à bord de camions qui les emportent allégrement vers les lignes arrière.

4. Able et Baker vont s'élancer demain matin pour venir nous rejoindre. Le bataillon au grand complet poussera alors jusqu'au Rhin qui n'est distant que de trois kilomètres.

5. Nous devons nous retirer dès qu'il fera suffisamment sombre pour assurer notre sécurité.

6. Hier, les idiots de la 42e division ont abattu un groupe de prisonniers allemands en plein dans un endroit où les Frisés pouvaient les voir. Souvenez-vous de ça si vous envisagez de vous rendre.

7. Nous sommes encerclés. Les très gros obus qui passent au-dessus de nos têtes et qui explosent loin derrière nous proviennent des canons montés sur les convois ferroviaires allemands, de l'autre côté du Rhin.

Et ainsi de suite. Faites votre choix. Croyez ce qui vous convient, ou ne croyez rien.

Pendant ce temps, C.J. et moi inventorions ce qu'il nous reste en munitions et découvrons que nous n'avons plus rien à tirer hormis des fusées éclairantes (ce qui, comme nous devions bientôt l'apprendre, correspondait exactement à ce dont nous avions besoin). Nous consacrons une grande partie de la nuit à tenter d'ériger un petit barrage pour empêcher un mélange d'eau, de pluie et de boue dû au ruissellement de se déverser dans notre trou. L'aube est proche. Mais que nous réserve le matin ? J'ai retiré mon casque et ma veste de treillis pour manier la pelle à tran-chées. Nous entendons George Rice, dont la mitrailleuse est positionnée sur la voie de chemin de fer proche de nous, crier quelque chose dans son allemand version université de Dartmouth. D'autres cris en allemand lui répondent. La mitrailleuse de George tire une brève salve. Très brève car la bande chargeur en toile ne relâche pas les cartouches une fois tirées. Une averse de ces grenades allemandes qui ont tout du « broyeur à patates » volent au-dessus de la voie ferrée avec leur sillage d'étincelles et leurs explosions assourdissantes, projetant des fragments qui nous sifflent aux oreilles. Nous entendons un des chefs des sections de fantassins qui hurle : « Décrochez ! Décrochez ! » Une bonne idée. Des Allemands en casque blanc et tenue de neige, visibles même dans l'obscurité précédant l'aube, déferlent par-dessus le talus des voies. Beaucoup de hurlements, beaucoup de détonations, de nouvelles grenades.

C.J. et moi abandonnons les rails et partons en courant vers la route à l'endroit où se dresse la casemate. Neeley et un lieutenant s'y trouvent et s'apprêtent à résister. Nous entendons le *tchung, tchung, tchung* caractéristique des tirs de mortier. Notre propre pièce ! Le lieutenant tourne vers moi son regard accusateur. Mais Dieu merci, les seules munitions qui nous restaient sont les fusées éclairantes. Elles explosent haut dans le ciel et descendent lentement... davantage une aide pour nous que pour les Allemands. Le plan semble consister à défendre notre position le long de la route goudronnée et on me fait signe de m'y poster en toute hâte. Je m'y précipite, pistolet modèle 1902 au poing. J'escalade tant bien que mal le talus pentu de la route, me jette sur le ventre. Au même moment, un Allemand escalade le talus d'en face, ramassé sur lui-même, armé d'un pistolet-mitrailleur. Il le pointe sur moi. Je l'abats.

J'ai souvent revécu cet instant. Au début, sans émotion particulière hormis le soulagement, me rappelant qu'il m'avait vu, qu'il avait brusquement braqué son arme sur moi, que son corps était parti à la renverse sous le violent impact de la balle de calibre 45 tirée presque à bout portant. Mais très vite mon imagination lui octroie une personnalité. Cela devient la mort qu'on donne à un homme avec qui l'on se trouve face à face et non pas cet acte impersonnel que nous avions exécuté avec notre mortier, où les victimes étaient des ennemis invisibles retranchés dans un nid de mitrailleuse, ou bien un individu hypothétique qui pouvait se trouver dans la rue au moment où nous tirions les obus de harcèlement exigés de nous. Plus tard, quand ce qu'il restait de la compagnie Charley eut retraversé en sens inverse le coupe-feu et regagné le bois d'où toute cette opération était partie, je me retrouvai à graver dans ma mémoire chaque détail de ces brèves minutes.

L'Allemand s'était accroupi sur le bord de la chaussée goudronnée à une seule voie, juste en face de moi, à peut-être quatre ou cinq mètres de distance. J'ai l'impression de me souvenir de son visage, même si la lumière de l'aube rend cette éventualité peu vraisemblable. Je savais pertinemment que je disposais de trois balles, ayant utilisé les autres pour faire feu sur des silhouettes qui couraient, pendant que nous fuyions la voie ferrée. Je savais également que cela n'avait pas d'importance.

La chance m'autorisait à tirer le premier, mais ce serait la seule que j'aurais. C'était lui qui tenait le pistolet-mitrailleur.

Mon projectile le touche dans le haut de la poitrine, à la gorge ou au visage.

La grosse balle en plomb le projette vers l'arrière et sur le côté, le faisant dégringoler au bas du talus. De l'endroit où je me tiens, j'entends les cris de ses camarades réclamant des grenades. Jerry Shakeshaft court le long du talus en dessous de moi. Il entend les cris, lui aussi, et me lance sa propre grenade en l'accompagnant d'un conseil : « Oublie pas la goupille. »

Je n'oublie pas.

Celles que nous utilisions explosaient à l'aide d'un détonateur décalé de cinq secondes. Je la garde dans ma main en comptant jusqu'à deux pour qu'elle arrive à destination au moment voulu, puis la fais rebondir sur l'asphalte et plonger de l'autre côté. Elle explose hors de ma vue, mais en l'air. Nous demeurons allongés immobiles un moment, Shakeshaft à mes côtés maintenant avec une carabine, et écoutons les cris des soldats qui ont été criblés par les fragments de la grenade.

Que se passe-t-il ensuite ? Ma mémoire s'arrête. Je garde un vague souvenir de la traversée du coupe-feu en sens inverse. Je me rappelle que nous essuyons des tirs d'artillerie durant notre retraite. Je me rappelle que je dépasse un mortier de 60 mm abandonné par la compagnie Baker quand, avec vingt-quatre heures de retard, elle s'est élancée pour son attaque. Je me rappelle que C.J. et moi le prenons pour remplacer le nôtre. Je me souviens que je traverse une bourgade dont les habitants nous regardent avec tristesse. Et je me remémore une rencontre avec David Hubbell, qui arrive sur la route en sens opposé avec un groupe de réservistes. Je me souviens avoir pensé que c'était la troisième fois qu'il s'en revenait de l'hôpital et que cette guerre devait lui laisser une impression extrêmement négative.

La dernière fois que les équipes médicales l'avaient renvoyé au front, il nous avait trouvés assis sur le versant d'une colline, dans un épais brouillard, brûlant les boîtes qui avaient contenu les rations K afin de faire chauffer de l'eau dans un quart pour préparer le café de la ration correspondante, tuant le temps pendant que Neeley planifiait l'attaque d'un petit barrage routier un peu plus loin. La Jeep qui nous apportait les rations, les munitions et le courrier s'était arrêtée au pied de la colline et Hubbell avait escaladé la pente en boitant pour que nous saluions son retour. Mais nous avions surestimé le brouillard, ou sous-estimé les jumelles des Allemands. Tout à coup les obus de mortier s'étaient abattus, mettant un terme à notre pique-nique. Nous avions dévalé la colline et nous étions élancés à l'attaque, sur la route. Nouveaux obus, quelques tirs d'armes individuelles. Hubbell avait été touché. Cette même Jeep qui venait de l'amener l'avait remmené afin de le remettre sur pied. Et une fois de plus, le voilà qui revient et qui rencontre ceux d'entre nous qui sont encore vivants, disséminés sur la chaussée, en pleine déroute.

— Hé, les gars, nous crie-t-il, j'avais trop hâte d'être de retour.

Le cri ironique de Shakeshaft m'enjoignant de retirer la goupille est un autre exemple de l'humour sarcastique que semblaient engendrer les combats. Ce cri avait pour origine une raillerie à l'encontre de Gil Rodriguez, arrivé en remplacement dans notre peloton à point nommé pour l'attaque de Villa. Au cours de la bataille, dans les rues, il s'était retrouvé en position de lancer une grenade par une fenêtre d'où tirait une mitrailleuse allemande. Il avait raté la fenêtre, la grenade avait rebondi pour atterrir au milieu de ses copains, déclenchant une terreur de trois secondes environ avant qu'ils ne s'aperçoivent qu'il avait omis de la dégoupiller. À compter de cet instant, il avait été accueilli aux cris de « la goupille » dès que l'occasion se présentait. Il figure au nombre de ceux qui furent tués en franchissant le coupe-feu.

Après cela, il n'arrive plus grand-chose à la compagnie Charley pendant une semaine. Beaucoup de marche à pied, d'un village à un autre. Un repas chaud. Un aumônier qui arrive de quelque lieu lointain et dit une messe à la mémoire de nos disparus. Par un froid mordant, nous passons des nuits à monter la garde à des barrages routiers.

À l'un d'eux, Tom Morick et moi faisons trois prisonniers sans nous donner beaucoup de mal. Ils s'approchent sur la route en agitant une serviette blanche et en criant : « kamarad ». (Les tracts incitant à la reddition, que notre armée avait lâchés au-dessus de nous à Buschbach, nous avaient appris que c'était le mot officiellement préconisé pour se rendre.) Le responsable de cette délégation pacifiste parle anglais. Il nous explique que cela ne les gêne pas de combattre les Américains mais qu'ils viennent d'apprendre que leur unité est à nouveau transférée sur le front russe. Ils y sont déjà allés, ils connaissent et ne veulent plus en entendre parler. Nous avalons cette comparaison insultante, les fouillons en quête de souvenirs et les remettons au quartier général de la compagnie.

Le calme avant une nouvelle tempête. Arrivent

alors les petites heures du 29 janvier, et l'ordre de mettre le barda à l'épaule et de grimper dans les camions. Nous venions de vivre dans la maison d'un dentiste, à Ingwiller, dans le luxe tranquille et la félicité du statut de réserviste. La brièveté du trajet en camion est alarmante. Nous descendons dans la bousculade, escaladons le versant d'une colline boisée, découvrons un paysage pittoresque, les clochetons d'une église s'élevant au-dessus d'un petit village de maisons en pierre et d'étables. Superbe, mais l'atmosphère pastorale est atténuée par le bruit d'armes de petit calibre, celui de fermeture Éclair des mitrailleuses allemandes, et l'écho sourd des obus de mortier. La 6e division de montagne SS, celle-là même que nous avons rencontrée à Sessenheim, a transpercé les lignes de la VIIe Armée et repris Schillersdorf, causant en chemin de sérieux dommages à notre deuxième bataillon. Les simples soldats que nous sommes ignorent tout cela, bien sûr, si ce n'est que les méchants ont capturé la ville et qu'afin de la reprendre il nous faut maintenant traverser au pas de charge ce pré couvert de neige qui est d'une largeur infinie.

La compagnie Able a déjà attaqué, pris les deux premières maisons sur la route qui rentre en ville, et est maintenant clouée sur place. Ce qui explique la fusillade nourrie que nous avons entendue.

Je me souviens que j'ai scruté cette étendue de neige avec le même pressentiment que devant le coupe-feu de Sessenheim. Bob Lewis, pour moi le soldat le plus courageux du quatrième peloton, se tient à mes côtés avec la mitraillette Thompson qu'il a volée quelque part pour remplacer son 45. Il désigne le pré d'un signe de tête et me dit : « Cette situation me paraît pleine de péril », en imitant à la perfection la célèbre voix, empreinte des vapeurs de whisky, de W.C. Fields. Rice, à mes yeux le membre le plus enjoué de notre groupe, se rappelle qu'il a imité des fantassins qui se roulaient dans la neige, essayant de s'enduire de camouflage pour compenser l'ignorance des diplômés de West Point concernant la présence de neige en Europe.

— Au début, je me suis dit que ça allait fondre tout de suite et que ça n'aurait d'autre effet que de me mouiller, se souvient-il, mais après j'ai pensé : il vaut mieux être mouillé que mort.

Les désastres auxquels on s'attend semblent ne pas se produire. Sans perdre un seul homme, nous enfonçons dans cette neige qui, en de nombreux endroits, nous monte aux genoux. Une fois dans les maisons, ça devient plus intéressant. Le troisième peloton, auquel sont rattachés Rice et sa mitraillette, pénètre profondément dans la localité et est presque immédiatement coupé du reste de la compagnie. Deux tanks qui étaient censés soutenir notre attaque finissent par arriver. Neeley indique au chef du tank de tête où il doit aller pour ouvrir une brèche nous permettant de rejoindre le troisième peloton. Je ne suis pas assez proche pour entendre l'échange de propos, mais les gestes indiquent clairement que le conducteur du blindé repousse sa suggestion. Neeley dégaine son pistolet et le lui pointe dessus. L'autre disparaît dans sa tourelle. Neeley hurle. Le chef de char rabat l'écoutille, enclenche la marche arrière du monstre d'acier et repart là d'où il vient.

Pour être honnête avec les équipages des blindés, il faut savoir que les Allemands étaient dotés d'une roquette antichar qui, par contraste avec la nôtre, détruisait vraiment les tanks. La *panzerfaust* avait l'apparence d'une ventouse à déboucher : une grosse charge conique à l'extrémité d'un manche à balai scié. C'était une arme qui ne nécessitait qu'un seul utilisateur, dont le tir était déclenché par une détente, d'une portée relativement courte mais dotée d'un énorme pouvoir de perforation. La nôtre était un long tube mince que le tireur tenait en gardant l'œil rivé à la visée, tandis qu'un deuxième homme introduisait le projectile, branchait les fils, etc. Notre avantage résidait dans une portée supérieure. Nos désavantages : a) à moins que la roquette ne frappe sa cible exactement comme il fallait, elle rebondissait au lieu d'exploser, b) même si elle percutait de fait un blindage solide, elle n'avait pas assez de puissance pour obtenir le résultat escompté, et c) elle était d'un usage trop peu pratique et bien trop encombrante pour être d'une grande utilité dans les combats en ville. En conséquence, les conducteurs de char prudents tentaient d'éviter les rues à moins d'être escortés par l'infanterie qui les protégeait des ennemis munis de *panzerfaust* et tirant depuis les caves, les fenêtres en étage, etc.

Les tanks étant partis, Neeley tente d'autres idées pour rejoindre le troisième peloton. Comme je suis là avec mon mortier positionné, mais sans cible sur laquelle tirer tant que j'ignore qui est où, le capitaine nous envoie, C.J., Huckins et moi, dans la rue en patrouille de reconnaissance. Quatre maisons plus loin environ, nous remarquons, dans la neige, des traces de bottes ferrées allemandes qui pénètrent dans une grange. Nous jetons un œil à l'intérieur. Juste derrière la porte se trouvent deux de ces boîtes qui contiennent les bandes chargeurs des mitrailleuses allemandes. C.J. et Huckins ont des fusils M1. Moi, j'ai mon pistolet calibre 45 dont le chargeur est à nouveau plein. Aucune trace du mitrailleur allemand mais il y a de la neige qui fond sur les barreaux de l'échelle montant au grenier à foin. Nous échangeons nos impressions. Notre homme est vraisemblablement le pourvoyeur de munitions. Même si c'était le tireur, il n'aurait probablement pas hissé sa lourde mitrailleuse dans le grenier en laissant ses munitions en bas. Toutefois, il n'a pas laissé son pistolet. Notre conclusion est que C.J. et Huckins vont me couvrir avec leurs fusils, et que je vais escalader l'échelle en approchant mon pistolet suffisamment près du point où il aura un effet si cela se révèle nécessaire. Je gravis lentement les barreaux, retire mon casque que je pose en équilibre au bout de mon arme pour voir s'il suscite des coups de feu. Rien. Je le remets sur ma tête, regarde par-dessus le rebord, les yeux au niveau du plancher du grenier. Personne. Juste un grand tas de foin en désordre contre le mur du fond. Je quitte l'échelle, pistolet braqué sur le tas de foin, crie les phrases allemandes que nous avons apprises par cœur pour encourager les méchants à se rendre. Il ne se passe rien. J'entends C.J. qui grimpe hâtivement derrière moi. Je crie à nouveau. Aucune réaction. J'expédie une balle dans le tas de foin.

J'entends une exclamation affolée qui vient d'en haut, dans mon dos. Notre mitrailleur avait gagné un petit espace mansardé juste sous l'avant-toit. Ayant le choix entre se constituer prisonnier et abattre deux d'entre nous avec son Luger avant d'être lui-même abattu, il a choisi de se rendre. Nous lui ordonnons de descendre. Il s'exécute. Nous le délestons de son pistolet et de son étui de masque à gaz (qui, comme d'habitude, renferme un trésor de nourriture) et nous le fouillons. C.J. extrait un paquet de Camel de sa poche de chemise. « *Nein, nein* », dit-il, visiblement en colère, et il tente de le lui reprendre. Une discussion s'ensuit. Il semble que ce gaillard ait effectivement lu nos tracts appelant à la reddition et il est persuadé que nous traitons vraiment les prisonniers avec égards. Il veut récupérer ses cigarettes et, en dépit des trois armes prêtes à tirer qui sont braquées sur lui, il donne l'impression de reconsidérer sa décision de se constituer prisonnier de guerre. C.J. hausse les épaules et lui rend ses Camel. Je l'accompagne dans la rue et le livre au capitaine. C.J. et Huckins reviennent en disant que les Allemands occupent des positions situées à environ deux pâtés de maisons, après le coin de la rue. On nous confie de nouvelles missions.

La mienne consiste à m'inclure dans une patrouille de cinq hommes qui doit trouver un autre chemin pour atteindre le troisième peloton. Notre chef est mon propre sergent, Walter Hitz, le commandant de ce qui était à l'origine un groupe de servants de mortier composé de six hommes. Il a été gravement blessé dans les tout premiers jours sur le front et vient de revenir de l'hôpital il y a à peine vingt-quatre ou quarante-huit heures. Notre plan consiste à contourner un espace dégagé derrière des maisons endommagées pour pénétrer dans un verger de pommiers, puis de nous glisser le long du haut mur de pierre du cimetière proche de l'église du village et de continuer jusqu'à ce que nous trouvions le troisième peloton ou que nous tombions sur des Allemands. Nous sommes repérés avant d'avoir atteint les maisons. Les tirs de mortier commencent. Je plonge dans la neige à côté d'un poteau de téléphone couché sur le sol. J'entends un projectile qui approche, j'entends son impact, je reçois quelques éclaboussures de neige qui passent au-dessus de mon poteau et retombent sur ma nuque. Il n'a pas explosé. Les deux suivants le font avec l'efficacité allemande coutumière, réduisant notre patrouille au nombre de quatre tandis que nous nous hâtons vers une position plus sûre. Le sergent Hitz dispose maintenant de Bob Lewis avec sa mitraillette Thompson, d'un soldat du premier peloton armé d'un bazooka et de moi. Nous atteignons le verger et le cimetière puis commençons à progresser le long du mur.

Oups ! Le canon d'une mitrailleuse dépasse tout à coup à l'angle du mur devant nous. Son propriétaire ne nous a pas vus, il se prépare simplement à entrer en action. La Thompson de Lewis crache le feu. Le soldat allemand se recule vivement à l'abri du mur avec son arme. Nous nous précipitons vers le seul abri disponible, un énorme tas de fumier couvert de neige. Que faire ? Le canon de la mitrailleuse se manifeste à nouveau et l'Allemand tente de lui imprimer un angle suffisant pour pouvoir nous tirer dessus sans s'exposer. Hitz arrose avec sa carabine, moi avec mon pistolet et Lewis avec sa mitraillette. Le canon se retire.

Hitz décrète que la mitrailleuse est probablement toujours là, n'attendant que l'occasion propice. Nous allons essayer de voir si nous pouvons percuter ce côté-ci du mur avec un projectile de bazooka afin de faire tomber des morceaux de pierre sur l'ennemi. Le soldat armé du bazooka se lève, tube à l'épaule. Hitz insère le projectile, Lewis et moi les couvrons. Le tir part. La roquette survole le muret du cimetière, percute sa cible à l'endroit voulu, oublie d'exploser et rebondit. Il n'y a plus qu'à réessayer. Nous répétons le processus mais le mitrailleur est en alerte. Au moment précis où notre camarade qui tient le bazooka tire son second coup, l'Allemand avance la tête et la main armée de son pistolet, il lâche un coup de feu. La balle atteint le porteur du bazooka à l'épaule droite. La roquette percute la face du mur, oublie d'exploser et rebondit. Notre camarade, qui semble presque anéanti par la douleur, s'assied sur le tas de fumier, confirme que la balle lui a brisé l'os de l'articulation puis il s'éloigne vers nos lignes arrière en trébuchant dans la neige tandis que Lewis et moi tirons quelques cartouches pour empêcher l'Allemand de causer davantage de dégâts. Il n'y a plus qu'à réessayer. Nous rechargeons le lance-roquettes et effectuons les branchements. Hitz se positionne derrière le tas de fumier, vise. Avant qu'il n'ait eu le temps de tirer, le mitrailleur pointe son pistolet et lâche une nouvelle balle. Elle touche Hitz juste à l'endroit où le tendon est fixé à la pointe de l'épaule, causant des dégâts substantiels à l'os, au tendon, au cartilage, au muscle et au moral. Hitz lâche le bazooka encore chargé et s'assied sur le versant abrité du tas de fumier en perdant son sang.

Le plan consiste désormais à oublier l'idée du bazooka. Hitz va retraverser le verger en titubant pour se mettre à l'abri et se faire soigner. Je n'ai plus de munitions et vais prendre sa carabine pour aider Lewis qui doit le couvrir par son tir. Quand Hitz sera en sécurité, Lewis me couvrira tandis que je prendrai mes jambes à mon cou. Puis je ferai usage de mon arme, Lewis arrosera avec la mitraillette et il foncera à son tour. Hitz parvient à se sauver sans être davantage blessé dans sa chair. Lewis me donne le signal, *Vas-y !* J'y vais.

Quiconque a un jour tenté de s'élancer pour ce qu'il désire être le sprint le plus rapide de sa vie, dans une neige profonde avec des chaussures équipées de semelles de caoutchouc, peut prédire ce qui s'est passé. Cinq mètres après avoir quitté la protection de ce tas de fumier béni, je glisse, je m'étale à plat ventre, je ne parviens pas à trouver assez d'appuis pour me relever et je vois, dans mes représentations paniquées, l'Allemand qui installe sa mitrailleuse à découvert et qui me crible de nombreuses balles. Mais il n'en fait rien. Lewis tire les ultimes cartouches de son dernier chargeur et nous réussissons tous les deux à nous en sortir.

Nous nettoyons le reste de Schillersdorf le lendemain (dix ennemis tués, vingt-cinq capturés) avant de retourner à Ingwiller et de récupérer trois camions remplis de recrues pour remplacer les hommes que nous avons perdus ces dernières semaines. Nous profitons de deux journées sous un toit puis repartons en camion dans une tempête de neige aveuglante pour relever des troupes enterrées dans leurs trous au-dessus de Rothbach. Un lieu infiniment détestable.

Dans la mesure où j'y ai été pris de fièvre et où mes souvenirs sont très brumeux, je vais citer une chronique que j'ai empruntée à un ami.

« Sur le front à Rothbach, entre cinquante et deux cents mètres des positions allemandes. Essuyons tirs de mortier et d'artillerie. Perdons huit hommes. Le temps se radoucit, la neige fond, nos trous se remplissent d'eau. Beaucoup de pieds gelés. Tireurs embusqués de part et d'autre. Nous revendiquons dix ennemis tués. Ils avaient des tanks. La nuit du 6 nous revenons à Ingwiller que nous traversons pour Obersoultzbach. Placés en réserve de la division. »

J'avais de la fièvre parce que j'étais en train d'attraper une pneumonie. Je me souviens qu'un capitaine de l'équipement, propre et bien rasé, me livra un mortier dernier modèle et que je me le coltinai dans la boue jusqu'à un trou à flanc de colline où nous remplacions d'autres troufions tels que nous qui étaient ravis d'en partir.

Ce nouveau mortier vaut quelques mots d'explication pour ceux qui tentent de comprendre comment fonctionne l'esprit militaire. Il était obtenu en sciant environ soixante-dix pour cent du tube d'un mortier de 81 mm et en remplaçant la grosse bêche de crosse par une petite butée qui pouvait s'insérer dans notre plaque de base de mortier de 60 mm. La seule autre différence concernait une modification du bipied pour l'adapter au tube de plus fort calibre. Dans la mesure où le tube ne dépassait plus que de quatre ou cinq centimètres la longueur d'un obus de 81 mm, l'utilisation comportait des risques réels de graves brûlures et de surdité totale pour l'artilleur. L'obus avait tendance à jaillir de la gueule avec une certaine instabilité qui le rendait d'une imprécision totale, et l'augmentation phénoménale de l'impact, sur la petite plaque de base, l'enfonçait même dans le sol gelé. Nous ne nous en sommes servis qu'à quelques reprises, sans aucun danger pour quiconque à l'exclusion de nous-mêmes. À mon retour de l'hôpital, il avait disparu.

Le trou que nous occupions avait été creusé profondément sur la pente qui dominait une étroite vallée. Le village de Rothbach était en contrebas, si nous avions envie de tourner nos regards de ce côté, ce que nous faisions rarement parce que les Allemands étaient retranchés sur la pente située juste en face. Nous les voyions. Ils nous voyaient. Nous entendions leurs blindés rugir sur la route ; pas toujours un bruit fiable car l'ennemi diffusait parfois des enregistrements de grondements de chars par haut-parleurs pour nous induire en erreur. Mais ici, nous distinguions effectivement les longs canons de 88 mm de leurs panzers.

La fièvre montait et je n'ai passé que deux jours dans ce trou-là. Le second soir, la relève arrive, nous redescendons au quartier général de la compagnie et je vais trouver Otto Mittag, notre infirmier, pour lui annoncer que je suis malade. Il me fait pénétrer dans une pièce avec deux autres troufions qui semblent en piteux état et il prend ma température. Trente-neuf. Ça ne va pas suffire, m'annonce-t-il. Le mois dernier, ils ont relevé le seuil de température et il faut que tu aies trente-neuf cinq pour que je puisse t'envoyer vers les lignes arrière. Il me tend un paquet de cigarettes, me dit de les fumer à la chaîne. Il viendra reprendre ma température avant que n'arrive la Jeep qui convoie les munitions. Je fais ce qu'il m'a dit et lui aussi. Que la fumée des cigarettes ait ou non accru ma température corporelle d'un demi-degré, ou qu'Otto ait truqué les chiffres, il me met dans la Jeep avec ses deux autres patients et j'ai droit à un détour par l'hôpital de campagne de l'armée de terre à Saverne.

En deux jours, mes poumons sont dégagés et la fièvre retombée. Nourriture chaude, draps propres, une *douche*, le luxe absolu. Le jeune qui occupe le lit à ma droite a une grande partie de la peau du corps brûlée. Il est emmailloté de bandages et trop abruti par les médicaments pour faire la conversation, simplement dans l'attente d'une amélioration suffisante pour être transféré dans un hôpital civil, quelque part, afin d'y recevoir des greffes de peau. L'occupant du lit de gauche porte divers pansements mais parle sans arrêt de sa main droite perdue, tranchée par un éclat de shrapnel. Il sait qu'elle n'est plus là, me dit-il, mais il continue à la sentir. Il lève en l'air son moignon entouré de bandages pour que je la voie. « Je sens mon pouce qui bouge », me dit-il en agitant son moignon comme pour me le montrer, « et je peux plier mes doigts et fermer le poing. » Et ainsi de suite pendant deux jours, jusqu'à ce qu'un matin il ne soit plus là ; transféré quelque part sur l'arrière, me dis-je, où on va le préparer à recevoir je ne sais quelle main artificielle.

Ces deux voisins ont tiré le gros lot. Direction la zone éloignée des combats avec la blessure inespérée. Leurs lits sont investis par d'autres. En ce qui me concerne, je n'ai plus de fièvre. Me revoilà en uniforme, avec de nouveaux sous-vêtements propres. Je me sens bien. Je me promène dehors. Toutes les heures environ, un énorme obus passe au-dessus de nous dans un grondement et explose quelque part hors de vue. Un aide-infirmier m'apprend qu'il s'agit d'un canon monté sur un wagon et dissimulé dans un tunnel ferroviaire, là-bas dans les collines. Il sort de temps en temps de son abri pour essayer d'atteindre les ponts de chemins de fer à Saverne. Quand est-ce que je repars pour ma compagnie ? Personne ne semble le savoir. Ni s'en préoccuper. Je descends à la gare et trouve le « Depo-res-o », le dépôt ferroviaire où arrivent les réservistes et où ils sont répartis, chargés dans des camions à destination des compagnies qui reconstituent leurs effectifs. Là, je trouve un camion qui prend la direction de la 103e division, désormais à Obersoultzbach, et je monte à l'arrière en compagnie d'une vingtaine de réservistes anxieux. L'hôpital va me signaler déserteur. Et alors ? Les recrues ne tarissent pas de questions et je goûte au prestige du soldat aguerri sur le champ de bataille. Je n'ai pas le moindre souci. Parvenu au quartier général de la division, il me sera aisé de me faire conduire à la compagnie Charley. Nous entrons dans Obersoultzbach et je m'aperçois que ma compagnie s'y trouve.

Charley et l'ensemble du deuxième bataillon couvert de plaies et de bosses sont placés en réserve de la division, les trous de leurs rangs sont comblés par de nouveaux arrivants. Nous avons même un nouveau chef à la tête de la division. Le général Anthony McAuliffe, ancien de la 82e division aéroportée, qui avait fait les titres de la presse avec le « mon cul ! » qu'il avait lancé en réponse quand les Allemands avaient exigé qu'il livre Bastogne. Le général a ordonné une petite revue des troupes, avec orchestre et tout, pour remettre les médailles gagnées par divers soldats. George Rice reçoit une Silver Star pour son audace au sein du troisième peloton coupé de ses arrières à Schillersdorf. J'ai droit à une, moi aussi, pour, m'apprend-on, la façon dont, en tirant un unique coup de feu et en lançant une unique grenade, j'ai défendu la route près de Sessenheim. On me procure une chemise propre, on me fait défiler dans un champ, sous la pluie, en compagnie des autres décorés, et notre nouveau général épingle un ruban sur chacun d'entre nous pendant que son photographe immortalise la scène. Puis nous montons dans les camions et nous retournons à la réalité, Obermodern, et à la guerre tandis que je me demande comment le général aurait réagi s'il avait su qu'il accrochait une décoration sur la poitrine d'un déserteur.

Mais nous sommes toujours réservistes. Les compagnies Able et Baker sont retranchées à l'extérieur de la ville, dans les collines d'où elles dominent le minuscule village de onze maisons nommé Niefern et les routes qui s'y croisent. Nous sommes confortablement installés dans des habitations, des tirs d'artillerie nous visent de loin en loin mais sans faire de blessés. Quelqu'un organise la projection d'un film dans une grande salle de l'école, un film très sombre, très déprimant, qui parle d'un meurtre dans les marais de Louisiane[1]. Des obus qui passent de temps à autre au-dessus de nos têtes ajoutent un élément supplémentaire au suspense mais la bande-son est aussi déplorable que l'éclairage.

Arrive le 26 février. Le capitaine Neeley, blessé une fois de plus à Schillersdorf, revient après avoir été remis d'aplomb. L'adjudant chargé de la section m'appelle de mon poste en corvée de cuisine. Il m'apprend que le sergent Hitz a été rapatrié en zone éloignée des combats et qu'il ne reviendra pas, laissant vacant le poste de chef de groupe. Il me rappelle que c'est moi qui me suis occupé la plupart du temps de ce qu'il reste de notre groupe de mortiers et m'informe des tâches incombant à un simple sergent. Il se tait, m'étudie un long moment. « Hillerman », me dit-il alors, « je ne crois pas que vous seriez heureux avec le grade de sergent », et il me donne l'ordre de retourner à mon poste, en cuisine.

Ainsi s'évanouit pour moi l'occasion de rentrer dans les annales comme détenteur du record de brièveté au grade de chef de groupe dans l'armée : dix heures approximativement. Je retourne à mes tâches de récurage de casseroles pendant que Dave Hubbell est convoqué pour se voir attribuer les galons : un rare exemple de perspicacité militaire. Hubbell était bien mieux indiqué que je n'aurais jamais pu l'être.

Néanmoins, si l'adjudant n'avait pas eu la finesse

1. Très vraisemblablement *Swamp Water* (*L'Étang tragique*) tourné aux États-Unis par Jean Renoir en 1941. (*N.d.T.*)

de changer d'avis de la sorte, j'aurais reçu la solde de sergent au lieu de mes soixante-cinq dollars par mois, et ce durant mes six mois d'hôpital. En effet, les services de renseignements de l'armée se préparaient à nous refaire leur coup favori, m'orientant droit vers les blessures auxquelles j'aspirais pour gagner la zone éloignée des combats. Nous nous apprêtions à envoyer une patrouille dans ce petit village situé de l'autre côté de la colline, dans Niefern.

Pour citer la même chronique :

« 27 fév. — Saloperie de NIEFERN ! ! Raid de nuit avorté mené par 3e peloton et partie du 4e. »

Une demi-douzaine des survivants de cette marche nocturne dans Niefern y sont retournés en 1986, en y traînant leurs femmes pour jeter un coup d'œil. Les lieux n'avaient pas beaucoup changé. C'était toujours un petit groupement de maisons de fermiers autour d'un croisement, avec un cours d'eau qui longeait la route principale. Un paysan est sorti de sa grange pour satisfaire sa curiosité, puis nous a invités à entrer pour goûter son schnaps. Lui aussi avait été dans l'infanterie, nous a-t-il raconté, et il retira son couvre-chef pour nous en montrer la preuve. Quasiment le long de son implantation de cheveux, qu'il avait haute sur le front, il présentait une indentation suffisamment grande pour recevoir une balle de golf. Il nous a appris qu'il s'était engagé dans la Waffen SS et qu'il était dans une unité d'infanterie qui combattait les Russes. Il avait été blessé lors de la bataille de Kiev. Nous lui avons serré la main et lui avons donné l'accolade. L'infanterie rend frères tous ceux qui ont fait leur temps dans les ravins de la mort. Stephen Ambrose, l'historien de la guerre, a défini la participation à l'infanterie de combat comme

« l'expérience la plus extrême qu'un être humain puisse endurer ». C'est une chose qui transcende les opinions politiques.

Malheureusement, la politique ethnique chez les villageois alsaciens eut certainement une influence sur notre « raid avorté » de Niefern. Les habitants d'Obermodern, juste de l'autre côté de la colline, parlaient allemand couramment et très peu français, comme c'était le cas pour la majorité des Alsaciens que nous avions rencontrés. Nous avions vu des photos de leurs fils en uniforme allemand sur les murs des fermes, et avions entendu des récits sur la façon dont certains résidents avaient montré aux unités ennemies comment reprendre Schillersdorf. Nous avions appris, dans la journée du 26 février, que nous allions attaquer Niefern la nuit suivante. Les gens du coin étaient également au courant. Beaucoup d'entre eux devaient avoir des membres de leur famille dans l'armée allemande, et d'autres derrière la colline, à Niefern. Même nous, les troufions de base, nous étions assez intelligents pour deviner que les gens de Niefern sauraient qu'ils allaient recevoir de la visite… et qu'ils avaient vingt-quatre heures pour préparer l'accueil.

Les services des renseignements militaires avaient tout reconnu dans le détail. Seul un petit groupe d'avant-garde occupait le village, quatre ou cinq hommes peut-être. Notre mission consistait à nous emparer des lieux et à ramener deux de ces pauvres bougres prisonniers. Pour y parvenir, plusieurs fantassins du troisième peloton, renforcés par quatre hommes de la section de mortiers, devaient franchir à gué la rivière en aval du village, traverser les champs et s'approcher par l'arrière en coupant la retraite à l'ennemi. Les deux autres groupes du troisième peloton, épaulés par un groupe de mitrailleuses, s'avanceraient de front. Tout était clair et simple. En théorie les unités de fantassins se composaient de douze hommes chacune mais se trouvaient en réalité réduites à six ou sept en raison des morts et des blessés qui n'avaient pas été remplacés. Même de la sorte, avec des renforts issus du quatrième peloton, nous aurions l'avantage du nombre, nous présentant à cinq ou six contre un. À ce que croyaient les services de renseignements. Par ailleurs, toujours à ce que croyaient les services de renseignements, nous bénéficierions de l'élément de surprise.

Si nous entretenions le moindre doute sur l'effet de surprise de notre attaque, il se dissipa dès le sommet de la colline qui dominait la localité. Nous y fîmes halte parmi les trous creusés par la compagnie B pour attendre qu'il fasse plus sombre avant de lancer l'assaut. Un des artilleurs de Baker était un vieil ami que je connaissais depuis Fort Sill, Fort Benning et le PSTA.

— Ils vous attendent, me met-il en garde. Ils ont réglé leurs mortiers sur la route, ce matin, et ils ont disposé des mines toute la journée. Si vous descendez là-bas dedans, on sera obligés d'y descendre demain à notre tour pour venir à votre rescousse... exactement comme à Sessenheim.

Mais, bien sûr, nous y allons. En silence dans les bois sombres puis sur le flanc exposé d'une colline, nous séparant en deux groupes une fois parvenus à la route, un qui s'avance vers le village et le nôtre qui enjambe une clôture, patauge jusqu'aux genoux dans la rivière et effectue une approche parallèle en faisant comme si nous ignorons qu'ils sont informés de notre arrivée et nous attendent.

Un peu plus tôt, j'étais monté sur un tank que

nul ne gardait dans l'espoir de découvrir une boîte de rations Dix-en-Une dont se régalaient les hommes des unités blindées. La chance ne m'avait pas souri cette fois, mais j'avais déniché une mitraillette Thompson, accrochée dans la tourelle, dont j'avais un besoin bien plus pressant que le conducteur du tank. L'un des membres de l'équipage, en tout cas, semblait partager mon avis. Quand il m'avait vu un peu plus tard avec l'arme entre les mains, il m'avait demandé si je désirais des chargeurs supplémentaires et m'en avait donné deux. Je mentionne ce fait parce que, dans la version de ce raid que ma mémoire a idéalisé, j'étais une sorte de personnage à la John Wayne armé de cette mitraillette. De nombreuses années plus tard, quand mon chemin a croisé à nouveau celui de David Hubbell, il m'a affirmé que mon rôle s'était davantage inscrit dans le registre de Florence Nightingale[1]. En réalité, je portais un brancard. Dave, qui avait enfin cessé d'accumuler les blessures, était depuis devenu un ingénieur en hydraulique de renom et avait cette tendance si répandue dans sa profession à avancer des chiffres et des faits exacts. Que je tienne un brancard ou une mitraillette, nous progressons discrètement dans un champ boueux vers la façade arrière des bâtiments quand le silence est rompu par une série d'explosions, de hurlements, de crépitements de mitrailleuses, et un chaos général dans la partie du village où les deux autres groupes ont pénétré. Pratiquement au même moment, quelqu'un entreprend de nous tirer dessus. Nous avions repéré des mines

1. Infirmière britannique (1820-1910), célèbre pour son dévouement lors de la guerre de Crimée et pour les réformes qu'elle fit apporter dans les hôpitaux militaires. (*N.d.T.*)

antipersonnel mal dissimulées, ici et là, en avions conclu que d'autres étaient enterrées avec plus de soin et avancions avec prudence. Nous nous mettons alors à courir. Je suis juste derrière Hubbell, nommé sergent depuis le milieu de l'après-midi. J'essaye de poser les pieds dans l'empreinte de ses bottes.

Il paraît que les traumatismes graves entraînent une perte de mémoire à court terme. Je me souviens avoir été plongé dans le silence : plus aucun bruit provenant des mines qui explosaient plus loin sur la route ni des tirs d'armes automatiques. Juste un éclair incandescent, un silence soudain, et la prise de conscience que je suis dans les airs, le visage tourné vers le sol, et que je tombe. Dans mon souvenir suivant, mon visage me fait mal, je suis sur le dos dans la boue, je sais que j'ai dû poser le pied sur une mine antipersonnel, probablement l'une de celles que nous essayions d'éviter, je me souviens que ces armes sont conçues pour pulvériser la jambe sous le genou et, à en juger par les victimes que j'ai vues, qu'elles y parviennent généralement. Je suis conscient que je perds vraisemblablement mon sang par le moignon de ce membre (même si la seule douleur que je ressens vient des écorchures, meurtrissures et brûlures que j'ai au visage). Je sais parfaitement avec quelle rapidité les hommes blessés meurent exposés au froid.

Mon souvenir le plus précis de ces instants correspond à une chose que j'ai lue depuis dans les Mémoires de personnes qui sont passées affreusement près de la mort. Plus aucune douleur. Juste une chaleur, un confort, une incroyable sensation de paix, celle d'avancer lentement dans un couloir.

D'être accueilli. Que Dieu, ou l'un de ses représentants, m'accueille.

Mais je me souviens également d'événements qui se produisent et font que cette merveilleuse sensation s'efface puis revient. Je me souviens que l'on me fait rouler sur un brancard. Puis je me retire à nouveau dans cette paix chaleureuse et aimante. Ensuite, Joe Christopherson, qui porte l'avant du brancard, pose le pied sur une autre mine. Sa jambe est arrachée, le brancard cassé, et je me retrouve à nouveau sur le sol. Après, je me souviens de Lyle Kniffin, un soldat du troisième peloton, et de Bob Yager, un ami de la section des mitrailleuses, qui me parlent et parviennent à me porter en entrecroisant leurs poignets. Souvenir suivant, on me fait tomber dans l'eau glaciale de la petite rivière. Souvenir suivant, on m'étend sur le capot d'une Jeep. Je ne vois strictement rien, mais j'ai retrouvé un peu le sens de l'audition et je reconnais la voix du capitaine Neeley qui organise les choses, m'adresse des paroles incompréhensibles. (Probablement des conseils sur l'endroit où je dois poser les pieds.) La paix et la chaleur bienheureuses s'éloignent, remplacées par la réalité, un sentiment de déception mêlé de résignation. La vie, apparemment, n'est pas encore terminée. Cette ultime et sublime aventure que maman m'a promise va devoir attendre un temps encore.

De retour à Obermodern, je reçois une piqûre de morphine et on me glisse sur la couchette d'en bas dans une ambulance. Mon seul souvenir du trajet jusqu'au poste médical d'urgence sont les gouttes de sang chaud qui me tombent sur le menton et sur le cou, le sang de Christopherson qui se meurt sur la couchette au-dessus de moi. Puis la morphine m'apporte la bénédiction de l'oubli.

Quand je me réveille, il a dû s'écouler un jour environ. Je suis sanglé sur un lit de fortune, agité et secoué par des cahots. Mes deux jambes sont plâtrées, mes yeux couverts de bandages. Je me souviens avoir exploré avec ma main, remarquant que des pansements sont également plaqués sur le dos de mon autre main et que ma tête est emmaillotée comme celle d'une momie. Et j'ai mal, atrocement mal. Je me dis, je m'en souviens, que maman m'aurait exhorté : « Fais-en l'offrande. Tires-en un bénéfice au paradis. Renforce ton endurance. Gémir ne fera pas partir la douleur. » Mais maman n'est pas là. Je gémis. J'entends des voix qui appartiennent à d'autres, elles m'entourent et appellent un aide-infirmier. Puis un homme expose la peau de mon bras, y enfonce une seringue. Me dit que je suis dans un wagon des services de santé qui se dirige vers le troisième hôpital militaire. Il me dit que mes jambes souffrent de fractures multiples et que mon visage est brûlé mais qu'autrement tout va bien.

Et les douleurs au ventre ?

Aussitôt apparaît un bassin hygiénique. Pas de chance. Un lavement. Pas de chance.

Combien de temps cela fait-il ? Je réponds plusieurs jours, n'ayant aucune idée de la date actuelle. On demande des renforts. Le bassin hygiénique est déposé à terre. Un autre lavement. On me soulève, chacune de mes jambes plâtrées est tenue par un infirmier, un troisième me saisit par les aisselles. Je suis en équilibre au-dessus du récipient. Des cris d'encouragement partent des couchettes, des deux côtés du wagon, des hourras et des acclamations. Ayant été éduqué dans le respect de la pudeur et n'en ayant pas été guéri, même par la vie dans les casernements, je trouve cela humiliant. Enfin, le soulagement ! Le bassin métallique émet un *boing* bruyant, le public applaudit, l'épreuve est terminée. Mieux encore, je sais maintenant que je suis au milieu d'amis compréhensifs.

Le troisième hôpital militaire était installé dans ce qui avait été un asile d'aliénés, sur une colline dominant Aix-en-Provence, une très jolie petite ville du sud de la France. Grâce à de nouvelles doses de morphine, je ne me souviens pas de mon arrivée là-bas, ne me réveillant que dans un lit, engoncé des pieds à la cage thoracique dans un plâtre d'un seul tenant. Plus de pansements sur mes mains, mais mes yeux sont toujours bandés et j'ai d'autres compresses au visage et sous le menton.

Une voix de femme extrêmement agréable, la première que j'entends parler anglais depuis l'automne précédent, m'apprend qu'elle est le lieutenant Weeks, que tout va bien maintenant et qu'il ne me reste plus qu'à guérir. Mais encore ? Le commandant me fera part des détails quand il effectuera sa tournée. Le commandant arrive. Il me demande si je souffre. Je le questionne sur mes pieds. Est-ce que j'ai encore les deux ? Bien sûr, me répond-il, mais les orthopédistes m'en parleront. Ce sont mes yeux qui l'intéressent. Il ôte les pansements. Retire le bandeau que j'ai sur l'œil gauche. Me dit d'ouvrir la paupière. Je ne peux pas. Il la soulève. Est-ce que je vois quelque chose ? Non. Il répète l'opération avec l'œil droit. Est-ce que je vois quelque chose ? Nouvelle réponse négative.

Je suis aveugle.

Quand on a dix-neuf ans et que se produit cette prise de conscience, c'est une bonne chose d'avoir cette sublime, sublime morphine dans le sang. Le commandant m'apprend que j'ai eu les deux yeux brûlés et les globes oculaires percés de minuscules fragments. La plupart ont été extraits. D'autres doivent l'être encore. Les deux yeux sont infectés. La priorité numéro un consiste à endiguer cette infection. Il pense que cela va être accompli et que je pourrai probablement voir à nouveau, au moins un peu, et au moins de l'œil droit.

Il y avait très longtemps de cela, je crois que c'était quand j'essayais d'intégrer l'équipe de football américain de l'école secondaire de Konawa, j'avais appris que les choses que l'on redoute ont tendance à ne pas survenir et que les ennuis que l'on n'avait pas envisagés causent les surprises désagréables. (J'avais pensé que j'allais chauffer le banc des remplaçants en raison de ma maigreur. En fait, c'était en raison de ma lenteur.) Lorsque la douceur bénie des sédatifs m'avait quitté, c'était pour mon pied que je m'étais inquiété. J'étais resté suffisamment longtemps sur le front pour savoir que je n'en avais probablement plus. Même si, depuis le moment où j'avais été blessé, je n'avais pas été en mesure de voir, l'idée ne semblait jamais m'être venue de me soucier de mes yeux. Cela s'arrangerait tout seul. J'avais consacré mes pensées à la façon dont il est possible de se débrouiller avec une prothèse. Faudrait-il, par exemple, que je m'achète une chaussure spéciale ? Dès que mon visage serait guéri et qu'on m'ôterait les bandages, m'étais-je dit, mes yeux seraient comme neufs.

Maintenant, il me fallait me concentrer sur autre chose. Mon optimisme était partiellement vaincu par le scepticisme naturel du simple soldat vis-à-vis de toute information sortant de la bouche d'un officier. Le commandant me ment, bien sûr, il me remonte le moral jusqu'à ce que je sois guéri et à même de mieux encaisser la mauvaise nouvelle. En réalité, il pense que je vais rester aveugle. Mais je vais recouvrer la vue, quoi qu'il veuille bien raconter. Peut-être pas très bien, mais quand même. Au moins assez pour voir le ciel, la formation des nuages, les nuances de lumière, l'incroyable beauté des amoncellements de cumulus dont la taille croît sans cesse par les après-midi d'été jusqu'à ce que les vents stratosphériques arrachent les bardeaux des toits. Et je reverrai les étoiles de ces nuits d'hiver où la lune est basse et où scintillent les constellations. Je verrai suffisamment de ciel pour qu'il me rappelle, comme il l'avait toujours fait depuis l'enfance, combien Dieu nous aime pour nous prodiguer cette prodigieuse beauté.

Le commandant passe cinq jours par semaine, il me pose des questions, retire le bandage du côté gauche, me demande ce que je vois et la réponse est invariablement rien, suivie d'un second rien pour l'œil droit. À chacune de ces visites, on lave mes yeux à l'aide d'une solution puis on refait mes bandages. Toutes les trois heures, une infirmière ou un aide-soignant arrive et m'injecte une très forte dose de liquide. De la pénicilline, me dit-on. Un nouveau remède expérimental inventé par un Britannique. Au bout de deux semaines, je ne dispose plus de veine pouvant accueillir la scringue, ni aux bras ni aux épaules, et l'infirmière effectue ses travaux d'aiguille dans mon dos et mes fesses. La réalité agit sur mon optimisme. La cécité ne sera pas si épouvantable que ça. Je recevrai une pension. Je me dis que je trouverai un chien d'aveugle et que j'aurai une canne blanche. J'ai un bon sens de l'orientation. Mes capacités auditives sont maintenant assez bien rétablies. J'ai des facilités pour mémoriser les choses. Je peux apprendre le braille.

Le commandant revient, dévoile l'œil gauche.

Quelque chose ? Non. Il dévoile le droit. Je n'attends pas la question. *Je le vois !!* En tout cas, je vois quelque chose. Ombre et lumière, la forme d'un visage. Puis mon œil commence à larmoyer furieusement. Jubilation. Je ne suis pas aveugle.

Une nouvelle phase de vie débute. Au bout de quelques jours, je parviens à distinguer relativement bien les formes avec mon bon œil. Moins d'une semaine plus tard, je perçois la lumière avec l'autre. Maintenant mes pensées se concentrent sur les démangeaisons. L'infirmière m'assure que c'est un signe de guérison. Un autre médecin se présente, on découpe à la scie la partie du plâtre qui protège ma jambe droite et on inspecte mon genou. Le docteur n'aime pas ce qu'il voit et je suis programmé pour un nouveau voyage en chirurgie.

Ce docteur-là n'est que capitaine, ce n'est pas un militaire de carrière mais un civil, il s'est engagé pour la durée de la guerre et me considère comme quelqu'un qui est directement concerné par ce qui se passe. Il m'explique que quand la mine a explosé sous mon pied gauche, c'est là que l'essentiel des dégâts s'est produit. Mais ça a également projeté dans les airs la semelle de ma chaussure gauche qui a violemment transpercé trois épaisseurs de pantalons et deux de caleçons longs pour se planter dans mon genou droit, le déboîtant au passage et causant une entaille d'environ quarante centimètres de long, jusqu'à l'os. Il a fallu extraire tissu, caoutchouc, terre et le reste pour refermer la blessure, il n'y avait plus assez de chair et de peau pour recouvrir correctement l'ensemble et la guérison ne s'effectue pas bien. En conséquence, on va prélever de la peau sur mes fesses. On va s'en servir pour une greffe qui recouvrira le genou ainsi qu'une lésion plus réduite, à l'endroit où la chair du talon de mon pied gauche a été arrachée par l'explosion.

Une tradition était de mise, dans cette salle d'hôpital : aucun patient ne pouvait être conduit au bloc opératoire sans que ses compagnons de chambrée se réunissent autour de son lit pour tenir une veillée mortuaire. L'équipe des médecins militaires interdisait cette coutume jugée insultante à leur égard et contraire au bon exercice de la médecine. Néanmoins, pratiquement tous les patients de la chambrée étaient des fantassins combattants (il n'y avait que deux exceptions, un guetteur avancé de l'artillerie et un tankiste) et la veillée eut lieu après le départ des infirmières. Pour ces cérémonies, les blessés valides se réunissaient autour du lit de celui qui devait passer sous le scalpel, débattaient de sa personnalité et l'abreuvaient de récits atroces sur l'ineptie qui régnait dans les blocs opératoires de l'armée (c'étaient les mauvais organes qu'on charcutait, le bras qu'on amputait à la place de la jambe et ainsi de suite). Ils se répartissaient également les « droits » relatifs à ses possessions diverses au cas où il n'en reviendrait pas vivant et rédigeaient une lettre à sa famille exposant ses péchés et ses manquements. La seule infirmière qui ne trouvait pas cette tradition barbare était une capitaine de la vieille école. Elle considérait qu'il s'agissait d'un antidote contre l'apitoiement : le pire danger dans une salle d'hôpital remplie de jeunes hommes gravement blessés.

Avril arriva et accéléra la guérison. Les personnages réunis dans la chambrée devinrent des amis. La partie de poker qui débutait chaque matin après le petit déjeuner, sur le lit voisin du mien, m'engloutissait dans un nuage de tabac. À l'exception des cigarettes fumées à la chaîne pour faire monter ma fièvre jusqu'au seuil requis pour l'hospitalisation, j'étais un non-fumeur. Je protestai avec véhémence contre le tabagisme passif, me laissai persuadé que ça ne me dérangerait pas si je fumais moi-même, me vis offrir des Lucky Strike et eus tôt fait de ne plus pouvoir m'en passer. On m'accepta dans le cercle des joueurs (la mise était plafonnée à un franc) et il me fallut encore moins longtemps pour ne plus parvenir à me passer du poker à sept cartes. (Je suis fier de préciser que j'ai financé mon séjour au troisième hôpital militaire grâce aux cartes, les services responsables de la distribution des soldes ayant perdu ma trace, et que j'avais accumulé près de cent dollars avant mon rapatriement.)

Finalement, on me libéra du plâtre intégral, remplacé par un autre qui enserrait le pied et la cheville gauches, et par un bandage serré au genou droit. Cette journée me laissa deux souvenirs. Le premier est celui de mon pied gauche remodelé s'échappant à l'air libre et à la lumière du jour. Des mois et des mois de marches ininterrompues avaient généré une couche de cals sur la plante du pied qui avait à peu près la même dureté que le sabot d'un cheval. Les semaines de plâtre avaient entraîné la séparation de cette protection. L'aide-chirurgien avait récupéré cette remarquable création et l'avait approchée suffisamment de mon meilleur œil pour que je puisse l'admirer. Ça avait également attiré une foule de patients autonomes, intéressés par un pied de taille quarante-trois, aussi rose et fripé que les fesses d'un nouveau-né, et auquel manquait une grande portion de chair sur le côté du talon. Le chirurgien avait plus ou moins raccommodé le tout et l'avait recouvert par une greffe de peau. Je ne pouvais pas encore concentrer pleinement ma vision sur ce pied lointain, mais mes amis estimèrent que c'était du bon travail. Ils ne remarquèrent pas, et moi non plus jusqu'à ce que j'achète ma première paire de chaussures civiles, que le chirurgien militaire l'avait remodelé aux normes de l'armée, ce qui lui conférait une cambrure plus prononcée que celle de mon pied normal et causait des problèmes aux vendeurs de souliers.

Le second souvenir concerne le hurlement le plus fort jamais entendu dans cette salle d'hôpital. Enfin libéré du plâtre intégral et de la sécurité qu'il garantissait, je laissai son remplaçant, lequel m'emprisonnait jusqu'à la cheville, encore humide et lourd comme le plomb, glisser au bord du lit. Il tomba, obligeant un genou qui n'avait plus ployé depuis que l'explosion l'avait disloqué, des mois auparavant, à le faire. Si cela a été douloureux ? À votre avis ?

Mais désormais, j'avais retrouvé ma mobilité : j'étais aux commandes d'un fauteuil roulant. Je le conduisais dehors, restais assis sous le doux soleil printanier de Provence et m'abandonnais à mes rêveries. Une des phases de ma vie était terminée. Mon enfance était achevée. Qu'est-ce qui m'attendait ? Je n'en avais aucune idée. Si j'étais aveugle et partiellement invalide, l'État y pourvoirait probablement en partie. Je n'ai pas le souvenir de m'en être soucié. L'œil gauche continuait à ne rien enregistrer de plus qu'ombre et lumière, mais la vision du droit se précisait. Peut-être aurais-je un œil valide. Que pouvais-je rêver de plus ? Je connus le bonheur le jour où je baissai les yeux sur la dernière édition du *Stars and Stripes* que l'aide-soignant avait laissé tomber sur mes genoux et lus METZ TOMBE. C'est vrai, les caractères étaient énormes, mais j'avais déchiffré le titre tout seul.

(Quarante années plus tard, à Paris, mon directeur de collection chez Rivages me demanda dans quelles villes je souhaitais me rendre pour une tournée de promotion. Je lui répondis Metz en lui parlant du jour où j'avais su que je pourrais lire à nouveau et il m'organisa une signature dans une librairie locale.)

Le pas suivant marquant un progrès survint avec l'arrivée des béquilles.

Si le fauteuil roulant m'avait ouvert la porte de la chambrée, elles m'ouvrirent le monde. La fin du printemps était là et ma jambe droite allait bien à l'exception d'un genou parfois peu fiable. Après le petit déjeuner, Alex, Dino et moi enfilions nos peignoirs bleus et descendions la colline vers la ville d'Aix pour nous asseoir sur les bancs, sous les platanes qui bordaient le boulevard, et regarder les Français qui passaient en discutant sur le sens de toutes choses.

Alex était un solide gaillard, animé d'une colère extrême, qui jouissait d'une autonomie totale. Joueur titulaire dans son équipe de football de championnat scolaire, à Louisville, dans le Kentucky, il s'était engagé dans l'infanterie, avait été affecté à un peloton de la 45e division qui avait subi des pertes, et il avait tenu environ six semaines au front jusqu'à ce qu'il perde un duel rapproché avec un Allemand, dans un village d'Alsace, quand il avait passé la tête au-dessus du rebord d'une fenêtre pour tirer avec son fusil et avait reçu une salve de cinq projectiles de pistolet automatique dans la bouche. Trois des balles de 9 mm étaient ressorties par la nuque, une quatrième avait été extraite du muscle du cou par le chirurgien, mais la cinquième, ainsi qu'une partie de ses dents, y était toujours, trop proche de la colonne vertébrale pour qu'on y touche. Les projectiles avaient causé des ravages au niveau de sa langue et de ses gencives, et la colère d'Alex était peut-être avant tout le résultat de la frustration ressentie dans ses tentatives pour réapprendre à parler. Je soupçonne toutefois qu'elle venait de plus loin que ça.

Dino appartenait à une famille qui avait une entreprise de déménagement et de garde-meubles possédant trois camions, quelque part dans les bas quartiers de Patterson, dans le New Jersey, et il avait quantité d'anecdotes amusantes à raconter. Certaines relataient les mésaventures de son père comme déménageur, d'autres les événements bizarres du mois de décembre précédent, quand une armée de panzers allemands avaient enfoncé la 100e division inexpérimentée (dans laquelle il était chef d'un groupe de fantassins), lors de sa ruée sur Bastogne. Celle dont je me souviens le mieux concernait le récit de sa tentative pour conduire en lieu sûr les rescapés de son groupe. En descendant sur le versant protégé de ce qui pouvait être la troisième colline franchie pour échapper aux blindés allemands, ils avaient vu quatre véhicules chasseurs de tanks garés, dont les équipages étaient assis autour d'un feu sur lequel ils faisaient cuire du bacon prélevé dans leurs boîtes de rations Dix-en-Une. Dino et les deux hommes qui lui restaient étaient arrivés en haletant, leur criant des mises en garde que les autres avaient accueillies avec mépris et dérision. Dino et ses compagnons avaient donc poursuivi leur fuite sur le flanc de la colline suivante, entendu des tirs de canon et tourné la tête pour voir les panzers allemands rouler sur la route en contrebas et les équipages des chasseurs de tanks courir comme des dératés dans la direction opposée. Même s'il avait perdu sa jambe droite en dessous de la hanche lors d'un épisode postérieur de cette rencontre, il chérissait le souvenir de ces hommes détalant pour sauver leur peau.

Dino possédait un avantage, dans ce passe-temps consistant à observer la culture française qui déambulait devant notre banc, sur le boulevard. Ayant perdu la plus grande partie de sa langue, Alex ne pouvait commenter ce qu'il voyait qu'en émettant des grognements, des soupirs et des gémissements incompréhensibles. Et je me débrouillais avec un bandeau sur l'œil gauche et un problème de canal lacrymal très particulier qui affectait le droit. Je voyais assez bien quand je dirigeais mon regard vers le bas, mais un instant ou deux après avoir relevé la tête, cet œil était inondé de larmes. Mes compagnons résolvaient ce problème en effectuant un décompte, quand s'approchait quiconque méritait le coup d'œil, afin que je puisse synchroniser mes trois secondes de vision claire et en tirer le maximum de profit. Je pus ainsi voir quantité de jolies jeunes femmes françaises qui se promenaient et c'est ainsi que nous occupions notre temps en attendant que la guérison survienne et que le bateau-hôpital accoste pour nous emporter chez nous.

Je passai les mois de mars à juillet dans le troisième hôpital militaire et accumulai, même si je n'en étais pas conscient à l'époque, une connaissance certaine de ce que les écrivains doivent savoir sur les comportements de l'homme lorsqu'il est confronté à des situations de stress important. Une règle sage mais tacite bannissait de cette chambrée toute parole ou geste de compassion, comme en témoignait la tradition de la veillée funèbre préopératoire. On ne voyait jamais personne frémir ni détourner le regard quand un nouveau venu était hospitalisé avec la moitié du visage arraché. Lorsque le sergent qui dormait à deux lits du mien revint du bloc en n'ayant visiblement plus le bras droit qu'il avait eu l'espoir de sauver, son retour fut accueilli aux cris de « Le Gaucher » et on lui indiqua où il pourrait s'acheter des paires de gants pour manchot. Le tankiste qui avait eu une grande partie du nez et la totalité des oreilles calcinés fut unanimement surnommé « Cruchon » : de chaque côté de son cou dépassait ce qui ressemblait à une anse de cruche mais était en réalité un tube de derme que les chirurgiens avaient pincé dans la chair du cou puis isolé en le suturant. Une fois guérie, la partie inférieure de ces appendices fut sectionnée, repliée puis greffée à nouveau cinq centimètres plus haut, ce qui la rapprochait du conduit auditif où, avec le temps, elle fournirait la peau et la chair composant des substituts d'oreilles. Cruchon reçut des mises en garde incessantes. Le chirurgien avait l'intention de faire cheminer ces appendices jusqu'au sommet de son crâne pour y ancrer sa perruque (il avait eu les cheveux brûlés). Il avait mal calculé, les arceaux de chair étaient trop courts et il allait falloir forer de nouveaux conduits auditifs. Et ainsi de suite. Cruchon semblait s'en divertir.

Sous cette dureté délibérée se cachait une étrange forme d'affection. Je pense au caporal Delaney, dont le lit se trouvait en face du mien, pied à pied, de l'autre côté de l'allée centrale. Un fragment d'obus avait traversé un de ses globes oculaires et s'était fiché dans son cerveau. Paralysé, ayant perdu l'usage de la parole, ne pouvant pas même émettre un couinement ou un grognement, il était capable uniquement de remuer les paupières et les yeux. (Un mouvement vertical des yeux signifiait oui. Un mouvement latéral, non. S'il les dirigeait vers la droite, cela signalait qu'il avait besoin de quelque chose. Sur la gauche marquait l'inconfort.) Grâce à ce système, un des patients jouissant de ses mouvements qui lui faisait la lecture découvrit que Delaney était fumeur et qu'il aimait assister à nos parties de poker. On le redressa donc dans son lit afin qu'il puisse regarder et on lui alluma ses cigarettes, chargeant quelqu'un de le surveiller, de les lui retirer de la bouche pour en faire tomber la cendre et de les écraser quand elles étaient réduites à la taille d'un mégot.

Delaney tenait un rôle essentiel. Quelle que soit la douleur ou le sentiment de perte que chacun ressentait, le sort terrible qui l'accablait rendait toute plainte impossible. Le fantassin qui avait reçu, à l'entrejambe, un éclat d'obus le laissant infirme et émasculé pouvait poser son regard sur lui et remercier Dieu. Même Alex, qui se coltinait avec sa colère et s'efforçait de dompter sa langue réduite en charpie en lui réapprenant à parler, nous faisait signe de prier pour Delaney.

Prier, j'en suis sûr, certains d'entre nous le faisaient (même si ce n'était pas de manière organisée ou collective) et un jour nous en fûmes récompensés par une sorte de miracle. Nous disputions une partie de poker à sept cartes. L'un des joueurs a deux paires exposées, un autre une éventuelle série, un troisième une paire d'as avec possibilité de couleur. Le pot atteint son niveau maximum de la journée et il ne reste que l'ultime carte à distribuer. L'attention de chacun est rivée sur le jeu, y compris celle du camarade qui devrait surveiller Delaney. D'abord, nous entendons un petit cri aigu presque inaudible. Puis une manifestation plus forte, incluant une note de protestation, émane du lit de

Delaney. Tout le monde sursaute. La cigarette lui brûle la lèvre.

Delaney nous appelle au secours !

La cigarette lui est retirée, l'infirmière appelée, le docteur mandé ; pour la première fois, il parvient à composer une expression faciale que nous décidons d'appeler un rictus. Puis il émet une série de petits cris à notre intention. Quel qu'ait pu être le résultat final, le neurologue en fut profondément motivé. Quand je fis mes adieux à Delaney, à la fin du mois de juin, il avait récupéré un usage limité de sa main, et émettre des sons ne présentait plus de difficulté pour lui.

Puisque le sujet de la prière a été abordé, le moment me paraît opportun d'en mentionner l'absence. Si un service religieux de quelque sorte s'est tenu à l'hôpital durant les mois que j'y ai passés, je ne me souviens pas en avoir eu connaissance. À une ou deux reprises, quand nous étions placés en réserve, à une trop grande distance des combats pour entendre les tirs d'artillerie, nous avons aperçu un aumônier, mais jamais plus près du front que ça. J'ai fini par dénicher un prêtre dans l'hôpital et lui ai demandé de me recevoir en confession. Il a accepté, prêtant l'oreille à une litanie de transgressions de principes moraux dont j'aurais pu me rendre coupable si l'occasion s'en était présentée. Je lui confiai également que j'avais tué le soldat allemand sur la route de Sessenheim. Je ne sais pourquoi il ne me parut pas nécessaire de mentionner ceux que j'avais peut-être tués avec la grenade empruntée à Shakeshaft, ni les invisibles victimes de mes innombrables obus de mortier. Il m'accorda l'absolution sans faire aucun commentaire, las, j'en suis convaincu, de prêter l'oreille à des récits similaires.

Je me suis toujours interrogé sur l'auteur de l'absurde mensonge prétendant qu'il n'y avait « pas d'athées dans les trous que creusaient les fantassins ». Où l'athéisme pouvait-il davantage proliférer que sur les champs de massacre où l'on honorait l'homicide ? Dans le troisième hôpital militaire d'Aix, la partie de poker était ce qui se rapprochait le plus d'une activité religieuse.

Incidemment, si pareils exploits sportifs sont homologués, cette partie de poker pourrait être couronnée pour sa longévité. Elle avait déjà cours quand je repris pour la première fois connaissance dans mon plâtre intégral, durant le mois de mars, et se poursuivit sans interruption jusqu'au jour où l'infirmière-chef entra pour nous annoncer le décès du président Roosevelt. Elle donna pour instruction à tous ceux qui pouvaient se déplacer par leurs propres moyens de grimper la colline afin d'aller assister à une cérémonie à sa mémoire. Elle revint plus tard, nous trouva toujours absorbés dans une donne et répéta son ordre en insistant. Quand elle se manifesta la troisième fois pour vérifier et que la partie continuait toujours, elle nous confisqua les cartes.

Ce fut à peu près au moment où, nous étant procuré un nouveau paquet, elle reprenait sous le règne d'une infirmière plus indulgente, que la bonne nouvelle arriva. La jubilation déferla sur la chambrée. Un navire-hôpital devait rapatrier ceux qui étaient en état de supporter le voyage.

En état ? L'angoisse succéda à la joie. Qui serait sur la liste des passagers ? La réponse nous arriva pratiquement au compte-gouttes : par l'intermédiaire des simples soldats affectés aux services médicaux qui parvenaient à jeter un coup d'œil sur nos fiches d'hospitalisation. Je devais effectuer un dernier passage au bloc opératoire pour une intervention à ma cheville gauche, ce qui rendait douteuse ma présence sur le bateau. Mais tomba l'heureuse nouvelle : la responsabilité en incomberait aux chirurgiens opérant au pays. Le soldat de première classe Anthony Grove Hillerman allait figurer sur la liste. Adieu, le troisième hôpital militaire. Bonjour, la patrie. (Quel que soit l'endroit où j'allais aboutir.)

Je m'étais fait de bons amis dans cet hôpital et ils allaient me manquer, mais ce qui ne me manquerait pas, c'était ce que nous appelions la « musique de nuit ». Un cri nous arrachait brutalement au sommeil, tendus, en sueur, avec tous les instincts de survie au combat aiguisés qui exigeaient le passage à l'action, mais on ne percevait plus que les toux, respirations, ronflements habituels et l'occasionnelle plainte engendrés par une pièce remplie de blessés. Puis un cri à nouveau. « Couchez-vous ! Couchez-vous ! » Et après : « Foncez. Foncez. Dans les arbres. Là-bas. » Dino, l'éternel chef de groupe, qui hurlait des ordres à ses hommes, qui s'évertuait à en soustraire le plus grand nombre aux tirs de mortier et autres périls. Puis il retombait dans le silence, mais les échos de la bataille s'étaient propagés telle une petite vague le long de la double rangée de lits, faisant remonter des rêves agités à la surface. Des cris d'effroi, des gémissements, tel homme qui appelait sa maman dans un murmure rauque, tel autre qui priait. Et on restait allongé dans ces ténèbres envahies de bruits, sachant que tant qu'on restait prisonnier de ce plâtre, on était en sécurité, heureux d'être arraché à son propre cauchemar, à écouter et à remercier son Dieu de miséricorde de vous avoir sauvé de toute cette horreur grâce à la blessure qui vous avait renvoyé dans la zone éloignée des combats.

Une autre scène imprimée dans ma mémoire avant que je ne quitte la belle ville d'Aix-en-Provence survint le jour où je reçus l'ordre d'enfourcher mes béquilles et de me rendre au bâtiment du quartier général. Là, on me fait entrer dans une pièce en compagnie de trois autres patients touchés aux yeux, j'attends comme d'habitude environ une heure avant d'être introduit dans une autre pièce où sont assis un grand nombre de colonels, de commandants et de capitaines bien nourris, bien blanchis, bien habillés. Mon médecin personnel (un commandant) retire le petit bandeau en plastique rose que je porte à ce moment-là sur l'œil gauche, explique à l'assemblée ce qu'on a fait pour moi au poste médical d'urgence, le processus qui a consisté à retirer de mes globes oculaires et de mes orbites autant de fragments qu'il était envisageable, ainsi que le choix du traitement.

Il expose à l'assemblée que le plan consistait à supprimer l'œil gauche, jugé irrécupérable et si gravement infecté qu'il représentait un danger pour le droit, lequel, alors, pourrait être sauvé. Cependant, déclare ce commandant, il avait décidé que la pénicilline disponible depuis peu se révélait si efficace pour tuer les bactéries qu'il avait tenté de sauver les deux yeux. Et de fait, ça avait marché. Les gradés réunis dans la salle sont invités à venir constater par eux-mêmes à quel point ce pari s'est révélé payant. Je parcours la moitié du chemin me ramenant à la chambrée avant de comprendre comment on s'est servi de moi, sans m'en tenir informé ni me demander mon accord, dans le cadre d'une expérience médicale. Deux yeux pour récompense si cela marchait, une vie d'aveugle comme prix à payer dans le cas contraire. Même à l'époque, alors que je n'avais que dix-neuf ans, il me semblait que c'était mettre en balance une gêne mineure avec une invalidité presque totale. Aujourd'hui, étant parvenu à très bien m'en tirer pendant cinquante-six ans avec une vision fiable sur un œil seulement, il me semble que le commandant aurait pu au moins me demander mon avis. Mais aucun fils né d'August Alfred Hillerman n'a été éduqué pour nourrir de la rancune. Papa ne l'aurait pas toléré.

Il était aussi opposé à l'expression de tout caractère rancunier que maman l'était à nous voir redouter quoi que ce soit, et je peux comprendre pourquoi on m'a utilisé comme cobaye. Si la guerre en Europe était presque terminée, les services médicaux de l'armée étaient confrontés à la perspective de l'invasion du territoire japonais. Les militaires s'attendaient à ce que le prix à payer soit d'un million de pertes côté américain. Dieu soit loué pour la bombe atomique et la décision prise par le président Truman de s'en servir. Cela nous a épargné, à nous et aux Japonais, une épouvantable boucherie, mais le médecin qui m'a soigné les yeux n'avait aucun moyen de savoir ce qui allait se passer. Il fallait qu'il se prépare à soigner d'autres yeux brûlés.

Si je n'avais pas reçu une éducation stigmatisant la rancune, ce qui se passa lorsque le navire-hôpital vint nous chercher m'aurait fourni des munitions pour en nourrir pendant des années. L'aide-soignant-chef arriva en trottinant après le petit déjeuner, nous cria de nous mettre au garde-à-vous et annonça que ceux d'entre nous qui avaient été déclarés aptes pour le voyage allaient être véhiculés jusqu'aux docks de Marseille. Il allait maintenant nous donner lecture des noms des partants. Aucune surprise n'était attendue. On nous avait déjà annoncé que nous partions tous à l'exception d'un malheureux qui venait d'être saisi d'un fort accès de fièvre.

L'aide-soignant lut la liste. Mon nom n'y figurait pas.

Comme maman le disait, ceux dont l'attente est modeste seront rarement déçus. Je n'étais pas à proprement parler déçu. J'étais complètement écrasé. Anéanti. Le spectacle de la chambrée qui se vidait me valut les instants les plus lugubres de mon existence. Même notre camarade qui avait de la fièvre partit, bénéficiant, ainsi que je l'appris par la suite, de l'erreur d'inattention commise par la personne chargée de taper la liste, laquelle avait inclu son nom à la place du mien. Pendant environ une semaine, les seuls échos de cauchemars qui vinrent troubler le sommeil du dortoir furent les miens, mais bientôt arrivèrent des cargaisons de soldats blessés dans les ultimes batailles décisives. L'Allemagne capitula, un nouveau navire-hôpital arriva et je pris enfin le chemin du retour.

De nombreuses années plus tard, je m'aperçus que cette erreur typographique fortuite avait changé le cours de ma vie. Ce délai de trois semaines me mit précisément sur une trajectoire convergente avec deux Marines navajo qui s'en retournaient tout juste de la guerre dans le Pacifique, et avec la cérémonie de la Voie de l'ennemi que leur famille organisait afin qu'ils retrouvent l'harmonie avec leur peuple. Cela me mit en contact avec les gens sur qui j'allais adorer écrire. Comme le comprend parfaitement tout Navajo traditionaliste, il existe une interconnexion entre toutes choses, chaque cause entraîne un effet déterminé, les ailes du papillon agissent sur le vent, les doigts qui tapent sur les mauvaises touches de la machine à écrire changent une vie.

Mais je suis maintenant inscrit sur une liste pour un navire postérieur. Je dois maintenant me rendre au magasin de l'hôpital pour récupérer une garde-robe militaire flambant neuve au grand complet, du casque aux godillots, fourrer l'ensemble dans un sac de toile et le ramener à ma chambrée. Nous grimpons dans un car de l'hôpital et prenons la direction des docks. Là, on me reprend mes béquilles, je monte sur un brancard, on me porte sur la passerelle et me dépose sur une couchette, dans l'une des salles communes de l'hôpital du bord. Mon paquetage neuf est remisé dans le magasin du bateau, on m'octroie une canne pour remplacer les béquilles et nous voilà partis.

Il n'y a pas grand-chose à raconter sur ce voyage. Le navire était petit, très lent, avec un équipage de la marine marchande mécontent, et son ancienneté était suggérée par une plaque de cuivre fixée dans une coursive. Elle spécifiait qu'il avait été réarmé pour prendre la mer en 1917 mais ne fournissait aucune indication quant à la date de son armement d'origine. L'un des membres d'équipage prétendait qu'il avait effectué sa première mission en remontant le Missouri pendant les Guerres indiennes. Il nous apprit que lui-même s'était enrôlé en 1942, quand ce rafiot avait été remis en état, et qu'à l'époque, dans la salle à manger, un panneau disait :

LES PASSAGERS SONT PRIÉS
DE NE PAS TIRER
LES BISONS PAR LES HUBLOTS

Les membres d'équipage nous apprirent qu'ils avaient traversé l'océan pour prêter assistance aux blessés des combats d'Afrique du Nord, qu'ils étaient restés pour la reconquête de la Sicile et de l'Italie et n'étaient pas rentrés chez eux depuis. Cela ne fit naître aucune compassion parmi la cargaison de soldats blessés. Mais hélas, il semble que le dernier réapprovisionnement du garde-manger du bord datait lui aussi de 1942. Le principal plat au menu consistait en une entrée à base d'œufs en poudre beaucoup trop vieux. On nous apprit également que si l'armée du Troisième Reich avait capitulé, les sous-marins allemands n'en avaient pas été avertis et nous franchîmes poussivement le détroit de Gibraltar pour entrer dans l'Atlantique avec de gros projecteurs qui illuminaient les croix rouges peintes sur nos flancs. Pour ce voyage de retour, l'océan fut aussi placide qu'il avait été agité en sens inverse… une excellente chose car l'équipage nous assura que notre bateau coulerait sans coup férir si les conditions météorologiques étaient un tant soit peu défavorables, et qu'ils avaient tous l'intention de l'abandonner dès que nous serions à distance de nage des côtes. Je n'ai pas gardé le souvenir qu'une seule de ces déclarations ait inquiété quiconque. Nous nous en fichions complètement ! Nous rentrions chez nous. Nous nous prélassions au soleil, sur les chaises longues, en regardant jouer les marsouins.

« Chez nous » se révéla être un hôpital militaire de Long Island où ma canne fut échangée contre des béquilles et où on me remit le paquetage flambant neuf. Je le trainai jusqu'au magasin de l'hôpital où je déposai tout ce matériel de soldat immaculé et reçus un nouveau pyjama et un peignoir bleu pour remplacer ceux que j'avais portés sur le navire-hôpital. Cette halte-là fut brève mais engendra deux événements mémorables. Je passai mon tout premier coup de téléphone et l'armée me fournit une nouvelle preuve de la vérité contenue dans cet axiome : « Il y a deux façons de faire les choses. La bonne et celle de l'armée. »

Ce coup de téléphone eut lieu parce que la Croix-Rouge avait remis à chacun d'entre nous un bon nous autorisant à passer un appel longue distance à l'endroit où nous le souhaitions sur tout le territoire américain. C'était la première fois de ma vie que j'utilisais un téléphone car il n'y avait qu'un seul appareil à Sacred Heart (dans le magasin de papa, qui faisait également bureau de poste) et je n'avais jamais éprouvé le besoin de m'en servir pour la simple raison que je ne connaissais personne qui en fût équipé.

Je ne connaissais toujours personne dans ce cas, mais je me souvenais du nom de la dame qui répondait, dans la pension où logeait maman. Je l'appelai et lui demandai d'annoncer à maman que j'étais de retour au pays, sain et sauf, et que je viendrais la voir dès que je pourrais obtenir une permission. Cela fait, j'étais presque prêt pour apprendre à connaître la façon très particulière qu'avait l'armée de reconduire ses soldats chez eux.

Avant de nous accorder notre bon de sortie, elle s'assure que nous jouissons tous d'un état sanitaire satisfaisant. Ensuite, on nous renvoie au magasin où on nous remet un nouveau sac dans lequel nous devons faire rentrer un jeu complet de nouveaux vêtements et de fournitures nécessaires à la carrière militaire, identique à celui que nous avons rendu en descendant du bateau. Après quoi on nous répartit par lieu d'origine. Plus rien à faire alors si ce n'est attendre un train-hôpital disponible. Il en arrive un. On opère une ségrégation entre les résidents du Texas et ceux de l'Oklahoma. Nous traînons nos paquetages jusqu'au car, on nous conduit aux voies où on nous fait monter dans un convoi composé d'une locomotive et de trois wagons. Les Texans sont placés dans celui de tête, les habitants de l'Oklahoma dans le deuxième. Le troisième abrite la cuisine, l'infirmerie, la pharmacie, le personnel médical et nos paquetages réglementaires. Nous voilà partis, et rarement un groupe a effectué un voyage plus paisible et plus idyllique entre Long Island et la frontière mexicaine.

Ce sont des wagons neufs, avec des lits d'hôpital alignés le long de larges baies vitrées. Beaucoup d'espace, la climatisation et la meilleure nourriture que nous ayons goûtée depuis que nos centres de sélection nous ont fait grimper dans les cars de l'armée. Naturellement, ces trains se situaient en tout dernier rang des priorités sur un système ferroviaire sollicité au-delà de ses possibilités par la volonté de faire traverser le pays tout entier aux millions de soldats revenus du théâtre européen des opérations pour les envoyer envahir le Japon. Nous musardons donc dans la traversée du Middle West, patientons des heures sur des voies de garage et plus encore dans les gares de triage des villes d'où nous regardons les convois importants passer bruyamment en jouant aux cartes, faisant connaissance, discutant de ce que nous ferons quand nous retournerons à la vraie vie (les jeunes femmes tenaient un rôle majeur dans ces projets), échangeant des récits du front, essayant de surpasser les autres par nos anecdotes d'inepties militaires. Ce n'était pas le lieu pour relater l'horreur ou l'héroïsme. Ces hommes se composaient presque à cent pour cent de fantassins. Ils revenaient de la guerre. Ils l'avaient faite. Ils n'avaient pas envie d'en entendre parler. La gloriole, c'était pour les planqués de l'arrière, les aviateurs et les civils.

Arrêt prolongé à Pratt, dans le Kansas, la ville d'où était originaire mon premier chef de groupe. Il nous avait soutenu que le panneau, à l'entrée de la localité, indiquait : L'UNIQUE PRATT[1] DU KANSAS. Je ne vois ni cette inscription ni le sergent. Un aide-soignant vient nous annoncer qu'un wagon sera bientôt décroché et dirigé sur l'hôpital de Chickasha, dans l'Oklahoma. L'autre va poursuivre sa route jusqu'à l'hôpital militaire William Beaumont, à Fort Bliss, au Texas. Pour moi, qui suis originaire de l'Oklahoma, c'est une nouvelle merveilleuse. Non seulement Chickasha est proche d'Oklahoma City, mais c'est la ville où se trouve l'université d'Oklahoma réservée aux femmes : une pépinière réputée pour ses jeunes plantes. Nous observons une nouvelle halte à Oklahoma City, des mouvements de convoi s'opèrent et nous repartons, délestés désormais de notre wagon rempli de Texans. Nous n'en avons plus pour longtemps, me dis-je, Chickasha n'étant qu'à une heure environ au sud. Mais, hélas, il ne devait pas en aller ainsi. L'armée a une nouvelle fois exécuté les choses à sa façon. Nous roulons vers le sud-est et El Paso, au Texas. Nos Texans sont déposés en Oklahoma tandis que nous, qui sommes originaires de cet État, partons pour le recoin le plus éloigné et le plus reculé de l'immense État à l'Étoile Solitaire[2].

---

1. *Prat*, en langage familier, signifie un imbécile, mais surtout le fondement, l'arrière-train, les fesses, voire celui dont les tendances sexuelles se focalisent sur cette partie de l'anatomie. (*N.d.T.*)

2. *Lone Star State* : unique État à avoir connu l'indépendance

William Beaumont est un vieil hôpital agréable. Le soir même, j'appelle maman au téléphone, lui dis que je vais venir la voir d'un jour à l'autre, aussitôt qu'on m'accordera une permission, que selon la rumeur, les soldats invalides de guerre ont droit à soixante jours. Cette fois, je peux garder mon paquetage, on me remet une canne et j'essaye de marcher sans boiter, espérant persuader ceux qui prennent pareilles décisions que si une intervention chirurgicale supplémentaire est nécessaire, elle peut être repoussée à plus tard. La Croix-Rouge organise des cours de dactylographie. J'en suis un, j'y fais la connaissance de la secrétaire de notre bâtiment et m'exerce sur sa machine à écrire. L'officier de jour me convoque et me tend un billet en liste d'attente valable sur les appareils de l'armée dans lesquels il reste de la place pour les avions-stoppeurs, ainsi qu'une permission de trente jours. Je lui objecte qu'en tant que soldat blessé au combat je devrais avoir droit à la version longue. Il m'affirme que les trente jours sont le maximum autorisé actuellement. Je repars plein de ressentiment.

En me rendant au bureau de l'officier de jour, je m'étais arrêté sous un arbre pour observer un lieutenant du corps médical qui tentait de résoudre un problème. Il faisait marcher au pas une douzaine de patients sur la chaussée. Leur ordonnant de s'immobiliser, il les laisse au « repos » sur place et disparaît deux minutes dans un bâtiment voisin. Les hommes dont il a la charge s'allongent sur l'herbe, à l'ombre. Le lieutenant ressort, ordonne à son groupe de reformer les rangs. Deux ou trois se

---

avant son adhésion dans l'Union en 1845, son drapeau s'orne d'une seule étoile blanche. (*N.d.T.*)

lèvent aussitôt mais la plupart prennent leur temps. Le lieutenant doit sentir que son autorité est contestée et hausse la voix. Mauvaise décision. Ces hommes ne sont pas des militaires de métier. Ce sont des civils engagés, tout juste rentrés du front, profondément écœurés par les méthodes de West Point. Ils se rassoient. Le lieutenant continue de vociférer. Ils n'en tiennent aucun compte. Un sergent-chef qui passe en Jeep s'arrête, étudie un moment cette mutinerie mineure puis met pied à terre, s'approche, salue le lieutenant, bavarde un instant, s'accroupit à l'ombre avec les réfractaires et discute avec eux. Ils se lèvent, forment les rangs et s'éloignent avec le lieutenant. Fin de la mutinerie, mais un superbe exemple de la bonne vieille expression de liberté du citoyen américain.

Gardant cet exemple à l'esprit, je porte mes papiers de quartier libre au secrétariat de ma chambrée, emprunte un court instant la machine à écrire de la secrétaire, efface le trente, le remplace par soixante et me voilà parti.

Trajet en bus pour Okie City et merveilleuse réunion avec maman et Margaret Mary dont le mari est toujours en Europe avec son unité d'artillerie. J'apprends que Barney a demandé à quitter son unité de planeurs quand le besoin de ces appareils ne s'est plus fait sentir, et qu'il s'est porté volontaire pour l'infanterie en croyant avoir tout bien organisé pour me rejoindre dans mon unité au titre de renfort. Bien sûr, cela n'a pas marché et il s'est retrouvé dans la 45e division… qui se prépare pour l'invasion du Japon. (Des années plus tard, j'ai su que, ayant appris ma blessure, il avait suivi ma trace jusqu'au troisième hôpital militaire, s'était absenté de son unité sans autorisation, avait voyagé en stop à travers l'Europe sans laissez-passer, et avait effectivement réussi à atteindre l'hôpital pour s'entendre dire que je venais de prendre le bateau. Un sacré grand frère, que j'avais là.)

Il me fallut trois jours environ avant de commencer à m'interroger sur la raison pour laquelle j'avais tenu à obtenir cette permission de soixante jours. Les deux seules personnes que je connaissais dans la capitale de l'État étaient ma mère et ma sœur, et toutes deux travaillaient dans la journée. La logeuse de maman me laissait dormir sur un canapé mais je ne disposais pas d'un endroit où accrocher mon chapeau. La vieille automobile familiale roulait toujours. Je payai une vingtaine de litres d'essence avec la réserve de coupons de rationnement de maman et descendis à la ferme. Août n'est pas la saison idéale pour voir une ferme et, si elle est à l'abandon, elle a plus piètre allure encore que les autres. Je me rendis à Konawa et eus confirmation de ce que je pensais : mes pairs étaient partis à la guerre. J'avalai un triste, très triste *milk-shake* au comptoir des boissons douces de la pharmacie de Bates. Puis je quittai cette ville, déserte et solitaire, acceptant enfin de voir que rien ne serait jamais plus comme avant. Je rentrai à Oklahoma City et me mis en quête d'un emploi.

Aux États-Unis, en août 1945, ne pas en trouver un aurait été carrément impossible. Le bureau de placement de l'État me dit de me présenter le lendemain matin dans un petit garage de quartier, non loin du capitole. Pour tuer le temps en attendant, j'appelai la rédaction du *Daily Oklahoman* et me présentai à Beatrice Stahl. Ms[1] Stahl, journaliste

1. Prononcée « miz », cette abréviation récente permet de ne plus marquer la différence entre femme célibataire (Miss) et mariée (Mrs). (*N.d.T.*)

de la presse écrite, avait reçu l'un de ces communiqués que l'armée envoie aux quotidiens régionaux quand quelqu'un qui réside dans leur zone de circulation obtient une décoration. Elle avait téléphoné à maman qui lui avait raconté que j'avais, depuis, été blessé, que j'avais reçu une Bronze Star en plus de ma Silver Star, et qui lui avait fait le genre de compte-rendu qu'une mère réserve à ses fils. Elle semblait également lui avoir lu certains paragraphes de plusieurs de mes lettres. Ms Stahl les lui avait empruntées en lui disant qu'elle aimerait bien me parler quand je rentrerais au pays.

Les lecteurs attentifs ont dû s'étonner que les événements survenus dans la forêt de Sessenheim aient pu inciter l'armée à m'honorer d'une Silver Star. Ils peuvent également s'étonner que l'article écrit par Beatrice Stahl ait pu m'inspirer, à moi qui n'avais jamais vu d'écrivain, la volonté d'en devenir un. Voilà pourquoi je l'inclus dans cet ouvrage. Ayez bien soin de comparer la façon dont j'ai relaté cet épisode de mémoire, aux pages 133 à 135, et celle dont un secrétaire de l'armée se l'était représenté au quartier général du régiment quand il avait dactylographié cette citation. L'utilisation qu'en avait faite Ms Stahl pour me peindre en une sorte de Horatius Coclès défendant le pont était une démonstration du pouvoir de la plume.

Nous parlons donc. Elle m'assure avoir vu dans ces lettres des qualités suggérant que je devrais devenir écrivain. Écrivain ? Je n'en ai jamais connu, ni vu, n'ai même jamais entendu parler d'un seul qui soit vivant. Comment devient-on écrivain ? On entre dans une école de journalisme, me répondelle. Et c'est ainsi que l'idée a commencé à germer.

Mais retournons au garage. Le propriétaire jette un regard à la canne sur laquelle je m'appuie, au bandeau en plastique rose qui couvre mon œil mal fichu et me charge de changer les garnitures de freins d'une LaSalle. Je lui réponds que je ne sais pas comment m'y prendre. Il m'oppose que n'importe qui est capable de changer des patins de frein et m'indique la marche à suivre. Je m'en acquitte et m'attaque au même type de travail sur une Ford. Le propriétaire de la LaSalle récupère son véhicule, part, revient au bout de quelques minutes avec de la fumée qui sort des quatre roues et s'en prend avec véhémence au garagiste. Celui-ci me dit qu'il fait creuser sous sa maison afin d'y disposer d'un sous-sol, mais les ouvriers qu'il a engagés viennent d'abandonner le chantier. Est-ce que je suis plus adroit avec une pelle qu'avec une clé à molette ? J'ai une jambe en mauvais état et je sors tout juste de cinq mois d'hôpital, mais je vais essayer. Je manie donc la pelle, reçois la paye qui correspond à ma journée de travail et reviens le lendemain pour continuer. Mais cloches, sifflets et sirènes retentissent partout. Le Japon a capitulé. La guerre est finie. Tout le monde laisse son travail en plan et je me fais conduire en ville pour participer aux réjouissances.

Tout le monde n'avait pas le cœur à la fête. Je me joins à un caporal des Marines assis à un arrêt de bus au coin de Main et de Broadway, et nous discutons de la raison pour laquelle nous ne ressentons pas un bonheur plus intense. Comme nous ne parvenons pas à trouver de réponse, nous nous mettons à parler de ce que nous allons faire maintenant. Ni l'un ni l'autre n'en sait rien, mais je passe un moment ou deux à m'imaginer écrivain… même si j'ignore ce que cela recouvre.

Ce soir-là, je retourne au centre-ville voir ce qui s'y passe. Un groupe de musiciens joue au centre de l'USO[1] et, quand un air très lent se présente, je m'approche en boitant d'une jeune femme assise près du mur et l'invite à danser. Elle s'appelle Barbara, est grande avec des taches de rousseur et des cheveux roux très longs et très soyeux. Elle m'interroge sur ma jambe. Je lui raconte et elle me dit qu'elle vit avec son père et qu'elle s'inscrit en première année à l'université d'Oklahoma. Quand le centre ferme ce soir-là, je la raccompagne chez elle en tram et nous convenons d'un rendez-vous pour le lendemain. Son père est là quand je passe la chercher. Il me dit qu'il a un lot de tiges de forage et de matériel pour champ de pétrole à acheminer vers la réserve navajo pour exploiter un puits de pétrole fermé qu'il voudrait relancer. Est-ce que je sais conduire un camion ? Je lui réponds que je peux apprendre. Est-ce qu'il m'est possible de prendre la route le lendemain ? Pourquoi pas ?

Ceux qui, parmi vous, gardent en mémoire le classique de Jack Kerouac, *Sur la route*, et sa course insensée à cent quatre-vingts à l'heure à travers l'Ouest américain avec ce fou de Dean Moriarity au volant, doivent commencer à se représenter exactement l'inverse. Nous formions un convoi de deux camions déglingués, crédible uniquement pour quiconque est suffisamment âgé pour se rappeler l'époque où essence et caoutchouc étaient rationnés et où les véhicules étaient maintenus en état de rouler à grand renfort d'espoir et de fil de fer servant à lier les bottes de foin. Je vais donner le nom de Roger au père de Barbara, un Irlandais massif au caractère emporté. Il conduisait le premier camion,

1. United Service Organizations : fondé en 1941, ce réseau de centres sociaux et éducatifs œuvre au bénéfice des militaires mais est administré par des civils. (*N.d.T.*)

tractant une remorque à plateau où tuyaux et tiges de forage en acier étaient en surcharge. Je tenais le volant d'un véhicule de moindre taille, alourdi d'une grande variété de matériel, avec Barbara comme passagère. Nous ne roulions pas vite parce que le camion de Roger parvenait à peine à se traîner au sommet des longues pentes et que l'une de mes tâches consistait à me garer, à sauter à terre et à faire plus ou moins office de frein de secours, grimpant en boitant derrière lui les déclivités les plus prononcées, prêt à insérer des cales sous ses roues quand son vieux moteur épuisé exigeait un temps de repos. Une des tâches de Barbara consistait à maintenir le second camion en mouvement derrière nous pendant la durée de cette opération. Une autre était de m'empêcher de m'endormir quand l'épuisement s'abattait sur moi. Parce que si Roger ne pouvait pas rouler vite, il roulait avec opiniâtreté. Nous nous arrêtions pour remplir les réservoirs, les radiateurs, vérifier l'huile, acheter une miche de pain et du saucisson de Bologne. Pas d'arrêts repos. Nous nous soulagions aux postes à essence et dormions quelques minutes par-ci par-là quand quelque chose nous contraignait à marquer une pause.

Les gens des champs de pétrole semblent doués pour repousser le sommeil jusqu'à la semaine suivante quand le devoir l'exige. Barney acquit ce talent quand il travailla comme géologue sur des gisements et assura le suivi de la progression des forages. Un des oncles de ma future épouse était capable de passer des jours et des nuits sans dormir. Je n'ai jamais réussi à acquérir semblable aptitude, et ne l'avais certes pas en août 1945, après des mois et des mois passés à sommeiller sur des lits d'hôpitaux. Ce que tente d'expliquer ce paragraphe, c'est que, en gravissant au ralenti Nine Mile Hill, dont le pied se situe à Albuquerque, au pont sur lequel le Highway 66 franchit le Rio Grande en direction de Grants, je m'endormis.

Je suis depuis un bon moment le Camion Numéro Un à une vitesse de peut-être douze kilomètres à l'heure. Je m'assoupis. Barbara somnole de son côté sur le siège avant. Le Camion Numéro Un ralentit. Le Camion Numéro Deux, non. *Bing!!* Heureusement, le Camion Numéro Deux s'est décalé suffisamment sur la droite pour que les tuyaux qui dépassent à l'arrière du Camion Numéro Un ratent le pare-brise et, par conséquent, les seuls dégâts sérieux concernent l'opinion que Roger a de moi... laquelle en a déjà pris un coup, lors d'un arrêt essence antérieur, quand j'ai oublié de remettre la jauge après avoir vérifié le niveau d'huile dans le carter moteur. Barbara et moi avons déjà épuisé les sujets de conversation possibles et (ai-je mentionné que c'était une jeune fille intelligente ?) elle semble se demander ce qui a bien pu lui donner l'illusion que je pouvais être quelqu'un d'intéressant. Dans un silence généralement maussade nous achevons la portion US 66 de notre trajet, bifurquons à Thoreau pour prendre ce qui était, à l'époque, une piste de terre, et remontons au nord vers Crownpoint, la région de Chaco Canyon.

Et du destin.

Juste au sud du col de Borrego, une douzaine d'hommes à cheval émergent des pins pignons, sur la pente un peu plus haut. Je m'arrête et les regarde traverser la route devant nous puis disparaître dans un arroyo.

Cela faisait des heures que nous traversions les terres appartenant à la réserve navajo, apercevant des Navajos qui, ce qui n'avait rien pour surprendre un jeune élevé au milieu des Indiens, étaient habillés exactement comme les habitants du monde rural de toutes les autres régions. Mais ces cavaliers étaient visiblement vêtus pour une cérémonie et le chef du groupe portait ce qui ressemblait à une sorte de drapeau au bout d'un objet que, eût-il été kiowa ou comanche, j'aurais identifié comme un « bâton à coups ». Ce spectacle éveilla en moi un intérêt et une curiosité immenses.

Le site du puits où nous déchargeons enfin notre cargaison se trouve à proximité (huit kilomètres, c'est proche, dans cette région) de la ferme d'un éleveur blanc. Il arrive sur son cheval pour voir ce qui se passe. Je le questionne à propos du groupe entrevu. Il m'apprend que cette délégation est « le camp du Porteur-du-Bâton » qui apporte certains éléments nécessaires pour une cérémonie de la Voie de l'ennemi, organisée, lui a-t-on dit, pour deux jeunes Navajos qui s'en reviennent après avoir combattu les Japonais dans le corps des Marines. Cette Voie de l'ennemi est destinée à les guérir des influences mauvaises auxquelles ils ont été soumis en étant confrontés d'aussi près à la mort, et à leur redonner l'harmonie avec leur peuple. Je continue à lui poser des questions. Il me demande pourquoi je n'irais pas y assister. Ces cérémonies durent neuf jours environ et, si le porteur du bâton arrive seulement aujourd'hui, elle se poursuivra durant toute la nuit de demain. Est-ce que ma présence sera bien acceptée ? Bien sûr, me répond-il, à condition de ne pas boire de whisky et de me tenir correctement.

C'est ainsi que je suis allé assister à une infime partie de la Voie de l'ennemi sans savoir que cette cérémonie allait me fournir le meilleur passage de mon premier roman. (Je lui ai donné le titre de *La Voie de l'ennemi* mais mon éditeur, pour des raisons qui échappent à mon entendement, l'a changé en *Voie de la bénédiction*[1].)

Le lendemain, l'opinion que Roger a de moi subit un nouveau revers quand je laisse choir l'extrémité du tuyau que nous déchargeons, avec pour conséquence que la sienne lui échappe des mains et atterrit sur ses orteils. Il me règle mon salaire et confie à Barbara le soin de me reconduire à Thoreau. De là je rentre en auto-stop à Oklahoma City où ce qui me reste de permission et d'amour-propre se réduit comme peau de chagrin.

Durant l'ultime semaine de cette période, Larry Grove parvint à revenir de la guerre du Pacifique et fut transféré à l'hôpital de la marine à Norman, à une quarantaine de kilomètres au sud. Je me hâtai d'aller le voir.

Larry était mon cousin, le fils cadet d'oncle Chris Grove, le grand copain de mes années d'adolescence et un romantique convaincu. Il avait joué ailier éloigné dans l'équipe de football des Tigres de Konawa, première base dans celle de base-ball des Tigres (j'étais respectivement garde remplaçant et voltigeur droit remplaçant), et nous nous comprenions. Depuis l'école primaire, nous lisions avec avidité tout ce qui nous tombait sous la main. Il avait envisagé de rentrer dans les ordres mais en avait abandonné l'idée. Après le secondaire, il avait trouvé un emploi dans une usine de Pryor, avec l'intention de mettre suffisamment d'argent de

1. En 1989, le présent traducteur s'étonnant que le roman ne contienne aucune Voie de la bénédiction s'en ouvrit à l'écrivain qui, entre maintes autres précisions, lui apporta celle que l'on vient de lire. Le roman a donc toujours, en français, porté le titre souhaité par l'auteur. (*N.d.T.*)

côté pour commencer des études supérieures et devenir un jour chirurgien.

Le premier regard que je posai sur lui dans le dortoir de l'hôpital m'apprit que cette idée n'était plus d'actualité. Larry avait réagi à l'attaque de Pearl Harbor en s'engageant dans les Marines. Lors de l'un des épisodes de gagne-terrain pour s'assurer la maîtrise des hauteurs d'Okinawa, un projectile tiré par un tube lance-grenades japonais avait atteint de plein fouet le casque du camarade retranché à ses côtés, pulvérisant le crâne du malheureux et criblant Larry d'éclats. Il avait eu la moitié de la main tranchée, le poignet broyé, et souffrait ici et là d'autres blessures moins cruciales. De tous mes amis d'enfance, Larry était celui qui avait le plus d'esprit et son humour s'orientait vers l'autodérision.

Un exemple : il me montre ce qui reste de sa main. M'indique l'endroit où, avant, il y avait un doigt, et me dit que, le matin précédant l'assaut lancé pour reprendre une quelconque colline pour la troisième fois peut-être, le commandant de la compagnie a recommandé à tous ses hommes de cesser de se comporter en poules mouillées et d'arrêter d'appeler un secouriste s'ils sont capables de soigner leur blessure eux-mêmes. Et donc Larry, projeté dans le fond de son abri par l'explosion et couvert de lambeaux de son camarade, décrète que de poule mouillée, il va se changer en héros Semper Fi du corps des Marines. Il entreprend d'inspecter ses propres blessures. « Je relève ce doigt pour voir ce qu'il a, à pendre comme ça », me raconte-t-il. « Je le relâche. Il se détache complètement et tombe. Tu aurais pu m'entendre appeler le toubib depuis la tête de pont sur la plage. »

Ce fut une rencontre lourde de conséquences.

Qu'allions-nous faire maintenant ? Nous n'en avions absolument aucune idée si ce n'est que nous savions l'un comme l'autre que nous ne serions pas fermiers si nous pouvions faire autrement. Quand son doigt était tombé au fond de son trou de fantassin, le rêve de devenir chirurgien l'y avait accompagné. De mon côté, ce que j'avais appris sur moi-même me permettait d'échapper à ce curieux projet de carrière d'ingénieur chimiste. Je lui racontai ce que Beatrice Stahl m'avait dit sur le métier d'écrivain. Quand je partis de l'hôpital ce jour-là, nous avions décidé que nous allions tirer profit des possibilités offertes par le GI Bill, nous inscrire à l'université d'Oklahoma et nous reconvertir en journalistes.

À son tour Barney rentre de la guerre et nous prenons la vieille conduite intérieure fatiguée pour retourner voir notre maison. Il a le grade de sergent, porte le célèbre insigne de la 45e division représentant l'oiseau-tonnerre, mais il est très impatient de reprendre la vie civile du cultivateur-éleveur. Il me propose de réunir l'argent de notre solde de démobilisation, d'y ajouter ce que nous avons placé à la banque quand nos bêtes, etc., ont été vendues, d'acheter des génisses à des éleveurs, de nous concentrer sur la luzerne et le fourrage pour bovins, de nous inscrire aux cours du soir prévus par les dispositions du GI Bill afin de permettre aux soldats de retourner aux travaux de la ferme. Après, nous commencerons à accroître la surface des terres destinées aux foins et aux pâtures en rachetant des fermes qui tombent en ruines ou sont abandonnées. À cause de la famine, de plus en plus de gens vont être chassés de ces petites exploitations au rendement insuffisant et chercheront des acheteurs. Nous pouvons obtenir un crédit. Nous pouvons monter une solide entreprise de production de bêtes et de fourrage.

L'idée de Barney était bonne. Je suis pratiquement sûr qu'elle aurait marché. Mais elle est tombée dans l'oreille d'un sourd. Le petit frère ne voulait pas prendre ce risque. Le petit frère pointa par conséquent l'endroit où le bât blessait. Le prix du bœuf était monté en flèche. Ainsi, des bêtes que j'avais été heureux de vendre douze dollars soixante-dix-sept cents les cinquante kilos devraient être rachetées trois fois ce prix. Ce qui signifiait que nous serions obligés de démarrer avec trop peu de têtes pour gagner de quoi vivre. La première année se passerait pratiquement sans rentrée d'argent, dédiée à réparer les dégâts causés à la propriété par trois années d'abandon sans personne pour s'en occuper. Enfin, je ne voulais pas être fermier.

Une des choses que j'avais appréciées dans l'armée, c'était la sécurité qu'elle apportait : vêtu, nourri, logé, et le chèque chaque mois sans aucun souci à se faire sauf peut-être, si l'on était dans l'infanterie, celui d'être tué. Pas de levers matinaux pour voir votre récolte de coton dévastée par les vers, pour contempler un champ de patates douces qui ne valent pas la peine d'être rentrées car personne ne les achètera, ou les baies qui pourrissent pour la même raison, sans compter l'un ou l'autre de ces milliers d'échecs qui transforment le bonheur printanier en tristesse automnale chez ceux qui labourent la terre.

D'accord, me dit Barney. Pas de problème. Je comprends ton point de vue. On n'est pas obligés de prendre une décision précipitée. Nous suivons donc la limite de la section jusqu'aux trente-deux hectares que papa avait achetés, pour voir ce que le temps avait réservé à trois des projets de Barney.

La clôture était toujours là, bâtie pour durer. Les deux autres n'avaient pas bien supporté l'épreuve.

La rivière dont nous avions essayé de redresser le cours avait repris son ancien parcours sinueux, et les inondations consécutives à des pluies torrentielles avaient poursuivi leur érosion et rendu inutilisables davantage de terres alluviales. Les sorghos que nous avions passé tout un été torride à arracher avec acharnement étaient revenus animés d'un sentiment de revanche. Je pense que c'est cela, plus que la rivière, qui finit par tempérer l'optimisme de Barney.

Quand l'armée le démobilisa, et que nous nous réunîmes avec maman et Margaret Mary pour échafauder des plans de famille, la décision nous coupa à jamais de l'agriculture et, tristement, de Sacred Heart. Maman vendit la ferme et acheta un petit bungalow en bois à Norman. Nous allions y habiter pendant que Barney et moi devenions deux des millions d'étudiants sous lesquels le GI Bill noya les universités.

Avant que cela ne puisse se produire, il me fallait retourner à Fort Bliss, à l'hôpital militaire William Beaumont, rendre mes papiers de permission et subir l'opération de la cheville qui y était programmée. Je me rends à la base Tinker de l'armée de l'air, je montre à qui de droit mon billet de transport gratuit et l'on m'annonce qu'aucun des appareils passant par ce lieu ne va se poser à la base Biggs d'El Paso avant le lendemain. Je reviens donc le lendemain, un peu inquiet maintenant parce que je vais rentrer avec un jour de retard, ce qui aura pour conséquence que la sentinelle va appeler l'officier de jour, lequel va étudier de près ma douteuse permission de soixante jours. Je monte à bord de l'avion avec deux autres conscrits de retour de permission. C'est un cargo C-47 qui se pose à Dallas. On doit y compléter la cargaison et notre voyage pour El Paso s'achèvera le lendemain. Le matin suivant nous remontons à bord (avec maintenant deux jours de retard). Nous mettons le cap sur le sud-ouest, la bonne direction, et atterrissons dans un endroit qui porte de nom de Prairie des Coyotes. Là, un certain nombre des boîtes et des paquets sur lesquels nous étions assis sont déchargés et remplacés par des caisses de taille supérieure et des pièces d'équipement. Nous redécollons et volons, volons encore et toujours. Notre connaissance de la géographie de l'ouest du Texas, si elle est limitée, finit par indiquer aux trois avion-stoppeurs que nous sommes que, même à la vitesse poussive d'un C-47 en surcharge, nous aurions dû depuis longtemps atteindre la base Biggs de l'US Air Force. Nous n'avons aucun moyen de nous renseigner sur ce qui se passe car l'espace qui nous sépare de la cabine des pilotes est obstrué par les empilements de marchandises. Nous finissons par atterrir à Phoenix.

Désolé, nous dit le pilote. La cargaison chargée à Prairie des Coyotes avait priorité sur trois troufions embarqués par raccroc. Il doit la convoyer plus loin, sur un aéroport proche de Los Angeles. Il nous déposera à Biggs sur le chemin du retour. Quand ? Il hausse les épaules. Mes deux compagnons, qui possèdent vraisemblablement des papiers en règle à présenter à leur arrivée, décident de poursuivre le voyage jusqu'en Californie. Je descends, récupère mon sac, me fais accompagner jusqu'à la grand-route et entreprends de tendre le pouce. Je suis maintenant à environ cent cinquante kilomètres plus loin de l'hôpital que je ne l'étais quand j'ai commencé mon périple. Quand je parviens enfin à la guérite de la sentinelle, à la porte de l'établissement, je suis coupable de désertion depuis quatre jours. Ou depuis soixante-quatre jours selon la sévérité avec laquelle on se penche sur mes papiers de permission.

La sentinelle me demande comment je me suis débrouillé pour obtenir une permission de soixante jours, m'annonce que je rentre en retard et m'envoie me présenter à l'officier de jour.

L'officier de jour est assis derrière un bureau. Il regarde ma permission, me regarde, et dit : « Une permission de soixante jours ? » Je hausse les épaules. Il dit : « Quatre jours de retard, alors. C'est quoi, votre excuse ? »

Peut-être l'armée a-t-elle changé depuis, mais au milieu du siècle, il n'y avait qu'une seule réponse valable quand un officier demandait à un homme du rang s'il avait une excuse et je le savais. Je réponds : « Je n'en ai pas, mon capitaine. »

Ma réponse le satisfait, un signe encourageant. J'en ai déjà repéré deux autres. Il ne porte pas la bague spécifique de sa promotion à West Point et arbore le badge des unités d'infanterie ayant participé aux combats. Il dit : « Comment avez-vous fait pour obtenir une permission de soixante jours ? On a cessé d'en attribuer. » Je secoue la tête, prends l'air ahuri, hausse à nouveau les épaules : autant de réponses correctes dans la mesure où les simples soldats ne sont pas censés savoir ce genre de choses.

« Enfin », dit-il. « De toute façon vous avez quatre jours de retard. On ne peut pas laisser passer ça. » Et il altère le soixante que j'ai tapé, inscrit « soixante-quatre », me rend mes papiers et me dit où je dois les présenter afin d'obtenir la somme correspondant à quatre jours supplémentaires de rations. Une fois de plus, la fraternité des fantassins d'active a transcendé l'imbécillité militaire.

Il ne me reste plus qu'à aller voir mon médecin. Il m'examine et programme l'intervention de ma cheville. On m'envoie en salle préopératoire, on me donne les somnifères précédant l'intervention. Je m'assoupis, heureux de savoir que quand je me réveillerai nous serons le lendemain, que le travail du scalpel sera terminé, que je serai au bloc post-opératoire, bandé, sur la voie de la guérison, et enfin sur la pente descendante vers la vie civile et ma famille.

Mais je me réveille avec un caporal des services médicaux, debout à côté de mon lit, qui me dit de m'habiller et de me présenter au quartier général. Qu'en est-il de l'opération ? Aucune idée. Je me présente au bâtiment indiqué. Un officier du corps médical m'apprend que je suis démobilisé. Il me remet un tas de papiers, m'envoie dans un autre bâtiment où je reçois mon retard de solde, ma prime de démobilisation, une enveloppe en papier kraft contenant les documents nécessaires et le « canard fourbu » : le petit insigne en *faux* or représentant un aigle que l'on s'accroche au revers de la veste et qui identifie le porteur comme ayant été libéré de ses obligations militaires avec certificat de bonne conduite. La dernière étape a lieu dans le bureau d'un capitaine à l'air las qui porte le galon bleu de l'infanterie. Il regarde mon bandeau sur l'œil et ma canne. Est-ce que je souhaite m'engager dans les réservistes ? Je lui dis que non. Il prend note et m'annonce que je suis sa quatre-vingt-septième réponse négative de suite. Et donc, quelques minutes après midi, le 16 octobre 1945, je deviens un citoyen de vingt ans en règle, au chômage, ayant dans l'idée de devenir journaliste… sans vraiment savoir à quoi cela peut correspondre.

L'auteur, assis à gauche dans la carriole, avec son grand frère Barney aux commandes et sa sœur aînée Margaret Mary qui se cache les yeux. Les autres participants sont les cousins Joe, Elizabeth, Emma et Monica Grove, à la ferme de l'oncle Arthur.

(Ci-dessus) Pique-nique familial à Sacred Heart, avec l'auteur (en pleurs car ce n'est pas lui qui a le tricycle) qui démontre son talent pour occuper la place centrale au premier rang sur les photos.

L'auteur établit son savoir-faire en approchant les poissons de l'objectif pour en augmenter la taille. De gauche à droite : le cousin Joe Grove, l'auteur, Barney, les cousins Monica et Johnnie Grove.

Ce qui restait, en 1990, du magasin de Sacred Heart que Gus Hillerman tenait pendant la Grande Dépression.

La classe de terminale de Konawa au grand complet. L'auteur est au premier rang, le septième en partant de la gauche.

L'école de Konawa disposait de douze tenues de baseball pour le neuf de départ, les deux lanceurs et le joueur de champ remplaçants. L'auteur (dernier rang, sixième en partant de la gauche) était champ droit remplaçant, poste où, malgré son inaptitude à juger les balles hautes, les catastrophes demeuarient limitées. La Seconde Guerre mondiale a prélevé un lourd tribut sur cette équipe.

Une partie du quatrième peloton de la compagnie C du 410e d'infanterie, présentant exceptionnellement bien, dans un village français durant sa conquête du Troisième Reich. Grenade accrochée au revers, l'auteur est au centre, assis sur le capot de la Jeep.

Par un 9 février pluvieux de 1945, Hillerman reçoit la Silver Star des mains du général Anthony McAuliffe. Le général venait d'acquérir la célébrité en prononçant deux mots (« Mon cul ! ») en réponse aux exigences allemandes lui enjoignant de se rendre avec ses hommes, à Bastogne, pendant la bataille des Ardennes. Il ignorait que le soldat décoré en cet instant était considéré comme déserteur, s'étant enfui la veille de l'hôpital militaire de Saverne pour rejoindre son peloton.

Pfc. Anthony G. Hillerman

By BEATRICE STAHL

By BEATRICE STAHL

ONE brave man honored another on the day Pfc. Anthony G. Hillerman received his Silver Star. For Hillerman, a fighting man of Oklahoma, was decorated by the hero of Bastogne, who punctuated history with a word.

On the morning of February 12, at an unnamed spot within the Reich, Maj. Gen. Anthony C. McAuliffe, who answered the Nazi demand for surrender with, "Nuts!", pinned a Silver Star on the borrowed blouse of Private Hillerman who single-handedly beat off a vicious counterattack on his company's right flank, in another and later engagement.

Tony Hillerman is 19. He was born in Pottawatomie county and has always called Sacred Heart his home. He had finished Konawa high-school and entered A&M college when his older brother went into service, and Tony quit school to manage the family's 140 acre farm.

Then came Tony's eighteenth birthday and he decided the army needed him, too. So he landed in France with a glider battalion ground crew on D-Day and later transferred to the infantry. Now both brothers serve in Europe.

It was to his mother, Mrs. Lucy Hillerman and his sister, Margaret Mary, of 709 NW 9, that he wrote on the evening of that big day, Feb. 12.

"This morning I shaved, put on the cleanest clothes I could borrow and they took me back to the rear. There they had a lot of troops in review, a band playing, and a platform with lots of brass on it.

"I went up on the platform and the general, our division commander, (103rd. Inf. Div.) pinned a Silver Star on me, shook my hand, and I went back to the company. . . . It was for something that happened back in January. I'm getting a lot of kidding now, but I'm kinda proud. . . . Don't let the citation worry you. I was just in the right place at the right time."

THE order for the Silver Star, read by General McAuliffe that morning, cited this private first class for "magnificent courage" and told a story of daring action during the early hours of 19 January, near an undisclosed town in France.

In the dimness of that dawn, Hillerman, a mortar gunner, was with his company in the midst of battle when a severe enemy counterattack struck on the company's right flank. The concentration of German small arms and mortar fire was so terrific that Hillerman's mortar was knocked out of action at the very beginning of the fight.

His was an important position. Quickly he realized the imminent danger that confronted the whole company, should the enemy break through that spot. So he forgot his own danger, and stayed at his post—armed only with a pistol and hand grenades.

The Nazis came pouring toward him, supported by all that they had. He couldn't tell how many. But it didn't matter now. Somehow he knew they must be stopped. And it was then that Hillerman no longer crouched beside his broken gun. He stood up.

The citation picks up the story: "He stood fearlessly in the face of enemy fire, simultaneously shooting his pistol and throwing hand grenades into the midst of the onrushing foe.

"His utter disregard for his life . . . his gallantry and accuracy of fire, resulted in four enemy dead and the complete disorganization of the hostile attack. Private Hillerman's magnificent courage was in accordance with the highest traditions."

SOME of Tony Hillerman's letters give a graphic description of how the boys from home get along over there in what he calls a "strange kind of war." On December 18, he wrote:

"Tonight I'm sitting in an expensive apartment in an overstuffed chair and I've got a deep featherbed waiting in the next room. Of course, I'm plenty dirty. I haven't had my pants or shirt off in over a month. But we're all the same, so it doesn't matter. Tomorrow night I may be sleeping in a foxhole, but tonight I've got a silk bedspread."

December 23: "It looks like we're going to have a white Christmas after all, and it's a lot like living in a Christmas card. Narrow cobblestone streets, peaked roofs with snow on them. Chimney pots, etc. Everything you could expect to find on a good Hallmark edition.

"We're even living in a manger at present It's not bad, though, stove, plenty of straw. We've been singing a lot of Christmas carols and so forth. It's not like being home for Christmas, but we'll have that next year—all of us.

"In the last town the man of the house came into the kitchen where we were gathered around the stove and sang carols with us. In German, of course. He had a nice looking daughter, too. I liked it there but we had to move on. We always do. So we shook hands with old "pop," kissed Josephine goodbye, put on our packs, and moved on down the road.

"This is a strange life. Today we have a manger, tomorrow perhaps a hotel suite, perhaps a foxhole."

IN March he wrote from a hospital bed in France, where he recovers from shrapnel wounds, sustained on a volunteer patrol.

"I'm plenty proud of my outfit. They're the bravest bunch of men in the world.

"I hope you haven't worried about me. I hope you don't feel sorry for me, either. I don't. I've gotten more out of this war than my scars. I found out just how good a man I am. I learned a lot, and I gained a good deal of self-confidence and self respect.

"I didn't have to go on that patrol, and I didn't go because I wanted to either. No one does. I can't find words for why we do go on. It's something we learn from watching others we love, do things for us.

"Every time I was in danger, I thought of you praying for me, and you can't realize how much it helped. I wish I could let you know how much I love you all. Tony."

Cet article (traduction en pages 355-356) donna à Hillerman une merveilleuse illustration des pouvoirs magiques et mystiques du journaliste (et du militaire qui rédigeait les ordres de citation) pour convertir une réalité laide et terne en un épisode à haute teneur dramatique, et le conduisit tout droit au département de journalisme de l'université d'Oklahoma. Toutefois, son propre récit vantant lit de plumes et couvre-pied en soie (cf paragraphe 16 et suivant) lui rappelle qu'il s'adonnait déjà lui-même à l'enluminure.

Oklahoman
Oklahoma City, Okla.

Form B
To: 7th Army PRO
From: 103d Div. Press Section, G-2 for immediate release

WITH THE 103d DIVISION OF THE SEVENTH ARMY IN GERMANY--

Pfc (grade) Anthony G. Hillerman (name) of 709 N.W. 9th, Oklahoma City, Okla (street address, city, state)

has recently ~~been promoted from~~ ________ ~~to his present grade~~ ________.
been awarded the SILVER STAR for ________________.

He is the son (relationship) of Lucy M. Hillerman (full name), who lives at

same address (street address, city, state), and has been in the Army

since 2 Aug, 1943 (date of entry). He sailed for overseas duty 6 Oct, 1944 (date)

and is currently serving with 410th Inf Regt (unit) of the 103d Infantry Division.

Condensation of citation (if an award)

For gallantry in action. During the early morning hours of 19 Jan, 1945, in the vicinity of ### France, Hillerman, mortar gunner, was with his company i the attack when a severe enemy counterattack was launched on the company' right flank. The concentration of enemy small arms & mortar fire was so severe, Hillerman's mortar was knocked out in the initial phase of attack. Realizing the danger to his company if the enemy broke through his positi he, with utter disregard for his life, gallantly remained at his post, armed only with a pistol & hand grenades. He fearlessly stood up in the face of enemy fire, simultaneously shooting his pistol & throwing grenades into th midst of the onrushing foe. His gallantry & accuracy of fire resulted in four enemy dead and the complete disorganization of the enemy attack.

Other decorations held by the soldier are:
Expert Infantry Badge
Combat Infantry Badge

PUBLIC RELATIONS OFFICE SEVENTH ARMY

-30-

Il est intéressant de noter que le mortier de l'auteur n'était pas, en fait, hors service ; Smith et lui-même avaient pris leurs jambes à leur cou en l'abandonnant à l'ennemi (hormis le système de visée). Oubliés de même les pelles, son casque, sa veste de treillis contenant un mandat postal pour maman et une réserve de nourriture mise de côté pour le cas vraisemblable où les rations n'arriveraient pas. Et les multiples grenades courageusement lancées contre l'ennemi n'étaient en réalité qu'une seule, empruntée au première classe A.J. Shakeshaft. Les services de l'armée chargés des relations publiques sont stupéfiants. (traduction p. 505)

Tony dans le rôle de caddy, en classe de journalisme à l'université d'Oklahoma après la guerre. Le golfeur est Dick Wharton, qui accompagna l'auteur au Mexique. Le tricheur qui déplace sa balle est Bill Shelton, qui devint par la suite un journaliste réputé.

16 août 1948. L'auteur épouse Marie Unzer, l'inspiration la plus géniale qu'il ait jamais eue.

Été 1951 : permanence de nuit dans le bureau de United Press à Oklahoma City.

Hiver 1954 : l'auteur, portant exceptionnellement une veste croisée, photographié par le secrétaire de presse du gouverneur alors qu'il couvrait la politique locale pour le *New Mexican*.

L'auteur, l'air coupable, tente d'expliquer aux journalistes pourquoi il ne savait rien des trucages opérés lors du scandale du basket à l'université.

La saison de la chasse au cerf, dans le haut pays de la Brazos. L'auteur n'a en réalité jamais tiré sur aucun animal, mais la carabine lui fournissait une excuse pour être dans la nature après la clôture de la saison de la pêche.

Avec Barney et le cousin Joe Grove qui hébergea les chevaux des Hillerman pendant la guerre.

L'auteur montrant à son petit-fils Brandon l'art de rapprocher le poisson de l'objectif pour qu'il paraisse plus gros.

L'auteur, au centre comme à son habitude, en compagnie de Scott Turow et de Studs Terkel, riant de leurs propres traits d'esprit lors d'une manifestation destinée à recueillir des fonds pour une bibliothèque.

Tony Hillerman (en directeur de prison) et Lou Diamond Philips (dans le rôle de Jim Chee) pendant le tournage de *Le Vent sombre*. Leurs expressions s'expliquent par le fait que Hillerman a oublié son texte pour la troisième fois. Le rôle de l'auteur finit « sur le plancher de la salle de montage ».

Le Club de cartes Dick Pfaff lors de la partie organisée à la mémoire de Jesse Price (assis, au centre) à qui son cancérologue venait d'annoncer qu'il n'avait plus qu'une partie à vivre. Les autres joueurs sont (débout, de gauche à droite) John Whiteside, Jim Belshaw, Pfaff, Bill Degenhart et Jim Stapp. Au premier rang : Bill Buchanan, Price et Hillerman. Les participants à cette partie vieille de quarante ans ont une quarantaine de livres à leur actif, allant du recueil d'essais à la fiction en passant par l'histoire de l'art, la physique et des publications universitaires sur les reptiles. (*Photo de Michael Mouchette*)

Tony au milieu d'étudiants lors d'un séminaire
pour professeurs d'anglais en Californie.

Hillerman lors de l'émission de télé *Vision Politically Incorrect* avec,
de gauche à droite, Al Franken, Bill Maher, Graham Nash et Betsy Hart.

Marie et Tony avec Carl « Moon » Mathias, Betty Mathias et Mickie Brock.
Tom Brock, autre survivant de la compagnie C, est l'auteur de la photo.
Oui, Mathias est bien le Moon du roman.

« Si tu peux pas suivre la meute, t'as qu'à rester sur le pas de la porte ! »
Tony et la « Meute » de la Police Tribale Navajo, à Shiprock en 1994.

Hillerman country. Photo de Marie, qui comprend l'attrait que les hamburgers exercent sur l'auteur.

Le quartier général de la Police Tribale Navajo à Window Rock, où Joe Leaphorn et Jim Chee ont leur bureau dans les livres récents.

Certains des bâtiments de récupération de l'école St Bonaventure, décor d'un meurtre de fiction dans *Les Clowns sacrés*.

Marie et Tony à la convention des Mystery Writers of Amrica pour l'an 2000. Hillerman devait remettre le trophée du Grand Master of Mystery à sa vieille amie Mary Higgins Clark. Souffrant d'un brusque « oubli sénile » au micro, il ne put se souvenir du nom de Mme Clark et perdit pied jusqu'à ce qu'elle vole à sa rescousse.

Le meilleur directeur de collection du monde, Larry Ashmead, avec deux de ses auteurs bien-aimés : Tony Hillerman et Susan Isaacs. (*Photographie publiée avec l'aimable autorisation de Larry Ashmead*)

Une touche, tout arrive, dans la San Juan.

15

Sentiers de l'université

Le semestre de printemps ne commença pas avant la fin du mois de janvier à OU, mais les largesses du GI Bill, qui s'élevaient à quatre-vingt-dix dollars par mois, ne prenaient effet que lorsqu'on était officiellement inscrit. En attendant, il me fallait un emploi. De retour à Oklahoma City, j'appelai le bureau de placement. Cette fois, on me dirigea sur le propriétaire d'une petite entreprise de travaux d'aménagement et je fus intégré à une équipe d'arpenteurs… un exemple supplémentaire des conséquences, sur les méthodes de recrutement, de l'extrême pénurie de main-d'œuvre.

Je me présentai sans avoir la moindre idée du métier qui m'attendait. L'homme qui me reçut m'interrogea sur l'expérience quc j'avais de l'utilisation d'un tachéomètre. Aucune, lui répondis-je. C'est ça que nous recherchons, m'expliqua-t-il, un arpenteur, et le bureau de recrutement nous a affirmé que vous avez reçu une formation de géomètre. Un semestre, lui répondis-je, mais sans aborder les techniques de relevés topographiques. Bon, dit-il, je suppose que vous êtes capable d'apprendre. Il me remit donc le prix du billet, l'adresse d'un hôtel de Chickasha et le nom du chef de projet auprès duquel je devais me présenter. À l'hôtel, ce dernier et moi rejouons la scène précédente. Il m'emmène dans la rue avec un théodolite, consacre plusieurs minutes à m'expliquer comment ça fonctionne, conclut que je suis un peu lent à comprendre et que je représente un trop grand risque. Il va s'occuper lui-même de l'appareil pendant que je vais remplacer un des jalonneurs qui vient de s'en aller.

Je découvre que les arpenteurs travaillent par équipes de quatre. Le géomètre, le cerveau du groupe, regarde dans le télescope, tourne les boutons de réglage et adresse des signes à « l'ouvrier qui tient le jalon » : une longue perche sur laquelle est représentée une cible. Il la déplace selon les indications que lui fournit le géomètre et, quand celui-ci s'estime satisfait, le jalonneur trace une marque au bon endroit. (Étant donné que nous effectuions les relevés pour une ligne des services de l'électrification rurale, ces points indiquaient les emplacements où des pylônes de ligne à haute tension seraient plantés pour soutenir les câbles, et ils étaient très espacés.) La tâche des deux derniers membres de l'équipe (ceux qui tendent la chaîne) requiert moins de compétences. Celui qui est placé en tête se saisit d'une des extrémités de la chaîne et marche (boite, dans mon cas, puisque je me servais toujours d'une canne) en droite ligne depuis le dernier relevé correspondant à un poteau jusqu'à l'endroit où le suivant sera situé. Le quatrième homme maintient son extrémité de la chaîne au point de relevé antérieur jusqu'à ce que celui qui s'éloigne arrive en bout de chaîne. On marque ce point et on répète le processus, donnant ainsi au géomètre l'information exacte sur la distance qui sépare deux poteaux.

En dépit de ma claudication (et peut-être à cause

d'elle), haler cette chaîne dans les vents d'automne froids du centre de l'Oklahoma était pour moi le travail parfait à ce moment précis. S'il lui manquait la chaleur et l'affection représentées par ce rite guérisseur, organisé en faveur des Marines blessés, que j'avais entraperçu sur la réserve navajo, c'était ce qu'un psychiatre aurait recommandé à un garçon qui avait besoin de pratiquer l'oubli. Quand le géomètre s'interrompait pour procéder à ses calculs, on rassemblait du bois mort, bâtissait un feu, se réchauffait en discutant. Mais les propos échangés sur cette terre glacée ne concernaient pas la guerre et, très vite, quand nous rentrions à notre hôtel sans ascenseur de Chickasha, les rêves qui me visitaient devinrent des émanations plus normales nées d'une fatigue naturelle. Ils ne me réveillaient plus en sursaut, couvert de sueur et hurlant. Il m'arrivait encore de temps à autre de passer à la hauteur du sergent Arras gisant sur le dos dans le fossé sous le sifflement des obus, de me retrouver sur les pavés à contempler le casque contenant les cheveux, le cerveau et le globe oculaire, ou d'avancer le long des amoncellements de chevaux morts, toujours équipés de leurs harnais, pris dans le mitraillage des P-47 volant en rase-mottes, mais cela ne se produisait pas souvent. Mon cerveau fabriquait son tissu cicatriciel pour recouvrir toute cette folie et mes jambes développaient à nouveau les solides muscles d'homme dans la force de l'âge acquis durant les classes. Mieux encore, il m'était désormais possible d'avaler mon petit déjeuner sans le rendre durant les minutes suivantes en raison d'une irrépressible nausée. Quand je revins à Norman en janvier pour m'inscrire à OU et suivre le semestre de printemps, j'avais refermé le couvercle de la malle sur la majorité des amis morts et des fantômes de cette terrible période. J'étais prêt pour les cours de l'université et ce qui m'attendait ensuite.

La petite maison de bois achetée par maman avec l'argent tiré de la vente de sa ferme était située du mauvais côté de la rue principale de Norman, à environ trois kilomètres du campus. Nous y apportâmes une pleine remorque d'objets qui se trouvaient à la ferme et nous nous installâmes à cette nouvelle adresse. Maman reprit son rôle de maîtresse de la maisonnée. Barney, dont les rêves de retour au métier de fermier étaient brisés, décida d'étudier la géologie. Nous devînmes deux de ces jeunes hommes dont le flot déferla sur les campus d'Amérique.

Durant une très brève période, la mode dans les salles de cours se composa majoritairement de maillots de corps kaki, de vestes de treillis et de lourds godillots militaires. Cela dura le temps que les anciens combattants disposent de fonds suffisants pour assouvir leur faim de pantalons de toile, de vestes sport, de cravates et de tout l'ensemble de l'habillement correspondant à une plus grande souplesse de mouvements. De longues années avaient été occupées par la guerre. Il n'y avait plus de temps à perdre. Il fallait foncer, foncer. Se marier, trouver un emploi, fonder une famille, redémarrer dans la vie. Je m'étais donné cinq ans pour prendre femme. Qui ? Je n'en avais aucune idée. J'avais réussi à retrouver la petite amie que j'avais avant l'armée, nous nous étions rencontrés et avions parlé. Cela n'avait rien donné. J'avais revu la séduisante rousse d'Oklahoma City, également inscrite à l'université et habitant la résidence universitaire. Elle avait un autre petit ami. Pourquoi s'inquiéter ? Mon intention était de demeurer célibataire jusqu'à ce que mon vingt-cinquième anniversaire soit derrière moi.

Comme le montrent les statistiques des années du baby-boom, la plupart des anciens combattants étaient moins patients que moi. Les surplus de baraquements ayant servi à loger les hommes dans les casernes étaient déplacés par centaines pour fournir des toits aux étudiants mariés, et les campus pullulaient de célibataires en quête d'épouses… d'ailleurs quatre fois plus nombreux que les candidates potentielles. Là où se dressait le siège des fraternités estudiantines, les maisons ornées des lettres grecques étaient investies par des chefs de pelotons, des commandants de char et des matelots descendus de leurs bâtiments de guerre qui avaient besoin d'un endroit où dormir et n'avaient pas beaucoup de patience pour les rites de bizutage puérils. Les salles de classe, fréquentées essentiellement par des jeunes femmes un an plus tôt, étaient désormais pleines de jeunes gens à peine issus des forces armées. Ils apportaient un changement d'attitude.

Le but, maintenant, consistait à assurer un « C noble », et à décrocher son diplôme rapidement. (Le C octroyait deux points par unité de valeur, comparé à trois pour un B et quatre pour un A. Si l'on n'avait que des C, on obtenait la moyenne de deux suffisante pour décrocher sa licence. Si la moyenne était plus élevée, on « tirait la corde vers le haut » et on rendait la tâche plus ardue à ses camarades.)

Deux pratiques différentes découlèrent de cette attitude. L'interdiction qu'imposait l'université de prétendre à plus de seize ou dix-huit unités de valeur par semestre était couramment contournée en s'inscrivant à des « cours par correspondance », soit à OU, soit dans une autre université, et en faisant transférer les unités obtenues sur son dossier. Cela permettait de réduire d'un semestre ou de deux l'obtention des cent vingt-quatre unités exigées pour avoir le diplôme. Ceux qui obtenaient des points au-dessus de la moyenne s'inscrivaient souvent dans des formations qui les intéressaient mais pour lesquelles ils ne disposaient pas des connaissances requises, où ils apprenaient ce qu'ils pouvaient sans avoir à s'inquiéter d'un échec.

Ce fut ainsi que je fis la connaissance de Morry, à l'époque secrétaire-trésorier du parti communiste de l'Oklahoma, ancien quartier-maître dans la marine et fils d'un métayer du comté le plus pauvre de l'État. Nous nous inscrivîmes à un cours de philosophie de niveau supérieur, dédaignant tout prérequis, formation aussi bien qu'examen. Morry souhaitait mieux maîtriser le marxisme version 1946, tel que se le représentaient les universitaires, et Hegel, l'autre apôtre de l'état socialiste. J'espérais pour ma part réussir à structurer ma pensée concernant les jeunes hommes qui s'entre-tuaient sous les acclamations de leurs aînés. Mais les unités de valeur ne nous intéressaient en rien.

J'appris plus de choses de Morry, durant ces heures de cours, que je n'en appris du professeur. Il procédait à l'appel d'une voix monocorde sans sembler se rendre compte le moins du monde que de nombreux étudiants répondaient présent à plusieurs noms, et sans jamais remarquer que la moitié des chaises étaient inoccupées. Ce n'était pas grave, mais il débitait ses cours de mémoire, sur le même ton. Ce fut Morry qui m'enseigna les rudiments du pragmatisme pur et de la motivation politique.

Il considérait que Marx et Hegel n'étaient pas

plus brillants que notre professeur. Cependant, les hommes qui dirigeaient le parti utilisaient leur langage et leurs slogans comme jargon officiel. Ces hommes avaient atteint le sommet en apprenant la théorie et la terminologie à la mode. Morry avait pris sa carte quand il était dans la marine, impressionné par les compétences qu'avait démontrées l'Armée rouge pour occire les nazis. Il se disait persuadé que le communisme avait à peu près une chance sur huit de triompher aux États-Unis. Si cela se produisait, il deviendrait quelqu'un d'important, il serait le premier, aussi loin qu'il pouvait remonter dans sa famille, qui parviendrait à s'élever au-dessus du rang de serf misérable. Si les communistes échouaient, qu'est-ce que ça pouvait bien faire ? Sa situation ne serait en rien pire à ce qu'elle aurait été autrement.

En sus de sa franchise, il avait d'autres qualités louables. Il jouait remarquablement bien au bridge contrat, dans le cadre du tournoi ininterrompu qui se déroulait dans le sous-sol du syndicat des étudiants, et était doté d'un imperturbable sens de l'humour. Quand l'un des membres de sa section du parti fut arrêté pour avoir introduit deux pistolets dans un cours de littérature anglaise, un journaliste l'appela pour lui demander de s'exprimer sur l'affaire. Morry lui répondit que le camarade appréhendé s'était vu accorder la carte du parti sur la foi de son passé de scout émérite. « Dites à vos lecteurs que cet incident ébranle la confiance que nous placions dans les boy-scouts. »

Lorsqu'il devint de notoriété publique que Morry était le Rouge le plus éminent de l'université, nous le persuadâmes d'écrire une nouvelle pour *Le Chariot bâché*, le magazine humoristique du campus dont j'étais devenu rédacteur en second. Il écrivit un texte amusant sur une mine sous-marine qui explosait prématurément sous la dunette de son destroyer au moment où l'officier de quart se soulageait dans les toilettes. Nous rehaussâmes l'histoire de drapeaux américains, ce qui la décontamina de sa portée politique, personne ne protesta et, la dernière fois que j'ai eu de ses nouvelles, il passait son temps à effectuer des allers et retours en avion entre l'Oklahoma et Washington, se réclamant du cinquième amendement de la Constitution pour garder le mutisme face à la commission d'enquête sur les activités antiaméricaines.

Le Chariot bâché fut mon unique velléité pour sortir du rang durant une carrière estudiantine sans relief. C'était un mensuel moribond, le dépositaire d'histoires drôles d'un goût douteux et d'œuvres graphiques représentant des « courbes savoureuses ». Il avait été repris par Lew Thompson qui avait survécu aux sanglants combats de Guadalcanal et jusqu'à la chute de Manille, terminant avec le grade de capitaine d'artillerie. (La meilleure contribution de Lew aux récits de guerre du campus relatait comment le général MacArthur envoyait des cartes d'état-major aux unités d'artillerie en leur interdisant de tirer des obus sur sa célèbre brasserie de Manille comme sur les divers intérêts qu'il avait dans la ville.) Pour s'entourer, Lew recruta des étudiants en journalisme chez qui il pressentait un potentiel et il remit *Le Chariot* sur ses roues. Aucun émolument pour les membres de la rédaction hormis la légende vous attribuant les photos ou le nom de l'auteur accompagnant les articles publiés. Néanmoins, quiconque était disposé à jouer les rédacteurs en second en se chargeant du travail de bureau aurait une chance de devenir rédacteur lorsque le mandat d'un an de Thompson arriverait à expiration. Ce qui faisait du futur titulaire du poste le « Roi du Campus », ne serait-ce que dans son imagination. Le rédacteur touchait cinquante dollars par mois, que Thompson dépensait en bières chez Red et Ed pour célébrer chaque publication. En théorie, le rédacteur recevait également une part des bénéfices. Il n'y en avait jamais eu.

Toutefois, ce n'était pas sur la base de son aisance financière ni de sa position sociale que Thompson était passé du rang de soldat de deuxième classe au grade de capitaine, ni à la tête de la rédaction de ce magazine humoristique. Pourquoi ne pas assurer la promotion de ce nouvel environnement estudiantin… et du *Chariot* ? Faire en sorte que cette nuée d'anciens combattants le lise et qu'il présente un attrait pour les publicitaires ? Nous fîmes savoir à l'*Oklahoma Daily* (deux portes plus loin que notre bureau, dans le vieux bâtiment crasseux des études de journalisme) que nous changions l'orientation du magazine. Je me rendis à Oklahoma City et rédigeai un article de fond en première page… sur l'ouverture du premier night-club de l'Oklahoma comportant un numéro de strip-tease. Sous l'un de ses multiples chapeaux, Thompson était le « correspondant occasionnel » du *Daily Oklahoman* sur le campus. Il lui était donc facile de suggérer au rédacteur en chef de ce vieux et épouvantable journal d'Oklahoma City que des faits scandaleux étaient sur le point de se produire à l'université, déjà plus ou moins suspecte d'un double point de vue politique et social. Le président réputé d'OU, George Cross, fut ainsi contacté par un journaliste lui demandant ce qui se passait dans le magazine du campus. Sa secrétaire m'appela pour me demander de venir m'entretenir avec lui. L'information fut relayée vers l'*Oklahoma Daily* ainsi que l'*Oklahoman*. Je ne me souviens plus du titre de l'*OD* mais celui du *Daily Oklahoman* disait, RÉDACTEUR RÉPRIMANDÉ PAR LE PRÉSIDENT D'OU. L'entretien avec le président se déroula de manière très pondérée. Il voulait savoir de quoi il retournait. Je lui annonçai que nous abandonnions les histoires graveleuses et que nous visions un lectorat plus âgé. Il n'avait aucune objection. Pondéré ou pas, le numéro présentant l'article « La culture arrive à Okie City » se vendit intégralement, *Le Chariot* se retrouva sur ses roues et j'avais observé de première main la façon dont la presse peut être manipulée. (Au cours des années suivantes, en tant que journaliste, rédacteur, etc., j'eus de nombreux exemples de cette pratique… où je jouai le rôle de la victime.)

Mes souvenirs de cette époque universitaire se composent d'un curieux mélange de nouvelles amitiés et de solitude. Le sentiment de solitude était, je suppose, en partie dû à l'absence de mes frères sales et ébouriffés des abris creusés dans la terre glacée. On en vient à aimer ceux avec qui on a partagé cette grande aventure et jamais ils ne cessent de vous manquer. Mais pour une part, cela tenait aussi au besoin naturel qui pousse les jeunes de l'espèce humaine à trouver leur compagne. Sur ce front-là, je n'avais fait aucun progrès. Une des jeunes filles qui constituaient l'infime minorité de mon cours de « rhétorique et discours » attira mon attention parce qu'elle était jolie et qu'elle semblait intelligente. Son exposé de mi-semestre portait sur le pilotage d'un Piper Cub, un changement bienvenu par rapport à ceux que nous assénaient les étudiants de sexe masculin relatifs aux techniques d'entretien des torpilles, à la manière de réparer les mitraillettes qui s'enrayaient à cause des bandes de chargement dont le tissu était mouillé, aux soins adaptés pour les pieds atteints d'engelures, etc. Elle m'invita à faire un tour dans son Piper Cub, je souffris du mal de l'air et cela marqua le terme de l'épisode. Je sortis à plusieurs reprises avec une jeune femme aux cheveux noirs soyeux, au sourire éblouissant et à l'esprit sardonique que j'avais recrutée comme modèle alors que j'étais inscrit à un cours de photographie. Nous étions amis, rien de romantique ne s'ensuivit et, lors de notre ultime rendez-vous, elle devait me retrouver à mon bureau du *Chariot bâché*. Je la présentai à Thompson et, avant que j'aie eu le temps de dire *ouf*, ils en étaient à fixer la date de leur mariage.

Pendant que tout cela se tramait, il y avait également l'apprentissage de l'écriture, et dans ce processus le rôle principal fut tenu par une femme nommée Gracie Ray. Le professeur Ray nous apprit à organiser notre travail. Bien écrire n'était pas uniquement une question de coucher les bons mots sur le papier. Il fallait aussi décider précisément de ce que nous voulions écrire, des gens à qui nous destinions notre récit, et de la manière de structurer notre message afin de le transmettre sans faire perdre son temps à celui qui le recevait ni mettre sa patience à rude épreuve. Le cours s'intitulait « rédaction des informations », et le professeur Ray utilisait la formule journalistique validée par l'expérience. On nous soumettait des faits que nous auscultions à la recherche du Qui, du Quand, du Quoi, du Où et du Pourquoi (ou du Comment), les cinq fameuses questions fondamentales. Par laquelle (ou lesquelles) devions-nous débuter comme étant la plus importante, la plus intéressante, etc.

Un ivrogne se tue en sautant. C'est un Quoi. Il exécute son plongeon mortel dans le vide du haut de l'obélisque érigé à la mémoire de Washington. De toute évidence, un Où. Toutefois il s'agit de J. Edgar Hoover ! ! ! Un Qui… mais attendez. Le Pourquoi, désormais, lutte pour emporter la prééminence, et le Comment réclame qu'on lui prête attention. L'apprentissage de ces éléments marquait le début et n'importe qui peut l'enseigner. L'immense contribution du professeur Ray était son talent pour nous inoculer sa passion de la précision.

Chacun des mots contenus dans l'une des phrases que nous écrivions avant de lui soumettre devait être un des constituants nécessaires du message. Il avait son rôle à remplir et ce devait être le mot juste pour y parvenir. Souvent elle nous en suggérait un meilleur, mais elle considérait pareils défauts avec mansuétude. Elle était beaucoup moins tolérante pour le « verbiage inutile », ces mots qui peuvent être supprimés sans la moindre conséquence sur le sens. Des termes « fécule de maïs », pour reprendre son expression, avec le mépris d'un grand chef cuisinier envers un ingrédient bourratif comparable ajouté à sa recette. « C'est comme des bernacles sur la quille d'un bateau », disait-elle. « Ça ralentit la phrase, ça en réduit la force, on croirait entendre un major anglais. »

Les étudiants de son cours apprenaient rapidement à employer les modificateurs avec parcimonie ou pas du tout. « L'adverbe est l'ennemi du verbe », enseignait-elle. « S'il vous en faut un, c'est que vous avez mal choisi le verbe. Vous avez écrit "lentement" après "marchait" alors que vous auriez dû opter pour "déambulait", "se promenait" ou "flânait". » Elle forma ainsi une quantité de jeunes hommes et femmes qui « écrivaient concis », qui s'inscrivaient parfaitement dans le format de l'Associated Press, de United Press et de l'International News Service. On les accusait rarement d'avoir un style trop fleuri.

L'autre professeur d'OU qui eut une influence déterminante sur l'orientation de ma vie fut H.H. Herbert, un ancien rédacteur de la presse écrite. Il enseignait l'éthique journalistique, dont l'absence constituait son intérêt premier. Que ce soit légal ou non, conforme à la Constitution, juste ou non, la carrière de journaliste s'accompagne d'un pouvoir, nous enseignait-il. Si vous anticipez les rentrées publicitaires et les lecteurs, il est de votre devoir moral de mettre ce pouvoir au service de la communauté qu'ils représentent. Le journal possède le pouvoir, le reporter également. Ce pouvoir s'exerce qu'on le veuille ou non… Quand on décide de couvrir un événement marginal, ou qu'on le laisse sur la touche pour se consacrer à un autre… Quand on cite un nom ou qu'on le tait. Si on utilise ce pouvoir de manière irresponsable, on blesse quantité de gens.

J'eus trop souvent l'occasion de me rappeler cette homélie si souvent rabâchée. Un jour, alors que je couvrais la politique locale, j'appris qu'une livraison de timbres fiscaux avait disparu et j'en retraçai le parcours, de l'imprimeur au lieu de stockage en passant par le chauffeur du camion et le bureau du fisc. Je citai le nom des gens qui avaient signé les reçus. L'article parut le 21 décembre. Le 24, mon téléphone sonna. Une voix masculine me dit : « Joyeux Noël. Vous venez de me faire perdre mon travail. » Son chef avait vu son nom dans le journal, l'avait informé que le cabinet chargé de la vérification des comptes ne pouvait tolérer ne serait-ce qu'une ombre de suspicion et lui avait dit de se chercher un autre emploi. Pas facile, me confia ma victime, lorsqu'on a été congédié par suite de soupçons.

Je ne me souviens plus qui nous a enseigné les tâches et devoirs du compositeur : l'homme qui prend la matière première adressée par les reporters et les photographes, qui élague pour qu'elle tienne dans l'espace disponible, qui élimine les contenus diffamatoires (et les envolées pittoresques), et qui procède à la mise en page. Ce dont j'ai gardé le souvenir c'est qu'il dut partager la responsabilité de l'épisode le plus humiliant de mes études de journalisme.

Cet enseignant avait insisté sur la formule qu'il préconisait pour rédiger le titre idéal décrivant l'article à venir : un travail pour lequel chaque lettre de chaque mot compte (et les M comme les W étant volumineux comptent double, ils prennent deux fois plus d'espace que les i ou les l maigrichons). On commence par chercher le mot spécifique. On utilise la précision de « pistolet » que l'on remplacera par le terme plus général d'« arme » uniquement si « pistolet » est trop long pour la ligne.

Un dogme que j'emportai avec moi dans la salle de rédaction du *Daily Oklahoman* où l'on nous envoyait afin d'acquérir une expérience pratique sur le front. Le compositeur transmettait aux stagiaires des histoires dénuées d'importance destinées à être enterrées quelque part vers la page 27, et les accompagnait d'une note à propos du genre de titre qu'il souhaitait. L'une de celles qui me furent confiées concernait une femme portant plainte contre le médecin qui l'avait opérée onze ans plus tôt. Une opération ultérieure avait révélé que le premier chirurgien avait omis de retirer un de ses forceps avant de lui recoudre l'abdomen.

J'écris :

LE FORCEPS DU CHIRURGIEN
RESTE ONZE ANS
DANS UNE FEMME

Le metteur en page me fait la remarque que ma première ligne est trop longue et me la rend à fin de modification. Forceps est un terme spécifique désignant quoi ? Un outil, non ? La première ligne devient l'outil du chirurgien. Ça tient. Les heures se succèdent à rédiger d'autres titres. La première édition revient de l'imprimerie. Le rédacteur en chef des nouvelles locales de la nuit parcourt le journal. Atteint la page 27. Crie : *Arrêtez les rotatives*, fusille le metteur en page et dit : « Qui a écrit ça ! ! » On m'identifie comme coupable, mais un rédacteur en chef des pages locales ne va pas plus perdre son temps à s'adresser à un stagiaire qu'un général ne le fera avec un soldat de première classe. Il m'observe un moment, tentant de déterminer si la stupidité ou la malveillance est en cause, décroche le téléphone, tire le chef du département de journalisme (H.H. Herbert en personne) de son lit et lui passe un savon mémorable.

Ce cri de *Arrêtez les rotatives* retentit souvent dans les vieux films, mais c'est la seule fois que je l'ai entendu pour de vrai. Le professeur Herbert me convoqua, me demanda ce qui s'était passé. Je le lui expliquai et il sembla totalement persuadé qu'on pouvait seulement me reprocher mon innocence dans un univers peuplé de rédacteurs de nouvelles nocturnes locales à l'esprit mal tourné. J'obtins un « B » dans cette unité-là.

La fin du semestre coïncida également avec mon vingt et unième anniversaire, le jour où je fus en âge de voter, d'être un citoyen à part entière, de me retourner sur le passé. Je fis une promenade ce soir-là, m'arrêtai dans une cafétéria au bord de la grand-route et bus une tasse ou deux tout en évaluant où j'en étais arrivé. Barney avait rendez-vous avec sa copine du moment, Larry avait épousé la fille dont il était fou depuis le secondaire et vivait dans un logement réservé aux étudiants mariés, mes autres camarades masculins avaient leurs occupations du moment et, de camarades féminines, en ce mois de mai, je n'en avais pas. Un des gars qui nous avaient souvent accompagnés dans notre promenade pour aller nous chauffer au soleil d'Aix-en-Provence, au pied de la colline du troisième hôpital militaire, était originaire de Sharps Chapel, dans le Tennessee. Il aimait se chanter une ballade de la guerre de Sécession.

Oh, I'll never be married;
I'll never have wife.
I'll always be lonely
All the days of my life. [1]

Exactement le genre de pensées que je nourrissais en ce soir de mai. Je me sentais déprimé et cafardeux, rejeté par les filles, jeune homme qui posait un regard en arrière sur sa jeunesse gâchée et qui faisait face à l'inconnu d'un futur morne et dépourvu de promesses. Mais la philosophie de maman reprit le dessus. Ce n'était qu'une mise à

1. Oh, jamais je ne me marierai ; jamais je ne prendrai femme. Toujours je serai solitaire, tous les jours de ma vie. (*N.d.T.*)

l'épreuve, après tout. Quelque chose à endurer. Il fallait en tirer le meilleur parti. Ça ne dure pas toujours. Après survient l'ultime et sublime aventure.

Plus tard la même semaine, Dick Wharton, un collègue de plume du *Chariot*, vint déjeuner avec moi. Nos humeurs s'accordaient totalement. Nous décidâmes d'envoyer promener l'université d'été. Pourquoi être aussi pressés d'entrer dans l'avenir ? Nous compenserions les trois chèques mensuels du GI Bill que nous allions perdre en descendant à Mexico en stop. Là-bas, nous pourrions nous loger pour pas cher et perfectionner l'espagnol que nous essayions d'apprendre.

Aucun problème pour dépasser Ardmore, Denton, Dallas, Waco, San Antonio, etc., jusqu'à Laredo, parce que les Américains étaient encore conditionnés par la guerre et la Dépression et prenaient les auto-stoppeurs. À la frontière, notre politique devint foireuse. Nous traversâmes à pied pour pénétrer dans Nuevo Laredo et prîmes un billet pour Monterrey dans un car mexicain. À Monterrey, nous nous mettrions en quête des hôtels chers, nous rencontrerions des touristes américains et nous nous ferions conduire à Mexico.

Quiconque est entré en car au Mexique à cette époque (et peut-être depuis) ne sera nullement surpris d'apprendre que nous rencontrons un petit barrage routier au sud de Nuevo Laredo et à environ trente kilomètres de la première maison habitée. Deux soldats armés de carabines montent à bord et s'avancent dans l'allée centrale en vérifiant les papiers des passagers. Wharton, un Indien choctaw qui pouvait passer pour mexicain, échappe à leur vigilance, mais ils me repèrent. Le soldat étudie le visa que j'ai obtenu au bureau des douanes et le trouve défectueux. Je vais devoir descendre du car et retourner à la frontière pour faire rectifier l'erreur. « *No es posible* », dis-je dans mon espagnol de niveau grammatical deux en tentant d'expliquer qu'il n'y a aucun moyen de retourner là-bas. Il insiste. Je dis : « *Yo no tengo culpa* », espérant lui faire comprendre que je n'y suis pour rien. Wharton, dont l'espagnol est un peu meilleur, me reprend : « Il faut dire, *La culpa no es mio.* » L'expression a beau être correcte, c'est une erreur. Les soldats repèrent maintenant en lui un second gringo, vérifient à nouveau son visa et, cela va de soi, découvrent un défaut qui donne une plus grande ampleur au problème. Le chauffeur attend patiemment depuis le début de l'épisode, habitué à assister au même spectacle chaque fois qu'il transporte des gringos, mais les passagers mexicains veulent poursuivre leur route. Ils nous adressent des signes, frottent leurs doigts les uns contre les autres pour nous montrer que les soldats veulent nous rançonner. Ils nous encouragent par des rires, des railleries, des remarques injurieuses à l'égard des militaires. Ces derniers finissent par conclure que nous sommes d'une stupidité indéfectible, ils descendent du car et nous voilà repartis pour Monterrey.

Repartis mais, ce que nous ignorons totalement pendant des jours, pour le quartier industriel de la ville. Depuis la gare routière, pas un seul établissement en vue réservé au tourisme de luxe. Nous entrons dans un hôtel crasseux d'un étage et nous couchons aussitôt. Au matin, nous nous risquons dehors, arrêtons un homme sur le trottoir et lui expliquons que nous cherchons les hôtels où descendent les riches voyageurs qui se déplacent en voiture. Il nous répond que c'est loin, très loin, là-bas du côté du fleuve. Son cousin doit passer bientôt. Il est guide pour touristes. Il nous emmènera.

Le cousin arrive, soigné de sa personne, il a à peu près notre âge. Il hèle un taxi (à l'époque, tous les taxis de Monterrey étaient des Ford Model A), nous fait monter. Notre première halte correspond à un restaurant-boîte de nuit d'apparence coûteux, évidemment fermé à cette heure. Le cousin veut que nous le voyions, il veut que nous y goûtions la spécialité de cocktails. Il nous laisse à la porte, part réveiller le propriétaire. Celui-ci nous ouvre, nous prépare des verres. Wharton et moi nous regardons, nous remémorant les mises en garde de nos amis de l'université relatives à la perfidie des Mexicains, aux soporifiques versés dans les boissons, aux voleurs assassins. Notre peur de paraître malpolis et rustres vaincra-t-elle notre sens commun ? Oui, évidemment. Nous avalons nos cocktails qui ne contiennent pas de poison. Notre guide nous pousse dehors, nous conduit à un magnifique cinéma d'autrefois où un film est en cours de projection. Il nous précède à l'intérieur, emprunte une lampe de poche à l'ouvreuse et s'en sert pour illuminer le décor pendant qu'il nous explique les célèbres décorations murales de cette vieille salle. Pas un murmure de protestation ne s'élève des spectateurs.

De retour dans la rue, le cousin nous annonce qu'il doit nous laisser pour aller voir un client, il nous recommande un endroit bien pour déjeuner. Il nous y retrouvera le lendemain et nous montrera d'autres aspects de sa ville. Dick et moi comptons l'argent qu'il nous reste en mangeant. Nous devons au cousin la course du taxi, les cocktails, l'argent qu'il a remis à l'ouvreuse et la somme qu'il va demander pour le temps consacré à ces visites guidées. Nous n'avons pas les moyens. Nous lui rédigeons un message de remerciements, le plions autour de ce qui nous paraît une estimation honnête du prix de ses services et laissons l'ensemble à la caisse afin que ça lui soit remis quand il arrivera le lendemain.

Nous ne retournons pas au café pendant plusieurs jours et, quand nous le faisons, la caissière nous reconnaît, nous fait signe, sourcils froncés, et nous rend notre message, encore plié autour de l'argent. Le cousin l'a refusé. Il lui a dit de nous demander pourquoi nous l'avons insulté, pourquoi nous avons refusé son amitié ? Dick et moi commençons à apprendre.

Nous apprenons que les touristes qui vivent dans les hôtels chers, autour de la plaza, ont tendance à reprendre la route pour Mexico ou toute autre destination située plus au sud bien avant que Wharton et moi ne parvenions à sortir du lit pour aller en ville et tenter de nous faire prendre en stop. Par ailleurs, nous commençons vraiment à apprécier Monterrey.

Au cours des veillées collectives où jouaient les mariachis et où les filles (flanquées de leurs *chaperonas*) et les garçons déambulaient en cercles autour de la Plaza Central, nous avions rencontré deux étudiants mexicains (un musicien qui voulait devenir chanteur d'opéra et un aspirant torero). Ils avaient des emplois diurnes, connaissaient la ville, et cela ne les dérangeait pas de fréquenter deux parasites américains d'allure très négligée ni de nous aider à améliorer notre espagnol. Avant que nous ne nous retrouvions fauchés, fatigués de survivre en mangeant des bananes, des *bolillos*, des haricots frits à plusieurs reprises et des *tamales* achetés sur les marchés publics, nous avions appris à aimer les Mexicains et la culture mexicaine.

Pourquoi ? Essayez d'imaginer la scène qui suit dans une grande ville industrielle des États-Unis.

Nous nous trompons de bus. Quand il l'apprend, notre chauffeur effectue un demi-tour, se lance à la poursuite du bon véhicule, le fait arrêter et charge l'un de ses passagers normaux de nous accompagner pour s'assurer que ces gringos ne vont pas se perdre une nouvelle fois. Tout cela est très formateur, mais ne permet pas d'acquérir d'unités de valeur universitaires. Nous rentrons à OU en stop pour nos deux derniers semestres.

Et pour le tournant décisif de ma vie.

Entre janvier 1946 et juin 1948, j'ai passé trente mois à l'université d'Oklahoma durant lesquels il ne s'est pas passé grand-chose à l'exception d'un miracle qui a changé toute mon existence. Par une soirée clémente d'octobre 1947, j'enfile cette veste de sport que j'ai achetée à Sam dans ma vie d'avant-guerre, je retrouve Bob Huckins, lui aussi resté célibataire et sans aucune attache. La Providence nous guide vers une soirée dansante organisée au centre Newman. Adieu, la Solitude. Bonjour, la Joie.

Ceux qui ont lu mes romans policiers savent que je n'ai aucune habileté pour raconter les histoires d'amour quand mes intrigues l'exigent. Cela n'a pas changé mais je vais essayer. Je remarque une jeune fille qui danse. Elle est élancée, gracieuse, enjouée, elle s'amuse. Elle a des yeux enchanteurs. Je m'arrache à la tapisserie, applique une petite tape sur l'épaule de son cavalier et demande si je peux m'imposer. (Cette convention sociale qui permettait d'interrompre une danse se pratique-t-elle encore ?) La réponse est oui. Nous dansons, procédons aux présentations. Je viens de faire la connaissance de Marie Elizabeth Unzer.

Tout ce qui a pu m'arriver d'autre sur les terres d'Oklahoma (ou en tout autre lieu) est sans commune mesure, et je suis terrifié quand je me rappelle que cette rencontre ne s'est produite que durant ma dernière année d'études. (La sienne aussi, d'ailleurs. J'avais débuté par une piteuse prise de contact en lui demandant si elle était nouvelle sur le campus.) Quand la musique est suffisamment lente pour le seul pas que je parviens à maîtriser, je danse à nouveau avec elle. Puis je retourne m'appuyer contre le mur en la regardant évoluer avec d'autres jeunes gens. Le lendemain, je m'aperçois que je n'arrête pas de penser à elle. Wharton est projectionniste dans le cinéma du centre-ville. Il me donne des billets. J'invite Marie à voir un film. Elle m'invite à un match de basket. Je suis incapable de penser à qui que ce soit d'autre. Je lui propose de l'aider pour les travaux qu'elle doit rédiger dans le cadre d'un cours de littérature anglaise qu'elle suit par correspondance. Elle vient au bureau du *Chariot bâché* et nous travaillons ensemble. (Au moment où j'écris ces mots, alors que cinquante-six années ont passé, elle me renseigne sur ce point. Ce n'étaient pas mes connaissances universitaires qui l'avaient attirée. C'était ma machine à écrire.) Deux rendez-vous plus tard, je lui avoue que mon but est de l'épouser. Elle ne semble pas particulièrement impressionnée mais, avant l'hiver, elle m'invite à dîner dans sa famille, à Shawnee. Le printemps arrive. Wharton, qui connaît du monde, me trouve une bague qui s'inscrit dans mes moyens. Je fais ma demande en mariage. Marie accepte. Nous fixons la date, ce sera dans un an. Je me mets en quête d'un emploi.

À l'été 1945, l'article le plus répandu était le travail qui ne trouvait pas preneur. Mais quand vint l'été 1948, ce que l'on voyait partout en Amérique, c'étaient des jeunes gens sans emploi, rentrés au pays après la guerre, qui avaient obtenu leur diplôme universitaire et étaient désireux d'entrer dans la vie active. Je voulais un boulot de reporter dans un quotidien, un poste qui, idéalement, me permettrait de couvrir un jour la politique locale. Mes offres de service restèrent toutes sans réponse. Tandis que l'obtention de mon diplôme approchait avec le mois de mai, je ne pus rien trouver de mieux qu'une embauche à l'essai pour la rédaction de textes publicitaires dans une agence spécialisée d'Oklahoma City.

Ma tâche consistait à inventer des textes vantant le café bonifié par l'âge de la marque Cain, ou l'alimentation pour cochons de la société Purina, y compris pour les programmes radiophoniques que parrainaient ces marques. Des spots de trente secondes, mais cette durée réduite n'était pas un problème pour un étudiant de Gracie Ray. Le problème, c'était Purina. Les interventions publicitaires s'immisçaient dans un programme matinal consacré aux informations et aux conditions météorologiques et destiné aux fermiers qui se levaient tôt. Techniquement, chacune de ces diffusions comportait trois interventions distinctes exhortant l'auditeur à alimenter ses cochons en produits Purina, et le responsable financier voulait un lien entre elles, la première entraînant la deuxième et le tout culminant logiquement dans la troisième. C'était épouvantablement difficile. Cela faisait une semaine que je m'arrachais les cheveux pour m'en dépatouiller quand le téléphone sonna.

Mon correspondant était Tommy Steph, qui se présenta (de manière inexacte) comme étant le directeur de publication du *Borger News-Herald*. Il me dit qu'il avait besoin d'un reporter et que le professeur Herbert m'avait recommandé. Le salaire était de cinquante-cinq dollars pour une semaine de six jours. Cela m'intéressait-il ? Oui, répondis-je, quand est-ce que je commence ? Aussitôt que je serai sur place.

Borger se situe à une centaine de kilomètres au nord d'Amarillo, dans la toundra presque dépourvue d'arbres, là où le Texas empiète sur l'Oklahoma. Quand j'y arrivai, un peu avant midi un lundi de la fin du mois de mai 1948, la ville devait dater d'une vingtaine d'années, fondée lorsque des foreurs de puits de pétrole avaient découvert un vaste gisement de gaz naturel sous un empire d'herbe appartenant à la famille Wittenberg. Les Wittenberg avaient vendu (plus vraisemblablement cédé moyennant bail) une bande de terrain longeant la grand-route pour servir de site à l'inévitable ville-champignon, lui adjoignant par la suite deux nouvelles bandes de terre pour les inévitables faubourgs. La Phillips Petroleum avait bâti la ville de Phillips sur l'une des deux, pour y installer son complexe de raffinage pétrochimique et y loger sa main-d'œuvre. L'autre avait accueilli les usines de caoutchouc et de noir de carbone, ainsi que les logements afférents. Tout autour de cette petite concentration de lotissements habités, le ranch s'étendait, d'un horizon à l'autre.

Borger, 1948. Imaginez une petite ville de Virginie, du Vermont ou du Minnesota, puis retirez-en les rues ombragées, les jolies demeures anciennes, la place communale, digne et verdoyante, et les monuments érigés aux héros éminents du dix-neuvième siècle. Remplacez tout cela par une longue succession de bâtiments industriels de plain-pied en parpaing, bordant des kilomètres de route à deux voies, et derrière, ces rangées de maisons d'habitation qu'occupent les adhérents des syndicats de l'industrie. Recouvrez l'ensemble d'une brume de fumée gris-noir produite par une multitude d'usines construites hâtivement où le gaz naturel était brûlé dans des fûts à basse teneur en oxygène afin de produire les tonnes de suie qui permettaient à la localité de prétendre au titre de « capitale mondiale du noir de carbone ». Ajoutez l'unique bâtiment historique de la ville, la marque soigneusement préservée, dans le mur de la poste, qui indiquait l'endroit où Ace Borger avait été tué par balle, laissant la ville orpheline de son maire fondateur mais enrichie de son nom et de sa revendication à la renommée historique : la seule ville de l'État du Texas à avoir été placée sous loi martiale. (À en croire la légende locale, des policiers étaient venus se garer devant le domicile du procureur, avaient cogné à sa porte et l'avaient abattu quand il avait ouvert, les Texas Rangers étant ensuite envoyés pour rétablir les convenances.) Les autres particularités dignes d'être mentionnées incluent sa forme, longiligne sur des kilomètres de rue principale mais sur une largeur d'environ quatre pâtés de maisons seulement, son absence de cimetière (personne n'est né en ce lieu), son absence de « vieilles familles » (et par suite son absence de snobisme) et une population composée à une majorité écrasante non seulement de travailleurs en col bleu du même niveau social que moi mais de l'étrange frange « champs pétrolifères » de cette classe : des gens qui suivaient les emplois de cette industrie en perpétuel mouvement, exactement comme les baleiniers suivaient les cétacés.

Le spectaculaire manque de charme de Borger

était plus que compensé par son caractère éminemment amical. Tout le monde, dans la ville, était un nomade, quelqu'un de passage, qui allait ailleurs. Le *News-Herald* actualisait sa rubrique emplois temporaires dans les petites annonces de l'*Editor and Publisher*. Ça n'aurait pas pu tomber mieux pour un journaliste totalement novice, travaillé par le désir de réussir dans le métier de l'information. La salle de rédaction présentait une totale absence d'orientation ou de supervision, ce qui signifiait qu'on pouvait s'y livrer à toutes les expérimentations, et la ville offrait une moisson magnifique pour un reporter criminel, la tâche que l'on m'avait attribuée. Borger possédait, comme me l'exposa plus tard Fred, le photographe du journal, « toutes les formes de crimes et de violence que l'on peut trouver dans la Bible et dans le *Dictionnaire de psychopathologie* ».

J'y restai en poste de juin à décembre, tout juste six mois, mais à Borger il n'y avait pas de temps perdu pour acquérir de l'expérience. Je m'étais levé de très bonne heure à Norman, j'avais parcouru cinq cents kilomètres et entrai dans le bureau vers les onze heures du matin. Je me présentai à la réception où l'on m'orienta vers une petite enclave vitrée où le directeur de publication était penché sur des documents d'entreprise. Je me présentai.

— Hillerman ? fit-il. Bon, que puis-je faire pour vous ?

— Je suis votre nouveau reporter.

— Ah ? fit-il. Qui vous a engagé ?

— Je croyais que c'était vous, répondis-je.

Il pointa le doigt vers la salle, à travers la paroi en verre.

— Allez donc voir Brad, à la rédaction.

Brad semblait avoir à peu près mon âge. Ce

n'était pas lui qui m'avait recruté, mais il pensait que c'était Tommy. Il m'expliqua que le directeur de publication était, en réalité, le comptable qui travaillait pour le fermier qui était propriétaire du journal mais qui en fait ne venait jamais, et que Tommy et lui avaient omis de lui annoncer la démission de son reporter criminel. Ce sur quoi Brad demanda à Fred de m'indiquer où je trouverais « le poste de police, le bureau du shérif, la prison, le palais de justice, etc. Après, trouve-lui un endroit où passer la nuit ».

Nous voilà partis, Fred et moi, dans la rue principale de Borger où nous sommes presque aussitôt dépassés par un camion de pompiers, sirène hurlante. Fred le prend en chasse, branche sa radio, apprend qu'une explosion s'est produite à l'usine chimique Phillips. Nous nous joignons à la caravane des véhicules de lutte contre les incendies, des ambulances, des voitures de police. À la grille d'entrée, les responsables de la sécurité leur font signe de passer mais interdisent l'accès à la voiture de Fred.

— Ils me connaissent et je ne vais pas réussir à approcher, me dit-il, mais toi, ils ne te connaissent pas. Tu n'as qu'à entrer comme si tu avais quelque chose à faire à l'intérieur.

Le processus de réflexion normal, pour un reporter. Je franchis le barrage, me mêle à la foule des ouvriers curieux qui se bousculent à l'intérieur, commence à tendre l'oreille et à poser des questions. Trop de questions. Deux membres de la sécurité me saisissent par les coudes, me poussent jusqu'à la grille et me jettent dehors. J'époussette mes vêtements et nous nous hâtons de rentrer au journal avec un récit recensant un mort et deux blessés graves qui décapaient une cuve d'eau à la sableuse. («Selon certains ouvriers, le tuyau du compresseur d'air avait été accidentellement branché sur une source de gaz naturel. Les responsables de l'entreprise ont décliné tout commentaire.») Ma carrière de journaliste professionnel était donc lancée.

Au *Borger News-Herald*, à cette époque, l'avancement était rapide, simple et automatique. Brad et Tommy avaient obtenu en janvier leur diplôme à l'université de l'État d'Oklahoma, ils étaient arrivés avec le statut de reporters et se partageaient maintenant le travail de rédacteur. L'un des deux remplissait cette fonction jusqu'à ce que l'autre commette une bévue (par exemple, il oubliait d'acheter de la bière, ou il laissait brûler les pancakes), à la suite de quoi ils inversaient les rôles, le vaurien adoptant celui de rédacteur tandis que l'autre le remplaçait comme reporter aux multiples fonctions. Ils partageaient un appartement de célibataire, partageaient le boulot de rédacteur de l'information parce que le titulaire du poste avait démissionné, et leur amitié avait été «forgée dans les flammes». Quand leur B-24 avait été touché lors d'un raid de jour au-dessus du nord de l'Allemagne, ils avaient poursuivi sur une aile, au-dessus de la mer Baltique, et achevé la guerre dans un camp d'internement suédois où les beuveries étaient joyeuses et sévères.

Comme le suggère ce qui précède, les conditions de travail au *News-Herald* étaient décontractées. Nous arrivions dans la salle de rédaction après huit heures du matin, prenions la direction du comptoir d'un magasin de quartier pour avaler le petit déjeuner, et consacrions deux heures au journal afin qu'il sorte à temps pour la distribution de l'après-midi. Comme les corédacteurs avaient pris, en

Suède, l'habitude de jouer au golf, cela me permettait de hanter les repaires des représentants de la loi et les tribunaux comme me le dictait mon instinct. Chaque matin, je lisais la main courante chez les policiers, vérifiais ce qui avait été noté à l'accueil concernant plaintes, interventions et arrestations, apprenais qui était en prison et pourquoi (le professeur Herbert nous avait enseigné que cela s'inscrivait dans nos attributions), puis je dirigeais mes pas vers le bureau du shérif où je répétais le processus, passais un coup de fil au standard de la police des routes du Texas et concluais mon circuit en récoltant les commérages au bureau annexe du procureur (le « siège » du comté de Hutchinson ne se trouvait pas à Borger, la ville au développement fulgurant, mais plus loin sur la grand-route, dans la petite localité de Stinnett). Si j'en avais encore le loisir, je m'arrêtais au minuscule bureau du juge de paix chargé des délits correctionnels pour y récolter les données historiques, les anecdotes et les conseils qu'il dispensait aux jeunes journalistes novices.

Deux décennies plus tard, j'en viendrais à piller les souvenirs que je gardais de ce personnage pour ajouter un brin de réalisme à l'existence de personnages secondaires dont j'avais besoin dans mes romans. Le juge de paix était âgé et riche d'enseignements glanés au fil d'une longue carrière au poste d'arrêt court dans les ligues mineures : il avait effectué ses débuts en ligue inférieure, avait réussi à gravir les échelons jusqu'au plus haut niveau des compétitions amateurs, n'avait pas su se faire repérer par les grands clubs et était redescendu tout en bas. La plupart de ses clients, escortés à son cabinet depuis la prison située de l'autre côté de la rue, n'étaient pas représentés par un avocat, et la médecine douce qu'il administrait était dispensée avec un minimum de décorum. Quand l'infraction se révélait suffisamment grave pour justifier l'engagement d'un défenseur, ce dernier arrivait avec le manuel de droit approprié afin de lire au juge de paix les passages pertinents. Le représentant de l'État du Texas agissait de même. Le juge sollicitait alors leur avis, soupesait un moment le pour et le contre et statuait.

En prenant une tasse de café avec deux de ces jeunes avocats, au terme d'un jugement, je leur fis la remarque qu'ils se comportaient avec ce juge de paix comme s'il était illettré. Ils me répondirent que c'était le cas. Il n'y avait pas grand-chose à lire, durant les déplacements en car des championnats locaux, mais quantité d'occasions d'acquérir la sagesse.

Je fus également confronté à une application sage de nos lois par le shérif du comté de Hutchinson, dont le comportement me servit de modèle des années plus tard, sous une forme modifiée, lorsque je traçai les contours d'un personnage secondaire de *La Voie de l'ennemi*, le lieutenant Joe Leaphorn. Par exemple :

Deux jeunes femmes, probablement âgées de dix-huit ou dix-neuf ans, s'engouffrent dans son bureau alors que je suis assis à une table où je mets de l'ordre dans mes notes. Elles exigent qu'il les accompagne chez elles pour arrêter leur père. Pourquoi ? L'aînée, qui tient le rôle de porte-parole, raconte au juge que sa sœur cadette a embourbé leur pick-up dans la ravine, qu'elle est revenue chez eux à pied et a obtenu de son père qu'il vienne l'aider à le dégager. « Elle aurait mieux fait de s'abstenir », ajoute l'aînée. Le père l'a aidée a dégager le camion puis il l'a violée. Le shérif prend un formulaire de dépôt de plainte, la cadette le signe et le shérif déclare qu'il va venir arrêter le coupable. Ça alors, me dis-je. Un viol incestueux. Comment vais-je m'y prendre pour que la victime ne puisse pas être identifiée ? Le shérif m'a observé pendant que je prenais mes notes.

Est-ce que je vais en parler dans le journal ? Assurément. Il m'annonce :

— Environ une heure après que j'aurai mis leur père derrière les barreaux, elles reviendront me dire qu'elles retirent leur plainte.

— Comment le savez-vous ?

— Parce que ça s'est passé de la sorte les trois dernières fois.

Et il en alla de même cette fois-là encore. J'avais rencontré un policier qui tempérait la justice par une sorte de sagesse pleine d'humanité. Dans une autre affaire qui concernait un cambriolage de banque survenu dans la ville voisine de Pampa, mon shérif mit le grappin sur les coupables après une poursuite à travers le réseau des petites routes de campagne. Quand je l'interrogeai, il attribua le succès de l'opération qui venait de se solder sans effusion de sang à une connaissance de chaque pouce de terrain et à la rapidité avec laquelle l'affaire avait été bouclée, avant que le FBI n'ait eu l'occasion de dépêcher de la grande ville ses agents qui, ayant reçu une formation urbaine, auraient pris les choses en main et auraient tout compliqué. Les lecteurs qui connaissent mes romans sur la police tribale navajo ont probablement remarqué que le lieutenant Joe Leaphorn et Jim Chee partagent ce trait de comportement.

Les jurés du comté de Hutchinson fonctionnaient de manière similaire, et pour en donner une illustration je vais me référer au premier procès pour meurtre que j'ai couvert. L'accusé était un barman de boîte de nuit accusé de meurtre aggravé (avec préméditation.) La victime, un facteur, arrivé au bar un peu après sa fermeture, à deux heures du matin, et venu chercher une serveuse. L'avocat de la partie civile expliqua au jury que quand le facteur avait frappé à la porte, le barman lui avait refusé l'entrée en prétextant que l'établissement était fermé. Le facteur, indigné, avait continué à frapper. Ce sur quoi l'accusé avait pris son fusil de chasse sous le comptoir, était sorti par la porte de derrière et avait effectué le tour du bâtiment pour porter avec son arme un coup fatal sur le crâne du facteur qui continuait à tambouriner.

L'avocat de la défense n'en contesta pas un traître mot et fit comparaître un unique témoin (le policier qui avait procédé à l'arrestation). Avait-il examiné le fusil ? Oui. Était-il chargé ? Oui. La défense n'a pas d'autres questions à poser.

Dans son réquisitoire, le procureur établit qu'il avait fallu beaucoup de temps à l'accusé pour sortir l'arme de sous le bar, se diriger vers le fond de l'établissement, franchir le seuil, contourner le bâtiment et frapper le facteur qui n'avait pas cessé de taper à la porte. La question ne se posait pas de savoir qui avait tué la victime. Elle ne se posait pas de savoir si le barman avait eu amplement le temps de réfléchir. Autant d'éléments qui en faisaient un meurtre avec préméditation.

L'avocat de la défense présenta le fusil de chasse aux citoyens de sexe masculin composant ce jury des Hautes Plaines.

— Si vous prenez un fusil chargé pour aller trouver un homme qui vous énerve dans l'intention de le tuer, c'est bien que vous avez l'intention de l'utiliser pour l'abattre. Non ? Vous n'allez pas le frapper avec.

Les jurés saisirent la logique de l'argumentation. Ils rendirent un verdict de « non coupable » et le barman fut libre de retourner servir ses clients.

Les habitants du comté de Hutchinson étaient également non conformistes en matière de sports, comme je m'en rendis compte un samedi où le match disputé par l'équipe de foot américain de l'école secondaire de Borger exigeait la présence de notre rédacteur sportif et où on me chargea d'aller à Stinnett couvrir la rencontre que l'équipe locale disputait contre White Deer. Si cette anecdote mérite d'être relatée, c'est parce que le titulaire du poste de garde droit dont la mission était de s'infiltrer, quand l'équipe offensive des Crotales de Stinnett adoptait une formation d'attaque sur une seule aile, était une fille. La vérité, c'est que personne, moi excepté, ne semblait considérer que pareille originalité méritait d'être signalée. Quand je posai la question à l'un des supporters, il me répondit : « Ben, elle est petite, mais elle est rapide. »

J'avais joué au même poste (en tant que remplaçant) chez les Tigres de mon école secondaire, et cette remarque me rappela un commentaire surpris dans le gymnase de Konawa. Notre entraîneur analysait la composition de notre équipe, au bénéfice d'un tiers, et, quand il était parvenu à mon nom, il avait dit : « Hillerman ? Ben, il est petit, mais il est lent. »

Je suppose que cette analyse doublement négative lui avait été inspirée par la façon dont cette lenteur lui avait valu une situation embarrassante quelques matches plus tôt. Nous étions opposés à l'école de Bowlegs, une localité de champs de pétrole sans tribunes où les spectateurs prenaient place autour du terrain, assis sur les ailes de leurs camions. Lors de ce match de sinistre mémoire, mon rôle consistait à m'infiltrer en ouvrant une brèche sur la gauche du plaqueur droit adverse pour permettre la charge de mon partenaire porteur du ballon. Hélas, j'atteignis cet endroit stratégique derrière lui au lieu d'y arriver avant. Le secondeur extérieur de Bowlegs percuta notre demi, la balle lui échappa et fut récupérée par l'adversaire. Notre entraîneur, debout près du banc où il était entouré de pères et de mères de joueurs, hurla :

— Hillerman, tu cours comme un chien qu'a la bite dans le plâtre ! ! !

Une comparaison que je n'ai jamais oubliée, qui entraîna la plainte de ces dames devant le conseil de l'école pour emploi d'un langage obscène, et qui coûta une réprimande à son auteur.

Cet été-là, Borger fut pour moi un lieu de solitude. Les appels téléphoniques interurbains revenaient cher, dans les années quarante, la classe ouvrière y ayant surtout recours pour annoncer les décès au sein de la famille, mais grâce au courrier, je parvins à convaincre Marie d'avancer la date de notre mariage. Notre plan d'origine prévoyait que, pendant un an, elle allait suivre une proposition de formation postérieure à la licence tandis que je me forgerais une situation stable. Nous nous mîmes d'accord pour ramener ce délai à six mois et nous marier l'hiver suivant. En juillet, en en appelant largement à son sens de la compassion, je réussis à ramener ce délai à un mois. Nous fixâmes la date au 16 août.

Pendant que j'attendais, en essayant de me concentrer sur mon travail, Borger se révélait un endroit parfaitement indiqué pour apprendre... apprendre mon métier de journaliste et apprendre qui j'étais. Un matin, je discutais devant le palais de justice de Stinnett avec un jeune de la police des routes du Texas quand sa radio sollicita son attention. Deux morts sur le Highway 206, à une vingtaine de kilomètres au nord. Il partit dans un grondement de moteur. Je le suivis. Une Packard était entrée en collision frontale avec un pick-up d'une marque ou d'une autre, en plein milieu de la chaussée à deux voies. Les vestiges du petit camion étaient éparpillés dans le champ de blé en bord de route. La conduite intérieure était toujours sur le bitume, mais tout l'arrière en avait été sectionné jusqu'au tableau de bord. Le corps du conducteur était sur son siège, la tête empalée sur la colonne de direction, sang, dents et chairs projetés en tous sens. Le policier recula devant ce spectacle, incapable de contenir sa nausée. Je me souviens être resté là, impassible, tentant d'évaluer la vitesse combinée des deux véhicules, remarquant que la jante avait creusé son ornière dans le revêtement, accumulant les détails dont j'aurais besoin pour mon article, prenant conscience enfin que le policier, encore blême et ébranlé, me contemplait comme si je n'avais rien d'humain. Je pus seulement lui dire, pour lui expliquer, que ce n'est pas si affreux, quand les morts ne sont pas vos amis.

Les psychiatres n'avaient pas encore inventé le syndrome post-traumatique différé du combattant, mais c'est sans doute le nom qui convient à ce lourd bagage accumulé dont aujourd'hui encore nous parlons parfois quand les survivants de la compagnie Charley tiennent leur réunion annuelle. Nous mentionnons la récurrence de vieux cauchemars, le temps qu'il nous a fallu pour nous débarrasser des manifestations chroniques de « nausées matinales », mais nous n'abordons pratiquement jamais cette incurable torpeur. Une brûlure intense, très intense à l'extrémité d'un doigt nous prive de sensations tactiles. Peut-être que d'assister jour après jour à un trop grand nombre de morts atroces a le même effet sur un nerf situé quelque part en arrière de l'os frontal.

L'imminente élection de 1948 m'enseigna une autre leçon essentielle, par rapport aux vaisseaux qu'il ne faut pas brûler prématurément et au sens de l'honneur. Un ancien étudiant en droit de l'université du Texas briguait un siège au Congrès et était opposé au sortant de droite. Notre directeur de publication tirait fierté d'avoir fondé la ligue anticommuniste du comté de Hutchinson, la première organisation de ce type dans tout le pays, au niveau local, et il considérait comme suspectes les références antirouges de ce prétendant surgi de nulle part. Il me fit appeler dans son box vitré, me remit une enveloppe cachetée et m'ordonna de me rendre le soir même dans une résidence de Rubbertown pour passer prendre quelqu'un qui m'y attendrait, puis de le conduire à un meeting politique de soutien à la candidature du juriste, de le déposer dans la rue, d'assister à la réunion et d'écrire un article sur ce qui allait s'y passer. De quoi s'agissait-il ? Confidentiel, me répondit-il. Je n'avais pas besoin de savoir. *Just do it.*

Et nous voilà avec le slogan des équipements sportifs Nike, l'injonction majeure encourageant sa clientèle de jeunes cadres dynamiques à ne rien se refuser en assumant pleinement son irresponsabilité. Mon premier instinct fut de lui rendre l'enveloppe et de démissionner. Mais cela aurait fait de moi un chômeur indigent juste avant de devenir un homme marié. D'autre part, j'étais curieux de savoir.

Je me renseignai sur ce futur passager que j'avais rencontré lors d'une réunion de la section locale de la Légion américaine. C'était notre directeur qui avait payé nos cotisations et il exigeait de ses employés susceptibles d'en être membres qu'ils y adhérent. Nous avions rapidement remarqué que les participants étaient tous des combattants qui n'avaient pas mis le pied hors du territoire américain et que leur intérêt consistait uniquement à contrecarrer les organisations de travailleurs. Aucun de ces anciens combattants n'avait combattu et aucun des membres de la rédaction, qui tous avaient connu le front, n'était allé plus d'une fois à ces réunions. J'appris que mon passager était, dans le jargon de l'AFL-CIO [1], un jaune. Il avait été engagé comme briseur de grève par l'une des compagnies de caoutchouc et était actuellement sans emploi. Je jetai un coup d'œil dans l'enveloppe. Trois billets de vingt dollars (davantage que ma paye de la semaine) et une liste de questions. La première demandait à notre candidat s'il était « encore membre » de la Ligue des jeunesses communistes. Les autres étaient du même genre. Je remis la feuille et l'argent dans l'enveloppe, tendis le tout à mon passager quand il monta dans la voiture, le conduisis jusqu'à l'école où la réunion se tenait, le déposai, me garai et entrai pour observer. À ce moment-là, mon intention était de dénoncer ce qui s'était passé, y compris le fait que les questions avaient été préparées par le directeur du journal et

1. L'*American Federation of Labor-Congress of Industrial Organizations* : fondée en 1955, cette centrale syndicale regroupa cette année-là 35 % des salariés. (*N.d.T.*)

que l'intervenant avait reçu soixante dollars pour les poser. Je me retrouverais sans travail mais je n'aurais pas honte de moi.

L'agitateur dut nourrir le même genre de pensées. Je restai assis à l'étudier tout en écoutant les habituelles platitudes politiques. Puis il vint vers moi, me rendit l'enveloppe contenant l'argent et le reste, et me dit qu'il voulait rentrer chez lui. Nous partîmes. Le lendemain, je retournai l'enveloppe au directeur de publication, lui racontai ce qui s'était passé et repris mes tentatives pour trouver un emploi plus respectable.

J'en trouvai deux, un par le « réseau des vieux copains », et un comme on aime recevoir ses offres d'emploi, de la part d'un rédacteur concurrent qui avait lu mes papiers. Mais avant que rien de tout cela ne se produise, le temps était venu pour Marie et moi de nous marier. Ça a été l'événement le plus merveilleux qui me soit jamais arrivé, mais l'organisation concrète se révéla extrêmement stressante, incluant une campagne au porte-à-porte destinée à emprunter de l'argent, une collision frontale, une nuit passée dans la prison de Pampa et autres incidents similaires.

16

Enfin commence une vie de bonheur !

J'ai tendance à tenir Brad et Tommy pour responsables des ennuis qui émaillèrent le chemin conduisant à l'autel de l'église St. Benedict, à Shawnee, dans l'Oklahoma. À l'époque, tous deux étaient des célibataires endurcis (cela ne dura pas longtemps) et il en allait de même pour notre photographe et notre rédacteur des sports. Ils me firent la leçon sur la bêtise que je m'apprêtais à commettre et le mauvais exemple que je donnais. Pire, ils refusèrent de m'octroyer plus que le week-end de congé… ce qui excluait une lune de miel et compliquait les choses. Si j'avais disposé d'une journée ou deux sans travailler, je serais peut-être parvenu à éviter tous les problèmes qui s'abattirent sur mon crâne.

Dans l'Oklahoma, il faut fournir des tests d'analyse sanguine avant de pouvoir obtenir l'autorisation de se marier. Je m'en étais occupé à l'hôpital de Borger et les résultats avaient été envoyés à Charlie, le frère de Marie, qui se chargeait d'obtenir le certificat de non-opposition. Le vendredi matin précédant le lundi fixé pour la cérémonie, Marie m'appela, elle était dans tous ses états. L'Oklahoma ne reconnaissait pas la validité des tests sanguins pratiqués au Texas. L'Oklahoma exigeait une analyse effectuée dans l'Oklahoma. Je laisse en plan le travail en cours dans la salle de presse et fonce à Guymon, à cent trente kilomètres au nord, la ville d'Oklahoma la plus proche qui soit suffisamment grande pour disposer d'un établissement de soins. Je dois attendre, les yeux sur l'horloge, en me rongeant les ongles, que le seul médecin de la ville s'occupe d'un cultivateur mutilé dans un accident survenu au cours de la moisson. Pendant qu'il prélève mon sang, il s'enquiert de la date du mariage. Quand je lui réponds lundi, il commente : « J'espère que vous ne voulez pas dire lundi prochain. » Il semble qu'il soit obligé de faire parvenir mon sang à un laboratoire d'Oklahoma City. Il y arrivera probablement aux alentours de mardi, sera analysé mercredi et le certificat sera délivré jeudi.

Aujourd'hui encore, en relatant ces épouvantables moments, un sentiment de panique mêlée de désespoir me revient. Ce que je suis en train de ficher en l'air, c'est le restant de ma vie. La mère de Marie avait organisé une cérémonie en grande pompe à St. Benedict, avec les traditionnels témoins de la mariée, demoiselles d'honneur, jeunes filles aux bras chargés de fleurs, etc. Barney devait tenir le rôle de garçon d'honneur, Dick Wharton et Charlie m'accompagner jusqu'à mon entrée dans l'église. Les invitations étaient envoyées depuis des semaines, l'église retenue, la réception organisée. La préparation n'était pas tout à fait à la hauteur de celle du 6 juin mais cela n'en restait pas moins une organisation logistique de grande ampleur et, assurément, pas une chose qu'il était aisé de repousser.

Je refais à toute vitesse mes ccnt trente kilomètres en sens inverse. La seule idée qui me vient consiste à convaincre Barney de se faire passer pour moi et de procéder à une analyse de sang en utilisant mon nom. De Borger, je l'appelle à Norman. C'est maman qui décroche. Barney est parti quelque part mais elle me conseille de garder mon calme. Avec le soutien de la prière, rien n'est impossible. Garde la foi. Elle me recommande de rentrer chez nous le plus vite possible. Je lui dis que j'arrive.

Mais pas vraiment. Le temps que j'avais prévu pour me rendre à la banque afin de retirer l'argent du voyage, pour emprunter une valise et préparer mes affaires s'est envolé dans la ruée vers Guymon. Les banques sont maintenant fermées et, après avoir réglé l'analyse de sang, il me reste à peu près trois dollars. Les cartes de crédit n'existaient pas encore. Je fonce d'un bout de Borger à l'autre, emprunte de l'argent à mes divers collègues, au shérif, aux policiers que je connais, cinq dollars ici, dix là… leur remettant des reconnaissances de dette griffonnées quand j'en reçois la demande et amassant soixante et un dollars et des poussières. Plus le temps de préparer mes affaires. Je les prends, les jette sur le siège arrière de la Ford et, au moment où tombe le crépuscule, je démarre avec l'intention de foncer jusqu'à Norman sans m'arrêter.

Ce qui reste du domaine de l'intention. Le premier arrêt est abrupt, achevant un dérapage consécutif à l'état de la chaussée de l'US 273, rendue glissante par la boue, au sud-est de Pampa, par la collision avec l'avant d'une voiture qui arrivait d'une voie marquant la limite d'une section et s'engageait sur la grand-route. Les deux véhicules se retrouvent immobilisés. Je reconnais mes torts. La femme du conducteur effectue un bandage de fortune à l'aide d'un mouchoir posé sur la blessure qui saigne à mon front. Son mari aperçoit une voiture qui arrive sur la 273 déserte, s'avance en courant sur la chaussée, réussit à l'arrêter à grand renfort de gestes et l'envoie à Pampa prévenir le shérif et demander une dépanneuse. Nous patientons dans nos véhicules respectifs. La pluie tombe à verse. Il doit me falloir cinq minutes pour comprendre que je ne peux pas me permettre d'attendre sans risquer de perdre la femme de mes rêves. Je fais un balluchon avec mes vêtements, les emporte sur la chaussée et arrête un camion qui me dépose, trempé jusqu'aux os, au poste de police de Pampa. Là, ma situation désespérée engendre compassion et amusement. Le prochain car à destination d'Oklahoma City est prévu vers cinq heures du matin. On me propose une couchette dans une cellule attenante à celle qui est réservée aux ivrognes. J'essore ma garde-robe trempée et cède au sommeil de l'épuisement.

Je ne me souviens plus du trajet en car, uniquement de Barney qui m'attend à la gare routière pour me conduire à l'hôpital St. Anthony où les dispositions ont été prises pour ouvrir le laboratoire en ce samedi afin d'effectuer l'analyse de sang et de me délivrer le certificat. Il ne reste plus qu'à obtenir de l'employé aux écritures pour le comté de Pottawatomie, à Shawnee, qu'il établisse en priorité une autorisation de mariage avant lundi, neuf heures du matin, moment où la cérémonie doit avoir lieu. Cela semble irréalisable, mais Charlie a été sergent dans les Marines et la moitié des gens du comté ont une dette soit envers lui, soit envers mon futur beau-père. Charlie me dit de ne pas m'en faire. Il n'a pas tort.

Un mariage magnifique. Je suis là, devant l'autel, dans un tel état de bonheur que je ne me rends pas compte que l'organiste joue le thème de *La Marche nuptiale* une, deux, trois fois et plus. Mais Marie finit par arriver et, aussi improbable que cela puisse paraître après ce qui vient de se passer, elle accepte de m'épouser, ce qui signifie que le demi-siècle à venir, relaté dans ces Mémoires, est pour moi teinté de félicité.

Étant donné que ma Ford accidentée a été abandonnée dans la boue du nord du Texas à la merci d'une équipe de dépanneurs non identifiés, Barney nous prête sa voiture pour nos vingt-quatre heures de lune de miel et le trajet vers notre premier toit à Borger. Une explication s'impose. L'Amérique de 1948 souffrait d'une terrible pénurie de logements. Les choses étaient plus compliquées encore dans la ville-champignon de Borger car personne ne voulait construire dans une agglomération qui n'était pas là la veille et qui n'y serait peut-être plus le lendemain. Je n'avais trouvé que deux endroits abordables pour un salaire de cinquante-cinq dollars par semaine. L'un était un appentis adossé au mur d'un bureau du centre-ville, côté ruelle. On atteignait également l'autre en empruntant une ruelle : c'était un garage, tout juste assez grand pour abriter deux voitures, qui avait été divisé par une cloison. D'un côté se trouvaient la cuisine et la pièce principale, de l'autre la chambre et la salle de bains. C'était mieux que le précédent (ce qui n'était pas franchement difficile) mais si on voulait le louer il fallait consentir un dépôt de six cents dollars pour un faible lot de meubles fatigués et délabrés dont la valeur s'élevait peut-être à cinquante dollars.

Des années plus tard, un jour où Marie et moi (nous habitions alors à Santa Fe) roulions en direction d'Amarillo, nous remarquâmes au nord la fumée qui tachait l'horizon (la marque de fabrique du noir de carbone de Borger) et décidâmes d'effectuer un détour nostalgique. Notre foyer de jeunes mariés n'existerait plus, évidemment, la terre nue environnant le collège où elle avait enseigné serait couverte d'herbe, etc., mais ces endroits resteraient empreints de souvenirs heureux. Les souvenirs y étaient bien, mais le reste aussi. Les terrains de l'école étaient toujours recouverts d'une terre poussiéreuse nue, piétinée, vierge de toute tentative d'agrément. Et dans l'allée jonchée d'ordures, la maison de notre bonheur était toujours là. Un amoncellement de cochonneries avaient été poussées par le vent contre son unique porte, comme dans notre souvenir, mais elle était vide. Les rideaux de dentelle blanche que Marie avait tendus à la minuscule fenêtre de la cuisine avaient disparu, et un bateau affublé d'une voie d'eau avait été abandonné là, mais l'atmosphère était riche de tendres souvenirs. Marie mit pied à terre et prit plusieurs photos afin de les opposer aux doutes de nos enfants. Je restai dans la voiture, me remémorant la joie que je ressentais à me garer à cet endroit, il y avait si longtemps, quand je rentrais chez nous après une journée épuisante dans la salle de rédaction, sachant que Marie était là et qu'elle m'attendait, prête à partager les récits de nos journées respectives et à changer les déceptions et désagréments rencontrés en sujets de gaieté.

C'était elle qui rentrait la première car elle avait obtenu un poste de professeur. Comme elle était au bas de l'échelle d'ancienneté, on lui avait réservé les élèves de cinquième section X. Cette tranche d'âge est notoirement préoccupée par la puberté, il est virtuellement impossible de leur enseigner quoi que ce soit et ce « X » qui les désignait signifiait que sa salle de classe constituait l'habitat des incorrigibles. « Ce sont de braves gosses », insistait Marie aux yeux de qui ils l'étaient tous, sans exception.

Borger, cependant, offrait son lot de surprises, même dans les paisibles années cinquante, et même au collège. Un exemple :

Ça s'est bien passé, aujourd'hui, m'annonça-t-elle. Je constate des progrès sensibles. La classe n'a pratiquement pas été dérangée une seule fois de la journée. Il y a juste un garçon qui a décidé de faire son malin.

Qu'est-ce qu'il avait fait ?

Une des petites filles n'était pas là. Marie avait demandé aux autres si quelqu'un savait pourquoi Alice était absente. Ce gamin avait répondu qu'Alice et sa mère étaient en prison et, bien sûr, personne n'avait pu se retenir de rire. J'étais à Borger depuis suffisamment longtemps pour savoir que ce n'était pas forcément une plaisanterie. Ça ne l'était pas. Alice et sa mère étaient détenues sous l'accusation de prostitution.

Même si nous nous amusions, Borger n'était pas le lieu pour promouvoir des ambitions journalistiques. Tom, Brad et Fred, l'un après l'autre, trouvèrent des emplois ailleurs et s'enfuirent, engendrant un vide qui m'aspira vers le sommet et les tâches rédactionnelles (sans augmentation de salaire, bien évidemment), avec du travail de nuit qui s'ajoutait aux habituels six jours par semaine. L'hiver s'abattit sur les Hautes Plaines, avec ses célèbres vents du nord qui balayaient notre allée, chassant une poussière au parfum de suie dans les interstices entourant notre fenêtre et amoncelant devant notre porte une telle quantité d'ordures et d'herbes-qui-roulent qu'un jour Marie dut manier la pelle pour obtenir le droit d'entrer. Mais même quand je mis le réseau des vieux copains à contribution pour échapper à tout cela, j'y trouvais sans cesse des enseignements.

Par exemple :

Un cow-boy d'une quarantaine d'années se présente par une soirée de grand vent, épuisé et victime d'onglée. Il s'avance vers mon bureau, le chapeau à la main, me dit qu'il a un problème et me demande s'il peut utiliser mon téléphone. Je lui réponds bien sûr et le lui tends. Il raconte à son correspondant que la tempête qui sévit a chassé un troupeau de Herefords contre une clôture et qu'il a besoin d'aide pour les conduire à l'abri. Sur ce, il me remercie et part, et je m'aperçois alors que sa tête me dit quelque chose parce que c'est lui, le propriétaire du journal, au même titre qu'il l'est du gros quotidien d'Amarillo, de l'un des ranchs les plus vastes d'Amérique, de l'une des réserves de gaz naturel les plus importantes du pays. En quel autre lieu que sur ces plaines battues par le vent pourrait-on voir un magnat de la presse milliardaire endurer des engelures pour conduire ses vaches en sûreté ?

Cette même tempête m'enseigna une leçon indélébile sur la nature profonde des reporters sportifs. Notre équipe de basket était en déplacement avec orchestre, *cheerleaders*, etc. pour une rencontre à White Deer. Tout le monde s'était retrouvé bloqué pour la nuit. Les routes étaient coupées, les liaisons téléphoniques et les lignes électriques interrompues. Nous étions assiégés par des parents inquiets qui voulaient savoir si leurs enfants avaient survécu. Nos tentatives, par l'intermédiaire de la police de l'État, des services d'entretien des routes, des radioamateurs et de tous ceux à qui nous avions pu penser, s'étaient révélées infructueuses. À ce moment-là survient un messager de la Western Union qui apporte un télégramme. (Vous vous souvenez des télégrammes ?) Notre reporter sportif avait réussi à atteindre la gare ferroviaire et persuadé le télégraphiste qui s'y trouvait de nous l'envoyer. Des nouvelles, enfin ? Non. Il nous avait télégraphié le score et les statistiques du match.

L'appel qui devait marquer le début de la deuxième phase de notre vie maritale me parvint du *Lawton Morning Press*. Ce quotidien, qui se mourait apparemment du manque d'attention que lui consacrait son éditeur-rédacteur en chef, et de la concurrence féroce du puissant *Lawton Constitution*, avait été racheté par une chaîne de journaux et ressuscitait grâce à une perfusion d'argent et à une équipe renouvelée, recrutée essentiellement dans la promotion 1948 du département de journalisme d'OU. Mon cousin Larry avait été appelé comme rédacteur de la page des sports, et il me téléphona afin que j'assure les informations générales. Le salaire était de soixante dollars la semaine de travail standard de six jours. Cela nous convenait, à Marie et à moi.

17

Dans l'attente de la grosse info au *Morning Press*

Avant d'en franchir la porte d'entrée, il était déjà visible que le *Lawton Morning Press* devait être sérieusement à court d'énergie journalistique. L'infrastructure du journal occupait un emplacement situé dans une partie du centre-ville où les loyers étaient bas. Le bâtiment qui se trouvait juste en face avait été dévasté par le feu si récemment que l'odeur des cendres flottait encore dans l'air. J'avais lu les numéros antérieurs du *Press* et du *Constitution*, notre concurrent du soir. Le *Constitution* avait publié un grand article en première page sur cet incendie, avec des photos spectaculaires. Chose incroyable pour n'importe quel journaliste, il n'avait été fait aucune mention du sinistre dans le *Press*.

Mais cela, c'était quelques jours plus tôt. Maintenant, un nouveau régime régnait sur la salle de rédaction : des journalistes tous frais émoulus des cours de l'université d'Oklahoma à l'exception de Frank Hall, le rédacteur en chef, et du rédacteur aux affaires rurales qui, tous deux, méritent une description.

Hall, un journaliste endurci et très habile, avait quitté son emploi de rédacteur des affaires locales au *Constitution* à la suite d'un violent conflit avec les hautes instances du quotidien. Il avait proclamé, en manchette :

JESSE JAMES VIVANT : IL HABITE À LAWTON

Sous ce titre s'étalaient la photographie d'un vieux monsieur grisonnant, identifié comme étant le célèbre tueur de représentants de la loi, le dévaliseur de banques et de trains, en plus du récit signé par Hall sur la façon dont, contrairement à ce que les historiens croyaient uniformément, il n'avait pas été assassiné par un des membres de sa bande, des décennies plus tôt, mais se cachait depuis des années sous un nom d'emprunt et refaisait aujourd'hui surface en raison de son âge extrême et d'une santé précaire. Cet article, relayé par les agences de presse dans le pays tout entier, avait provoqué un déferlement de démentis, de quolibets et de remarques désobligeantes. Hall, sentant sa réputation souillée, avait présenté des preuves supplémentaires établissant que ce vieux monsieur était bien James. Ce qui avait entraîné un nouveau déluge de dénégations. Tout cela avait continué jusqu'à ce que le *Constitution*, un vieux journal d'excellente tenue, crie grâce et que Hall parte au *Morning Press* qui n'avait, lui, ni dignité à protéger ni réputation à perdre.

Le rédacteur aux affaires rurales, Malcolm, était un diplômé des prestigieuses universités de l'Est, natif de Manhattan, envoyé par le siège central du groupe qui avait racheté le *Press*. Officiellement, son poste était celui de rédacteur aux affaires rurales, mais nous le soupçonnions d'être un espion de la compagnie chargé de surveiller ce qui se passait. Il était gentil, néanmoins, et intelligent, et nous faisions de notre mieux pour l'aider à vaincre son indécrottable ignorance pour tout ce qui touchait à l'agriculture. (« Holstein », criait-il à la cantonade : « Un cochon, une poule, un cheval, une vache ? C'est quoi ? » Et quelqu'un lançait : « Une vache. » Ce sur quoi Malcolm retournait à sa machine à écrire.) S'il ne faisait pas partie de notre bande de gosses du terroir de l'Oklahoma, il était membre de l'équipe et tout aussi décidé que nous à vaincre le *Constitution*. Il avait simplement une autre raison que nous pour y parvenir.

Entre-temps, Marie et moi nous étions trouvé un autre garage. Celui-ci se trouvait dans un jardin, sur l'arrière d'une maison, dans un quartier résidentiel, et il y avait un minuscule appartement en étage. On gravissait un escalier métallique raide pour atteindre la porte, et on arrivait à cet escalier en naviguant à travers une étendue de boue. Aussi petit fût-il, il défiait toutes nos tentatives pour le chauffer. À l'inverse de notre confortable foyer de Borger, il faisait ici perpétuellement froid. Marie échappa à cette mise au cachot en obtenant un emploi dans un laboratoire de l'hôpital indien de Fort Sill, et nous nous trouvâmes un logement plus agréable dans un groupe de six disposés en U.

Si l'amélioration était immense, ce n'était pas le luxe. La structure était en contreplaqué, bâtie sur un terrain où l'on avait enseveli des déchets, entre la grand-route conduisant au Texas et des rails où les cheminots remisaient leurs locomotives diesel entre deux utilisations. Quand ils laissaient tourner les moteurs, cela entraînait des vibrations dans la terre instable, sous la dalle du logement. Les tableaux accrochés aux murs commençaient à trembler, puis s'entrechoquaient assiettes et casseroles et, bientôt, l'appartement était envahi de cliquètements, de craquètements et de crépitements.

Les autres difficultés étaient d'ordre humain. Trois des logements abritaient des militaires basés à Fort Sill, les trois autres des employés du *Morning Press*. Les journalistes partaient au travail vers midi et rentraient aux alentours de une heure du matin pour parler, dîner et se raconter des histoires drôles. Les soldats allaient prendre leur service aux environs de sept heures du matin et revenaient en fin d'après-midi. Aux petites heures de la nuit, nous renouions nos liens avec nos femmes pendant que les militaires essayaient de dormir. Vers les neuf heures du matin, ils chassaient leurs gosses dans la cour sur leurs tricycles quand nous cherchions le sommeil. L'isolation phonique ? À travers la fine cloison de contreplaqué, j'entendais le bruit que faisait la lame du rasoir de notre voisin quand elle tranchait ses poils de barbe.

Ce qui précède, et la naissance imminente de notre fille, relança pour nous la quête d'un logement. Nous eûmes la chance (une chance peut-être favorisée par l'assurance-vie à capital différé contractée auprès du propriétaire) de dénicher un appartement de deux pièces dans une maison d'un étage comprenant deux logements, et à ce jour Marie en garde le souvenir d'un lieu « paradisiaque ». Anne arriva, une adorable petite fille affligée de douleurs abdominales qui semblèrent persister indéfiniment, et nous eûmes la possibilité de la ramener de l'hôpital pour l'installer dans une maison donnant sur une rue où il y avait de véritables pelouses (une première pour nous). Ce fut à peu près à ce moment que les longues heures et le rude labeur consentis par notre équipe éditoriale inexpérimentée, associés à l'efficacité et à l'habileté de Frank Hall comme rédac-chef, se mirent à payer. Nous prenions le meilleur sur les articles sobres et sans relief du *Constitution*, notre tirage était fortement en hausse, les gros annonceurs commençaient à acheter des espaces publicitaires importants. Étant novices dans le métier, nous nous imaginions que cela allait peut-être entraîner des augmentations de salaire. Voici ce qui se passa :

Je vaque à mes corvées de fin de soirée, l'organisation de la pagination, lorsque fait soudain irruption Emmett Keough, le rédacteur en chef redouté du *Constitution* méprisé de tous. Il passe à ma hauteur avec un hochement de tête et disparaît dans le bureau de Hall. Le silence s'abat sur la salle de rédaction bruyante en toutes circonstances. C'était aussi impensable qu'une visite inopinée de Yasser Arafat lors d'un banquet de la Ligue contre la diffamation des Juifs. Entre ces deux journaux, on ne se fréquentait pas. Nous mangions dans des cafés-restaurants différents, buvions dans des bars différents, nous ignorions mutuellement lors des conférences de presse. La rivalité était féroce et personnalisée. Au bout de quelques instants d'inquiétude, la porte de Hall s'ouvre, les deux rédacteurs en chef sortent, Keough s'en va et notre patron me remet une feuille dactylographiée. « Tu la passes en première page, me dit-il. Sous la pliure, avec titre sur deux colonnes. »

Il avait déjà rédigé le titre qui proclamait :

FUSION *CONSTITUTION-PRESS*

Information reprise par l'article qui suivait. En d'autres termes, nous avions été rachetés par nos concurrents. Nous avions perdu la bataille. Non. Nous l'avions gagnée. L'idée finit par s'insinuer dans nos crânes innocents que nous étions les troupes placées en ligne de front dans un exemple assez représentatif du capitalisme en action. Notre but consistait à mordre suffisamment dans les bénéfices réalisés par le *Constitution* pour que notre rachat leur coûte moins cher que notre concurrence. De toute façon, la guerre était terminée, et qui a besoin de soldats quand il n'y a plus de batailles à livrer ? Des indemnités de licenciement ? Pas en 1950. Deux semaines de préavis ? Pas question. Si je me souviens bien, nous fûmes trois à qui l'on proposa du travail dans l'édition matinale du journal après fusion, et tous trois ravalâmes notre fierté battue en brèche et acceptâmes.

Pour moi, cela signifiait une augmentation puisque je touchais désormais soixante-quinze dollars par semaine. Plus important, cela me fit passer d'un quotidien alimenté en informations par l'agence United Press à un membre du réseau d'Associated Press. Quand elle était à court de personnel, United Press ne lançait pas de raids sur les salles de rédaction de ses propres clients. Elle détournait les journalistes clients de l'AP. Ainsi, après avoir travaillé un temps pour le journal après cette fusion, je reçus un appel de Carter Bradley, le directeur de UP pour l'Oklahoma, et devins membre du « Club de la Maîtrise », de la Corporation des journalistes américains et, pour la première (et la dernière) fois de ma vie, je bénéficiai d'une semaine de travail de quarante heures, étalée sur cinq jours, sans oublier les deux semaines de congés payés.

Nous voilà partis, Marie, bébé Anne et moi, pour Oklahoma City où nous recommençons à chercher un logement… qui sera notre cinquième lieu de résidence en deux années de vie conjugale. Nous nous installons dans un appartement situé juste en face de la route la plus fréquentée de l'État, celle qui vient de la base Tinker de l'armée de l'air américaine, et nous apprenons très vite que les immenses structures, de l'autre côté de la clôture entourant la base, abritent des « hangars de révision » où ils testent la nuit les réparations opérées sur les moteurs des avions à réaction en les poussant à leur puissance maximale, provoquant rugissements et hurlements. Cela n'avait cependant pas l'importance que suggère cette description car les ennuis gastriques d'Anne persistaient et les cris de douleur causés par son estomac noyaient le bruit des moteurs.

J'avais désormais un travail qui pouvait mener quelque part. J'avais, pour l'obtenir, accepté une réduction de mes revenus à soixante-deux dollars cinquante par semaine mais une hausse de salaire était planifiée pour le mois suivant et les augmentations futures seraient automatiques. Nous nous mettons en quête d'une maison qui en sera vraiment une et la trouvons dans un quartier en cours d'urbanisation, avec une nouveauté en matière d'habitation : briques véritables et un garage qui avance vers la rue de telle sorte que la cuisine peut s'insérer derrière. Il y a un salon-salle à manger, une chambre et une salle de bains. Un ventilateur de plafond compense l'absence de climatisation et nous disposons sur l'arrière d'un espace suffisant pour avoir un jardin. Le prix est de neuf mille cent dollars… et nous nous souvenons encore l'un et l'autre de nos angoisses face à ce plongeon monstrueux dans l'endettement.

C'était l'été 1951. J'avais travaillé pour trois journaux, couvert toutes les rubriques : la tempête de neige qui décimait le bétail, l'accident de la circulation causant plusieurs morts, la grève des ouvriers du pétrole, le procès pour meurtre, la tornade, l'incendie de l'église, la réunion du conseil de comté, les campagnes électorales. J'étais plutôt satisfait de ce que j'écrivais. Mais en pénétrant dans le bureau de United Press, à Oklahoma City, j'étais tombé dans un repaire d'authentiques professionnels, un territoire où la dernière limite de onze heures du matin était remplacée par la règle de la *dernière limite à chaque minute* instaurée par Hugh Bailey, le légendaire tsar qui faisait claquer son fouet sur le royaume de la « Maîtrise ».

Les rares salles de rédaction dans lesquelles je suis entré depuis que les ordinateurs ont remplacé les télétypes m'ont paru d'un calme déstabilisant, ressemblant davantage à un repaire de comptables ou d'hommes de loi que de reporters. Celles des années cinquante dont j'ai gardé le souvenir étaient bruyantes, remplies d'échanges de cris au-dessus du claquement des téléscripteurs fonctionnant en parallèle, de manifestations de joie, de désespoir, d'imprécations, de blagues, d'échos de camaraderie et de disputes. La partition jouée dans la salle de UP était dominée par le cliquetis nerveux des télétypes qui constituait le son dominant : la ligne assurant la politique locale, le tronc commun, la ligne de la Bourse, celle des sports, celle de la radio. De chaque machine émanait une sollicitation qui réclamait l'attention, puis elle attendait dans un silence redoutable qu'on l'alimente en nouvelles, ou produisait le *ding, ding,* signalant que la demande était d'une urgence extrême. Pas de temps à perdre en cris, chahut, farces et tapage comme dans une salle de rédaction de journal. Le client de Tulsa voulait l'article qu'il avait réclamé et le voulait tout de suite. Le responsable de la branche de Dallas exigeait les derniers développements concernant un événement sportif, et l'heure où il fallait boucler les nouvelles de midi n'était plus éloignée que de dix-sept secondes. De temps en temps nous parvenait un message en provenance direct du centre nerveux des opérations, signé NX HB. NX correspondait à New York et HB était Hugh Bailey en personne. Les Hank Brown, Hobson Bellamy et Horace Bung de UP étaient priés d'adopter d'autres initiales. HB signifiait *le patron*, et nous supposions qu'il était à l'origine de l'appellation de Club de la Maîtrise que s'était gagnée United Press en raison des injonctions qu'il donnait et qui avaient tendance à inclure l'ordre de « maîtriser les dépenses ».

Mais Hugh Bailey était invisible, à un demi-continent de distance. Dans notre bureau, le patron était Carter Bradley, le journaliste le plus fin que j'aie jamais connu. Il était également le moins patient… comme je m'en rendis compte au bout d'environ cinq minutes à mon nouveau poste. Je pénétrai dans le bureau pour annoncer mon arrivée, m'attendant à être bien accueilli et présenté à la ronde en qualité de nouveau membre de l'équipe. Tout le monde parlait au téléphone, tapait sur les touches d'un télétype quand ce n'était pas les deux à la fois. Je restai planté sur place à attendre qu'on prenne acte de ma présence. Un autre téléphone sonna. Bradley me regarda, fronça les sourcils, désigna l'appareil d'un signe de tête. Je le soulevai et dis : « United Press. »

« Reproductrices, me dit la voix. Trois cent quarante. Dix-sept dix à dix-huit. Génisses d'un an, trop peu pour cotation… »

« Une seconde », dis-je en m'emparant d'un crayon et d'une feuille de papier léger et en commençant à noter le prix des bêtes atteint en milieu de matinée au parc à bestiaux d'Oklahoma City.

Bradley en avait maintenant terminé avec le téléphone et il posait sur moi un regard mauvais.

— Sers-toi un peu de ta tête, me rappela-t-il à l'ordre. Ce genre d'appels, tu les tapes directement sur la bande du télétype. Ça t'évitera de perdre ton temps en t'y reprenant à deux fois.

Le savoir-faire de base essentiel dans le métier de journaliste (par opposition à celui d'écrivain) réside dans l'obtention des informations, et c'était dans ce domaine que s'exprimait le génie de Bradley. Il ne s'agit pas uniquement de savoir qui dispose de ces informations, mais de savoir qui est prêt à les partager avec vous. Par exemple, nous apprenons par notre liaison directe avec la police qu'un bimoteur s'est écrasé dans les montagnes proches de la frontière avec l'Arkansas. Bradley m'assigne cette mission. Je contacte la police des routes de l'Oklahoma qui possède des renseignements mais n'est pas disposée à me les communiquer tant que le commandant responsable n'est pas prêt à prendre la parole. J'appelle le bureau du shérif concerné. Même histoire. J'appelle l'hôpital de la ville la plus proche. Pas de chance. J'annonce à Bradley qui j'ai contacté et lui relate le peu de renseignements obtenus, à savoir le lieu approximatif au cœur des reliefs fortement boisés et dépourvus d'accès routier, et le fait que les sauveteurs ont atteint le site de l'accident. Il me récompense par un regard sévère et me dit : « Appelle le service des forêts. » Je le fais. Le ranger possède les mêmes informations que la police des routes, le bureau du shérif et l'hôpital. La seule différence c'est que son travail lui donne rarement l'occasion de parler à la presse et qu'il est ravi d'être cité. En conséquence, pendant que nos concurrents harcèlent vainement les canaux officiels reconnus, nous enregistrons un texte précisant qu'il y a eu sept décès et aucun survivant dans l'accident d'un appareil « d'instruction » de l'armée de l'air.

Cette histoire mit également en exergue l'inconvénient du système. L'Associated Press (nom de code « Mamie » pour les autres agences de presse parce qu'elle avait pour politique d'être lente mais sûre) annonça ultérieurement qu'il y avait eu six morts, ce qui nous contraignit à inclure une correction signalant que l'un des décès signalés précédemment était celui du doberman du colonel.

Le sens aiguisé de Bradley concernant l'endroit où l'on pouvait se procurer des renseignements quand les bureaucrates refusaient tout commentaire valait à KO (le code désignant le bureau d'Oklahoma City) un remarquable palmarès sur les bulletins mensuels NX (new-yorkais) recensant les « passages » dans les quotidiens des grandes villes qui, pour leurs sources, avaient le choix entre UP, AP et l'International News Service. La politique de Bradley consistait à être les premiers à transmettre nos articles sur les bureaux des rédactions et ce, avec le meilleur paragraphe d'entame. Quand nous n'y parvenions pas, il était mécontent. Tandis qu'il tentait de m'inculquer les techniques permettant d'obtenir ces informations, je m'apercevais que, en ce qui concernait l'écriture, j'avais encore beaucoup à apprendre de Phil Dessauer, le rédacteur général, et Howard Wilson, notre correspondant dans la capitale de l'État, m'enseignait les arcanes des comptes-rendus politiques. Dessauer, qui avait lui-même une jolie plume, assurait sa tâche avec tact, attentif à l'ego chatouilleux de l'apprenant que j'étais. « Un bon papier, que tu as rédigé là », me complimentait-il après que je lui eus remis un article de six cents mots sur un procès pour kidnapping suivi de meurtre. « Essaye de voir si tu pourrais le condenser en deux cent cinquante. » Bien sûr, on s'apercevait alors qu'on pouvait supprimer la moitié de sa prose, mauvais pour l'ego mais bon si on désire apprendre à dominer sa langue. Wilson, lui, était un génie pour détecter des fuites, pour inciter politiciens et bureaucrates à s'exprimer quand leur intérêt premier leur intimait qu'il était plus sage de conserver le silence, et pour apprendre quels atouts (et qui) les groupes de pression représentant une branche d'activité avaient dans leur manche.

Je tenais le rôle de deuxième violon pour la politique dans la capitale de l'État, couvrant le Sénat quand les élus siégeaient (les événements notoires se produisaient à la Chambre des représentants) et donnant un coup de main quand Wilson devait se consacrer à une mission spéciale. J'eus la bonne fortune d'être repéré par Otis Sullivan, depuis extrêmement longtemps l'indéfectible autorité des salles de rédaction, comme un égal : un fils de fermier. Sullivan dirigeait les services politiques du *Daily Oklahoman*, rédigeait la tribune d'analyse politique locale résolument de droite, et n'était pas étranger aux éditoriaux sempiternellement réactionnaires du quotidien. J'ai gardé le souvenir d'un grand personnage, maigre, âgé et austère (quand on a vingt-six ans, quiconque dépasse la quarantaine paraît vieux comme Hérode), assis derrière son très vaste bureau, sous l'unique fenêtre éclairant la pièce étroite tout en longueur, qui semblait perpétuellement engagé dans une conversation téléphonique. Son prestige et son pouvoir étaient tels que quand il désirait interviewer quelqu'un, il lui suffisait de contacter son secrétariat et de le convoquer sur la chaise, à côté de sa machine à écrire, pour répondre à ses questions.

J'y fus mandé le troisième jour environ après qu'on m'eut confié la politique locale. Otis me passa sur le gril à propos de mon boulot, de ce que j'avais fait avant, etc. puis il me dit que j'avais, à ce qu'on racontait, grandi sur une ferme. Où ça ? Est-ce que j'avais récolté le coton ? Ramassé les balles de foin ? Castré les veaux ? Satisfait de mes réponses sur tous ces points, il me souhaita bonne chance. Des mois plus tard, il me donna un conseil que je n'ai jamais oublié. Je venais d'interroger le chef de la majorité sénatoriale sur l'une des controverses du moment. L'*Oklahoma City Times* avait publié mon article, Otis l'avait lu et il me convoqua dans son bureau, pointa l'index sur la ligne mentionnant mon nom. La conversation se déroula à peu près comme suit :

— C'est toi qui as écrit ça ?

— Oui, monsieur.

Long silence méditatif.

— Gamin, ça t'intéresse de savoir quand un homme politique se sert de toi ?

— Bien sûr.

— Quand tu poses une question, observe bien sa figure. Dès que ses lèvres commencent à s'agiter, il ment.

Un conseil utile car, quelques jours plus tard, j'allais partir pour un endroit où la politique était reine et la seule et unique industrie. Quand j'arrivai pour assurer mon poste de nuit, Bradley m'accueillit par une question. Le directeur du bureau de Santa Fe venait de démissionner. Est-ce que le poste m'intéressait ? Euh, *oui !* Chaque fois que Marie et moi discutions de nos buts et de nos ambitions, les miens étaient toujours de diriger la rédaction d'un quotidien dans une des capitales locales : idéalement celle d'un État de l'Ouest qui ne serait pas la Californie, idéalement le Nouveau-Mexique, idéalement Santa Fe.

Je me souviens avoir demandé à Bradley quelque chose du genre, quand devrais-je y partir, et sa réponse, typique de United Press, fut que l'on me voulait à pied d'œuvre le lendemain matin. J'appelai Marie pour savoir ce qu'elle en pensait. Bien sûr, me dit-elle. Elle allait rester un peu pour vendre notre maison pendant que je nous trouvais un logement. Nous étions en septembre 1952 et nous nous apprêtions à déménager une fois de plus. Pour un véritable changement de vie, cette fois.

18

La vie dans la Cité Différente

Cela fait maintenant trente-huit ans que j'ai quitté Santa Fe et je ne suis pas sûr que ses habitants l'appellent encore « la Cité Différente ». Probablement pas. Elle se dresse toujours à deux mille deux cents mètres au-dessus du niveau de la mer, sur un versant montagneux, a conservé un grand nombre de ses étroites rues d'origine, de ses murs d'adobe et de son ambiance indienne et hispanisante à la fois, mais est défigurée par une population de jeunes cadres dynamiques et de propriétaires de « résidences secondaires » hors de prix. Aujourd'hui, sa structure sociale ressemble beaucoup à celle des banlieues riches où résident les besogneux des usines à navets de Hollywood. Quelques signes de ce déclin devaient déjà être visibles lorsque j'y arrivai dans notre vieille voiture à l'automne 1952. La population s'élevait à un peu plus de vingt mille (moins du tiers de son chiffre actuel) mais les spécialistes de la Vieille Santa Fe en pleuraient déjà la disparition.

Le jour où je me présentai à mon nouveau travail, l'homme que je remplaçais au poste de directeur pour l'État du Nouveau-Mexique m'accompagna afin de m'introduire auprès des diverses sources d'informations potentielles. Parmi elles se trouvait le président de la vénérable chambre de commerce. Je lui confiai que j'étais impressionné par sa ville et eus droit à une réaction différente de celle à laquelle je m'attendais.

— Oh, elle est fichue, maintenant. Beaucoup trop grosse, nom de nom. Les gens n'arrêtent pas de venir s'y entasser et il n'y a pas moyen de les en empêcher. Si seulement vous l'aviez connue dans les années trente.

Le soir même, j'assistai à une réunion de l'autre chambre de commerce, la plus jeune, qui, dans les cités qui ne sont pas différentes, représente le second degré de l'affairisme. Quasiment la même analyse. Les « Tejanos » envahissaient tout, se lamentèrent les membres de l'assemblée. (*Tejano* est un terme péjoratif qui englobe les Texans et toute autre personne ayant davantage d'argent que de savoir-vivre.) Le moment de détente fut consacré à ce que l'on appelait, en cette époque d'innocence, un « film pour célibataires ». Ces réalisations n'avaient pas plus de prétentions artistiques que les films traitant des maladies vénériennes que l'armée nous avait projetés, n'avaient rien à leur envier du point de vue de la représentation graphique, et étaient (ainsi que s'en souviennent peut-être ceux qui ont connu ces temps anciens) illégaux. Ce qui ne dérangea absolument pas l'adjoint au shérif et le juge présents parmi les spectateurs, mais le procureur, après avoir enduré quelques moqueries, se coiffa de son chapeau et partit.

Santa Fe pouvait se prétendre différente à d'autres titres, d'abord en raison de son altitude, dans les monts Sangre de Cristo, et aussi parce que sa fondation remonte au début du dix-septième siècle. Les conquistadores espagnols occupèrent une colonie indienne existante et la laissèrent se développer. En 1610, le roi qui régnait sur le trône d'Espagne la nomma « la Ville Royale de la Sainte Foi de Saint François d'Assise » et traça un carré sur sa carte pour en définir les limites. Très opportunément, ce carré n'était pas tracé selon des relevés effectués au compas et, en conséquence, les rues de la ville non plus. La planification urbaine observa un temps d'arrêt de trois cent cinquante ans. Puis, au milieu des années cinquante, on adopta une ordonnance de classement de la partie historique, préservant ses rues étroites et son architecture d'adobe, et interdisant aux promoteurs philistins de convertir la cité en une version montagnarde de Lubbock. Cela permit de sauver le centre de la ville qui résiste à ce jour tel un diamant serti sur une monture dépourvue de goût, constituée de ces autoroutes frangées de centres commerciaux qui précèdent toutes les villes d'Amérique.

La sociologie de Santa Fe était également différente à l'époque. La population se divisait de manière approximativement égale entre Hispaniques et Anglos, les premiers étant les descendants des pionniers qui avaient suivi Coronado et Onate vers la « Frontière du Nord », bien avant que le *Mayflower* ne touche terre à Plymouth Rock. Quand l'association des Filles du Mayflower choisit Santa Fe pour organiser sa convention, le *New Mexican* titra :

ASSOCIATION D'IMMIGRÉES
ENVISAGE RÉUNION EN VILLE

Les Hispaniques, à l'époque, représentaient la crème de la société locale. Tous les autres étaient des Anglos, que leurs origines soient européennes, africaines, asiatiques, samoanes ou turques. Une *chiste* populaire illustrait cette particularité :

Dans un bureau de vote de Santa Fe, un Hispanique s'approche d'un Afro-Américain et lui pose la question normale en un jour de consultation électorale :

— Combien ils sont prêts à payer les voix ?

— Je ne sais pas, répond l'autre, ils en sont pas encore arrivés à nous, les Anglos.

La réponse à cette question, dans la plupart des circonscriptions de 1952, semblait se situer à deux dollars, mais c'était peut-être davantage. C'était une année marquante pour la politique, au Nouveau-Mexique, car le général Patrick Hurley tentait d'arracher à Dennis Chaves son siège de sénateur à Washington. Hurley, ancien mineur de charbon dans l'Oklahoma, avait gagné une fortune en exerçant le droit, puis dans l'industrie du pétrole et de l'uranium. Il était célèbre pour avoir été le ministre de la guerre qui, durant l'administration Hoover, avait envoyé le jeune général Douglas MacArthur déloger « l'armée Bonus » composée d'anciens combattants de la Première Guerre mondiale acculés à la misère, et réduire en cendres leur bidonville improvisé à Washington. Plus récemment, il avait été ambassadeur en Chine nationaliste et fervent supporter de Tchang Kaï-chek. Chaves était le fils d'une éminente famille de *patrón* et avait, au même titre que nombre d'Hispaniques du Nouveau-Mexique, basculé de républicain à démocrate durant la période du New Deal. La campagne était si âpre qu'au matin du scrutin les réserves en billets de la Banque nationale de Santa Fe étaient épuisées.

À Santa Fe, capitale de l'État, les emplois relevant de la municipalité ou de l'administration du comté revenaient prioritairement aux Hispaniques alors que les Anglos étaient massivement représentés dans les branches touristiques et commerciales. Le tout rehaussé d'un vernis de culture par une colonie artistique très active, elle-même renforcée par une délégation de « pseudo » peintres, sculpteurs, etc., qui vivaient des largesses de proches fortunés.

Les membres les plus intéressants de toute population, bien sûr, sont ceux qui résistent à tous les conformismes… et la Santa Fe d'autrefois en avait plus que son lot. Je pense en premier lieu à « El Gigante », une femme de la Nouvelle-Angleterre indiscutablement anglo qui avait été exilée dans l'intérieur des terres par sa famille influente. Comme le suggère son surnom, El Gigante était à la fois grande et solidement bâtie. Elle possédait une maison inhabitée, à côté de chez elle, qu'elle gardait portes ouvertes et vide à l'exception de pots de peinture. Un panneau, à l'extérieur, invitait les enfants à entrer et à s'essayer aux fresques murales. Il va sans dire qu'ils ne s'en privaient pas. Étant des résidents de Santa Fe, leurs parents semblaient considérer cela comme normal. Il y avait aussi Tommy Maciaoni, qui avait légalement fait changer son nom en « El Differente » quand il avait brigué le poste de gouverneur, qui n'avait jamais rencontré créature vivante qu'il n'aimait pas et qui troquait ses tableaux contre de la nourriture pour assurer la subsistance de ses congénères sans ressources et de sa horde de chiens errants. Un autre était Aristide Mian, le sculpteur de renom, qui animait la croisade menée dans le quartier contre le pavage de Camino de Monte Sol en maniant la pioche la nuit pour déloger les pavés que les équipes de cantonniers posaient le jour.

Des individualités de ce genre, il y en avait à foison, mais la situation à l'automne 1952 ne laissait aux reporters politiques novices dans mon genre que peu de loisirs pour en profiter. Le parti démocrate du Nouveau-Mexique, en position dominante depuis l'émergence du New Deal, subissait une véritable déroute. Un républicain siégeait dans le bureau du gouverneur, une bande de jeunes turcs idéalistes avaient confisqué à la clique au pouvoir les postes de contrôle de l'administration, un individu honnête avait été placé à la tête de la police de l'État, et les jurys de mise en accusation étaient à l'œuvre dans une demi-douzaine de comtés. Tout ce désordre avait eu pour détonateur ce que beaucoup de gens considéraient comme une mort plus ou moins semi-accidentelle.

La victime s'appelait Cricket Coogler, une jolie brune de Las Cruces âgée de dix-sept ans, qui travaillait comme serveuse et aimait bien s'amuser. Une nuit, Cricket disparaît. Le temps passe. Les rumeurs franchissent la frontière du Texas et aboutissent au *El Paso Herald Post.* Ce journal met un reporter sur l'affaire. Le shérif annonce que l'on redoute un acte criminel et qu'un suspect est activement recherché. Le matin de Pâques, des gamins partis chasser le lapin découvrent la main livide de Cricket Coogler qui sort de terre.

La manière dont son corps avait été dissimulé était assurément très désinvolte : un peu de sable avait été poussé avec les pieds sur son cadavre à l'endroit où on s'en était débarrassé. Mais la couverture médiatique du crime fut ardente et il en alla de même pour la réaction du public.

Au terme d'un demi-siècle au cours duquel les

critères de la moralité n'ont cessé de se gangrener, il paraît difficile aujourd'hui de prêter foi à cette réaction et à ses effets. La disparition d'une serveuse adolescente ne vaudrait même plus qu'il en soit fait mention aujourd'hui. La découverte de son cadavre pourrait susciter trois paragraphes en page intérieure. La « Guerre contre la Drogue » que nous menons de manière insensée a haussé l'assassinat au rang de pratique banale quotidienne. Mais même en cette époque plus civilisée, la réaction qui suivit la mort de Cricket Coogler fut remarquable. Je pense que l'insouciante manière dont le corps avait été abandonné avait touché un nerf sensible, rendu patente une sorte d'arrogance qui dépassait les limites de ce qui est compréhensible et acceptable de la part d'un être humain. La Bête s'était échappée de sa cage au Nouveau-Mexique. Les gens de la rue qui, depuis longtemps, toléraient les violations flagrantes des lois contre le jeu, la prostitution et la corruption évidente dans le domaine public, se révoltèrent. Je ne me souviens plus de la séquence des événements, et je doute qu'elle importe vraiment. (A-t-on gardé le souvenir de celle qui a provoqué le mouvement de la foule lors de la prise la Bastille ?) Selon certaines rumeurs, un très important membre de l'administration démocrate était le meurtrier, et le shérif, qui était également le roi de la politique du comté, avait personnellement effacé les traces laissées par ceux qui avaient jeté le cadavre.

Le reporter du *Herald Post*, Walt Finlay, apprend que le corps de Cricket a été retiré du lieu où il reposait, dans le désert, et transféré à Las Cruces. Là, le médecin légiste déclare qu'elle a été violée, et aussitôt le shérif fait procéder à l'inhumation, sans autopsie ni service funèbre. Une clameur s'élève réclamant la nomination d'un jury de mise en accusation, reste ignorée du juge local et du procureur, mais une action en justice est néanmoins engagée à la suite d'une pétition publique. Les membres du jury concluent que le shérif et le procureur essayent d'entraver l'action de la justice, et ils créent un précédent en cassant le procureur et en engageant eux-mêmes un représentant du ministère public. Ils ordonnent l'exhumation du corps à fin d'autopsie et découvrent que la police a transporté des sacs de chaux vive afin d'y enterrer la jeune fille, rendant toute velléité d'autopsie futile.

La pression monte. Le chef de la police de l'État arrive de Santa Fe et reprend à son compte les manœuvres de dissimulation de la vérité. Le bruit se répand qu'un attaquant de l'équipe des Steelers de Pittsburg est placé en détention comme suspect. Le reporter du *Herald Post* vient rôder dans la prison en se faisant passer pour un avocat, il trouve le joueur et publie son alibi. Le suspect est relâché. Un ancien combattant noir de l'artillerie américaine, employé à une station de lavage de véhicules à Las Cruces, est alors arrêté comme suspect subsidiaire. Quelqu'un qui travaille aux services sociaux signale que le shérif fait régulièrement sortir des jeunes filles de l'orphelinat d'État et leur procure du travail dans des bars ou des occupations nettement moins recommandables. Le nouveau suspect est conduit par le chef de la police de l'État, le shérif et d'autres policiers, sur les lieux où le corps de Cricket a été jeté. On lui coince les testicules à l'aide d'un antivol de bicyclette auquel on imprime une torsion pendant qu'on exige ses aveux. Il refuse. Deux des policiers de l'État reculent devant la torture et s'en vont. Le suspect retourne en cellule avec les parties très enflées. Les échos de ce qui s'est passé parviennent jusqu'au jury. Entre-temps, de son propre chef, un gendarme du comté effectue une descente dans l'un des repaires les plus connus abritant les jeux de hasard, mais le tenancier appelle à l'aide. Les adjoints du shérif arrivent, arrêtent le gendarme, remettent à leur emplacement d'origine les machines à sous qu'il a saisies et embarquent le policier zélé en lui infligeant un sérieux avertissement. Un jury inculpe le shérif de mauvais traitements supposés infligés aux jeunes orphelines. Un juge de ses amis casse la mise en accusation et le restitue dans ses fonctions de shérif. À Santa Fe, le président de la Cour suprême établit un précédent dans la jurisprudence américaine en prenant un décret qui, de fait, instaure la loi martiale dans le comté de Dona Ana. Un autre haut magistrat est envoyé à Las Cruces pour veiller au maintien de la loi. Le shérif, flanqué d'un adjoint, fait irruption dans la chambre de Walt Finlay, à l'hôtel Amador (en harmonie avec son nom, qui signifie « Amant », l'Amador remplaçait les numéros des chambres par des prénoms féminins et les portes étaient dépourvues de serrure). Il braque son revolver sur la tête du journaliste et lui annonce qu'il a décidé de l'abattre. Le reporter lui répond que ce serait une erreur parce qu'il n'est qu'un débutant inexpérimenté et que, s'il est tué, le *Herald Post* enverra une équipe d'enquêteurs patentés. Le shérif voit la sagesse de l'argument, abonde dans son sens, rengaine son arme et sort. Pendant ce temps, le jury de mise en accusation décide de s'arroger les prérogatives de la loi, convoque les policiers soupçonnés dans la salle des auditions, les enferme sous bonne garde et effectue la tournée pour fermer divers établissements illégaux. Un jury de mise en accusation fédéral est réuni et prend une autre décision historique en inculpant le shérif, le chef de la police de l'État et un des enquêteurs travaillant pour le procureur de violation des droits civiques contre la personne du suspect noir. Tous trois sont reconnus coupables et condamnés à des peines de prison.

Le noyau est brisé. La structure tout entière commence à se désagréger. Les représentants de Bugsy Siegel ne viennent plus faire d'offres pour transformer le parc immobilier de Santa Fe en casinos. Deux collecteurs de fonds, tous deux policiers, qui passaient prélever leur part du gâteau dans une salle de jeux se disputent le montant de la recette et l'un des deux abat l'autre. Lorsque aucune instruction n'est ouverte, le *New Mexican* découvre dans les archives que celui qui a tiré est actuellement emprisonné dans le pénitencier de l'État où il purge un homicide antérieur. Le directeur de l'établissement lui a « octroyé une permission de sortie ». Le procureur se voit demander pourquoi ce policier n'est pas traîné devant les tribunaux en liaison avec ce nouvel homicide. Il répond que le problème a été « réglé en dehors du prétoire ».

Quand j'arrive en ville, tout cela date de l'année précédente et je ne suis témoin que des répliques du tremblement de terre.

Pour la première fois depuis des décennies, l'État du Nouveau-Mexique, démocrate à une large majorité, avait élu un gouverneur républicain qui avait fait campagne en promettant d'élucider le meurtre de Cricket Coogler. Il n'en fit rien, pas plus que quiconque, mais la clique au pouvoir avait perdu le contrôle de l'appareil législatif au même titre que celui de l'exécutif. La révolution était achevée mais de nombreux membres de l'ancien réseau occupaient encore des fonctions publiques au sein de l'État ou du comté, et des jurys de mise en accusation poursuivaient leur tâche ici et là. Pour moi qui étais un jeune homme souhaitant devenir journaliste politique, c'était la Terre promise.

En tant que « directeur pour l'État du Nouveau-Mexique » de United Press (avec sous ma direction une équipe d'un seul membre), j'avais la responsabilité de couvrir cette situation. Sous mes ordres se trouvait Jack Bacon, un garçon vif et intelligent mais qui ne possédait, au Nouveau-Mexique, que six mois d'expérience, et quelques-uns ailleurs dans le métier de journaliste. Jack et moi étions en compétition avec six reporters de l'Associated Press et, puisque AP est une coopérative, avec tous ceux qui travaillaient pour les journaux de son groupe. Comment nous nous en tirions ? Eh bien, dans la mesure où je rédige moi-même ces lignes, je dirais que nous nous en tirions fort bien.

La situation en Oklahoma avait été immensément différente. Là-bas, la majorité des journaux et des stations de radio (la télé n'entrait pas encore en ligne de compte) étaient clients de UP. Le bâtiment amiral d'AP, le *Daily Oklahoman*, était une sorte de dinosaure journalistique, qui se vouait au maintien des lois prohibitionnistes en luttant contre l'autorisation de l'alcool dans l'État, à l'anéantissement des syndicats de travailleurs, et aux combats livrés contre ce qu'il restait, dans les années cinquante, de la vieille tradition de libéralisme politique au sein de l'État. Par conséquent, si le nombre d'employés dont disposaient AP et UP était grosso modo équivalent, Carter Bradley était le Michael Jordan de l'Oklahoma et beaucoup, dans l'univers journalistique, penchaient de notre côté. Par contraste, UP était depuis peu au Nouveau-Mexique, c'était une agence faible et vaincue d'avance qui fournissait surtout des informations aux stations de radio et à une chaîne sans envergure de quotidiens de villes secondaires rassemblés par Lincoln O'Brien, un bel homme raffiné originaire de la Nouvelle-Angleterre.

O'Brien occupait une suite en angle dans ce que nous appelions les Bâtiments du Grand Chef Fonte Erronée. Bacon et moi, nos trois téléscripteurs, notre bureau, notre machine à écrire, nos deux chaises et notre unique meuble de rangement, nous serrions dans la minuscule pièce voisine, aux carreaux jamais lavés, qui donnait sur une statue dans le style Art déco représentant un Indien immense (son nom de Fonte Erronée lui venait de cette erreur typographique, la plus fréquente de toutes, dans laquelle, par exemple, un mot imprimé en italiques est défiguré par une lettre appartenant à une autre fonte, «*c*O*mm*E *c*E*ci*») qui gravait des pétroglyphes dans un bloc de pierre. La moitié restante de notre bâtiment était occupée par la radio KTRC, une voix différente très appropriée pour la Cité Différente. L'autre bâtiment était entièrement occupé par le *New Mexican*, un quotidien célèbre pour ses erreurs typographiques, lesquelles avaient donné son nom à notre Indien.

Le contrat que notre syndicat entretenait avec United Press stipulait que Bacon abattait des semaines de quarante heures avec heures supplémentaires payées une fois et demi le taux normal. Pour diriger l'agence, je recevais dans les dix dollars par semaine au-dessus de l'échelle syndicale, mais sans bénéficier du tarif heures supplémentaires. Bacon ouvrait le bureau vers six heures du matin, appelait par téléphone le standard de la police de l'État et les autres sources fondamentales de nouvelles en devenir, parcourait l'édition matinale de l'*Albuquerque Journal* et imprimait sur la bande perforée du télétype le premier résumé de l'actualité pour la journée, l'envoyant vers les studios de nos clients de la radio au fur et à mesure qu'il le rédigeait. Ce système ne laissait pas de place pour l'erreur (plus spécifiquement, n'offrait pas la possibilité de les corriger). On commençait une phrase en sachant qu'elle devait s'achever correctement. Le temps que l'on perfore le septième mot, le troisième était imprimé dans le texte qui serait diffusé à la radio. Notre unique machine à écrire emmagasinait la poussière : nous avions rarement le temps de vraiment rédiger un article, de le lire pour l'améliorer, etc. C'était une façon peu orthodoxe d'apprendre l'expression anglaise, mais cela formait rapidement le cerveau à manipuler la langue et à foncer à travers le vocabulaire archivé en mémoire en quête de ces substantifs et de ces verbes qui répondent aux besoins sans nécessiter une accumulation d'adverbes et d'adjectifs modificateurs.

Ma journée débutait aux alentours de dix heures du matin par la tournée des bureaux de la capitale de l'État. Une halte au service des routes et de la voirie afin de vérifier l'ordre du jour des réunions de la commission et de pêcher renseignements et bruits qui couraient, un saut à la commission des entreprises de l'État pour les mêmes raisons, cinq minutes dans le bureau du gouverneur pour aborder une chose ou une autre avec la Haute Autorité ou son attachée de presse (républicains sans exception), puis au bout du couloir pour récupérer les informations politiques au bureau du secrétaire de l'État et du responsable aux affaires judiciaires (démocrates sans exception). Il en allait comme suit : si un de ces bureaux me fournissait des renseignements, je composais notre numéro, structurais l'information dans ma tête pendant que le téléphone sonnait. Bacon répondait avec son casque sur les oreilles. Je lui dictais mes textes bruts et non rédigés pendant qu'il les tapait sur bande perforée, divulguant l'information au vaste monde à mesure qu'il appuyait sur les touches.

Étant donné que nos clients de la presse écrite imprimaient pour l'édition de l'après-midi et que les grands bulletins d'information de la radio étaient diffusés à l'heure où les gens roulent en voiture, le rythme se ralentissait après le déjeuner. Le moment était venu de vérifier les renseignements. Pourquoi les équipes d'entretien refaisaient-elles le revêtement de l'Espanola Highway un mois après que l'entrepreneur l'eut terminé ? Des baraquements de la caserne de Camp Luna, fermée par la Garde nationale, étaient prélevés sur le site par une entreprise privée. Avaient-ils été vendus ? Y avait-il eu appel d'offres ? À qui allait l'argent ? (Cet épisode s'acheva par la mise en accusation d'un général.) Était-il exact qu'un lot de cent mille vignettes fiscales sur les cigarettes avait disparu ? Pourquoi mille quatre cent cinquante-six dollars de fonds émanant de la commission des courses de l'État avaient-ils été dépensés l'année précédente pour régler des factures de fleuristes ? Les services de l'enfance avaient-ils trouvé une solution à la pénurie de familles d'accueil ? Et ainsi de suite. Dans notre calepin, des dizaines de renseignements de ce genre et d'idées d'articles attendaient en permanence une vérification. Le temps manquait toujours. La plupart finissaient leur vie aux oubliettes sans avoir pu être authentifiés.

J'arrivais vers le milieu de l'après-midi au bureau

où je remplaçais Bacon qui achevait sa journée. J'enregistrais ensuite un condensé des nouvelles pour les infos radiodiffusées du soir, rédigeais le « compte-rendu du matin » qui finirait à la rédaction des quotidiens du lendemain, m'occupais des tâches administratives et prenais le chemin du retour aux alentours de six heures trente. Après le coucher du soleil, les amis que l'on comptait au quartier général de la police et dans les autres centres névralgiques de nouvelles avaient votre numéro de téléphone personnel écrit sur leur agenda de bureau pour vous contacter en cas d'urgence.

Ce n'était pas un travail qui laissait beaucoup de loisirs pour se détendre, mais quiconque a grandi absorbé dans ses rêveries trouve toujours le temps de se laisser emporter par son imagination. Dans mon cas, c'était à Stanleyville, le joyau du Congo belge, qui servirait de cadre au grand roman que je prévoyais d'écrire. Aujourd'hui, on a oublié jusqu'aux noms de ces sites lointains, mais au milieu du siècle dernier, la ville comme le pays payaient l'effroyable tribut hérité de générations de brutale exploitation coloniale. Les Belges avaient quitté les lieux de leurs crimes en laissant un mélange de factions tribales et d'intérêts commerciaux en découdre. Tous les psychopathes formés au combat, qui avaient appris à tuer pour le plaisir durant la Seconde Guerre mondiale, disposaient d'un emploi bien rémunéré qui leur tendait les bras dans les armées de mercenaires se disputant les richesses du bassin du Congo. Les imposants boulevards de Stanleyville étaient jonchés de morts, c'était une ville fantôme sans électricité, eau ni nourriture. La seule loi, celle des armes. En d'autres termes, le décor de roman idéal pour mettre à l'épreuve l'âme de mon protagoniste. Mais pas tout de suite.

Je n'en avais pas le temps autrement que pour échafauder des scènes dans ma tête tout en m'en retournant à pied au bureau après ma visite aux services du gouverneur ou en rentrant chez moi au volant de ma voiture. J'écrivis un premier chapitre : mon héros se tenait dans le hall d'un élégant hôtel de Stanleyville d'où il assistait aux échanges de tirs et aux pillages sur le boulevard. Je n'allai pas plus loin. Je ne disposais ni du temps libre ni de la technique nécessaires, mais j'en parlais beaucoup et Marie ne pouvait plus ignorer que je rêvais de devenir romancier.

Avant que ce livre ne puisse être mis en chantier, les années cinquante étaient devenues les années quatre-vingt. Le Congo belge avait disparu des cartes et des mémoires. Mais le besoin d'écrire cette histoire demeurait et les hommes ne manquent jamais d'inventer des nouveaux lieux de massacres. Je transportai mon intrigue en Asie du Sud-Est, donnai à mon héros le nom de Carl « Moon » Mathias, un chef de peloton très admiré de la compagnie Charley, et appelai ce roman *Moon*. Jamais je ne me suis à ce point approché d'un livre dont je sois pleinement satisfait.

19

Étranger dans la Tour d'Ivoire

Bill Barkell, l'artistique relecteur des épreuves du *New Mexican*, illustra par l'un de ses dessins ma décision de déserter le journalisme pour une carrière d'enseignant. Je suis assis, seul et solitaire au sommet d'une tour d'ivoire, face à mon clavier. Des ouvriers scient la base de la tour tandis que le contremaître explique que l'ivoire va servir à fabriquer des touches de piano. Barkell avait l'esprit extrêmement incisif. L'université du Nouveau-Mexique était agitée de dissensions politiques. Dans la rhétorique de cette année de guerre froide, c'était un « repaire de libéraux radicaux et d'individus se livrant à l'apologie de la Russie soviétique ». Je soupçonne depuis bien longtemps que ce sont ces difficultés qui m'ont valu le poste.

Le président de l'université du Nouveau-Mexique, Tom Popejoy, avait suivi le cursus universitaire normal avant de faire un troisième cycle, puis il était devenu administrateur d'un des programmes du New Deal conçu par Franklin D. Roosevelt. Les conservateurs le méprisaient et, lorsque le sénateur Joseph McCarthy gravit les degrés du pouvoir en s'attaquant à la gauche libérale, les gens qui, au Nouveau-Mexique, partageaient ses idées lui emboîtèrent le pas. Leurs cibles furent les professeurs, pas Popejoy directement parce que Tom appartenait à la clique de la région des ranchs et que c'était lui, alors étudiant, qui avait donné le coup de pied vainqueur permettant à UNM de vaincre l'équipe de l'Arizona. Personne n'irait croire qu'il était stalinien.

J'avais assisté à une expression de paranoïa identique en Oklahoma. Là-bas, une nouvelle loi avait exigé des professeurs qu'ils signent un serment de loyauté. Si de nombreux membres des facultés, notamment ceux qui venaient de rentrer après s'être exposés aux balles ennemies en Europe et en Asie, avaient protesté, les administrateurs des universités étaient aussi veules à l'époque qu'ils le sont aujourd'hui. Deux enseignants d'A&M, l'école conservatrice de l'État, avaient démissionné par mesure de protestation. OU, un refuge de libéraux, n'avait perdu qu'un botaniste réputé qui avait dû partir parce qu'il était officier dans l'armée de l'air canadienne. Les instances militaires de son pays s'étaient opposées à ce qu'il prête serment d'allégeance aux États-Unis.

Popejoy était une sorte d'ardent patriote à l'ancienne, défenseur de la Constitution, et il n'avait rien de veule. Il se fit inviter pour prendre la parole à la convention des anciens combattants de la Légion américaine, une flopée de réactionnaires. Il leur adressa une conférence austère sur le Bill of Rights[1] et la raison d'être de l'université, puis leur annonça que s'ils voulaient renvoyer son corps enseignant, il faudrait qu'ils parviennent à le faire renvoyer d'abord. Ce qui obligea la droite radicale

1. Dix premiers amendements de la Constitution américaine (1790) garantissant les droits individuels inaliénables du citoyen. (*N.d.T.*)

à réintégrer son terrier pendant un certain temps. Je rédigeai pour le *New Mexican* un éditorial qui salua la prise de position de Popejoy et son courage. Des années plus tard, j'appris qu'il l'avait lu, qu'il avait su que c'était moi qui l'avais écrit, et que le *New Mexican* avait été la seule voix qui s'était élevée pour le soutenir.

J'avais rompu mon partenariat avec United Press en 1954 pour traverser le parking derrière Grand Chef Fonte Erronée, et devenir le reporter politique local du *New Mexican*, où j'étais également chargé de missions plus générales. Le tout nécessitant ce que les écrivains de fiction appellent « un petit retour en arrière ».

UP m'avait facilité la décision. Quelqu'un qui jouissait d'une certaine autorité avait promis à des clients du Nouveau-Mexique l'ouverture d'un bureau à Albuquerque, désormais la plus importante concentration de population de l'État. Pour y parvenir, nous allions fonctionner avec un seul employé à Santa Fe, moi, et l'autre à cent kilomètres au sud qui s'occuperait du bureau d'Albuquerque. Pareil système était irréalisable. Je prévins mes supérieurs que cela ne marcherait pas. Ils m'ordonnèrent de le faire quand même. Je donnai donc ma démission. Jack Bacon était déjà parti pour entrer dans un monastère trappiste afin de déterminer s'il avait l'étoffe d'un moine contemplatif. Il avait été remplacé par Jim Carberry, envoyé du bureau de Denver avec un diplôme d'études de journalisme, quasiment aucune expérience, et un étrange et stupéfiant talent pour ce métier. Même si nous n'avons travaillé ensemble qu'un temps très réduit, je dois ici marquer une pause pour établir la véracité de cette affirmation à l'aide d'un exemple.

Je lui avais indiqué la manière dont s'organisait

notre routine, l'avais entraîné dans la tournée des gens et lieux, avais pris mes dispositions pour qu'un remplaçant temporaire nous soit envoyé de Denver afin de donner un coup de main, puis avais pris un congé depuis longtemps repoussé. Marie et moi étions à huit cents kilomètres quand les prisonniers de la prison de sécurité maximale de Santa Fe se rebellèrent et prirent le contrôle de l'établissement. Le gouverneur, le directeur et la police de l'État imposèrent un black-out complet à destination des journalistes. Tout ce que les reporters savaient, c'était que les mutins avaient pris des otages et qu'ils s'étaient rendus maîtres de l'hôpital pénitentiaire. Carberry, qui ne connaissait pas la ville et ne possédait aucune expérience, était opposé aux forces mobilisées par Associated Press, sans oublier les hommes de l'*Albuquerque Journal* et du *New Mexican*, deux journaux affiliés à AP. Voici ce qu'il fit.

Il parcourut les archives relatives aux troubles survenus par le passé à l'intérieur de l'établissement, releva le nom de deux prisonniers condamnés à perpétuité qui avaient déjà causé des difficultés (nommons-les Dent et Jackson) en les identifiant comme chefs probables de la révolte. Il dénicha une ligne de téléphone interne qui n'était pas placée sous surveillance, ordonna au standard de le mettre en communication avec l'hôpital du centre de détention et dit à la personne qui décrocha d'aller lui chercher Dent ou Jackson. Jackson arriva. Carberry s'identifia, expliqua au mutin que c'était l'unique occasion qu'il aurait de disposer d'une tribune. Jackson dressa la liste de leurs motifs de revendication, des otages, du nombre de blessés, et de leurs exigences concernant une amnistie et la mise à disposition de véhicules pour prendre la fuite, sans oublier ultimatum et menaces d'exécution. Quelqu'un de moins exigeant aurait pu s'estimer satisfait de ce scoop absolu (scoop était un mot qu'on utilisait beaucoup à l'époque), mais pas lui. Après avoir relayé ces informations, il avertit les autorités que quelqu'un avait utilisé la ligne téléphonique intérieure sans autorisation préalable, s'assurant de la sorte que ses concurrents ne pourraient faire aussi bien que lui.

Je ne peux m'enorgueillir en rien de ce coup d'éclat, mais ce récit me rappelle à quel point on se sent mal quand on se trouve dans le rôle du vaincu au lieu d'être dans celui du vainqueur. Dans le contre-exemple qui suit, ce fut Mary Goddard, une petite femme charmante travaillant pour le *Daily Oklahoman*, qui avait emporté le morceau. Les deux enfants d'un couple de notables de la petite ville de Pauls Valley, dans l'Oklahoma, avaient été sauvagement assassinés. La police gardait le silence. Les gens du métier qui étaient sur l'affaire ne disposaient que d'une rumeur selon laquelle une femme était détenue dans la minuscule prison du comté. Pendant que nous tentions tous de tirer les vers du nez aux policiers et aux gardiens, Mary entra dans un bar, s'inonda de bière et troubla suffisamment l'ordre public pour être arrêtée et jetée dans l'unique cellule réservée aux femmes. Elle en sortit sous caution avec une interview exclusive : la babysitter de la famille lui avait confié tous les macabres détails de l'affaire pendant qu'elles étaient codétenues. (Le *Daily Oklahoman*, fidèle à ses positions en faveur de la prohibition, refusa de payer les bières qu'elle avait mentionnées dans ses frais professionnels.)

Le caractère atroce de ce crime me rappelle un autre haut fait journalistique : une histoire de meurtre à Oklahoma City, au milieu du siècle, où l'on avait retrouvé un torse et où un renseignement donné par un policier fut l'élément déterminant pour identifier la victime. Tout ce que les médias savaient, sur le cadavre, était qu'il correspondait à une personne de sexe féminin, âgée de moins de vingt ans, et que le mot « RAT » avait été gravé sur sa poitrine, l'assassin ayant fait disparaître la tête, les bras et les jambes. (Je m'autorise une digression ici pour illustrer la différence entre UP, Uppercut Press, et AP, Grand-mère, à cette époque. Mon article titrait : « *RAT* gravé sur la poitrine de la jeune femme ». Celui d'AP annonçait : « Les initiales *r.a.t.* étaient gravées sur le torse de la victime ». Tirez-en la conclusion que vous voudrez.) Des jours passèrent puis survint un autre indice. Un chauffeur aperçut une tête flottant sous un pont. Un rapide coup de fil à un garçon sympathique qui travaillait au bureau du médecin légiste et nous publiions un bulletin d'information. Notre victime adolescente devenait une femme d'une quarantaine d'années et nous avions une avance considérable sur nos concurrents.

Il convient d'ajouter une précision à cette histoire. Des semaines plus tard, on retrouva une autre tête… celle d'une jeune femme cette fois. Mais cela n'avait plus d'importance. J'avais été nommé au Nouveau-Mexique. À Bradley de s'en dépatouiller.

À Santa Fe, mon désir de devenir écrivain ne fit que croître. Le bureau de UP était dans la même rue et juste un peu plus haut que l'endroit où Lew Wallace, le gouverneur du territoire, avait écrit *Ben Hur*. De l'autre côté du parking, dans la salle de rédaction du *New Mexican*, Oliver LaFarge, dont le *Laughing Boy* avait remporté le prix Pulitzer, rédigeait sa chronique. Le *Scrimshaw* du chef de la rubrique littéraire avait gagné le National Book Award, catégorie poésie. Un reporter qui vendait régulièrement les nouvelles qu'il écrivait au *New Yorker* venait de partir et on pouvait voir sur la plaza, à l'épicerie, et même dans la cellule de la prison réservée aux ivrognes, des gens qui vivaient de leur plume. Tout semblait possible. Je commençai à rédiger des nouvelles, collectionnant les douloureuses notifications de refus en rêvant d'écrire le Grand Roman Américain. Mais sur le front familial se produisaient des changements positifs (exigeant néanmoins énormément d'attention).

20

Janet, Tony, Monica, Steve et, pour finir, Dan

Quand le destin statua que Anne serait la seule enfant dont la nature nous comblerait, Marie et moi décidâmes d'achever de construire notre famille en adoptant. Nous étions propriétaires de notre maison, en bonne santé, n'avions pas de casier judiciaire et ne pratiquions pas d'exclusive pour le sexe ou la race. Étant donné que les statistiques officielles recensaient un surplus d'enfants et une pénurie de parents adoptifs potentiels, cela semblait facile.

Ce ne le fut pas. Comme j'étais reporter politique quand nous nous lançâmes dans cet épuisant projet, je me disais que c'était lié à un problème de comportement. Les travailleurs sociaux se considéraient comme des bergers, les enfants placés sous leur garde étaient des moutons, et les parents en puissance les loups voraces qui tournaient autour de leur cheptel en tentant de s'emparer de leurs agneaux.

Nous remplîmes notre première demande à Oklahoma City. Là, l'idée bienveillante de Marie selon laquelle les agences d'adoption allaient nous considérer comme des alliés fut taillée en pièces. Nous emménageâmes au Nouveau-Mexique et remplîmes une nouvelle série de demandes à Santa

Fe. Les choses allaient peut-être se dérouler plus favorablement dans cet État. Ce fut effectivement le cas, mais pas tout de suite.

Je rendais compte de ce qui se passait au capitole de l'État et étais très attentif à mettre l'accent sur le département de la santé publique qui abritait les services de protection de l'enfance. Dans la mesure où la pilule n'était pas encore universellement utilisée et où la pratique consistant à se débarrasser des fils et filles importuns avant la naissance n'avait pas encore été légalisée, il y avait une grande réserve d'enfants et un besoin urgent de parents. Mais le nombre de bébés disponibles était désormais en baisse et les travailleurs sociaux semblaient copier l'attitude des vendeurs de voitures quand les syndicats de l'industrie automobile sont en grève et que les salons d'exposition se vident. S'ils confiaient à des parents les enfants placés sous leur garde alors que le renouvellement des stocks n'intervenait pas, ils se mettraient eux-mêmes au chômage.

Marie persévérait à trouver ma théorie trop cynique, estimant que les bureaucrates des services adoptifs essayaient de protéger les enfants contre les pédophiles et les névrosés convaincus qu'une adoption peut sauver un mariage qui bat de l'aile. Elle avait peut-être raison. Parce que après des mois consacrés à braver les soupçons hostiles, à franchir en souriant l'obstacle des entretiens successifs, à subir des contrôles professionnels et des inspections de domicile, l'appel arriva enfin.

Nous nous précipitons à Albuquerque pour faire la connaissance de Janet, une petite fille de neuf mois aux cheveux bruns, et on nous autorise à la ramener chez nous. Durant trois jours et trois nuits elle gémit sans interruption avant de décider d'accepter son destin et de s'installer avec bonheur dans son rôle de petite sœur. Pendant ce temps, Marie, Anne et moi-même nous inquiétons de savoir si on va nous laisser la garder. La réponse est affirmative.

Maintenant que le sérieux de notre demande est établi (et qu'un bureaucrate plus attentionné et plus compréhensif dirige les opérations), cela devient beaucoup plus facile. Nous parvenons à élargir notre troupe d'une autre fille et de deux garçons en l'espace de quatre années. Le premier des trois est un garçon grassouillet, chauve, aux yeux bleus, que Marie trouve «enchanteur». Il devient Anthony Grove Hillerman Junior. Tony arrive avec un lot d'allergies variées et tenaces, y compris à des denrées ordinaires telles que laitages, produits à base de blé, aux chiens, chats, etc. En dépit de ce handicap, il se montre très stoïque : il sourit entre deux reniflements, pleure rarement, est tout heureux de s'occuper s'il a à portée de la main un objet dont il peut prétendre qu'il contient un moteur, et accepte avec bonne humeur la surveillance d'Anne et de Janet.

Puis vient Steve. Il est encore plus maigre que Janet à son arrivée et il est aisé de voir pourquoi. Steve est la représentation infantile du mouvement perpétuel et un bébé insomniaque. Aujourd'hui encore, alors qu'il tourne autour de la quarantaine, je doute qu'il ait jamais manqué un lever de soleil.

Quand elle nous arrive, Monica a déjà un caractère bien trempé. C'est une solide petite fille de trois ans lorsque les services sociaux nous accordent sa garde. Elle a des yeux marron magnifiques, un sourire charmeur, une talonnette de plus de dix centimètres sous une de ses chaussures, un appareil orthopédique compliqué à la jambe, et elle nous est confiée accompagnée d'un avertissement extrêmement préoccupant. Le pronostic médical qu'on nous communique explique que les os de sa jambe atrophiée présentent une déficience au niveau du péroné et des centres de croissance ordinaires. Ainsi, tandis que sa jambe normale continuera de grandir, la prothèse de sa chaussure devra être régulièrement augmentée pour compenser… et finir par être remplacée dans un premier temps par des béquilles puis par un fauteuil roulant.

En même temps que cette malformation, le Seigneur a donné à Monica un système immunitaire d'une efficacité stupéfiante, une tolérance à la douleur peu commune et un esprit d'indépendance, résultat peut-être de ses transferts de famille d'accueil en famille d'accueil depuis sa naissance, entrecoupés de longs séjours à l'hôpital. L'hôpital, en fait, semble être son lieu de résidence favori, et les foyers, de simples endroits où elle fait halte entre deux établissements de soins. Il lui faut environ un an pour conclure que nous sommes sa maman et son papa définitifs et que le moment est peut-être venu pour elle de s'installer à demeure.

Avec Monica, nous refermons le livre des adoptions. Trois filles et deux fils, cela nous paraît à peu près bien. Peu après, je démissionne du *New Mexican* et j'entreprends de parcourir matin et soir les cent kilomètres pour me rendre sur le campus d'Albuquerque pendant que Marie cherche dans cette ville une maison suffisamment grande pour nous accueillir tous les sept, et suffisamment proche de l'école de Monica pour qu'elle puisse y aller à pied en attendant que vienne le temps du fauteuil roulant. Nous trouvons une maison à rénover avec sous-sol total aménageable pour des enfants, séparée d'une école primaire par un terrain vague. Nous abandonnons Santa Fe pour Albuquerque, passant de deux mille deux cents mètres à mille six cents mètres d'altitude et nous rapprochant de cent kilomètres de l'hôpital Carrie Tringley pour enfants invalides. C'est considérable. Nous venons de découvrir que les chercheurs ont mis au point un système pour étirer les os des jambes qui refusent la croissance et qu'un jeune médecin qui officie sur place a appris cette technique.

L'hôpital était alors situé dans la ville de Truth or Consequences qui, en dépit de notre déménagement, se trouvait encore à plus de deux cents kilomètres au sud, un trajet épuisant, le long du Rio Grande, que nous connaissions par cœur avant que le traitement de Monica n'arrive à son terme et qu'elle ne retrouve sa place parmi nous de manière permanente. Les médecins commencèrent par procéder à une mesure précise de la longueur des os et à une tentative pour évaluer scientifiquement quelle serait sa taille naturelle définitive. Quand la longueur naturelle optimale de l'os fut atteinte par sa jambe valide, le chirurgien en interrompit le développement. La jambe atrophiée fut immobilisée dans une gouttière et cassée avec une grande méticulosité pour éviter d'en endommager l'enveloppe de chair. Des broches furent enfoncées dans l'os, de part et d'autre de la fracture, et reliées à un tourniquet. Quand la fracture était presque résorbée, on donnait un tour de vis supplémentaire, les os s'écartaient de nouveau, après quoi on leur laissait le temps de guérir. Cela ressemble à une torture digne de la Tour de Londres mais ce fut efficace. Monica se déplace aujourd'hui sans difficulté avec une chaussure spéciale qui ne se remarque pratiquement pas.

Nous pensions avoir effectué le voyage d'Albuquerque avec la famille au grand complet mais il était écrit qu'il en irait autrement. Les services sociaux semblent incapables de régler les problèmes inhérents au dossier de Monica. Cela entraîne un passage par leurs bureaux du centre-ville pour nous assurer que les modifications y ont été apportées. C'est là que nous faisons la connaissance de Daniel Bernard Hillerman. Les gens qui ne croient pas à la Divine Providence, contrairement à Marie et à moi, utiliseront le terme de hasard.

La directrice du siège nous fait son baratin pour nous recruter comme foyer d'accueil temporaire. Afin de souligner la grave pénurie à laquelle ils sont confrontés, elle nous parle d'un de ces foyers que l'agence ferme parce que la femme qui le tient est névrosée. Il ne reste plus que deux petits garçons là-bas. Les dispositions ont été prises pour l'un, et l'autre est actuellement dans les limbes par suite d'un problème de santé qui n'a pas encore reçu de diagnostic. Est-ce que nous serions disposés à le voir ?

Nous répondons par l'affirmative. Il s'accroche craintivement à la jambe de la femme qui l'amène pour nous le présenter : un joli petit garçon en âge d'apprendre à marcher qui, une fois que nous l'avons vu, n'a aucune chance de nous échapper. Une seconde visite est organisée et nous le ramenons à la maison.

Une assistante sociale spécialisée dans les cas difficiles nous suggère, lors d'une visite chez nous, que la maladie non identifiée qui a empêché Danny de figurer sur la liste des enfants « adoptables » est la conséquence de la négligence. Il a passé, nous explique-t-elle, ses deux années d'existence dans l'isolement total de son parc d'enfant, sans personne pour lui parler, le prendre dans ses bras ou jouer avec lui. Est-ce exagération de ma part ? Notre pelouse représente la première herbe qu'il ait jamais foulée (au début il en était effrayé), et le monde extérieur, pour l'essentiel, est nouveau, étonnant et redoutable à la fois. Quelques semaines plus tard, nous louons une remorque dépliable et emmenons les enfants camper dans la montagne. Il pleut, bien sûr, et la nuit est suffisamment froide pour motiver Daniel à prononcer les premiers mots qu'il nous adresse. « Enco coutu », exprime le jeune Dan qui se voit récompensé par une couverture supplémentaire.

À son tour, il nous récompense en se montrant incroyablement digne de confiance. Par exemple il doit porter un bandeau sur un œil pour corriger son strabisme. En ayant porté un moi-même durant de longs mois pénibles tandis que mon œil gauche blessé guérissait, je ne parviens pas à croire qu'un enfant de trois ans acceptera d'en garder un. Danny le fait, et ce, sans se plaindre, jusqu'à ce que le problème soit résolu. Mais cette qualité chez lui me fait connaître la soirée la plus terrifiante de mon existence. Quand il a treize ans, je l'emmène un jour (il était déjà un pêcheur passionné) avec son ami, Steve Langdon, sur les rives de la Chama. Pendant que je prépare ma canne à mouche, que je dénoue les fils, etc., les garçons se précipitent dans la rivière et la traversent à pied pour atteindre l'emplacement préféré de Danny. Quand je parviens sur la rive, je reste pétrifié. Les fontes printanières ont commencé précocement. La Chama est haute et son niveau monte encore. En criant d'une rive à l'autre pour couvrir le rugissement du torrent, ils me disent qu'ils ont eu du mal à traverser sans être emportés. Je leur réponds de rester là où ils sont. Je vais trouver un moyen sûr de les récupérer. Le pont le plus proche est à des kilomètres en remontant le canyon. En aval il y a le barrage du Héron qui, à en croire un pêcheur local, n'exigera que trois kilomètres de marche en suivant la berge. Je dis aux garçons de descendre jusqu'au barrage pendant que je remonte en voiture jusqu'au pont et que je fais le tour pour les récupérer. Je suis un peu inquiet mais Danny va se servir de sa tête et il ne fera rien de stupide. Je dois décrire un vaste circuit pour atteindre le barrage et je m'attends à ce que les garçons y soient et patientent tranquillement. Ils n'y sont pas. Je descends à pied sur la rive et commence à remonter lentement. Le niveau de l'eau est maintenant plus haut (c'est un torrent déchaîné), ma progression difficile, ma jambe abîmée montre des signes de fatigue et la nuit se met à tomber. Je les ai peut-être ratés d'une manière ou d'une autre. Je remonte sur la crête, trouve un autre habitant du coin et lui expose mon problème. Il m'apprend que la distance séparant l'endroit d'où ils sont partis du barrage du Héron doit dépasser les quinze kilomètres et non pas en faire trois, et que le parcours est probablement impraticable quand la rivière est aussi haute. Il va utiliser sa CB pour appeler les gardes forestiers et organiser une battue. Je redescends le long de la barrière du barrage, effectue une nouvelle tentative pour remonter vers l'aval, me rends compte que cela m'est impossible dans les ténèbres et rebrousse chemin. Il fait maintenant nuit noire. Je suis épuisé. La radio de mon nouvel ami est morte mais il va attendre sur place au cas où les garçons arriveraient. Je prends le volant et pars à toute vitesse, poussé par la crainte et luttant contre la panique, en quête d'une maison reliée à un poteau de téléphone. Je finis par en trouver une. Le propriétaire me laisse utiliser son appareil pour appeler Marie pendant qu'il contacte les gardes forestiers sur sa propre CB pour organiser les recherches. Je vais annoncer à Marie que j'ai perdu les enfants dans le canyon de la Chama, lui demander de prévenir les parents de Steve (qui se demandent probablement pourquoi leur fils a autant de retard) et les assurer qu'il n'y a aucune raison de s'inquiéter. Si c'est la première fois que Steve participe à une partie de pêche, Danny possède une grande expérience de ces canyons. Il trouvera un endroit sûr où passer la nuit, fera du feu, etc.

Je compose notre numéro. Marie va garder son calme, je le sais, tout au long de cette épouvantable épreuve. Les tentatives pour retrouver les garçons noyés, la découverte des corps, etc. Le téléphone sonne.

— Allô, me dit sa voix.

— Marie, j'ai des…

— Tony, j'essaye de te joindre depuis un moment. Danny vient d'appeler et…

DANNY VIENT D'APPELER ! ! Imaginez si vous le pouvez la transition instantanée entre le désespoir le plus profond et la joie absolue. Danny et Steve étaient parvenus à un endroit où, toute progression vers l'aval leur étant interdite, ils avaient cherché un lieu où passer la nuit. Un pêcheur qui se trouvait sur la rive opposée les avait vus, leur avait indiqué un tronc de ponderosa abattu en grande partie en travers de la rivière, puis il s'était avancé suffisamment dans l'eau pour sécuriser leur passage. Il leur avait demandé où ils devaient me retrouver. Au barrage, lui avaient-ils dit. Il les avait conduits au barrage d'El Vado, à des kilomètres. Ils avaient téléphoné à Marie de là-bas.

Danny fut l'ultime expansion apportée à la famille. Il est aujourd'hui préparateur en pharmacie, papa d'un fils et d'une fille qu'il aime à la folie, et adore toujours pêcher. Monica, dont la jambe a gagné en longueur et lui rend tous les services attendus, nous a fait cadeau de quatre petites-filles. Steve s'est engagé un temps dans la marine, dans le Pacifique, il a conduit des semi-remorques, a travaillé dans la télévision par câble et tente maintenant de sonder les secrets de la programmation informatique ; il est demeuré célibataire et rôde autour des lacs et des cours d'eau du Nouveau-Mexique à la recherche de la truite astucieuse. Tony Junior a conservé l'intérêt qu'il portait enfant à tout ce qui relève de la mécanique, il est aujourd'hui technicien chez American Airlines, la preuve que les acquis des gènes ne sont pas annihilés par le conditionnement familial.

Tony a hérité d'une extraordinaire capacité à comprendre comment fonctionnent les objets et comment on peut les réparer. Déjà, quand il était au collège, ma contribution à l'entretien de la maison se cantonnait à lui signaler les problèmes et à lui apporter les outils. Par exemple, quand je perdis une partie de *La Voie de l'ennemi* dans les entrailles de mon nouvel ordinateur Radio Shack, les techniciens du fabricant furent incapables de m'aider. Tony, qui avait quinze ans à l'époque, se porta volontaire pour essayer. Cela se passait une génération avant que les gosses ne se fassent les dents sur les ordinateurs et il n'en avait jamais vu un de près. Il me harcela en me demandant de me souvenir de toutes les touches sur lesquelles j'avais appuyé avant le désastre, réfléchit et inventa une formule inverse complexe qui obligea le TRS 80 à imprimer la prose disparue. Lui et

Lori, sa ravissante épouse, ont un chat, un chien et deux chevaux.

Anne a contribué par un petit-fils à l'accroissement de la famille, elle a travaillé comme envoyée spéciale pour UPI et pour deux journaux, rédige maintenant des textes techniques, a trois ouvrages généraux à son actif et aide son mari à diriger une agence de relations publiques. Janet et son mari nous ont donné deux petits-fils et une petite-fille. Elle a abandonné sa carrière artistique pour se consacrer à parfaire leur éducation... même si je suis parvenu à la convaincre d'illustrer le seul livre que j'aie écrit pour les enfants.

Avant d'abandonner le sujet et de pénétrer dans le monde étrange de l'université, Marie et moi soumettons ici notre réponse à la question universelle posée par tous ceux qui envisagent d'adopter. Elle concerne l'amour parental à l'égard d'enfants qu'on n'a pas engendrés soi-même. La réponse est qu'il n'y a pas d'inquiétudes à avoir. Ayant élevé des enfants adoptés et non, nous pouvons témoigner que tous stimulent affection, irritation, inquiétude, joie, consternation, souci, fierté, colère et, plus que tout, amour. Tous, sans exception, sont nos enfants. N'essayez pas de nous dire qu'ils ont eu d'autres parents que nous. Et il n'y a pas non plus à s'inquiéter de difficultés éventuelles à adopter au sein d'une famille existant déjà. Chacun de nos cinq nouveaux arrivants a été accueilli avec excitation et enthousiasme et a dû accepter d'être materné et surprotégé par les frères et sœurs qu'il avait rejoints.

Pour donner un peu plus de pouvoir de conviction encore à cet argument, j'ajouterai que Barney et sa femme, Irene, ont connu une expérience similaire. Ils ont adopté Carl, Eric et Lucy qui ont formé une troupe très heureuse fonctionnant parfaitement, ont décroché divers types de bourses universitaires et sont aujourd'hui à la tête de leurs propres familles où les choses se passent fort bien. Chez nous, le même genre de réussite s'est répété du côté de Marie. Des adoptions heureuses dans quelque direction que nous nous tournions, dont la dernière en date est Margaret Teresa, recueillie par Susan McDermott, notre nièce, et son mari Pat.

Pour donner un autre point de vue concernant ce sujet de réflexion, j'emprunte l'article qui suit, écrit par Anne pour l'*Albuquerque Journal*.

LE JOURNAL DU DIMANCHE

UNE FAMILLE ADOPTÉE TRÈS RÉELLE

Tout à coup, il y avait non plus un seul, mais six petits souliers à remplir.

PAR ANNE HILLERMAN
Pour le *Journal*

Les vacances sont indissociables de la famille, pour la majorité des gens en tout cas. Si nous ne les célébrons pas avec nos parents, nos enfants, nos frères et nos sœurs, nous gardons le souvenir de ces fêtes.

Comme il y avait six enfants dans ma famille, les vacances généraient toujours un joyeux chaos dans la maisonnée. Ou peut-être ne faisaient-elles qu'amplifier celui qui y régnait déjà.

Constatant qu'il n'y avait pas beaucoup de différence entre nous et les familles de nos amis, à Thanksgiving, à Noël ou à n'importe quel moment de l'année, nous, les petits Hillerman, tenions résolument à informer les autres que, moi exceptée, tous les enfants de la famille étaient adoptés.

Étant l'aînée et la première petite-fille de mes grands-parents, j'ai passé mes plus jeunes années en Oklahoma, entourée d'adultes qui me considéraient comme un ange envoyé sur terre dans le seul but de bénéficier de leur attention sans partage. Je regrette d'avoir été trop jeune pour conserver le souvenir de mes premiers Noëls ; la vie devait être douce.

Puis, quand j'ai eu trois ans environ, nous sommes partis à Santa Fe. Peu de temps après, l'adoption de ma première sœur, Jan, me fit perdre mon statut de princesse de la famille.

Mes parents m'annoncèrent : « Félicitations. Tu es maintenant la sœur aînée. » Tony, Monica, Steve et Dan suivirent et, très rapidement, il y eut six chaussettes (toutes de la même taille) sous le sapin la veille de Noël.

Mes parents insistèrent beaucoup auprès de Jan, Tony, Monica, Steve et Dan en leur disant que leur adoption faisait d'eux des enfants particuliers, profondément aimés, choisis. Ils me rappelaient continuellement que, en tant que grande sœur, il me fallait donner le bon exemple à la troupe. Jusqu'à ce que j'aie une douzaine d'années, j'ai adoré ce rôle de grande sœur. Nous nous amusions bien. Nous nous battions. Nous nous offrions des cadeaux et nous les reprenions. Nous nous aimions à bras raccourcis et nous nous mettions dans de telles colères que nous étions sur le point d'éclater.

Puis, emportée par la tornade hormonale de l'adolescence, je décrétai que j'aurais été plus heureuse si j'avais été fille unique. J'aurais pu avoir un poney à Noël, me racontais-je, si mes parents n'avaient pas eu tant d'autres cadeaux à acheter. En fait, j'aurais eu tous les cadeaux et, mieux encore, toute leur attention. Je me représentais sous les traits d'un pirate protégeant un coffre rempli de témoignages d'amour en or, le trésor familial, et jubilant : « Tout est à moi, à moi seule. »

Pendant cette période angoissée de l'adolescence, ma famille partit s'installer à Albuquerque. Mes camarades de Notre-Dame de l'Annonciation n'étaient pas au courant de l'histoire de mes frères et sœurs adoptés et, même si ce n'était pas aussi génial que d'être fille unique, je mis cette légende à profit pour accroître mon prestige.

— Tu n'as même pas de vraie sœur ? me demanda ma nouvelle meilleure amie. (Les frères, on s'en fichait.)

— Non, lui répondis-je avec suffisance. Toutes adoptées.

Mais le contraste qu'elle offrait avec moi creusa son insidieux chemin vers les régions reculées de mon cerveau. Il y attendit dans le malaise, tapi sous les broussailles, pris dans l'épineuse différence entre « vraie » et « adoptée ». Puis, au cours des vacances, il y a une dizaine d'années, les épines se changèrent en roses.

Le week-end qui précédait Thanksgiving, j'écoutais des gens de ma connaissance se plaindre de la singularité de leurs familles et de la façon dont elles se coltinaient durant toutes les vacances avec leur unité imposée.

Une femme disait : « Un matin de Thanksgiving, quand j'étais petite, je m'en souviens encore, je me suis réveillée et je me suis dit : “Ça ne peut pas être ma vraie famille. Il a dû se passer quelque chose.” Mais je suis descendue et ils étaient là. Aussi vrais qu'il est possible de l'être. »

Ses mots eurent une telle résonance en moi que je ne savais plus si je devais rire ou pleurer. Rien dans ma vie n'était plus vrai que ma famille adoptée. Qu'est-ce qui aurait pu avoir plus de réalité que de regarder Tony, à son deuxième anniversaire, qui cette année-là tombait le jour de Thanksgiving, assis sur sa chaise haute et tapant avec une cuisse de poulet sur un plateau en métal à nous en rendre tous fous ? Qu'est-ce qui aurait pu être plus réel que Jan, mangeant en douce des bonbons dans le grand lit que nous partagions, puis s'endormant de mon côté en me laissant les miettes qui grattaient ? Qu'est-ce qui aurait pu être plus réel que nous six, écrasés de chaleur et bougons, nous chamaillant chaque été dans notre grande voiture familiale sur le chemin des vacances ? Qu'est-ce qui aurait pu être plus réel, ou plus parfait, que de se réveiller le matin de Noël pour découvrir une pièce remplie de cadeaux, plus qu'il n'en fallait pour nous six, tout autour du sapin ?

La famille, c'est plus une histoire de souvenirs communs que de gènes communs. C'est davantage le partage d'une expérience que le partage d'yeux bleus et de cheveux bouclés.

Quand j'ouvre mon coffre au trésor métaphorique, aujourd'hui, je me rends compte que l'investissement de mes parents dans l'amour a donné des dividendes que toute princesse chérirait. Grandir dans une famille nombreuse m'a enseigné les différences et l'appartenance à un groupe, la compassion et la justice, le rôle des larmes et le pouvoir guérisseur de l'humour.

Quand je prends place à la table de Noël, avec mes cinq frères et sœurs adoptés, nos parents et nos propres enfants, je suis reconnaissante de n'avoir pas été une enfant unique. J'ai l'intention de célébrer les fêtes de cette année avec ma vraie famille. J'espère que la possibilité vous est donnée d'en faire de même.

Anne Hillerman est écrivain,
elle habite à Santa Fe.

21

Dans les arcanes de la Tour d'Ivoire

Passons directement à l'hiver 1963, dans le bureau du directeur intérimaire du département d'anglais à l'université du Nouveau-Mexique, où votre serviteur, âgé de trente-huit ans, demande à être admis en troisième cycle. Le directeur n'est nullement impressionné par les unités de valeur que j'ai accumulées au cours de mes deux campagnes à l'université A&M d'Oklahoma ni par mes notes à OU, et encore moins par mes quinze années de journalisme. Le fait que ce rendez-vous ait été pris pour moi par le bureau du président rajoute le caractère négatif d'une possible connexion avec la politique. Il repousse mes documents et me dévisage.

Qu'ai-je lu ces temps derniers ? Je cite *Lee's Lieutenants*, l'autobiographie de Winston Churchill, *Les Fous du Roi, Le Courage en politique*, et j'ajoute William Carlos Williams ainsi que deux autres poètes contemporains dont je pense qu'ils peuvent faire bonne impression. Et les poètes anglais ? Je confesse que, dans ce domaine, les seuls que j'apprécie sont Keats et Yeats.

— Ici, me dit-il avec un sourire suffisant, nous prononçons Yeah-ts.

Je sors de son bureau en emportant une liste de

cours préparatoires à la licence que je dois passer avant de pouvoir postuler à part entière au statut d'étudiant de troisième cycle souffrant de trous de mémoire (doit-on dire Kates et Yeats, ou Yeah-ts et Keats ?). J'abandonne dans mon sillage l'idée de ma propre importance comme ex-rédacteur de quotidien, ex-directeur de l'agence de presse de l'État, et ex-reporter ayant arraché un « sans commentaire » furieux au général Dwight D. Eisenhower et démontré une efficacité suffisante, lors de la plus récente campagne pour l'intronisation du candidat démocrate à la présidentielle, pour mériter un « sale con » de la part de Pierre Salinger (le conseiller expert ès manipulations du sénateur John F. Kennedy) et un « pauvre salopard » de celle du sénateur Lyndon Johnson en personne. Le président intérimaire du département d'anglais vient de clarifier le statut qui est le mien. Je suis désormais un étudiant. En 1963, ni les lois garantissant les droits du citoyen ni la Proclamation d'Émancipation de Lincoln ne protégeaient cette catégorie qui représentait la lie de la société.

Les grands moments de ce retour à l'érudition universitaire me persuadèrent que l'éducation s'apparente bel et bien à du gaspillage quand elle s'adresse aux jeunes. Un de ces enseignements mémorables me fut dispensé par le professeur Catherine Simon qui m'apprit à ce point à me passionner pour Shakespeare que je crus vraiment avoir découvert une nouvelle interprétation de ses techniques dans *Hamlet*, le champ littéraire le plus labouré de tous. Mais au-dessus du lot se situait le docteur Morris Friedman.

Friedman dirigeait un cours d'écriture consacré à la rédaction d'essais. Il était lui-même auteur, ce qui m'impressionnait, et il jugeait mon travail prometteur… ce qui m'impressionnait plus encore. Très tôt, dans son cours, il me demanda pourquoi je n'écrivais jamais à la première personne. Je lui répondis que la formation reçue par les journalistes leur enseigne à demeurer invisibles, à être ce que Walter Lippmann appelait « la mouche sur le mur » qui voit tout et ne ressent rien. (Ce qui est beaucoup moins à la mode, hélas, de nos jours qu'en 1964.) Essayez, me dit-il. Rédigez-moi un fragment d'autobiographie. Je lui soumets un texte de mille mots à propos d'un épisode datant du mois précédent. Non, me dit-il. Les souvenirs se bonifient avec le temps. Le temps change les scories en or. Remontez loin en arrière.

Je l'écoute. Je découvre le I majuscule sur la machine à écrire et décris le jour où mon père est mort, en me mettant en scène face à cet événement. Cela m'ouvre des horizons. Friedman m'octroie un A pour ce travail et je veux savoir pourquoi.

Il prend un exemple :

— Vous ne vous contentez pas de nous parler des livres qui sont sur les étagères, mais aussi des vitres qui les protègent.

— Oui, il adorait ses livres.

— D'après les titres que vous mentionnez, je dirais que pour l'époque il avait des idées plutôt virulentes en politique. Alors, en tant que lecteur, je pense que les vitres en question protègent à la fois ses livres contre la poussière, et ses enfants contre ces livres.

Exactement !

Voilà comment Morris Friedman m'incite à un début de réflexion sur ce que l'on peut obtenir avec de petits détails insignifiants et sur la valeur de ces ambiguïtés à partir desquelles le lecteur atteint ses propres conclusions.

Ma seconde dette à l'égard du professeur Friedman date du jour où il présida mon jury de thèse. Il savait que les sept Hillerman vivaient de leurs économies, d'un salaire à temps partiel et de mes tentatives pour écrire en indépendant. Pour ma thèse, il m'avait suggéré de rédiger une série d'essais portant sur des lieux, des gens ou des situations que je souhaitais décrire, et l'ensemble devrait être destiné au grand public. Si je m'en tirais suffisamment bien pour toucher le lectorat visé par les publications du type magazine, cela ferait pencher la balance universitaire en ma faveur. (Ces essais furent publiés ultérieurement sous le titre *Le Grand Vol de la banque de Taos et autres récits du pays indien*.)

Le professeur Friedman me fut également d'une aide précieuse en me recommandant auprès de son agent, Ann Elmo, et en lui annonçant qu'elle allait voir arriver certains de mes articles.

Fort de ce quart de moitié d'introduction dans le monde de l'édition new-yorkaise, je range plusieurs de mes textes dans un attaché-case et monte dans l'avion pour aller faire la connaissance de mon agent. Je m'attends à un déjeuner décontracté où nous parlerons de mes projets, durant lequel je lui soumettrai l'idée du roman que j'ai l'intention d'écrire. J'arrive à onze heures du matin, l'heure exacte du rendez-vous, me présente auprès d'un homme qui se tient dans le bureau de l'accueil et qui, de la main, me fait signe d'entrer. Ms Elmo, une femme de petite taille, est à peine visible dans son fauteuil derrière un mur instable composé de ce qui doit être des manuscrits. Je me présente. Elle paraît un peu perdue. Je mentionne la lettre que Friedman lui a envoyée. Oh, oui, me dit-elle. Morris m'a prévenue que vous me feriez peut-être parvenir quelque chose. Vous avez préféré me l'apporter en personne ? Je réponds que oui. Combien de temps ai-je prévu de rester à New York ? Jusqu'au lendemain soir. Laissez votre travail à mon secrétaire, me dit Ms Elmo, et donnez-lui le numéro de téléphone de votre hôtel. Je vous appellerai.

En sortant, je remarque qu'il est maintenant onze heures passées de quatre minutes… environ une heure et cinquante-six minutes en deçà du temps que je pensais me voir consacrer.

Son coup de téléphone est tout aussi bref et efficace. Elle pense pouvoir vendre deux des textes, peut-être trois. Accepterais-je de travailler sur commande à partir d'idées de sujets, si elle en trouve ? Oui, absolument. Je vous souhaite un bon voyage de retour.

Elle vendit promptement ces deux récits pour une somme supérieure à mes attentes et me renvoya le troisième en me suggérant une approche différente pour un autre magazine. Durant plusieurs années, Ann plaça mes écrits et me trouva des commandes jusqu'à ce que j'échappe à ces travaux d'écrivain professionnel pour entrer dans le domaine de la fiction. Une difficulté surgit alors, mais le moment n'est pas venu d'en parler. Je dois revenir à mon travail à temps partiel dans l'équipe de Tom Popejoy, le président de l'université du Nouveau-Mexique.

22

Auteur d'actes inqualifiables

Le monde du journalisme est restreint et les informations
circulent vite à l'intérieur de son réseau. Keen Rafferty, fondateur et chef du département de journalisme de l'université du Nouveau-Mexique, me contacte. Il se fait vieux, m'annonce-t-il, et souhaite prendre sa retraite d'ici deux ou trois ans. Le professeur Bud Germain, son bras droit, ne veut pas du fauteuil directorial. Pourquoi ne m'inscrirais-je pas en thèse à l'université pour tenter ma chance ? Je lui réponds que j'ai besoin de gagner de quoi vivre entre-temps. Eh bien, me répond-il, Popejoy lui avait demandé, après son discours devant la Légion américaine, celui où il avait prévenu qu'il faudrait le renvoyer si l'on souhaitait abolir la liberté d'expression au sein de l'université, combien de rédacteurs de la presse écrite l'avaient soutenu et j'avais été le seul et unique. Rafferty me dit qu'il va voir si Popejoy a besoin d'un assistant qui soit étudiant en troisième cycle.

Et devinez quoi ? La réponse est affirmative. Quelques jours plus tard, je reçois le coup de téléphone. Est-ce que je suis d'accord pour venir à Albuquerque en discuter avec Popejoy ? Ce jour est devenu l'un de ceux dont Marie et moi conservons un vif souvenir.

L'entretien d'embauche réunit Popejoy, le docteur Sherman Smith, enseignant chimiste de renom, et John Perovich, intendant général de l'université : un trio que je connaissais dans son rôle de groupe de pression de l'université durant les législatures. Nous discutons un moment de la plus récente de ces sessions. Smith nous quitte pour assister à une réunion. Un peu plus tard, un appel arrive pour Perovich qui s'excuse. Peu après, la secrétaire de Popejoy lui rappelle qu'il a un rendez-vous. Il se lève pour partir, me serre la main, me remet une enveloppe. C'est une proposition de contrat, m'annonce-t-il. Réfléchissez et faites-moi savoir ce que vous en pensez.

Ainsi prend fin l'entretien d'embauche. Pas une parole n'a été prononcée sur mes attributions futures. Heures, salaire, tâches et responsabilités n'ont à aucun moment été mentionnés. Le contrat est un peu plus précis, mais pas beaucoup. Si je le signe, j'accepte un poste « à temps partiel » à compter du 1er janvier 1963, pour un salaire quelque peu supérieur à la somme sur laquelle Marie et moi étions tombés d'accord comme base de négociation. Jubilation !

Cet emploi sans titre ni contenu défini commença par mon installation dans un bureau très exigu du bâtiment de l'administration, mon inscription à des cours, des rencontres avec diverses personnes, un peu de travail au bureau général d'information, des interventions ponctuelles dans deux ou trois classes de journalisme et l'adaptation à un mode de vie libéré de la pression permanente exercée par une concurrence féroce et par les implacables butées horaires. Très vite, Popejoy me suggéra d'assister à telle réunion de commission, ou à telle audition. Puis on ajouta mon nom à la liste des responsables de la commémoration du soixante-quinzième anniversaire de la faculté, ce qui incluait enfin un travail d'écriture. Mais désormais, j'avais quitté le monde réel pour le domaine de l'intellect où l'on prévoit le temps de la réflexion.

Par exemple, les départements liés à la botanique, à l'hydraulique, à l'herpétologie, à la géologie, à la minéralogie, aux insectes et à tout ce qui a rapport à la nature rêvaient de faire main basse sur quelques milliers d'hectares inclus dans le legs foncier Maria Elena Gallegos qui courait sur des kilomètres entre le Rio Grande et le sommet des monts Sandia, et qui séparait Albuquerque de la réserve du pueblo de Sandia. Un jeudi, on me remet un lot de documents préparés par ces différents départements afin d'expliquer pourquoi ces terres offrent des possibilités de recherche exceptionnelles. Ma tâche consiste à rédiger une synthèse de ces arguments pour l'édification des nouveaux propriétaires et de leurs conseillers.

Cette mission déclenche le sentiment nostalgique bien connu de l'urgence. Nous sommes jeudi. Je me dis que je vais lire l'ensemble le soir même, m'attaquer à la rédaction le lendemain matin, et que je devrais en avoir terminé vers le milieu de l'après-midi. Je demande à Popejoy quand il en a besoin au plus tôt. Il retourne la question à Sherman Smith, le chef d'orchestre du projet. Smith répond qu'il a rendez-vous avec les ayants droit le 17. Il aimerait l'avoir au plus tard le 15. Bizarre. Nous sommes le 19. Ma perplexité doit être visible. Smith me demande si cela me laisse suffisamment de temps. Quand, incrédule, je lui demande s'il veut parler du 15 du mois suivant, il me répond :

— S'il vous est possible de finir d'ici là.

Quand je repense à cette période heureuse où je travaillais pour Popejoy et son petit cabinet occulte, je ne peux pas me prévaloir de nombreuses réalisations. J'aimerais revendiquer la création de l'école de médecine de l'université du Nouveau-Mexique, laquelle engendra très vite un hôpital monumental, un centre de recherche sur le cancer, un service réputé pour le traitement des grands brûlés et des victimes de traumatismes, et un des registres de personnel les plus importants de l'État. Mais pareille affirmation devrait se baser sur une théorie identique à celle qui associe la perte d'un royaume à celle d'un clou de fer à cheval[1].

Mon rôle, à moi, est lié à des matelas dévorés par les flammes.

Vous allez recevoir un coup de téléphone du shérif du comté de Sandoval, m'annonce Popejoy. Il a eu un feu dans sa prison. Voyez ce que vous pouvez faire pour lui.

Comme je suis frais émoulu du suivi des affaires politiques à Santa Fe, il n'a nul besoin de me préciser le nom de ce shérif ni sa relation parentale avec un membre du sénat local. Le shérif me contacte. Ses prisonniers ont fait les idiots et ils ont mis le feu à onze matelas. Il ne dispose pas du budget suffisant pour les remplacer et ne veut pas alerter la presse sur cette affaire. Est-ce qu'il peut en obtenir plusieurs de l'université ? Je lui dis que je vais le rappeler.

Si la résidence universitaire n'en possédait pas en réserve, nous avions récemment réalisé un programme de « contacts extérieurs » avec les

1. Un cheval ! Un cheval ! Mon royaume pour un cheval ! (Shakespeare, *Richard III*, acte V, scène 4). (*N.d.T.*)

volontaires de l'aide apportée aux pays en voie de développement. Les matelas désertés par ces jeunes prenaient de la place dans les réserves de matériel, sous les tribunes du stade de football. J'indique au shérif où il peut passer les prendre. Il le fait. Affaire classée. Mais ce n'est pas ainsi que la politique fonctionne.

Des mois plus tard, dans les couloirs du Sénat où je tiens plus ou moins le rôle de « garçon à tout faire » pour le groupe de pression de Popejoy, je suis accosté par le frère du shérif, investi de fonctions sénatoriales, que je vais nommer Eloy. Hillerman, me dit-il, j'ai une dette envers vous. Je n'aime pas rester débiteur. De quoi auriez-vous besoin ?

Je lui réponds que la priorité numéro un consiste à obtenir de la commission des finances de l'État l'autorisation d'ouvrir notre école de médecine. Il nous manque une voix. Eloy étudie ma liste de « oui » et de « non » et pointe le doigt sur le patronyme d'un sénateur, élu dans un comté de l'est de l'État, qui est recensé dans le clan des « non ». Mettez-le avec les « oui », me dit-il. Je lui explique que ce représentant est l'un des principaux opposants au projet. Ce n'est pas un problème, me répond Eloy. Il a une dette envers moi.

Ainsi, les auteurs des déprédations commises dans la prison de Sandoval obtinrent des matelas, le Nouveau-Mexique bénéficia d'une école de médecine d'un coût exorbitant et je m'inscris au nombre de la multitude de gens qui peuvent revendiquer une part du mérite.

Mon travail auprès de Popejoy n'avait ni titre ni autorité, mais les membres de l'université commencèrent à se référer à moi comme étant le président en second, et je commençai, moi, à me référer à moi-même comme étant celui qui secondait le président. Ainsi que le laisse entendre ce qui précède, le libellé du poste aurait pu être : « auteur d'actes inqualifiables ». En voici un nouvel exemple.

Popejoy m'appelle. Vous partez en Équateur inspecter notre petit campus de Quito et vous me transmettez votre rapport. Je m'interroge : « Pourquoi moi ? » Ce campus situé en altitude, dans les Andes, était orienté vers la recherche des rayons cosmiques, l'étude linguistique des dialectes pratiqués par les populations andines, etc. Pas du tout mon domaine d'autant que je ne baragouine que l'espagnol de la frontière et n'ai pas le statut de membre officiel de la faculté. Je le lui fais remarquer. Bon, me précise-t-il, je veux également que vous emportiez de l'argent et que vous contactiez un avocat dont je vais vous donner le nom parce que nous essayons de sortir trois étudiants de prison.

Naturellement, je veux savoir de quoi on les accuse. Popejoy ne semble disposer que d'informations vagues et de seconde main : un jeune homme a été tué, il n'est pas exclu que l'affaire soit en relation avec des transactions portant sur la drogue, nos étudiants seraient les victimes innocentes d'une méprise, et il y a un avocat, à Quito, qui fait le nécessaire pour obtenir leur libération. Popejoy me suggère que moins il sera question du contenu de la mallette que je vais porter, mieux ce sera, et qu'il serait préférable que Marie m'accompagne.

Marie et moi prenons donc nos dispositions afin que quelqu'un veille sur nos tout-petits et nous nous procurons des billets aller et retour sur le vieux turbopropulseur d'Air Ecuador, le seul avion de passagers qui effectue alors la liaison quotidienne entre Miami et Quito. Nous commençons également à entendre frapper à notre porte les parents d'étudiants du campus de Quito qui nous confient des enveloppes et des paquets à leur transmettre : quelques cadeaux et ce qui, à notre avis, doit être de l'argent destiné à obtenir leur libération sous caution. Mission accomplie. Les trois étudiants rentrent, l'université évite toute publicité gênante et j'ai personnellement engrangé un lot de nouveaux personnages, scènes et situations en prévision du moment où je parviendrai à rédiger un roman d'aventure. Ce livre n'a jamais vu le jour mais le matériau qui l'attend continue de cliqueter contre les parois de mon caddie. À savoir :

(1) Un ambassadeur des États-Unis qui occupe une position sociale éminente et ne connaît ni la langue ni l'histoire du pays dans lequel il se trouve en fonction ; (2) Une petite annonce immobilière dans le journal de Quito qui offre à la vente un immense ranch comprenant maison d'habitation, étables, écuries, dix-huit chevaux avec tout l'équipement, approximativement un millier de têtes de bétail et une main-d'œuvre de onze familles ; (3) Trois Équatoriens d'une quarantaine d'années qui cheminent lentement sur les pavés, ployant sous leur charge : d'immenses panneaux de contreplaqué ; (4) La foule parée de diamants et de smokings dans le casino du centre de Quito, jouant essentiellement à la roulette sous le regard dur d'hommes silencieux, en tout point semblables à ceux qui surveillent les tables de black jack du Binions à Las Vegas, du Moulon à Manille, du Seasons à Ankara, du Club Bien Suerte à Mexico, des salles d'Atlantic City appartenant à Trump et de celles du bateau à aubes ancré à La Nouvelle-Orléans ; (5) Un Américain entre deux âges qui garde sa mallette de la Well-Tab dans la carlingue de l'avion et qui, quand je lui raconte que Barney a tenu, pour cette

compagnie, les registres de forage de puits, me parle des enregistrements qu'il ramène aux labos du siège général et qui proviennent des sites de prospection, sur la frontière contestée séparant l'Équateur de la Colombie : un récit où se succèdent laconiquement intrigues, jungles inexplorées, conspirations militaires, dangers et sommes colossales. De quoi remplir une douzaine de romans; (6) Les gradés de l'armée de l'air équatorienne se prélassant dans l'aéroport de Quito après s'être emparés de la compagnie aérienne nationale le jour de notre départ; (7) L'avocat qui a accepté les enveloppes transportées dans notre mallette se livrant à son tour de prestidigitation auprès du *jefe* local de Braniff Airlines, parvenant à le convaincre d'accepter nos billets désormais invalidés et de nous octroyer, à Marie et à moi, des sièges sur le vol hebdomadaire de la Braniff à destination de la Floride.

Mélangez ces ingrédients à d'autres et à une pléthore d'images représentant les sommets pelés des Andes et d'immenses paysages inhabités, et il ne vous manque plus qu'une intrigue vraisemblable et un personnage central. Mais cette année-là, j'intégrai la faculté de journalisme comme troisième homme : ainsi débuta ma carrière d'enseignant. Les travaux sérieux d'écriture durent attendre car je ne pus me soustraire aux attraits de la politique universitaire.

23

Le Bus Fou contre l'Organisation

En ces temps lointains, on accordait les diplômes et décidait de la politique universitaire (c'était du moins ce que l'on voulait nous faire croire) lors de réunions plénières du personnel enseignant. Dans ces instances nous débattions de l'abolition du F, de l'élimination des exigences visant à une « éducation harmonieuse », exhortions le conseil municipal de Lovington à reconnaître le syndicat des éboueurs, insistions sur notre droit de choisir notre propre « représentant du corps enseignant » à l'Association athlétique nationale universitaire, exigions des joueurs de football américain qu'ils assistent réellement aux cours et ainsi de suite. Comme je souffrais de symptômes de manque après ma longue immersion dans la politique du monde réel, je trouvai fascinante la version de ce jeu qui se pratique dans le milieu universitaire. Avant qu'il ne se soit écoulé longtemps, on m'identifia à une faction intitulée « l'Organisation », surtout composée de représentants de la tendance *high-tech*, des enseignants des sciences tangibles associés à certains autres qui appartenaient à des domaines plus traditionnels comme l'histoire. À l'extrémité opposée du spectre se trouvait « le Bus Fou », dont le volant était essentiellement tenu par des professeurs de sociologie, des sciences de l'éducation, de la faculté de droit, des jeunes philosophes et anthropologues. La philosophie du Bus Fou était un mélange de marxisme 1930, de nihilisme, d'hédonisme et de désenchantement. La nôtre, un pragmatisme fondamental saupoudré de survivalisme et de jalousie à l'encontre de Harvard.

Le terme de survivalisme n'est pas aussi exagéré qu'il y paraît. La bagarre habituelle pour savoir si l'université devait passer du statut d'institution à vocation éducative à celui d'instrument de réforme sociale s'était trouvée noyée dans tout un scandale autour d'un poème. Celui-ci, qui portait le titre très approprié de « Poème du désir de l'amour », était davantage orienté vers le désir que vers l'amour. Il avait été inclu dans un lot de textes dont un assistant d'université avait effectué des tirages avant de les distribuer à ses étudiants de première année pour servir de base à un travail de critique littéraire qu'il exigeait d'eux. Considérez le « Poème du désir de l'amour » comme le silex d'un pistolet à fusil.

Maintenant, représentez-vous l'amorce sous les traits d'un législateur qui aspire à être élu au Congrès mais dont le nom est inconnu.

Voyez dans la personne qui appuie sur la détente, heurtant la pièce d'acier avec le silex et déclenchant le feu de l'ambition, une mère de famille afro-américaine au foyer qui s'est inscrite dans ce cours pour y parfaire son éducation. Elle-même et une autre étudiante âgée sont choquées par l'utilisation de ce texte devant les jeunes de première année en anglais. Elles se plaignent auprès des canaux administratifs, remontent jusqu'au président puis jusqu'aux membres du conseil d'administration de l'université et aux élus locaux. Dans la capitale de l'État, les machines à photocopier se mettent à fonctionner en heures supplémentaires, faisant du « Désir de l'amour » le postulant au titre de poème le plus largement diffusé, lu et discuté du vingtième siècle, et la pierre angulaire de la campagne pour l'élection au Congrès de Harold « Boue » Runnels, le représentant de l'État.

Je suis sûr qu'il devait ce surnom avant tout à son métier qui consistait à vendre la boue forée dans les puits de pétrole, mais son répertoire d'histoires drôles et d'anecdotes ne s'inscrivait pas dans le registre des pique-niques organisés par l'Église. Si le poème était une description remarquablement précise et réaliste d'une multitude de manières d'atteindre au plaisir sexuel, je doute qu'il ait inclu un seul mot de vocabulaire omis dans les histoires que racontait Runnels. Quoi qu'il en soit, l'envie de siéger au Congrès avait rehaussé le niveau de ses exigences. Des copies du poème furent distribuées aux élus, aux associations, aux confréries religieuses, aux organisations d'anciens combattants, etc., accompagnées de demandes pour que l'enseignant incriminé soit renvoyé, le doyen démis de ses fonctions, le chef du département d'anglais remplacé, le président de l'université évincé. À la demande pressante de Runnels, la commission d'attribution des crédits vota à une majorité écrasante la réduction des sommes allouées à l'université à un dollar pour l'année fiscale à venir.

Des manifestations indignées arrivaient de tout le Nouveau-Mexique. Par exemple, la municipalité de Silver City proposa de fermer l'université. (Les conseillers municipaux considéraient l'affaire du « Poème du désir de l'amour » suffisamment grave pour empiéter sur le temps dévolu à leurs difficultés intestines : la tenancière de la maison de passe sise dans la rue principale de la localité avait fait transiter par le centre de formation du FBI, à Washington, la somme qui garantissait sa protection, afin qu'elle soit remise au législateur de Silver City qui y suivait un cours de remise à niveau. Quelque chose n'avait pas fonctionné comme prévu dans la transmission de l'argent. Des arrestations en avaient découlé, ce qui avait déclenché la fureur de la dame qui dirigeait ladite maison.)

Le tumulte soulevé autour du poème fut une merveilleuse source de blé à moudre pour le moulin de la faculté. Les affiliés du Bus Fou invitèrent le gouverneur à participer à un grand rassemblement sur la large esplanade de l'université où certains d'entre eux lui donnèrent lecture du texte en utilisant les haut-parleurs du système de sonorisation, accentuant fortement les mots les plus crus, sous les applaudissements des étudiants. Le chef du département d'anglais (qui avait, antérieurement, accepté une offre d'emploi en Nouvelle-Angleterre) invita la presse télévisuelle locale à assister à un cours de première année dans lequel il fit intervenir des homosexuels des deux sexes afin d'expliquer aux jeunes les mécanismes sexuels de leur mode de vie. À l'autre extrémité du spectre, l'Organisation s'occupait, de manière plus sereine, à débattre de la façon dont un semblant de liberté universitaire et dont les salaires pourraient réchapper à ce désastre. Ils y parvinrent, mais pas grâce à nous.

À ce moment-là, le président de l'université était le docteur Ferrell Heady, un personnage remarquable à tous égards. Il conserva son calme et son bon sens, refusant de renvoyer qui que ce soit. L'assistant fut affecté à une classe plus mature et Boue Runnels devint notre nouveau représentant démocrate au Congrès. Dans les réunions du corps enseignant, les débats houleux reprirent pour savoir s'il fallait transformer le campus en havre d'accueil pour les insoumis qui refusaient de partir à la guerre du Vietnam, abolir toute notation et toute sélection à l'entrée, interdire à la Garde nationale de pénétrer sur le périmètre appartenant à l'université…

Le sentiment d'opposition à la Garde nationale naquit à la suite d'une manifestation contre le bombardement du Cambodge. Les étudiants décrétèrent un sit-in pour occuper le bâtiment du syndicat estudiantin. Je dépêchai sur place plusieurs de mes inscrits en journalisme afin qu'ils me démontrent comment ils sauraient couvrir l'événement. La police du campus arriva, parvint à obtenir des manifestants qu'ils se divisent entre ceux qui voulaient être conduits au poste et ceux qui ne le voulaient pas, et fit venir un car pour véhiculer les étudiants appréhendés (dont les miens) vers la prison. Le tout de manière très civilisée.

Mais allez savoir pourquoi, le gouverneur s'imagina qu'on avait requis son aide. Il fit appel à la Garde nationale. Les gradés de cette force d'intervention expédièrent plusieurs camions remplis d'hommes, surtout des adolescents dont certains fréquentaient encore les bancs du secondaire. Leurs chefs semblent leur avoir raconté que les protestataires étaient des communistes vraisemblablement armés de mitraillettes. Ces jeunes bondirent donc de leurs camions, terrifiés à l'avance par leurs supérieurs, le casque sur la tête et la baïonnette au canon.

Le premier blessé de cette intervention fut un des membres de la troupe qui reçut un coup de baïonnette accidentel en descendant du véhicule. Quand ce fiasco arriva à son terme, le chiffre s'élevait à huit. Les autres victimes incluaient un cameraman de la télé (le porte-parole de la Garde nationale allégua qu'il avait été poignardé par un buisson de roses), des badauds venus assister à ce qui se passait, un athlète blessé qui se rendait dans sa classe à l'aide de béquilles, et deux garçons qui portaient l'une des victimes précédentes vers une ambulance sur une civière. Dans la mesure où les participants au sit-in étaient partis en car à destination de la prison, ils ratèrent tout le spectacle.

Quand le docteur Heady fut fatigué de ces âneries et prit sa retraite, les membres du conseil d'administration se tournèrent vers William E. « Bud » Davis, président de l'université de l'État d'Idaho, pour le remplacer. Comme Davis était du genre col bleu dépourvu d'une once de prétention élitiste style prestigieuses universités de l'Est, et qu'il pouvait se prévaloir d'avoir harcelé les élus de l'Idaho et obtenu des financements, il me convenait tout à fait. Côté négatif, il avait occupé des fonctions d'entraîneur et avait même, à une époque, dirigé l'équipe de foot américain de l'université du Colorado. Certes, il avait été recruté à ce poste après l'éviction de l'ancien entraîneur et d'une grande partie de l'équipe pour violation des règlements de l'Association athlétique nationale universitaire et, certes, il avait été remplacé après une unique saison désastreuse. Mais aucun d'entre nous, dans l'Organisation, ne voulait opérer sous la présidence d'un entraîneur… même d'un entraîneur qui perdait.

Davis sembla sentir cette opposition. Il n'avait apparemment pas conscience que nul, parmi les membres du conseil d'administration, n'avait ne serait-ce que connaissance de notre existence, et il sollicita d'être convié dans mon bureau afin d'y répondre à nos interrogations. En une trentaine de minutes, il nous convertit à sa cause. Quand il obtint le poste, il repassa par mon bureau et me demanda si j'accepterais de devenir son assistant administratif. Je lui répondis que je préférais continuer à enseigner. Il me proposa de tenter l'aventure une année, le temps pour lui de maîtriser le système, tout en gardant un groupe d'étudiants. Une augmentation de salaire ? Ce genre de considération terre à terre ne se discute pas dans l'univers noble des études universitaires, mais la réponse était négative. Ma récompense serait la jouissance d'un second bureau et d'un statut supérieur puisque mes collègues du corps enseignant s'imagineraient que j'étais au courant de ce qui se passait.

Mon nouveau bureau, dans le bâtiment de l'administration, était plus spacieux et ses grandes vitres souvent lavées donnaient sur l'esplanade verdoyante qui entourait la mare aux canards. La fenêtre crasseuse de mon bureau d'enseignant dominait Yale Park, théâtre des protestations estudiantines et point de départ de leur manifestation mensuelle. Les équipes de nettoyage municipales avaient ôté les galets de la séparation médiane paysagère dans Central Avenue, qui longeait le campus, privant ainsi les Colombes de leurs munitions, mais cela n'empêchait pas la pelouse de conserver souvent le parfum des gaz lacrymogènes récents et c'était une vue que je répugnais à troquer contre le calme mortel régnant sous mes nouveaux carreaux et contre la stimulation plus intellectuelle au siège du pouvoir.

Cette stimulation ne tarda pas à se manifester. Davis, qui avait jusque-là réparti son temps entre les affaires en suspens qu'il devait boucler à l'université de l'Idaho et la demande d'attribution de fonds qu'il lui fallait présenter auprès des élus locaux, arriva le samedi pour prendre ses fonctions à temps complet. Il fut réveillé le dimanche matin par un appel du président de la commission d'attribution des crédits. Davis avait-il vu le titre de la une, dans l'*Albuquerque Journal* ? Non. Qu'est-ce que ça racontait ? Ça racontait qu'une troupe de danse moderne de New York, qui devait donner un spectacle dans la salle Popejoy, allait ôter les tutus et exécuter le spectacle avec les organes ballottant dans le vide au nom de l'Art avec un grand A et de la promotion de la culture dans les contrées reculées. Le sénateur avait soutenu l'université lors des émeutes contre la guerre et lors du scandale du « Désir de l'amour ». Il avertissait que, cette fois, il ne pensait pas pouvoir sauver le coup devant sa commission. Si les sous-vêtements des danseurs tombaient sur le sol, le budget de l'université suivrait automatiquement le mouvement.

Davis organisa une réunion avec tous ceux qu'il put joindre en ce dimanche matin et s'enquit de leur opinion. Il doutait que le spectacle de danseurs nus, sur une scène de l'université, aurait provoqué un seul haussement de sourcils dans l'Idaho. Et au Nouveau-Mexique ? Je m'interromps ici pour replacer les choses dans leur contexte. Cela se passait il y a une trentaine d'années, alors qu'un semblant de pudeur existait encore. Davis était un démocrate avéré qui avait reçu l'investiture de son parti pour représenter l'Idaho au Sénat. Les membres du groupe qu'il était parvenu à réunir étaient également de conviction démocrate (mais surtout de cette tendance col bleu à l'ancienne, style John L. Lewis ou Harry Truman, qui reçoit mon adhésion, pas de la tendance moderne s'inscrivant dans le conformisme du jour). Notre suggestion initiale fut de déclarer que nous avions davantage besoin de fonds pour financer les augmentations de salaire du personnel enseignant et le recrutement de nouveaux professeurs que d'être libérés de nos inhibitions vagino-péniennes. Il devait dire aux artistes de garder leurs tutus.

— C'est mon premier jour dans mes nouvelles fonctions, se récrie Davis, et vous voulez que je fasse figure d'unique Béotien au milieu des Grecs ?

Nous n'aurions pas une meilleure idée ? Comme je suis resté le garçon de courses, je déniche le responsable de la salle Popejoy. Qu'est-ce qu'il en pense ? Il s'en contrefiche. Le contrat stipule-t-il une danse nue ? Non. C'est une nouvelle danse qu'ils répètent et souhaitent inclure, un peu pour voir les réactions qu'elle suscite à Pétaouchnock. Je devrais peut-être me contenter de leur dire de se conformer au programme initial. Bonne idée. Davis abonde dans le même sens.

De manière curieuse et typique du monde universitaire, c'était effectivement une bonne idée. Voici comment l'affaire se termina. Les danseurs décrètent que c'est une atteinte portée à leur intégrité artistique. Ils se plaignent auprès d'amis du département de la danse qui répandent le bruit selon lequel notre nouveau président a posé la lourde main de la censure sur l'art. Le cri de censure arrive aux médias. Le bureau du président, où je dispose désormais d'un fauteuil, reçoit des appels offusqués. Les reporters se présentent et s'entendent répondre que le président a été mis au courant de la situation et qu'il étudie le problème. Nouveaux appels. Le président informe les intéressés qu'il croit savoir que les danseurs vont se conformer à ce qui est stipulé dans le contrat. L'université ne procède à aucune modification du contrat d'origine. (N'est-ce pas là un bel exemple d'ambiguïté créative ?)

Les danseurs, bien évidemment, effeuillent leurs tutus avec défi et effectuent leur numéro *au naturel*[1].

N'étant pas amateur de danse moderne, je n'étais pas là et n'appris qu'au bout de plusieurs semaines qu'un « outrage public à la pudeur », comme on appelait cela, avait été perpétré dans la salle Popejoy. La presse n'avait pas vu l'intérêt de couvrir une danse ne présentant pas la nudité intégrale controversée, et elle n'y avait pas assisté non plus. Ceux qui s'étaient opposés avec une telle ferveur à une danse nue sur une scène financée par l'argent du contribuable étaient restés chez eux, confortés dans leur croyance erronée qu'ils avaient gagné. Le millier de spectateurs présents environ ne fut apparemment pas particulièrement impressionné. (Un de mes étudiants qui y était allé me dit qu'il avait vu mieux chaque matin dans les latrines de sa caserne.) Et les élus accordèrent à l'université sa plus forte dotation financière depuis des années.

Hélas, Davis ne fut pas toujours aussi chanceux. Ce qui lui arriva de pire le cueillit alors qu'il descendait de l'avion à l'aéroport international d'Albuquerque. Je sortais d'un autre vol et le rencontrai dans le hall à l'instant précis où la mauvaise nouvelle lui était annoncée : un reporter qui guettait son retour se précipita pour lui demander ce qu'il pensait du raid mené par le FBI dans le Pit.

Le genre de question à vous laisser bouche bée. Le Pit est la salle de basket de l'université, elle peut accueillir dix-huit mille spectateurs assis, l'équivalent du Madison Square Garden pour le Nouveau-

1. En français dans le texte. (*N.d.T.*)

Mexique et l'antre de sa machine sportive à engranger des recettes : son équipe de basket-ball. Le FBI, je l'appris en même temps que Davis, avait débarqué en quête de preuves de paris illégaux touchant plusieurs États. Des rumeurs de scores arrangés, etc., ajoutaient la cerise sur le gâteau. Au Nouveau-Mexique, le basket est roi. Même quand les Lobos adorés subissaient d'affligeantes défaites, ils attiraient davantage de spectateurs que l'équipe de UCLA à l'époque où elle remportait titre sur titre sous la direction de John Wooden. Aujourd'hui, les scandales sportifs sont trop fréquents pour attirer beaucoup l'attention. Mais cela se passait à l'âge de l'innocence relative. Au Nouveau-Mexique, c'était un désastre comparable à une annexion par le Texas.

Le raid lancé par le FBI contre ces paris produisit plus de fumée qu'il n'y avait eu de feu mais les enquêteurs de l'AANU furent plus efficaces. On s'aperçut que la plupart des joueurs de l'équipe n'étaient pas qualifiés, les entraîneurs furent licenciés et les journalistes sportifs éprouvèrent des difficultés à croire que Davis, lui-même ancien entraîneur, n'ait pas su ce qui se passait. Plus douloureux pour moi, ils éprouvèrent des difficultés à croire que moi, le garçon à tout faire de Davis et le journaliste d'enquête expérimenté, j'aie été aussi ignorant de ces agissements que je le prétendais.

Cette expérience fut peut-être bénéfique pour mon enseignement. Ayant rédigé de nombreuses légendes de photos où l'on voyait des hommes politiques embarrassés tentant de fournir des explications, j'apprenais en l'occurrence quel effet cela fait d'être le visage penaud qui fixe l'objectif audessus de ces légendes. Ça enseigne la compassion.

Quand je considère avec le recul mes deux expériences d'assistanat auprès d'une direction universitaire je ne parviens à trouver qu'un seul progrès dont je puisse revendiquer le mérite intégral. L'école de médecine aurait assurément vu le jour même si je n'avais pas trouvé ces onze matelas pour la prison du shérif, mais moi seul ai amélioré le décor de l'environnement immédiat du bâtiment administratif. Le paysagiste avait mesuré avec précision l'espace qui séparait mon bureau de la mare aux canards, et placé avec la même précision des arbres dont les racines reposaient dans des bacs, à l'endroit exact où il voulait les planter le jour suivant. L'un d'eux obstruait la vue que l'on avait depuis ma fenêtre. Quand la journée de travail prit fin, je sortis et déplaçai l'arbre de quatre ou cinq mètres vers le nord. Il s'y dresse toujours, unique monument témoignant de ma carrière de garçon de courses présidentiel.

J'espérais avoir trouvé une solution permanente à un autre problème universitaire : l'éradication des alertes à la bombe, chroniques les jours d'examens. Mais je doute que la parade ait résisté au temps. Ma solution consistait à demander à la secrétaire du président d'orienter ces appels vers mon bureau. Ils survenaient tôt le matin quand des examens importants étaient programmés, et la procédure consistait à en avertir immédiatement la police du campus. Elle se rendait au bâtiment visé, se livrait à une fouille pour découvrir la bombe et informait tous les enseignants qu'ils avaient le choix entre procéder à leur contrôle de connaissances dehors sur la pelouse ou le remettre à plus tard. Ma politique était plus simple. Je remerciais le correspondant de sa courtoisie, raccrochais, déclarais à la secrétaire que ce n'était qu'une plaisanterie et oubliais l'incident. Cela soulevait le problème de la

« niabilité » au cas où l'on apprendrait à l'extérieur que nous ne prenions aucune mesure lorsque nous recevions une telle alerte. Mais quel auteur de pareilles menaces ira porter plainte ? Les épreuves étaient maintenues comme initialement prévu et, après cinq ou six épisodes similaires, les étudiants qui recevaient des F aux examens qu'ils n'étaient pas venus passer interrompirent cette pratique. Je ne sais si la tradition des alertes à la bombe a repris. Le lendemain du jour où je fis un cours tellement mauvais que j'eus moi-même conscience de m'ennuyer, je décidai de quitter la faculté et de retourner dans le monde réel.

Pendant une quinzaine d'années, je m'étais bien amusé à enseigner. Maintenant, ce que j'aimais faire, c'était écrire. Je démissionnai de l'université en sachant que les corvées administratives de la tour d'ivoire ne me manqueraient pas, et en me disant que l'enseignement me manquerait même si j'avais perdu le feu sacré. Il me manqua, mais pas longtemps.

24

Les QFP

Si mon expérience personnelle est représentative, les Questions Fréquemment Posées aux écrivains lors des séances de signatures de livres sont « Où trouvez-vous vos idées ? » et « Quand écrivez-vous ? » Dans mon cas, la première devient souvent : « Comment un Blanc comme moi a-t-il eu connaissance de l'existence des Navajos et de leur culture traditionnelle ? » La réponse nécessite un bref récapitulatif biographique, huit ans de scolarité dans une école indienne, des camarades de jeux indiens, une enfance s'accompagnant de la connaissance que le « nous » inscrit dans la formule « eux et nous » regroupait dans la même catégorie les gens de la campagne qui tiraient péniblement de la terre leur maigre pitance et dont nous faisions partie, Indiens comme Blancs, par contraste avec les habitants de la ville qui avaient de l'argent, tout au moins était-ce l'impression que nous avions. En d'autres termes, je n'ai éprouvé aucune difficulté à me sentir à l'aise avec des Navajos. Ils étaient les gens avec lesquels j'avais grandi. Quand j'étais mû par un souci d'expérience exotique, j'allais assister à une réunion de la faculté des Arts et des Sciences. Alex Etcitty, Austin Sam, James Peshlakai et bien d'autres Navajos semblèrent le sentir, et sentir que je portais à leur culture un intérêt profond. Ils m'aidèrent. Par exemple, quand j'informai Peshlakai de mon intention de raconter que Jim Chee emmène la femme à laquelle il fait la cour assister à un mariage traditionnel, il me fit parvenir une cassette vidéo du mariage de sa fille. Quand je travaillai à une intrigue secondaire tournant autour de frictions survenant à la frontière entre les réserves navajo et hopi, il me fit rencontrer certains de ceux qui étaient directement concernés et qui éprouvaient le plus de ressentiment. Quand je rencontrai des difficultés avec *Dieu-qui-parle* parce que je n'avais jamais assisté au Yeibichai, le rite guérisseur crucial pour mon intrigue, Austin Sam en trouva un et m'y accompagna. Entre ce jour où Alex Etcitty tendit le pouce devant ma voiture, sur la route de White Horse Lake, et celui de sa mort, il fut pour moi un pont immensément utile entre d'une part, les thèses universitaires que je lisais, consacrées à la mythologie navajo et à la Voie du Dineh, et d'autre part le monde actuel des camps de moutons, des trafiquants d'alcool, et de l'assimilation chaotique des adolescents. Etcitty était né au Taadii Dineh, le clan de sa mère, était assez âgé quand je fis sa connaissance et ne manqua jamais de répondre à mes questions. Il m'aida à comprendre les valeurs du Dineh qui font que posséder plus que le nécessaire est un symptôme avéré du mal, considèrent la beauté exprimée par le ciel ou le paysage assez précieuse pour arrêter son véhicule et contempler les ombres des nuages qui courent sur la vallée, considèrent que joindre ses prières à la cérémonie de guérison d'une tante est beaucoup plus important que de conserver son emploi.

Quantité d'autres me vinrent également en aide. Un enseignant d'anglais de Shiprock fit réfléchir ses élèves à une intrigue secondaire que j'envisageais afin de voir si elle fonctionnait. La réponse fut négative. Je fus obligé de m'en défaire. Un jeune homme, à Tuba City, m'expliqua comment on capture un aigle quand on a besoin de ce rapace pour une cérémonie. Un ancien combattant des Marines (un de ces fameux transmetteurs de messages codés pendant la guerre du Pacifique) me décrivit ses voyages sur les Quatre Montagnes Sacrées pour y prélever les éléments nécessaires à sa bourse à *medicine*.

Même bénéficiant de pareille aide, et même en sachant que mythes, cérémonies et tabous varient au gré de la multitude des clans de la tribu, ce rôle d'écrivain blanc exposant les voies navajo me tourmentait. Ce problème fut aplani lors de la Fête tribale navajo de 1987. Quand Marie et moi arrivâmes à Window Rock pour y assister, on m'apprit que je devais chevaucher dans le défilé préludant aux festivités. Après avoir demandé un cheval plus gros et plus âgé que celui que l'on me proposait, je fus relégué dans une décapotable et effectuai le parcours une voiture derrière la princesse tribale navajo, le tout entre deux rangées de spectateurs massés de part et d'autre qui m'accueillaient aux cris de « Qui tu peux bien être, toi ? » La tribu fit plus que compenser cette rebuffade en me décernant une plaque qui me déclare :

AMI SPÉCIAL DU DINEH

« En témoignage de remerciement et d'amitié pour la description authentique de la dignité et de la force de la culture navajo traditionnelle. »

La réponse à la question « Où trouvez-vous vos

idées ? » est que l'esprit des écrivains ressemble à un grenier désordonné où règne un fouillis d'idées, d'intrigues, de personnages potentiels, de décors pouvant servir de cadre à l'action, de fragments d'informations en vrac, de remarques entendues au hasard, d'expressions ironiques, de formations nuageuses, de slogans pour pare-chocs, de problèmes non résolus, de bons mots, de tragédies, de comportements héroïques, etc. Notre mémoire contient suffisamment de matière pour rédiger trois ou quatre versions plus longues de *Guerre et Paix* si seulement nous étions capables de procéder à un tri et d'organiser les éléments en une fable cohérente.

Ce qui me conduit à la question suivante. « Quand écrivez-vous ? » On écrit en épluchant les pommes de terre, en se rendant en voiture à son travail, en faisant la queue, en souffrant d'ennui devant un film, en mangeant de la bouillie d'avoine, en arrachant des pissenlits, en essayant de se laisser gagner par le sommeil à l'heure de la sieste. Finalement, lorsque l'organisation des choses est presque terminée et que la scène à venir est bien ancrée dans son imagination, on se dirige vers l'ordinateur et on la tape sur l'écran.

J'assimile l'écrivain à la clocharde qui, au fil de son existence, pousse son caddie volé en y entassant des objets jetés au rebut, lesquels, qui sait, peuvent trouver leur utilité un jour ou l'autre, d'une manière ou d'une autre. C'est une analogie très juste et je ne peux m'imaginer meilleure profession, pour semblable récupération, que celle de journaliste dans laquelle « Si ça n'intéresse pas les gens, c'est pas de l'info ». La coquette petite capitale de l'État qu'est Santa Fe, avec son mélange d'artistes, de cultures indiennes, de scientifiques du nucléaire, de mordus de ski, de gens qui se sont réfugiés là, issus de familles ne sachant que faire d'eux, de hippies arrivant de leurs grandes communautés autour de Taos, etc., était un endroit fertile pour qu'un aspirant romancier remplisse son caddie.

Cela est vrai en tout lieu où travaille un reporter. Borger m'a fourni le shérif sage, affable et honnête qui, par l'adjonction d'un peu de culture navajo, est devenu le lieutenant Joe Leaphorn.

Quels souvenirs, alors, me viennent à l'esprit quarante ans plus tard ?

Je vois une jeune mère de famille bien habillée, heureuse de faire ses courses dans un grand magasin cossu d'Oklahoma City, la même femme que j'avais vue un mois plus tôt lors d'un procès criminel où elle était accusée d'avoir tué son mari endormi et leur bébé. À cette époque je suivais un autre procès, celui d'un garçon qui s'était enfui de l'orphelinat, qui avait enlevé les quatre membres d'une famille de vacanciers et les avait tués pour leur dérober leur argent et leur voiture. Les deux accusés plaidèrent l'irresponsabilité. La femme fut représentée par la meilleure équipe d'avocats que sa famille aisée pouvait se permettre. Le garçon par un avocat commis d'office. Elle fut confiée à un hôpital psychiatrique jusqu'à son rétablissement. Il fut condamné à la détention à perpétuité. Il devrait y avoir au moins matière à écrire une nouvelle dans la rapidité avec laquelle la folie d'une fille riche trouve sa guérison alors que celle d'un garçon pauvre n'est pas prise en compte.

Un adolescent angoissé est assis sur un banc du poste de police, unique survivant d'un incendie où ont péri sa mère et ses deux jeunes sœurs. Pourquoi est-il assis là ? Je n'en sais rien. À mon avis, il ne le sait pas plus. Probablement parce que les pompiers l'ont trouvé en larmes, éperdu de douleur devant le bâtiment en flammes, et qu'ils n'ont pas su quoi faire de lui. Pendant qu'il attend ce qui va bien pouvoir arriver maintenant, il semble s'accuser lui-même d'homicide par imprudence. Il m'élit, moi qui suis assis à l'autre bout du banc, où j'attends que le capitaine des forces de police me reçoive, comme jury. Il m'explique pourquoi il est le seul à être en vie… il parvient à me persuader, mais pas à se persuader lui. Encore une nouvelle qui ne demande qu'à être écrite.

Le général Dwight Eisenhower, retraité depuis peu, lors d'une conférence de presse. Son aide, un colonel récemment parti à la retraite, a sévèrement averti la demi-douzaine de journalistes présents dans la suite de l'hôtel que le général s'exprimera uniquement sur l'association à but non lucratif qu'il préside désormais. Aucune question politique ne sera tolérée. Le général parle. Il demande si nous avons des questions. « Mon général », intervient un ancien soldat de première classe, « il paraît que vous êtes prêt à accepter l'investiture du parti républicain dans la perspective de l'élection présidentielle. Est-ce exact ? » L'ex-général cinq étoiles fusille du regard l'ex-soldat un seul galon, aboie un « sans commentaire » et, à mes yeux, ponctue de la sorte un fabuleux moment de statut civil pleinement savouré.

Johnson Murray, le fils de l'ancien gouverneur « Luzerne » Bill Murray, vient d'être élu au poste qu'a autrefois détenu son père. On me charge d'interviewer le plus âgé des deux. Sa maison est une chambre, au premier étage d'un hôtel pour indigents de la Quatrième Rue. Nous nous étions rencontrés brièvement un an auparavant. Il était entré dans la salle où siégeaient les sénateurs de l'État d'Oklahoma, portant un sac de livres rempli d'exemplaires de *L'Histoire de l'Oklahoma.* C'était lui qui l'avait écrit et, quand il était gouverneur, la commission de l'éducation locale l'avait adopté comme texte de référence dans toutes les écoles. Il faisait maintenant les cent pas dans l'allée centrale de l'édifice, vieil homme barbu, voûté et maigre, qui tentait de vendre ses exemplaires aux élus et s'arrêtait pour discuter avec nous à la table de presse.

Il ouvre la porte de sa chambre d'hôtel quand je frappe et m'accueille en chaussettes, m'invitant à entrer, tenant dans sa main les chaussures qu'il était occupé à cirer.

— Une occasion supplémentaire de vous vendre mon *Histoire de l'Oklahoma*, me dit-il, mais ce que vous voulez, c'est parler de Johnson.

Moi, oui, mais pas lui. Il veut me parler de Luzerne Bill, de la façon dont il a privé les exploitants de pétrole de leur mainmise sur le parti démocrate, des mesures qu'il a prises en faveur des pauvres, de l'envoi de la Garde nationale pour s'assurer le contrôle des ponts franchissant la Red River quand les Texans ont tenté d'y installer des barrières de péage, et ainsi de suite. Tout cela, pour moi, est de l'histoire ancienne, et dans le bureau de UP, Carter Bradley attend de savoir ce que Luzerne Bill a à déclarer concernant l'élection de son fils. Je parviens à le ramener sur ce sujet.

— Il n'est pas particulièrement intelligent, me confie-t-il. Pas aussi fin qu'on pourrait l'espérer. Mais bon, ce n'est pas pour mon fils que les électeurs d'Oklahoma ont voté. C'est en souvenir de Luzerne Bill.

Déclaration que je fais figurer dans l'article. Bradley me le rend d'un geste brusque.

— Il n'y avait que toi et le vieux dans la pièce.

Sers-toi de ta jugeote. Ça va être imprimé, ça. Demain, il va falloir qu'on publie un démenti. Je n'ai jamais prononcé un seul mot de tout ça. Je n'ai même pas parlé avec ce journaliste. Exactement ce que nous allons devoir imprimer dans le démenti.

C'est pourquoi, dans mon article revu et corrigé, Luzerne Bill déclare que l'élection de son fils reflète, à son avis, le bon souvenir que les électeurs ont gardé de lui, se remémore certains de ses exploits comme premier gouverneur indien de l'Oklahoma, et fournit suffisamment de détails sur le dénuement dans lequel il vit pour écorner un peu les généralités sur la corruption des politiques. J'en conserve une de ces images souvenirs profondément gravées, celle d'un vieillard fier, dans une chambre sordide, partageant les toilettes communes au bout du couloir avec ces autres pauvres qu'il avait tenté d'aider. Je n'ai pas encore trouvé l'endroit où l'utiliser dans un roman, mais c'est un épisode que je ne peux me résoudre à sortir de mon caddie.

Il y en a un autre que je n'ai jamais oublié, que j'ai directement utilisé dans un roman et qui a joué un rôle prépondérant dans mon profond désir de devenir romancier. Il s'est produit à Santa Fe.

L'appel en provenance du directeur adjoint de la prison n'y allait pas par quatre chemins. Robert Smallwood, qui devait être exécuté le soir même pour un double meurtre perpétré de sang-froid, avait demandé à me parler. Si j'acceptais de le voir, je devais me trouver à quatorze heures à la porte principale de l'établissement.

— Juste moi ? m'étonnai-je.

— Vous et John Curtis. Curtis a dit qu'il allait venir.

Curtis était le directeur du bureau de l'Associated

Press à Santa Fe mais nous étions amis au même titre que concurrents et nous fîmes dans sa voiture les vingt-cinq kilomètres qui séparaient la ville de ce qui était à l'époque la « nouvelle prison ». Smallwood était l'information du jour. À minuit, il deviendrait le tout premier condamné à être exécuté dans la chambre à gaz flambant neuve du Nouveau-Mexique. Il avait été reconnu coupable du meurtre d'un couple de jeunes mariés qui s'étaient arrêtés pour l'aider à dépanner sa voiture (d'ailleurs volée), et il était suspecté de toute une série d'autres homicides jamais résolus. Pareille visite au couloir de la mort n'était pas une nouveauté pour moi, et moins encore pour Curtis qui avait des années d'expérience de plus dans le métier de journaliste. Nous ne nous attendions pas à grand-chose. Smallwood allait une fois de plus clamer son innocence, ou bien (ce qui nous conviendrait davantage) reconnaître son crime, exprimer ses regrets et nous demander d'intercéder auprès du gouverneur afin qu'il obtienne un report d'exécution. Ou encore, il allait nous promettre de nous révéler l'identité du véritable assassin. Qui pouvait savoir ? Nous n'espérions, ni l'un ni l'autre, obtenir un grand sujet d'article et nous avions raison.

À la place, une idée s'implanta dans mon cerveau, une sorte de concept étrange qui modifie votre existence et ne vous lâche plus jamais. C'était l'idée que la fiction réussit parfois mieux que les faits à exprimer la vérité. Après avoir écouté ce que Smallwood avait à dire, je tentai d'écrire une nouvelle et m'acharnai jusqu'à ce que je réussisse enfin. Elle était mauvaise. Je n'essayai pas de la faire publier. Mais je la gardai et Smallwood resta dans ma mémoire jusqu'au jour où, des années plus tard, j'eus besoin de lui. Il devint Colton, dans

Le Peuple des ténèbres. Ceux qui ont lu ce livre savent déjà ce que Curtis et moi entendîmes, cet après-midi-là, dans le couloir de la mort du quartier de détention numéro trois.

Il y avait cinq cellules dont les portes grillagées faisaient face à une série de hautes fenêtres à travers lesquelles le soleil se déversait ce jour-là. On nous fit pénétrer dans ce couloir ensoleillé où un gardien nous apporta des chaises pliantes. Quatre des cellules étaient vides. Smallwood nous attendait à la porte de la sienne. Nous nous présentâmes, procédâmes à l'échange de politesses auquel il convient de se plier quand on rencontre un être humain à qui il reste neuf heures à vivre.

Smallwood était mal à l'aise, hésitant, mais il finit par aborder la raison pour laquelle il nous avait fait venir.

Est-ce que nous allions écrire un article sur ce qui allait lui arriver ce soir ?

Oui.

Est-ce que nos textes feraient le tour du pays et seraient lus par beaucoup de gens ?

Euh, oui. En tout cas, ils seraient envoyés aux journaux et aux stations de radio.

— Parfait, dit Smallwood.

— Parfait ? Pourquoi ? demandai-je.

— Peut-être que ma mère les verra, dit-il. Si elle est au courant, je pense qu'elle viendra chercher mon corps.

— Donnez-nous son nom et son adresse, proposa John. Nous ferons le nécessaire pour qu'elle sache.

Smallwood se tenait à la porte, les mains crispées sur les barreaux, les yeux baissés, il se préparait à révéler à deux inconnus l'humiliation qui avait gouverné sa vie, inscrivant dans ma mémoire visuelle une image qui ne peut pas davantage s'effacer que celle du casque contenant une partie du crâne de son propriétaire : un tatouage supplémentaire gravé dans mon cerveau. Je vois encore, par exemple, le moignon lisse du doigt où il avait perdu les deux dernières phalanges, je vois ce moignon remuer pendant qu'il relâche, raffermit, relâche à nouveau sa prise sur les barreaux.

Smallwood ignorait l'adresse de sa mère. Il ignorait son propre nom. Il doutait que son nom soit Smallwood. C'était le nom de l'homme avec qui elle était la dernière fois qu'il l'avait vue.

— Et quand était-ce ?

Il se souvenait de la date avec précision. Son douzième anniversaire. Chassé par l'homme avec qui elle vivait, il habitait dans le garage d'un camarade d'école et était revenu à la caravane de sa mère pour trouver l'emplacement libre. Le directeur du camping n'avait aucune idée de l'endroit où ils étaient partis. Il n'avait eu de cesse de la chercher depuis, dans tout le pays et au fil des années, remplissant en chemin un casier judiciaire conséquent, pillant l'Amérique de ce qui lui était nécessaire pour poursuivre sa recherche et conserver l'espoir. Premier vol de voiture quand il était encore mineur, vol à l'étalage, vol de voiture à nouveau, cambriolage et, finalement, pire. Il pensait que sa mère était peut-être partie en Californie. Il pensait qu'elle venait d'une localité du Middle West, se souvenait qu'elle avait parlé d'une rue ombragée par de grands feuillus.

John et moi lui posâmes les questions habituelles. Avait-il quelque chose à déclarer au sujet des meurtres pour lesquels il allait mourir ? Il se contenta de secouer la tête. Qu'avait-il demandé pour l'ultime repas traditionnel ? Il n'avait pas faim et n'avait pas décidé. Quel effet cela lui faisait-il de mourir ? Le *padre* de la prison lui avait enseigné l'existence du Christ et il ne pensait pas que le père Theodore ait eu une raison de lui mentir. Il allait partir pour une vie meilleure et on prétendait que ce n'était pas vraiment douloureux de mourir. Il avait eu un sourire timide en disant cela car il se demandait comment les gens pouvaient le savoir sans avoir essayé. Puis il avait montré une cicatrice sur le côté de son cou.

— Je supporte assez bien la douleur, avait-il ajouté en ayant un autre sourire timide et ironique à son égard.

Mais il aimerait bien s'en retourner chez lui, juste une fois. Ce serait bien, dit-il, « d'être enterré avec ma famille ».

Smallwood entra dans la salle d'exécution une dizaine de minutes avant minuit, l'aumônier à ses côtés, le directeur marchant devant lui, deux gardiens derrière, tandis que John et moi observions depuis l'endroit réservé aux témoins. L'aumônier répondit à je ne sais quelle dernière question, lui appliqua une tape d'encouragement sur le bras. Ils échangèrent une accolade. Le garde tint la porte de la chambre à gaz ouverte. Smallwood, qui était grand, se cogna la tête contre l'encadrement métallique, grimaça sous l'effet de cette douleur-là et se laissa aller contre le dossier de la chaise afin de faciliter le travail du gardien qui devait boucler les sangles. La porte fut refermée. Le directeur consulta sa montre, adressa un signe. Quelque part, quelqu'un referma un circuit électrique qui entraîna la chute de pastilles de cyanure dans un récipient d'acide placé sous la chaise. Nous vîmes de fines volutes de fumée s'élever. Smallwood nous lança un regard, son visage exprimait ce que j'interprétai comme un mélange de gêne et de frayeur. Puis il emplit ses poumons.

Le soir même, je rédigeai mon compte-rendu pour l'édition du lendemain, donnai les détails sur l'exécution qui s'était bien passée, parlai de l'attitude de Smallwood, du crime qu'il avait payé de sa vie, glissai un mot sur les jeunes bons samaritains qu'il avait assassinés, et sur les autres crimes pour lesquels d'autres États avaient lancé des mandats d'arrêt contre lui. Je crois que j'ai consacré un paragraphe à sa quête pour retrouver sa mère et je sais que j'ai mentionné son espoir qu'elle allait venir le chercher pour l'emmener chez eux afin de l'y enterrer. C'était sans conviction et elle n'en fit rien.

Je me retrouvai à me demander si la mère de Smallwood s'en sortait mieux que moi pour l'oublier. À penser que la simple épure de son histoire, dont j'avais fait un article, recélait trop de non-dits. C'était la tragédie de la culture américaine en ce milieu du vingtième siècle. Si j'avais l'ambition de devenir écrivain, je devrais être capable d'en faire quelque chose. J'écrivis une sorte de nouvelle minimaliste, dans laquelle le lecteur voit le journaliste, à peine rentré de l'exécution, dans le bureau de son agence de presse, déserte avant l'aube, qui organise son récit, luttant contre l'horloge électrique, derrière lui, et contre la limite de trois cents mots qui lui est impartie sur la ligne interurbaine, mettant de l'ordre dans ce qu'il a vu et dans ses souvenirs de l'entretien avec cet homme qui s'apprêtait à mourir. Je laissai ce récit totalement exempt d'émotion ou d'opinion, tentant d'amener le lecteur à voir et entendre exactement ce dont le reporter avait été témoin. Comme le suggère ce qui précède, ce n'était pas un texte franchement réussi. Je remisai cette nouvelle dans la boîte que je réserve aux choses en suspens et elle y resta, refusant l'oubli. Smallwood ne pouvait trouver sa place dans une nouvelle. Il lui fallait un personnage de roman. Des années plus tard, il reprit vie sous les traits de Colton Wolf dans *Le Peuple des ténèbres*, et bien plus tard encore, la vieille nouvelle est sortie à nouveau de son tiroir, a été réécrite et publiée sous le titre de *Ouverture texte exécution*.

Cet épisode anima mon ardent désir de devenir écrivain de fiction, et ce jusqu'à un soir de 1961 où Marie me suggéra d'abandonner le métier de l'information pour : « *Just do it* ».

L'agence publicitaire qui a conçu ce slogan pour les chaussures Nike, cet « hymne à l'irresponsabilité totale », l'a fait pour encourager les jeunes à payer cent cinquante dollars des chaussures de sport qui en valent quinze. Ça a marché pour Nike mais ne semblait pas particulièrement adapté à la situation qui était la nôtre en 1961.

Les choses avaient changé depuis que nous nous étions installés à Santa Fe. Notamment, nous avions maintenant cinq enfants. Si Marie éprouvait du désarroi devant ce problème économique, elle ne le montrait pas. Sa position se basait sur un fait tangible et une double supposition. Le fait était que les longues heures de travail que j'abattais, six jours par semaine, ne me laissaient ni le loisir ni l'énergie nécessaires à une activité créatrice. Les suppositions, que nous pouvions répondre aux besoins de notre famille de sept jusqu'à ce que je sois devenu un auteur à succès, et que je serais assez bon conteur pour réussir effectivement à publier un livre. Marie avait plus confiance que moi dans mes capacités d'écrivain.

Il y a là un aspect curieux que quiconque ignore le bonheur d'avoir une épouse aimante aura des difficultés à comprendre. Personnellement, Marie fuit la célébrité qui la rend mal à l'aise. Durant des années elle a été persuadée que faire des conférences, participer à des séances de signatures, avoir des admirateurs qui venaient me demander des autographes m'était pénible, une croix que je portais courageusement parce que mon rôle d'auteur l'exigeait. D'ordinaire, elle lit en moi comme dans un livre, mais elle a éprouvé des difficultés à concevoir que j'y prenne du plaisir. Ainsi arriva notre grand saut dans l'inconnu : d'un emploi de rédacteur dans un quotidien à un travail à temps partiel dans une université et à l'immersion, en tant qu'étudiant de troisième cycle, dans le monde de la littérature classique que je n'avais pas eu la chance de côtoyer pendant mes études de journalisme. Durant un certain temps, je me suis demandé comment j'avais pu trouver la témérité nécessaire, mais il n'y a pas là de vrai mystère. C'est parce que Marie (ô femme d'une foi infinie) a réussi à me faire croire que j'étais compétent, talentueux, etc., ainsi qu'elle en était elle-même persuadée.

25

La vie parmi les hippies

Le milieu des années soixante était le moment idéal pour débuter si l'on était destiné à passer presque vingt ans à enseigner le journalisme dans une université. La léthargie estudiantine était encore de mise, même en 1963, donnant l'impression qu'on débitait un cours magistral devant un public que cela n'intéressait pas. Mais déjà la puissante, bruyante et exigeante révolution s'approchait. Avant que je n'aie eu le temps de conclure que la vie d'un professeur avait tendance à générer l'ennui, la fin des années soixante nous avait rattrapés et les étudiants arrivaient remontés à bloc, exigeaient des cours pertinents, s'élevaient contre la guerre, le système établi, les contraventions pour stationnement illicite, les conférences mal préparées, les préjugés contre la marijuana, les toilettes unisexes, la brutalité policière, etc.

Aussi bizarre que cela puisse paraître, ce fut une période merveilleuse pour enseigner. Les étudiants étaient intéressés, la manie de la notation et l'inflation des contrôles qui en résulta avaient à peine commencé à se manifester, le fléau du conformisme n'avait pas encore paralysé doyens et chefs de départements, ni corrompu le corps enseignant. Faire cours devant une salle remplie de jeunes gens à l'esprit vif, mus par un ardent désir d'apprendre et prêts à contester, obligeait à défendre ses positions. Parfois, c'était impossible. On apprenait autant qu'eux, et c'était un plaisir. Ce ne fut qu'au début des années quatre-vingt que la léthargie reprit le dessus. Le dogme abrutissant du conformisme dominant s'abattit sur le campus, ne tolérant d'autre opinion que celle qui avait été consacrée. Une fois la liberté d'expression et la liberté de pensée bannies par les esprits inquisiteurs qui présidaient aux études sur la femme et sur les différentes minorités, la joie de l'apprentissage abandonna les étudiants. Et avec elle la joie d'enseigner. Le temps était venu de partir.

Keen Rafferty avait pris sa retraite de chef du département de journalisme après m'avoir formé et, par défaut, je fus nommé à ce poste dont personne ne voulait. Au début, j'enseignai l'introduction à la rédaction des informations, le laboratoire d'écriture des nouvelles, les spécificités du reportage moderne et l'histoire du journalisme. Au fur et à mesure que les inscriptions croissaient en nombre de même que le corps enseignant, cela devint impossible et je créai deux cours à mon idée. Nous baptisâmes le premier effets sociaux de la communication de masse, ce qui me donna l'occasion de transmettre à mon tour ce que H. H. Herbert m'avait enseigné à l'université d'Oklahoma et d'exprimer mes propres récriminations. Néanmoins, celui que j'aimais le plus, et dont je me vante chaque fois que l'occasion m'en est offerte, était le cours d'écriture persuasive.

Dès les années soixante, presque tout le monde (à l'exception des écrivains qui les signaient) avait compris que les éditoriaux n'emportent pas l'adhésion des lecteurs. Ils ne font que refléter l'opinion des propriétaires du journal. La véritable persuasion s'accomplit dans les pages d'information. Je l'avais toujours soupçonné, mais le *News-Herald* de Borger m'avait donné l'occasion de soumettre mes théories à l'expérimentation. Le rédacteur titulaire, qui relayait les idées du propriétaire, écrivait essai sur essai, en page éditoriale, pour soutenir l'élu au Congrès sortant, présenté comme un ultraconservateur loyaliste, et il attaquait son jeune avocat d'adversaire en prétendant que la ferveur de son anticommunisme et, par voie de conséquence, son patriotisme, étaient sujets à caution. Cependant, nous autres qui travaillions en salle de rédaction, nous aimions bien Jeune Avocat. Nous inventâmes un biais pour réaliser un reportage qui mettait l'accent sur sa dimension humaine. Nous trouvâmes moyen d'introduire sa photo dans une enquête que nous menions sur la relation père-fils. Le dimanche qui précéda l'élection, on le voyait en première page donnant un coup de main pour installer les tables lors d'un pique-nique organisé par l'Église alors que l'opinion officielle du journal, exprimée en page éditoriale, le qualifiait de probable sympathisant communiste. Devinez qui l'emporta ? Jeune Avocat, largement !

J'avais assisté à un séminaire informel sur ce sujet, donné au bénéfice d'un seul étudiant, alors que j'étais affecté à la politique locale à Santa Fe. Le conférencier était Mike Gallegos, un rancher âgé du comté de Guadalupe, philosophe politique et militant de longue date au sein du parti démocrate. Comme l'avait fait Otis Sullivan au *Daily Oklahoman*, Gallegos repéra en moi un fils de fermier à son image et conclut qu'il pouvait m'éclairer sur la façon dont la politique fonctionne. Par exemple, c'est de lui que je tiens la formule présidant à l'attribution des budgets de travaux publics.

La formule de Mike : « Un chantier qui nécessite dix journées de travail chez l'ouvrier lambda en nécessite vingt dans le système basé sur le mérite au niveau de l'État, ou quarante pour les fonctionnaires (au niveau fédéral). » Il avait lui-même été titulaire d'emplois dans ces deux dernières catégories et affirmait que le résultat était très proche de la formule communément calculée pour établir un budget.

Sur le clientélisme : « Quand les candidats cessent d'attribuer des emplois aux proches de ceux qui ont soutenu leur campagne, la Compagnie du Gaz de la Southern Union, les sociétés du téléphone, les chemins de fer et les compagnies d'assurances prennent le relais et travaillent pour eux. Et les entreprises privées réclament des salaires beaucoup plus élevés que les proches et les connaissances. »

Mike jugeait l'influence des éditoriaux négligeable pour les candidatures à des postes très en vue comme ceux de gouverneur, de représentant au Congrès, de maire, de shérif, etc. Mais les électeurs n'avaient aucune idée concernant ceux de trésorier du comté, greffier, assesseur ou autres emplois administratifs qui demeurent, pour l'essentiel, impalpables. Pour ceux-là, le journal pouvait être déterminant. Nous testâmes sa théorie lors d'une élection au poste de directeur d'une école du comté, associée à une situation tellement alambiquée qu'on ne pouvait même pas demander aux votants les plus zélés de la comprendre. Un groupe de parents d'enfants qui fréquentaient les écoles de Pojoaque avaient intenté une action en justice pour obtenir leur détachement des instances du comté et assurer de la sorte la gestion de leurs propres écoles.

S'ils l'emportaient, le détenteur actuel du poste de directeur du comté, Henry Trujillo, verrait sa fonction abolie. Henry s'opposait à cette tentative.

Pojoaque est un vieux village de la vallée, autrefois indien et hispanique mais devenu zone dortoir pour les nouveaux arrivants de la haute technologie qui fabriquent la bombe nucléaire à Los Alamos et dont les enfants sont inscrits dans ses écoles. Ils affirmaient que le juge de région, ami et allié politique de Henry, voulait différer sa décision jusque après les élections. Ils voulaient que le journal dénonce cette conspiration et intervienne. Voilà qui nous semble une bonne idée. J'écris un éditorial qui soutient la sécession et exhorte le juge à statuer en ce sens. Cela ne donne rien. L'association des parents et des professeurs de Pojoaque revient à la charge, plus remontée que jamais. J'écris un second éditorial, exigeant que le juge explique la raison de ce délai, laissant sous-entendre qu'il gagne du temps afin que Henry puisse continuer de toucher sa paye pendant deux années supplémentaires. Cela agace le juge. Il m'accuse de me rendre coupable d'une tentative patente pour influencer le déroulement d'une action judiciaire civile placée en délibéré. Si je persiste, il me fera comparaître pour outrage à magistrat et me trouvera un hébergement dans la prison du comté.

Pendant que je réfléchis à cette situation, les gens de Pojoaque reviennent, exigeant des actes. Je leur expose le problème et avance une solution. S'ils choisissent l'un des leurs pour l'opposer à Henry dans la primaire du parti démocrate, le *New Mexican* soutiendra cette initiative et réservera à la campagne de leur candidat une couverture complète et précise. Si la théorie de Mike Gallegos est correcte, nous pouvons peut-être vaincre Henry devant les urnes. Mais le seul espoir réside dans une campagne simple, menée sur un thème unique.

La plupart des suffrages sont déposés dans la zone urbaine de Santa Fe, habitée par des gens qui ne s'intéressent nullement aux écoles de Pojoaque, mais qui sont favorables à des idées telles que l'autonomie locale, la liberté, la convivialité et la gestion des écoles par les parents. Le thème unique devait donc être : *Laissez aux parents de Pojoaque le soin de gérer leurs propres écoles*. Pas question d'échanger des insultes. Ni de comparer les compétences des candidats. Ils expriment leur accord et choisissent parmi eux.

Le succès paraît assuré. Non ?

Les parents de Pojoaque prennent pour représentante une femme issue d'une famille hispanisante bien connue du comté de Santa Fe, parce que Henry vient lui aussi d'une vieille famille hispanique. Après cela, les chances de succès ne paraissent plus aussi grandes. Le choix s'est porté sur une famille aux ardeurs républicaines avérées. Il s'est porté sur une barmaid. Il s'est porté sur un cursus scolaire qui s'est interrompu à l'école secondaire. Henry a fréquenté l'université en travaillant, puis il a repris ses études pour obtenir une maîtrise en sciences de l'éducation tout en assurant un emploi, il a été enseignant, possède une expérience de l'administration et jouit d'une bonne réputation. Plus important dans l'optique de la primaire du parti démocrate du comté de Santa Fe, sa famille est démocrate depuis toujours.

Le réseau du bouche-à-oreille politique, qui recouvre Santa Fe comme le kudzu[1] a envahi la

1. Plante grimpante d'origine asiatique dont la croissance fulgurante pose un problème majeur à plusieurs États de l'Est. (*N.d.T.*)

Géorgie, apprend à Henry ce qui se trame. Il vient me demander à quoi nous jouons. Je lui réponds que nous désirons voir Pojoaque devenir une entité distincte et que la seule façon pour nous d'y parvenir consiste à le battre dans la primaire puisqu'il l'emporte systématiquement par une marge telle que les républicains ne lui opposent même plus de candidat dans l'élection générale. Il me dit qu'il est prêt à parier cinq dollars qu'il va gagner. Nous échangeons une poignée de main pour sceller ce pari et, à ce moment-là, je me dis que cela équivaut vraisemblablement pour moi à consentir un don.

La campagne se déroule dans le calme. Quand nous apprenons que notre groupe d'habitants de Pojoaque viole notre politique du thème unique et critique Henry, nous y mettons le holà en passant deux ou trois coups de téléphone de mise en demeure. La veille du scrutin, les résidents de Pojoaque suivent ma suggestion en défilant bruyamment sur la plaza de Santa Fe, demandant aux habitants de la ville de leur confier le contrôle de leurs écoles. Nous publions une photo de cette manifestation en première page, et nos éditoriaux d'opinion réitèrent cette demande. Nous faisons de Henry le portrait d'un homme de bien, mais qui s'oppose au contrôle parental.

Les lieux de vote ferment. Henry repasse au journal et nous nous rendons en ville dans un bureau de dépouillement représentatif pour savoir lequel de nous deux a gagné notre pari. Le scrutateur nous communique les résultats, Henry est battu par environ trois voix contre deux. Ce qui signifie qu'il a perdu l'élection en ville et, par conséquent, l'élection globale. Il me tend mes cinq dollars. Quand les bureaux ferment, la gifle arrive. Si les électeurs urbains, non concernés directement, ont scellé la défaite de Henry, ceux de Pojoaque (au nom desquels j'avais cru parler) lui ont donné la préférence par deux voix contre une à notre candidate.

L'un des participants à un cercle de poker auquel je me suis joint en 1965 porte un T-shirt arborant l'inscription : « *Pourquoi me racontez-vous ça ?* » Beaucoup de lecteurs doivent se poser la même question. C'est parce que durant des années j'ai raconté cette histoire aux étudiants de mon cours consacré aux effets sociaux. Dans la période de léthargie du milieu des années soixante, ils m'écoutaient sans poser de questions. Je ne faisais qu'illustrer la manière dont un journal peut influencer les données de la vie publique si l'enjeu en est simple. Quand les protestations contre la guerre du Viet-nam gagnèrent le campus, les choses changèrent. Des mains se levèrent. N'était-ce pas ma responsabilité de savoir que le groupe des parents d'élèves ne représentait pas l'opinion majoritaire ? Aurais-je dû défier le juge et dénoncer son délai de réaction dont la motivation était politique ? De telles interrogations obligent le professeur à reconnaître qu'il n'avait aucune envie d'aller en prison, qu'il s'était laissé complètement manipuler par les parents, et que son ignorance avait coûté son poste à Henry.

Dans ce cours, mon principe de départ était que le pouvoir de persuasion réside dans la capacité à faire en sorte que les gens voient (parfois littéralement) la situation telle que le rédacteur la décrit. Au lieu de dire au lecteur que la ville devrait améliorer ses programmes de rénovation et d'entretien, emmenez-le dans la rue et montrez-lui les points précis qui vous ont vous-même conduit à cette conclusion : les cafards autour des tuyauteries, les ordures qui s'amassent le long des clôtures, etc. En me basant sur cette argumentation, je les lançais dans la nature. Soit ils trouvaient leurs propres idées, soit ils choisissaient dans la liste que j'avais établie. Par exemple :

Allez à l'aéroport et à la gare routière, observez les gens qui attendent dans ces deux endroits, relevez les éléments qui permettent d'en dégager des conclusions. Si vous pensez qu'ils représentent différentes classes socio-économiques, donnez-moi suffisamment à voir pour me guider vers la même conclusion que vous. Sans dépasser les huit cents mots.

Allez dans un bar d'homosexuels et dans un bar de musique country and western. Que voyez-vous qui les identifie ?

Allez assister à un procès. Observez les jurés. Ne me dites pas que certains d'entre eux ont l'air de s'ennuyer, et que certains autres ont l'air intéressés. Montrez-moi ce que vous avez vu et qui vous a incité à le penser.

Et ainsi de suite.

L'étape suivante exige que l'on corrige les travaux subséquents, que l'on trouve un paragraphe essentiel dans chacun, que l'on retape tous ces paragraphes associés par ailleurs à des modifications, que l'on rende l'ensemble lors de la classe suivante et que l'on tente d'enseigner quelque chose au fil de la discussion qui s'ensuit.

— Vous écrivez « visiblement ivre ». En quoi est-ce visible ?

Tout le monde sait reconnaître un ivrogne, m'objectent-ils. Pourquoi rogner sur les huit cents mots autorisés ? Nous finissons par nous mettre d'accord pour montrer notre citoyen appuyé contre un distributeur de Coca, ne parvenant pas à insérer ses pièces dans la fente, abandonnant, etc., le consensus s'établissant pour dire que les lecteurs seront plus disposés à accepter un ivrogne sans description à la gare routière que dans l'aéroport. Puis nous passons au paragraphe suivant où nous intervertissons les données d'une phrase pour en modifier l'emphase, remplaçons « marchait lentement » par « déambulait » après avoir décidé que « flânait » ne correspond pas au décor. À la fin du semestre, il était devenu rare que les étudiants imposent des modificateurs aux verbes et aux noms.

Pendant que ce travail suivait son cours, je peinais épisodiquement sur le livre qui devint *La Voie de l'ennemi*, tentant d'imposer à ma propre prose des exigences similaires.

J'écrivais épisodiquement car ce court roman s'étala sur trois ans environ, entre 1967 et 1970, depuis le premier paragraphe jusqu'à la révision finale (une progression fréquemment interrompue par des périodes où l'emportait le bon sens, probablement induites par l'épuisement ou l'envie de dormir). La majeure partie de mes tentatives pour écrire se situaient le soir, après le dîner, quand les enfants étaient couchés, les devoirs corrigés, et que le téléphone ne sonnait pas. Parfois, durant ces heures nocturnes, je prenais conscience que la scène que je venais d'achever était ratée, que l'histoire n'avançait pas, que le livre ne serait jamais publié et que je ne pouvais pas me permettre de gâcher du temps que j'aurais pu consacrer à la rédaction d'ouvrages de caractère général que des gens achèteraient. Dans ces moments-là je retirais la feuille de papier de la machine à écrire (vous vous souvenez de ces objets ?), je remisais le manuscrit dans sa boîte et la boîte sur son étagère où elle dormait pendant des jours, des semaines parfois, jusqu'à ce que la pression exercée par mon métier se relâche et que le désir de raconter cette histoire me reprenne.

Je m'étais lancé dans ce premier roman en partant d'un plan. Ça n'allait pas être le Grand Roman Américain. Ce serait une tentative pour déterminer si un sprinter, conditionné à résumer désastre, triomphe, tragédie et amour en cinq cents mots, parviendrait au terme du marathon que représente un roman de longueur normale. Mais avant de me lancer dans le marathon, j'allais me mesurer au quinze cents mètres. Pas aux cinq cent mille mots qu'une version même réduite de *Guerre et Paix* nécessiterait, mais peut-être aux quatre-vingt mille mots environ qui correspondent aux histoires policières ou aux récits de suspense d'un Raymond Chandler ou d'un Eric Ambler. Je lus quantité de livres que j'avais pour intention d'imiter dans cette première tentative. Je lus les essais que George Plimpton avait publiés dans la *Paris Review* sur la façon dont Hemingway et d'autres grands écrivains parvenaient à lier leurs paragraphes entre eux et j'essayais de diagnostiquer où se situaient mon savoir-faire, et mon absence de savoir-faire. Je conclus que j'étais adroit pour les descriptions, bon pour faire progresser la narration, et que les dialogues ne me posaient pas de problèmes. Je n'avais aucune idée sur mes capacités à bâtir une intrigue ou à définir des personnages. Au vu des conclusions ci-dessus, je décidai d'écrire une histoire dans laquelle le décor serait plus important que la pièce qui allait s'y dérouler. Si les acteurs et l'histoire elle-même étaient faibles, je parviendrais peut-être à rendre ce décor suffisamment intéressant pour porter le livre.

J'ai l'idée d'une intrigue faisant intervenir un

professeur d'anthropologie qui souffre de troubles affectifs et travaille sur la culture navajo, une femme lancée à la recherche de son mari ingénieur électricien qui a été vu pour la dernière fois sur la réserve, et une conspiration dans le domaine de l'espionnage. Les méchants ont engagé l'ingénieur pour enregistrer le comportement des missiles tirés depuis la base de Tonapaw, en Utah, au-dessus de la réserve, et dont la cible est le périmètres d'essais de White Sands. Le seul personnage navajo important, dans ce schéma, est un « Navajo des villes », un criminel de profession qui a grandi à Chicago (où des centaines de familles navajo ont été déplacées durant les années trente) sans aucune connaissance sur sa tribu à l'exception de ce qu'il a appris dans les livres lus uniquement en prévision de ce travail. De manière plus spécifique, sa tâche consiste à éloigner, en leur faisant peur, les quelques Navajos qui vivent dans la région désertique où l'ingénieur installe son matériel de détection.

Le lecteur rencontrerait, au fil du roman, quantité de Navajos de la région, aux comptoirs d'échanges, lors de rites guérisseurs, pendant les visites dans les hogans, etc., mais il s'agirait seulement de personnages secondaires. Tel était mon plan de départ. Ce n'est pas ainsi que les choses tournèrent.

Vers le début du livre, mon professeur de fiction avait besoin de demander des renseignements à un ami, policier de la tribu. Je l'appelai Joe Leaphorn, un nom qui n'avait strictement rien de navajo et m'avait été suggéré par le livre de Mary Renault sur la culture ancienne de la Crète (*La Danse du taureau*) dans lequel des cow-boys crétois sautaient par-dessus les cornes de taureaux[1]. C'était une erreur que je n'ai jamais répétée. Mais Leaphorn lui-même représenta un problème autrement plus ardu. Mon désir de lui conférer une réelle authenticité m'obligea à reconnaître que j'étais loin d'en savoir assez sur le Dineh.

Je discutai avec des amis navajo, découvris que je n'en savais même pas assez pour leur poser des questions intelligentes et me lançai dans des heures de lecture sans fin. Je lus tout : différentes versions du mythe de la création, des rites guérisseurs, des croyances liées à la sorcellerie, sur les structures claniques, les peintures de sable, la vie sociale, les croyances sexuelles, les tabous, les cérémonies de la puberté, les noms de lieux, la construction des hogans. Je lus les thèses universitaires, les actes publiés par des sociétés dignes et érudites, les textes réunis par le musée Peabody, l'autobiographie du fils de Old Man Hat, les récits de River Junction Charley, etc., etc. Enfin je fus prêt à questionner les Navajos. Et les Navajos que j'interrogeai acceptèrent de reconnaître que ma motivation dépassait une curiosité vaine.

Le dernier chapitre de ce qui allait devenir *La Voie de l'ennemi* fut l'un des très rares auxquels j'ai mis un point final en sachant qu'il était mauvais. C'était fin 1969. Cela faisait une trentaine de mois que je travaillais au livre par intermittence. Certains passages étaient bons. Le moment où mon héros échappe à Grand Navajo dans les ténèbres du canyon des Ruines Nombreuses est à la hauteur de ce que j'ai écrit de mieux. D'autres endroits avaient grand besoin d'être améliorés. Globale-

1. Leaphorn : de *to leap*, bondir, sauter, et *horn*, corne. (*N.d.T.*)

ment, le livre n'était pas aussi bon que je l'avais voulu et de loin. J'étais déçu mais je voulais en être débarrassé et il lui manquait un ultime chapitre pour clore l'histoire. J'en avais écrit deux, aussi insatisfaisants l'un que l'autre, en avais commencé un troisième qui ne menait nulle part. J'en avais plus qu'assez. Je pris le meilleur des deux mauvais, lui imprimai quelques retouches, tirai le texte entier avec mon ordinateur Radio Shack « Trash 80 » et postai l'ensemble à mon agent.

Ann Elmo, qu'elle repose en paix, ne voulait pas que j'écrive des romans. Elle me disait que j'étais compétent dans la rédaction d'essais, une qualité rare, et que j'irais probablement en m'améliorant. Pour ce genre de texte, elle pouvait me représenter et vendre mon travail. Pourquoi perdre mon temps à essayer de croire que je pouvais devenir romancier alors que le monde en était déjà infesté ? Je lui avais parlé de mon projet. Elle n'en avait pas été impressionnée. Si je donnais suite, elle lirait, et si c'était bon, elle tenterait de le placer quelque part. Maintenant elle l'avait en main et je me mis à attendre sa réponse. Au bout de trois semaines de silence, je décrochai le téléphone.

Qu'en pensait-elle ? Pouvait-elle le vendre ?

Non.

Pourquoi ?

Parce que le livre est mauvais.

Mauvais ? Comment ça ?

Ce n'est ni un texte qui s'inscrit dans le courant de la littérature dominante, ni un roman policier. Les critiques ne sauront qu'en penser. Les libraires ne sauront sur quelle étagère le ranger. Les éditeurs ne sauront où le mettre dans leur catalogue.

Est-ce que je pouvais y remédier, à son avis ? Elle ne me conseillait pas d'essayer. Bon, dis-je, dans ce cas il n'y a qu'à me le renvoyer. Je crois que je vais le reprendre. Est-ce qu'elle a la moindre recommandation à me faire, pour ça ? Elle me suggère de me « débarrasser de tous ces trucs sur les Indiens ».

Aujourd'hui, ça semble un très mauvais conseil. En 1969, c'est à peu près ce que n'importe quel agent littéraire compétent m'aurait dit. À l'exception des manuels d'anthropologie et des journaux tenus par les chercheurs, personne ne publiait quoi que ce soit sur nos tribus. Dans le domaine de la fiction, les Indiens n'existaient que comme ennemis de la cavalerie dans les westerns. Si j'avais prêté la moindre attention au marché, je m'en serais rendu compte.

Mais j'avais le sentiment que le seul aspect de mon manuscrit qui valait vraiment quelque chose concernait la Nation Navajo et sa culture. Je n'essayai pas de réécrire mon texte. Je le mis en attente. La Providence intervint sous la forme d'un article paru dans *Writer* et signé Joan Kahn, la célèbre éditrice de romans policiers chez Harper & Row. Ms Kahn aimait quand les livres de ce genre étaient moins axés sur l'intrigue et sa résolution, davantage sur les personnages et leur culture. Moi aussi. Je lui postai une lettre le soir même, lui expliquant que j'avais écrit un roman policier qui se déroulait sur la réserve navajo, que mon agent et moi-même avions des avis divergents sur une éventuelle réécriture, et lui demandant si elle accepterait de le lire afin de me faire part de son opinion.

En retour, je reçus un courrier au style typique des maisons d'édition.

Cher M. Hillerman :

En réponse à votre question datée de ce lundi. Oui. Envoyez-le-moi.

Joan Kahn.

Quelques jours plus tard, je ne sais plus quelle réunion d'accréditation pour le département de journalisme m'obligea à me rendre à New York et je rallongeai mon séjour pour voir ma fille Anne, qui se trouvait à l'université du Massachusetts dans le cadre d'un programme d'échange d'étudiants. Entre deux avions, à l'aéroport Kennedy, j'appelai Ms Kahn et lui demandai si elle avait eu le temps de lire mon manuscrit.

La conversation qui s'ensuivit reste gravée dans mon esprit.

— Oui. Vous n'avez pas reçu ma lettre ?

— Non. Je n'étais pas chez moi.

— Eh bien, nous voulons le publier si vous êtes capable d'écrire un dernier chapitre qui soit meilleur.

— Je peux.

La jubilation est un terme merveilleux, mais pas assez fort en la circonstance.

La lettre de Ms Kahn n'était pas aussi laconique que ses propos au téléphone. C'était une liste de trois pages, recensant les défauts et les faiblesses du livre, et elle ne se perdait pas en éloges. Si je ne l'avais pas appelée, je l'aurais interprétée comme une lettre de refus motivée.

L'attitude que l'on peut avoir vis-à-vis d'un manuscrit change lorsque l'on apprend qu'il a de fortes chances d'être publié. J'y travaillai soir après soir, répondant aux améliorations qu'elle souhaitait, inventant un final plus satisfaisant et insérant un lot d'éléments nouveaux pour développer davantage le personnage de Leaphorn et accroître son rôle. Cela entraîna une nouvelle lettre de Ms Kahn me suggérant quelques modifications supplémentaires et me demandant de lui envoyer une liste de

« titres possibles ». Celui du livre, *La Voie de l'ennemi*, était déjà tapé sur la page de titre du manuscrit et sur toutes les autres, mais qu'est-ce qui m'autorisait à protester ? Je lui en retournai huit différents, commençant par *La Voie de l'ennemi* et incluant, en numéro sept, *La Voie de la bénédiction*, qui n'a aucun rapport avec l'intrigue du roman mais constitue le plus important de tous les rites cérémoniels navajo. Ms Kahn choisit le numéro sept. Je me demande encore pourquoi, mais cela ne sembla pas avoir une telle portée. La seule protestation que je reçus venait d'une femme qui avait chargé son libraire de l'envoyer à sa mère âgée en croyant qu'il s'agissait d'un ouvrage à caractère religieux.

Un peu plus haut, j'ai utilisé le terme de « jubilation » et je vais y avoir à nouveau recours pour le moment où le représentant de Harper & Row passa par Albuquerque avec, dans son attaché-case, un exemplaire de la maquette de couverture de *La Voie de la bénédiction*, et une troisième fois lorsque j'ouvris un paquet, envoyé par Joan Kahn, et en sortis un exemplaire du livre bien réel. Après plus d'un quart de siècle passé à écrire, j'étais désormais manifestement, officiellement et incontestablement, un auteur. Cela m'ennuie-t-il que l'Indien mohawk dont le profil orne la couverture ne ressemble pas plus à un Navajo que Bill Clinton ? Honnêtement, pas beaucoup.

Le moment est venu de faire une digression explicative. Quelques années plus tard, Harper & Row publia ma seule et unique incursion dans la littérature enfantine, la simplification d'un ancien conte zuñi relatant la genèse de l'une des sociétés religieuses de la tribu. Un artiste tchécoslovaque fut choisi pour l'illustrer et ses Indiens avaient un physique clairement inspiré de l'Europe centrale. Ayant repris mes esprits après le blocage mental touchant mon « premier-né », je considérai qu'il s'agissait d'un grave manque d'égards pour l'identité culturelle. Lorsqu'une nouvelle édition fut publiée, les illustrations furent réalisées par ma fille Janet qui avait un petit ami zuñi à l'époque. Ce qui m'entraîne vers une autre digression : la bêtise qui consiste à affubler les Indiens de l'appellation « peuple indigène ».

Il m'est, à l'occasion, arrivé d'utiliser le terme d'Américains des Origines. J'ai été guéri de cette erreur lorsque la Smithsonian fonda officiellement son département consacré aux objets d'art et d'artisanat hérités de l'histoire des tribus et nomma un Indien à sa tête. Il vint à Santa Fe où l'on réunit des experts pour aborder les problèmes de ce nouveau département et je fus invité à en faire partie. Nous étions une petite dizaine, je crois me souvenir, pour représenter Hopis, Navajos, Apaches Mescalero, Cherokees, Choctaws, Modocs, habitants du pueblo de Taos ainsi qu'une ou deux tribus de l'Est qui avaient réussi à échapper à la politique d'extermination totale de nos ancêtres britanniques. Je siégeai en tant que représentant des Américains-Bâtards. L'une des premières questions posées par le public avait trait au terme que les participants à cette table ronde préféraient se voir attribuer.

Le premier à répondre demanda à tous les gens présents dans le public qui n'étaient pas nés aux États-Unis de lever la main. Deux se manifestèrent. Dans ce cas, conclut-il, tous les autres sont des Américains d'Origine. Nous sommes tous des descendants d'immigrants. Il déclara que les membres de son peuple préféraient le nom de Modocs, mais que si nous ne connaissions pas leur tribu, ils préféraient le terme d'Indiens. La parole passa donc de l'un à l'autre, chacun des intervenants affirmant préférer le nom de sa tribu, et précisant que les Indiens se désignent entre eux par le terme d'Indiens s'il s'agit d'une tribu qui leur est inconnue. Le verdict fut unanime, l'Apache terminant en disant qu'ils étaient seulement reconnaissants à Christophe Colomb d'avoir cherché à atteindre les Indes et non la Turquie[1]. Le Cherokee affirma que la véritable insulte consistait à être nommé peuple indigène. Dans la mesure où l'hémisphère ouest ne comporte pas d'espèces de primates dont l'humanité ait pu descendre, ça laissait supposer qu'ils étaient le résultat de l'évolution d'une autre espèce, les coyotes peut-être, et qu'ils n'étaient pas réellement des êtres humains. Le Navajo conclut cet échange de vues en nous proposant à tous de nous réjouir que Colomb ne se soit pas imaginé qu'il débarquait sur les îles Vierges : un exemple de ce sens de l'humour qui fait des membres du Dineh mon groupe humain préféré.

Mais le moment était venu pour moi de me séparer de ce groupe humain préféré. *La Voie de la bénédiction* était paru. Il était temps d'arrêter de différer et de me lancer effectivement dans la rédaction du Grand Roman Américain, qui parlerait du journalisme et de la politique mais absolument pas des Indiens. J'allais l'appeler *La Mouche sur le mur*, cette métaphore inventée par Walter Lippmann pour décrire le reporter idéal qui voit tout, relate tout, mais garde son opinion par-devers lui. Mais ce n'était pas si facile que ça semblait l'être, de tourner le dos à *La Voie de l'ennemi*. J'avais le senti-

1. Turkey, le nom anglais de ce pays, désigne également un dindon. (*N.d.T.*)

ment désagréable que je n'avais pas très bien réussi ce roman. Le but que je m'étais fixé de percer une brèche dans l'ignorance que les Américains avaient de la culture navajo n'était pas atteint. Quand j'aurais fini *La Mouche*, il faudrait que je fasse une autre tentative.

Par ailleurs, ce premier livre avait un peu acquis une vie qui lui appartenait. En 1970, le comité de sélection des Mystery Writers of America le retint sur sa courte liste des nominés au titre de meilleur premier roman, en compagnie du premier ouvrage de Dick Francis. Ceux qui ont lu les deux ne seront pas surpris d'apprendre que Francis gagna la statuette d'Edgar Allan Poe et que j'obtins une mention d'honneur. Cela suffit néanmoins à attirer l'attention d'Eleanor Timmerman qui était à la tête du bureau new-yorkais chargé de découvrir les nouveaux talents pour le compte de la Warner Brothers. Elle décida que la Warner devait prendre une option pour une adaptation cinématographique.

Me voilà de retour dans la grande ville pour mes activités universitaires, et j'ai emmené notre fille Janet avec moi pour lui en montrer les hauts lieux. Je veux lui faire prendre le ferry de Staten Island (dix cents la traversée, en ces temps révolus, et on passait juste devant la Statue de la Liberté) mais nous nous arrêtons en chemin au bureau de Timmerman. Nous échangeons une conversation brève et affable où aucune promesse ne m'est faite qu'un film sera tourné un jour. Ms Timmerman me dit qu'elle doit déjeuner avec Dustin Hoffman et nous invite à nous joindre à eux. Je lui réponds que nous ne voulons pas nous imposer. Elle m'assure que ce n'est pas un déjeuner d'affaires et qu'ils seront heureux que nous venions. Je la remercie mais réponds par la négative, mentionnant la promesse du trajet en ferry.

Cela doit être replacé dans son contexte. Janet, qui avait un peu plus de dix ans, était une fana de cinéma comme le sont les enfants de son âge. L'étoile de Dustin Hoffman était à son zénith cette saison-là. Je ne m'intéressais pas plus aux acteurs que je ne m'y intéresse aujourd'hui ni ne m'y intéresserai jamais. Je n'avais pas la moindre idée que Hoffman était une superstar et je ne le reconnus pas quand la porte de l'ascenseur s'ouvrit et qu'il en sortit pour nous laisser y monter. Janet si, bien sûr, et elle observa un silence abasourdi pendant tout le trajet jusqu'au rez-de-chaussée, digérant le fait que son vieux-jeu de père l'avait privée de l'expérience la plus extraordinaire de sa vie.

En plus de renforcer encore l'admiration que je ressentais pour ma fille (elle ne s'est jamais plainte), cette histoire de la Warner Brothers incita Avon à rajouter sur la couverture de l'édition poche la mention « bientôt adapté au cinéma » et me procura ma première vue rapprochée de l'industrie du film. Mon correspondant se présenta sous le nom d'Arthur Rowe, il était scénariste pour la Warner. On lui avait confié le script de *La Voie de l'ennemi*. Est-ce que je serais d'accord pour passer à son hôtel, boire un verre et discuter des lieux de tournage ?

Rowe se révéla être un authentique écrivain professionnel. Il me confia qu'on l'avait envoyé parce que, selon les termes de son contrat de plusieurs années avec la Warner, il lui restait un peu de temps que ce studio ne voulait pas le voir gâcher à ne rien faire. Il me dit qu'il doutait qu'un film voie le jour mais que la compagnie disposerait d'un scénario dans ses archives. Peut-être le vendrait-elle à l'extérieur. Sa première suggestion est de changer la Land Rover que Grand Navajo conduit dans le livre pour un véhicule Ford ou General Motors. Pourquoi ? Parce que Land Rover ne donne pas de voitures gratuites quand on en met dans les films. Les constructeurs américains, si. Lorsque je lui suggère des endroits de la réserve navajo pour différentes scènes, Rowe me répond qu'il veut voir un pueblo indien. Je lui objecte que le livre concerne les Navajos des campements à moutons, qui vivent disséminés à travers le paysage, dans des hogans. Ils n'habitent pas dans des pueblos.

— Vous, vous le savez, me répond-il. Maintenant je le sais aussi. Personne d'autre ne le sait. C'est pour un film. Notre métier n'est pas d'éduquer les foules.

Nous allons donc visiter le pueblo d'Isleta. Puis Rowe loue un petit monomoteur Cessna et nous nous envolons vers la Grande Réserve, atterrissant sur une piste de terre pour visiter Chinle et Many Farms, avant de remonter en avion l'étroit canyon del Muerto, souvent si bas qu'en levant les yeux nous voyons le rebord des falaises de part et d'autre de l'appareil. Sur le coup, je n'apprécie pas cette expérience mais elle me sera utile vingt-huit ans plus tard quand je la ferai partager à Jim Chee dans *Blaireau se cache*. Les écrivains ne gâchent pas les souvenirs mémorables.

Mais il était temps d'exploiter quinze années d'expériences journalistiques accumulées pour écrire le livre important. Il mettrait en scène un reporter politique endurci qui appliquerait la maxime de Walter Lippmann, tenant fièrement son rôle de « mouche sur le mur », rendant compte de tout avec une objectivité totale. J'allais le soumettre à un choix épouvantable. Devait-il dénoncer la corruption qui gangrenait le service des routes de l'État même si son récit devait détruire un homme de bien et sauver un sale type ? Le décor serait le capitole de l'État, à Oklahoma City. Il m'offrait un site idéal pour pousser quelqu'un dans le vide (une chute mortelle de quatre étages, d'un balcon sur un sol en marbre), des ascenseurs lents qui grinçaient horriblement, et un silence où l'écho se répercute de manière terrifiante après les heures de travail. On peut inventer ce genre de détails mais pourquoi mettre son imagination à contribution quand on en garde le souvenir ?

Je n'identifiai pas l'État et déguisai un peu la ville afin que mes vieux amis de la salle de rédaction de l'Oklahoma ne se reconnaissent pas parmi les personnages. Je basai l'intrigue sur la manière dont les « appels d'offres truqués » présidaient à l'attribution des chantiers de construction des routes au Nouveau-Mexique.

J'eus la chance d'obtenir un congé sabbatique de six mois à l'université. L'Instituto Allende m'offrit hébergement et autres avantages en nature en échange d'un cours d'écriture à San Miguel Allende, au Mexique. Anne resta au pays pour suivre ses propres cours à l'université. Tony Junior, qui avait trouvé un boulot de mécanicien dans le garage du bout de la rue, ne voulait pas le quitter et était un de ces adolescents sérieux que les parents peuvent laisser en toute sérénité en leur confiant la responsabilité de tout (y compris d'eux-mêmes).

Nous entassons donc nos quatre autres enfants dans le vieux break, versons le pot-de-vin habituel au policier mexicain de l'immigration, à Juarez, et prenons la route du Sud.

En 1971, San Miguel Allende était une jolie petite ville historique, paisible et calme, infestée d'Américains entre deux âges et entre deux vins qui venaient dilapider leur héritage là où la vie n'était pas chère. L'*instituto*, pour ce que je pouvais en savoir, était géré comme un endroit où les gens aisés envoyaient leurs rejetons à problèmes qui avaient l'âge de suivre des études supérieures, et où des gens plus âgés venaient s'amuser. Les étudiants à qui je dispensais mes cours d'écriture ne témoignaient aucun intérêt particulier, et les textes qu'ils me rendaient s'orientaient vers le roman d'amour et la *fantasy*. Je n'étais donc pas poussé dans mes retranchements, avais un minimum de travail, du temps pour écrire *La Mouche* et pour apprendre à connaître cet endroit très particulier.

Par exemple, la petite cathédrale qui se dressait sur la plaza présentait une ressemblance frappante avec celle de Chartres. Quelqu'un avait envoyé une carte postale de cet édifice célèbre à l'architecte mexicain qui en avait construit une réplique exacte à l'échelle un dixième. C'était une magnifique réalisation, rendue légèrement asymétrique à la suite de l'explosion des fusées d'un feu d'artifice que l'on fixait sur la façade en vue d'une célébration patriotique. Les déflagrations avaient eu raison de l'artificier et de certaines caractéristiques du gothique français. Les musiciens de la ville qui, le soir, jouaient la sérénade sur cette place portaient des uniformes de facture autrichienne, le menu musical était teinté d'Europe centrale, et les accents étaient ceux des cuivres : tubas, cors d'harmonie, etc. Le son joyeux des orchestres de mariachis ne s'entendait jamais. Seuls les courses de taureaux organisées dans la petite arène, la langue, les *pulquerias, farmacias* et, surtout, le marché, rappelaient au visiteur qu'il était au cœur très patriotique de la République du Mexique.

Le patriotisme de la ville avait été célébré relativement récemment quand le gouvernement avait offert à San Miguel Allende une immense statue de bronze représentant celui dont elle portait le nom, célèbre pour son rôle dans la guerre livrée par le Mexique pour évincer son empereur français. Les élus de la municipalité avaient décrété leur propre indépendance artistique en préservant le bronze sous une couche de finition de peinture vert fluo. De quoi offenser les esthètes intellectuels de Mexico, mais les habitants locaux aimaient beaucoup leur statue. Ça lui conférait la touche spéciale San Miguel, exactement comme l'explosion des fusées du feu d'artifice avait personnalisé leur cathédrale.

Quand je fouille dans mes souvenirs de cet été au Mexique, j'y trouve beaucoup de moments de bonheur. La petite maison que nous louions était à flanc de colline. On quittait les pavés de la rue pour franchir le portail et pénétrer dans une cour d'entrée dominée par des bougainvillées. Steve et Dan occupaient une chambre en bas dont l'entrée était gardée par de jeunes hirondelles qui sortaient la tête de leur nid de boue et réclamaient leur pitance quand quelqu'un passait. Après qu'un conducteur de bus eut heurté notre voiture à l'arrêt et poursuivi sa route sans s'arrêter, un mécanicien la vit, rangée près de notre mur, proposa de nous la réparer vingt pour cent moins cher environ que ce que nous aurait réclamé un carrossier d'Albuquerque, s'installa au volant et partit sans que nous ayons procédé à l'échange des références obligatoires aux États-Unis. Il la garda un jour supplémentaire pour emmener sa famille en pique-nique (ce que repéra Steve à qui rien n'échappe) mais la rapporta comme neuve. Le chien remarquablement laid qui avait surgi de sous une table pour mordre Marie, au marché de la ville, n'avait finalement pas la rage. Le pic à glace rouillé que Dan et son copain utilisaient pour perforer le couvercle d'un bocal dédié à leur collection d'insectes, et qui avait transpercé la main de Dan, n'était finalement pas porteur du bacille du tétanos. Quand la plaque d'immatriculation de notre véhicule disparut, à Guanajuato, Steve me suggéra d'aller me renseigner au poste de police. Un fonctionnaire me la rendit une fois que je lui eus remis la somme correspondant à une amende pour stationnement interdit. Tout allait bien.

Janet, qui était prête à entrer à l'université à l'automne, ne nous avait accompagnés qu'à contrecœur. Mais elle découvrit un cours de sculpture qui l'intéressait dans l'*instituto* et, au nombre des étudiants, se trouvait un jeune homme qui l'intéressait et avec lequel se noua une amitié. Monica fut plus ou moins adoptée par (ou, si je me souviens bien de Monica à quatorze ans, ce fut elle qui adopta) une famille voisine ayant des enfants de son âge. Danny trouva un camarade de sa taille et un territoire riche pour collectionner quantités de choses inhabituelles, et Steve se lia avec une famille qui fabriquait des cercueils et des feux d'artifice pour les gens de la ville.

Le livre parvint à son terme et San Miguel me fournit une merveilleuse source de souvenirs. Mais trop d'entre eux rentraient dans la catégorie qui fait de l'aphorisme « la réalité dépasse la fiction » une réalité. La viande de bœuf fraîche que l'on trouvait sur le marché après les corridas, par exemple. Ou encore, le matin où un écrivain (je l'appellerai Davis), qui avait choisi d'élire domicile en ville de manière permanente, se déplaça au siège de la compagnie locale de l'électricité et du téléphone pour lancer un ultimatum à Mme Sandoval, la directrice. Il refusait de régler le montant figurant sur ses factures tant qu'elle n'aurait pas corrigé des erreurs de comptabilité persistantes. Dans ce cas, lui répondit-elle, nous allons suspendre votre abonnement. Davis me confia que cette menace ne l'inquiétait nullement car la compagnie était notoirement lente à tous égards. D'ailleurs, son téléphone était toujours au nom d'Alanzo Garcia, qui avait vécu là des années et des abonnés auparavant. Pas de hâte, me dit-il. Pas de précipitation. Mais quand il arriva chez lui, un semi-remorque plate-forme était garé le long du mur. Un employé de la compagnie était monté dessus (portant bottes en caoutchouc et gants en caoutchouc) et se servait d'un ébrancheur de jardinier pour couper, de manière très littérale, ses lignes de courant et de téléphone. Marie et moi n'avions pas le téléphone et utilisions de temps en temps celui de la poste afin de savoir comment cela se passait pour Anne et Tony. Et cette succession de semaines sans jamais entendre la sonnerie du téléphone (le bonheur, la joie d'en être enfin libéré) me revient quand je repense à cet été mexicain. Après toutes ces années passées à vivre attaché à une chaîne, les fers m'étaient ôtés. Fini l'esclavage. Enfin libre. Puis je repense à une soirée, à La Casa del Inquistador. Il pleuvait ce jour-là et, quand il pleuvait sur San Miguel, l'électricité se mettait en panne pour fêter l'événement. En conséquence, personne d'autre que Marie et moi n'était venu dîner dans cette vieille, vieille Maison de l'Inquisiteur. Le seul éclairage provenait des bougies et les musiciens ne jouaient que pour nous. Je leur demandai de chanter *La Paloma Blanca*, la chanson romantique qui parle de la tourterelle blanche, et Marie (qui parlait maintenant bien espagnol) leur fit entonner les chants tristes, si tristes, de la révolution mexicaine. Comme il est bon d'être avec la femme que l'on aime par une soirée pluvieuse comme celle-là.

26

Retour au Dineh

Tout en achevant *La Mouche sur le mur*, j'avais atteint deux conclusions. Le livre était vraiment bon, il contenait deux ou trois scènes excellentes, mais il était peu vraisemblable qu'il soit acclamé comme le Grand Roman que j'avais eu l'intention d'écrire. Deuxièmement, l'envie de retrouver mon policier, Joe Leaphorn, et le Dineh, et de le faire bien, avait persisté.

Les demandes de Joan Kahn pour apporter des modifications à *La Mouche* furent plus modestes qu'elles ne l'avaient été pour *La Voie de l'ennemi* : elles comprenaient surtout une reprise du premier chapitre dans lequel mon héros rédigeait une rubrique politique regorgeant de noms. Elle souhaitait également que je jette un peu de lumière sur deux ou trois points de détail brumeux et que j'améliore la motivation des personnages en un ou deux endroits. Mais allez savoir comment, cette reine de l'édition policière laissa passer une épouvantable bourde, tout comme moi, le correcteur et les critiques. Puis, un jour, alors que le livre était déjà publié en poche, je rencontre par hasard un vieil ami de l'époque où j'étais à Oklahoma City, dont je m'étais servi pour mon intrigue en le déguisant légèrement. A-t-il lu le livre ? Ouais. Qu'en pense-t-il ? Ça fonctionne bien, me dit-il, mais pourquoi mon héros doit-il traverser les derniers chapitres pieds nus ? Comment ça ? Souviens-toi, me dit-il, pour ne pas faire de bruit, il retire ses chaussures et les pose sur une vitrine qui renferme un animal empaillé. Oui, je m'en souviens. Après il s'échappe par une fenêtre, il sort sous la tempête de neige fondue et…

Et cela me revient. Mon personnage n'a jamais l'occasion de récupérer ses chaussures. Il traverse cinq carrefours dans ces conditions défavorables pour atteindre la maison de son amie, appelle un taxi, va voir le chef local du parti démocrate, etc., le tout en chaussettes.

Hélas, mes livres ont tendance à être célèbres pour les gaffes qu'ils contiennent avec, par exemple, des personnages qui se dirigent vers le sud alors que je voulais les faire aller au nord, ou dont le nom change au milieu d'un chapitre. Néanmoins, la seule qui s'inscrive dans mon souvenir à la hauteur de cette histoire de pieds nus dans la neige fondue se produisit quand l'un des deux policiers navajo présents dans mes histoires interroge une Vietnamienne à Albuquerque. Je fus obligé de m'interrompre, appelé vers d'autres tâches. Quand je revins à cette scène, j'intervertis mes deux policiers en plein milieu de la conversation. Personne, tout au long du processus éditorial, ne s'en aperçut mais, à en juger par le courrier que j'ai reçu, cette erreur a engendré la perplexité chez de nombreux lecteurs.

La Mouche fut généralement bien accueillie par les critiques, même si l'un d'eux souligna qu'un reporter assailli de doutes et en proie à la sensiblerie tel que l'était mon personnage serait bien avisé d'« abandonner le métier de journaliste pour celui de professeur d'université ». (Exactement ce que j'avais fait.) Pas d'option cinématographique cette fois, mais Harper & Row augmenta mon avance, de trois mille cinq cents dollars pour *La Voie de l'ennemi* à quatre mille dollars. Si vous avez travaillé pour United Press, pour des petits quotidiens et pour une université, cela correspond à une belle augmentation.

Bien avant que ce qui précède ne se produise, *Là où dansent les morts* était sur de bons rails. Ce livre-là allait représenter mes excuses à ceux qui portaient le nom générique d'Indiens d'Amérique pour les fautes commises dans *La Voie de l'ennemi*. En ce qui concernait la culture tribale au moins, il serait absolument irréprochable.

27

Le détour par Zuñi

On m'a demandé (il s'agissait visiblement de gens qui n'avaient pas lu le roman) comment j'en avais inventé le titre, *Là où dansent les morts*. Je l'avais rencontré quelque part dans les milliers de pages de livres, d'articles et de publications universitaires que j'avais lues pour mener à bien ce projet. Un de ces érudits avait traduit de la sorte les mots zuñi correspondant au lieu où les âmes empreintes de bonté rejoignent leur au-delà et y exécutent leur danse cérémonielle. Dans la mesure où mon intrigue parlait d'un jeune garçon navajo névrosé qui voulait devenir zuñi et aller dans leur paradis, c'était un choix naturel pour le livre. Mais pourquoi toutes ces recherches relatives aux Zuñis alors que j'étais déjà plus ou moins semi-informé sur les Navajos ? Pourquoi ne pas m'en tenir à eux ? Parce que l'un des exemples irritants de l'ignorance américaine concernant les cultures tribales est la notion (répandue par les journaux, la télévision et les médias en général) que tous les Indiens sont semblables. J'avais pour but de m'attaquer à cette ignorance en déplaçant Leaphorn de cent cinquante kilomètres vers le sud sur la réserve zuñi. Il serait sur la piste d'un jeune Navajo soupçonné d'avoir assassiné le garçon zuñi qui devait personnifier le

Petit Dieu du Feu dans la cérémonie religieuse la plus importante de sa tribu. J'obligerais quiconque tenterait de suivre l'intrigue à apprendre, en même temps que Leaphorn, bon nombre de choses sur le monde spirituel des kachinas et le système culturel des Zuñis. Un des éléments que ces gens apprendraient à coup sûr est que les religions, les structures politiques et sociales, et les systèmes de valeurs traditionnels des Navajos et des Zuñis ne sont pas plus similaires que ceux des bouddhistes et des presbytériens traditionnels.

Toutefois, le facteur qui m'inquiétait le plus concernait mon intrusion dans un domaine secret extrêmement sacré. La relation qu'entretiennent les Navajos avec le Créateur, comme celle des musulmans, des juifs, des chrétiens dont je fais partie et de la majorité des autres religions, est publique. Mais chez les Zuñis et la plupart des tribus qui vivent dans les pueblos du Nouveau-Mexique et de l'Arizona où ils observent les religions « kachina », tout s'organise autour d'une philosophie dans laquelle la connaissance des rites religieux par des non-croyants en dilue la puissance. Je simplifie à l'excès cette conviction qui varie d'une tribu pueblo à l'autre. Chez certaines, par exemple, des frères initiés au sein de groupes différents, responsables de la conduite de cérémonies différentes, ne pourraient pas, d'un point de vue éthique, échanger des informations. Dans d'autres, être pris en photo est synonyme d'affaiblissement du pouvoir religieux. Pour beaucoup, une personne polie ne pose pas de questions relatives aux affaires religieuses.

Histoire de rendre tout cela encore un peu plus difficile pour Leaphorn, il y a un long passé d'animosité entre les tribus. (Autrefois, les Zuñis désirant être initiés dans la Société de l'Arc, qui représentait l'élite, devaient présenter un scalp navajo.) Puisque Leaphorn enquêtait sur le meurtre d'un des acteurs clés de la cérémonie zuñi de Shalako, sa position était délicate et il ne disposait pas de plus de connaissances sur les Zuñis que n'en pouvaient posséder des gens de l'extérieur que cela intéresse. En d'autres termes, pas plus que moi.

Si l'on prend ces problèmes en considération, je pense que le livre fonctionne bien. Le prix du meilleur roman policier de 1973 lui fut décerné par les Mystery Writers of America et je transgressai mon serment de ne jamais porter un smoking en en mettant un pour le banquet de remise de l'Edgar par cette association. Une nouvelle option cinématographique s'ensuivit et les enfants de l'école secondaire de Zuñi se prononcèrent pour me demander de venir faire le discours de leur remise de diplômes.

Mais rien, à Zuñi, n'est aussi simple qu'il y paraît. Lorsque je me présentai à l'auditorium, le personnage qui m'accueillit m'annonça que « l'historien tribal » souhaitait me parler après la cérémonie. Pas vraiment le genre de message que l'on souhaite s'entendre transmettre lorsqu'on souffre déjà de nervosité avant de prononcer un discours. Quand je fus escorté dans le bureau du principal, « l'historien tribal » était en réalité sept ou huit messieurs âgés dont le porte-parole tenait à la main un exemplaire de mon livre. L'interrogatoire, solennel et courtois, n'avait qu'un seul but. Les anciens voulaient savoir où je m'étais procuré certains éléments d'information précis concernant le domaine religieux. Je citai mes sources, dont la majorité étaient des publications universitaires, certaines ma présence à diverses danses cérémonielles, à l'arrivée des représentants du Conseil des Dieux qui avaient descendu Greasy Hill pour pénétrer dans le village, les autres des conversations échangées avec les gens qui se régalaient des mets offerts aux visiteurs dans la Maison de Shalako. Tout cela était exact et, par ailleurs, acceptable, puisque aucun d'entre eux ne laissa entendre qu'un des membres appartenant à l'une ou l'autre des organisations des kivas avait révélé des éléments confidentiels à quelqu'un de l'extérieur.

Quelque temps plus tard, je reçus un appel d'un des responsables de la tribu. L'*Albuquerque Journal* et le *Tribune* publiaient une réclame pour un bar de la ville avec un dessin représentant un des esprits kachina dans le rôle du barman servant les boissons. Est-ce que je savais comment arrêter ce sacrilège ? Je répondis que j'allais contacter le directeur de publicité de la société éditrice. Ce que je fis. Il suspendit la diffusion de cette publicité.

L'option cinématographique de *Là où dansent* avait été prise par une compagnie que je vais appeler BB Films, spécialisée dans les programmes destinés à la télévision. On m'engagea pour rédiger le scénario. Cela me fit transiter par la bibliothèque pour jeter un coup d'œil à une collection de scénarios récompensés par des prix, et même y voir un film, qui était, je crois, *L'Affaire Thomas Crown*. Pas un mot n'y est prononcé durant les huit premières minutes, ce qui me donna l'impression que pareille tâche serait facile. Elle le fut, n'occupant mes soirées que pendant environ trois semaines. Le producteur déclara que le résultat était épatant, il me régla la somme convenue, dont j'appris par la suite qu'elle correspondait à peu près à la moitié du tarif minimum exigé par le syndicat des écrivains de l'écran. Mais le chèque n'était pas en bois, ce qui, comme personne ne l'ignore dans l'industrie du spectacle, est le point essentiel de l'épisode.

L'option fut renouvelée une ou deux fois puis abandonnée. Peu après, je reçus un appel de mon agent. La compagnie BB Films souhaitait renouveler cette option, arrivée à expiration. Est-ce que j'étais d'accord ? Tout à fait ! Une erreur coûteuse. Aucun film ne fut tourné, bien évidemment, mais si j'avais lu le contrat d'origine, j'aurais su que, avec ce chèque de renouvellement final, le producteur avait acquis les droits télévisuels sur le personnage de Joe Leaphorn. Des années plus tard, quand Robert Redford décida de prendre une option sur les livres de la série policière navajo, je m'aperçus que mon lieutenant était retenu en otage. La rançon à verser pour libérer ce produit de mon imagination me coûta vingt mille dollars et me valut une place dans le livre Guinness des records, s'il recense les grands classiques de la stupidité.

Néanmoins, les circonstances qui avaient provoqué ce renouvellement d'option surprise me valurent une autre aventure dans la ville des illusions. Quelqu'un à BB, ou peut-être à la Warner, avait détecté une ouverture possible sur NBC-TV. Étais-je d'accord pour venir en parler à Beverly Hills ? Entendu. Nous discutâmes pour savoir si je pourrais trouver les grandes lignes d'un film pilote d'une heure qui ferait intervenir Joe Leaphorn comme personnage principal et ouvrirait une série de brefs épisodes télévisuels. Un peu dans le style *Hawaii, police d'État* mais avec les montagnes et le désert à la place de l'océan. Est-ce que j'en étais capable ? Je répondis que oui. (Et qui, parmi les lecteurs de ces pages, ne le serait pas ?) Ils allaient en débattre lors de plusieurs autres réunions et me tiendraient au courant. Je rentrai chez moi, leur fis parvenir ma note de frais et reçus un chèque sans retard.

Des semaines passent. Nouvel appel. Nous avons un rendez-vous avec le grand patron des achats de programmes pour NBC-TV. Lors de mon premier voyage, j'avais été logé dans un charmant petit hôtel de Rodeo Drive. Cette fois, la réservation est au Beverly Wilshire qui, dans les années soixante-dix, était extrêmement à la mode. L'odeur de l'argent avait dû être détectée.

Comme la décapotable Mercedes du propriétaire de BB Films (auquel je me référerai dorénavant sous l'appellation de Propriétaire) vient d'être dérobée dans le parking couvert, nous arrivons à la salle *très chic*[1] où se tient le déjeuner dans sa conduite intérieure de la même marque. Le très hautain employé du parking grimace en la voyant et la cache tout au fond, derrière un écran de Ferrari et de splendides voitures personnalisées, des Jaguar, des Lola, etc. À l'intérieur, nous trouvons deux hommes jeunes qui nous attendent, l'un est le représentant de la Warner et l'autre doit être un agent. Warner prend la parole. D'abord, les propos élogieux obligatoires sur *Là où dansent les morts*. Ensuite, la triste réalité qu'il faut procéder à des modifications pour l'épisode pilote. Enfin la nouvelle que ces modifications doivent être esquissées en « cinq cents mots environ » pour être présentées au nouveau vice-président de l'acquisition des programmes pour NBC-TV lors d'une entrevue que nous avons avec lui à dix heures demain matin. D'accord ?

Étant un ancien du régime de la « dernière limite à chaque minute » à United Press, ça me paraît

1. En français dans le texte. (*N.d.T.*)

possible s'il peut me fournir une machine à écrire et un endroit où travailler. Propriétaire est prêt à fournir les deux.

Maintenant commence la phase numéro deux, post préambule laudatif habituel.

— J'ai adoré comment se termine le livre, me dit Warner, mais vous comprenez que nous ne pouvons pas tuer ce jeune garçon. Il faut nous trouver une fin optimiste.

Le garçon en question étant George Bowlegs, un jeune Navajo totalement désespéré qui cherche à se faire admettre au paradis des Zuñis, et qui, à la fin du livre, est tué par le méchant de l'histoire. Dans la mesure où je crois à la vie après la mort et en un Dieu qui nous aime, je considère qu'il s'agit d'un dénouement heureux. J'explique que ce garçon voulait aller au paradis. Il y va. Une fin optimiste.

— Pas à l'écran, ça ne marche pas comme ça, m'oppose Warner. C'est trop long à expliquer.

Nous nous mettons d'accord pour que je trouve autre chose, ce qui nous conduit à la modification suivante.

— Leaphorn est un superbe personnage, me complimente Warner, mais il ne peut pas travailler dans la police tribale navajo.

Le moins que l'on puisse dire, c'est que je suis *interloqué*.

— Pourquoi ça ?

— Réfléchissez juste une minute, me dit-il. Vous allez devoir inventer une quinzaine d'épisodes, peut-être plus. Vous avez quinze idées mettant en scène la police navajo ?

Sur le moment, il m'en vient peut-être deux à l'esprit. Je suggère que nous pourrions le faire transférer au service chargé du maintien de l'ordre pour le compte du bureau des affaires indiennes.

— Du pareil au même, me répond Warner qui me demande alors si je sais de quel service dépendent les policiers de *Hawaii, police d'État.*

Je confesse que non.

— Précisément, souligne-t-il. Et tout le monde est dans le même cas.

Ce problème une fois réglé, et Leaphorn étant désormais employé par quelque agence non spécifiée, nous passons au point suivant. Warner souligne le fait que Leaphorn est le seul « personnage récurrent potentiel » du livre. La fille est une hippie qui a des brûlures de cigarette sur les mains et une vie agitée derrière elle. Pas le genre d'héroïne que recherchent les séries télévisées.

J'en suis bien conscient. Je vais lui fournir une nouvelle héroïne. Il n'est pas difficile d'introduire la blonde aux yeux bleus et aux formes pulpeuses que préfère Hollywood. Et maintenant Warner m'annonce qu'il nous faut aussi un personnage comique pour détendre l'atmosphère. Je lui demande :

— Quelqu'un comme Gabby Hayes ?

Exactement, me répond Warner qui est hermétique aux sarcasmes.

Femme-qui-écoute a alors été publié et Warner y a remarqué le vieux négociant râleur d'un comptoir d'échanges nommé McGinnis. Il me suggère de le faire intervenir dans l'épisode pilote. Pas difficile. Une fois qu'on a abandonné toute notion d'intégrité artistique, de savoir-faire professionnel, etc. on ne voit plus aucun problème, à quelque niveau que ce soit. Et si l'on est honnête avec soi-même, on reconnaît qu'on a tout laissé derrière soi quand on a pris son billet d'avion pour l'usine à rêves. C'est comme si c'était fait. Aucun problème.

Puis Warner m'annonce :

— Il va nous falloir un décor urbain.

Un décor urbain ? Je suppose que quiconque se sera aventuré aussi loin dans ces Mémoires sait que mes histoires mettant en scène la police tribale navajo ne se passent pas en ville. Le décor en est l'immense, le magnifique, l'aride et haut pays du Plateau du Colorado. Vers le début de cette conversation, j'avais conclu que je rédigeais un épisode pilote pour une série du style *Hawaii, police d'État*, avec des déserts à la place de l'océan Pacifique. Cette fois je suis vraiment perdu et Warner s'en aperçoit.

— Il faut que cela plaise au public urbain jeune, me dit-il en me communiquant les statistiques démographiques que surveillent les acheteurs d'espaces publicitaires sur le petit écran.

Pour les experts en marketing, une poignée de cadres dynamiques citadins valent la moitié des fermiers âgés de l'Iowa. Cela ressemblait beaucoup à un feuillet extrait de mes cours sur les effets sociaux de la communication de masse.

— Mais, poursuit Warner, vous pourriez régler le problème en installant le bureau de Leaphorn en ville. Les épisodes débuteraient là afin que le spectateur urbain s'y sente à l'aise.

— Ce ne serait pas forcément une grande ville, intervient Propriétaire qui a pris des notes en silence et dont l'un des enfants habite à Santa Fe. Pourquoi ne pas choisir Santa Fe ?

Et nous décidons donc que Leaphorn aura un bureau à Santa Fe, juste à côté d'une boutique spécialisée dans l'artisanat des Indiens du Sud-Ouest. Elle sera tenue par une jolie Jane aux yeux bleus, aidée d'un Gabby Hayes bougon qui apportera la touche comique. Peut-être serais-je prêt à envisager d'introduire, auprès de Leaphorn, un adjoint très traditionaliste et peu au fait des coutumes blanches, que les spectateurs et moi identifierons à Tonto[1].

Le serveur nous apporte la carte des desserts. Le temps nous est compté et il nous conseille une nouvelle spécialité que le *très chic café* propose désormais. Offerte par la maison. Il se hâte de partir et revient avec quatre barres de Mars glacées, chacune enveloppée de son papier d'emballage d'origine, mais couverte d'une couche de givre. Le temps que Propriétaire m'installe devant une machine à écrire, dans ses bureaux de Rodeo Drive, la barre chocolatée est encore trop dure pour pouvoir y planter les dents.

Le lendemain matin, Warner nous conduit au siège de NBC-TV dans sa Rolls Royce décapotable, le seul de ces monstres que j'aie jamais vu. On nous introduit juste à l'heure dans le bureau du nouveau, jeune et beau, vice-président afro-américain. Un exemplaire du traitement de l'épisode pilote est déjà sur son bureau. Je présume donc qu'il l'a lu. Je présume également que si mes compagnons pensent qu'il sera peut-être facile de lui faire acheter un film sur les minorités, la race à laquelle il appartient n'y est pas étrangère. Quelles que soient ses raisons, il prête une oreille patiente aux arguments de vente que Warner et Propriétaire lui débitent conjointement. (J'ai reçu pour instruction de me contenter de répondre aux questions et aucune ne m'a été posée.) Au bout d'une quinzaine de minutes, le vice-président déclare qu'il va

1. Nom de l'acolyte et faire-valoir indien du « Justicier Solitaire », Robin des Bois de série télévisée évoluant dans les grands espaces de l'Ouest. (*N.d.T.*)

y réfléchir et qu'il nous fera connaître sa décision. Direction la sortie.

De retour à Albuquerque, je tape ma note de frais, l'envoie et attends. On ne m'a jamais fait part de la décision de NBC-TV, mais lorsque les années passent sans qu'arrive le chèque de remboursement des frais de voyage, il est logique de supposer que la réponse donnée à son travail a été négative.

J'ai eu quelques autres contacts avec l'industrie du film. Un acteur de cinéma extrêmement réputé au Nouveau-Mexique passe chez moi un jour et m'affirme que si je lui cède gratuitement une option de six mois sur un article que j'ai publié concernant une tentative délirante de vol dans une banque de Taos (*Le Grand Vol de la banque de Taos*) il réunira les fonds nécessaires au tournage. Un film verra le jour, dans lequel il jouera et dont nous tirerons tous deux de beaux bénéfices. Je lui réponds qu'il peut l'avoir moyennant cent dollars. Nous rédigeons le document à la machine, le signons et je l'ai toujours en ma possession. Les cent dollars sont depuis longtemps dépensés.

Une autre approche : un individu se présente comme étant un producteur de passage à Albuquerque pour négocier une option sur *Femme-qui-écoute*. Je l'invite à venir chez moi. Il ne dispose pas de moyen de transport. Est-ce que je peux, moi, passer le voir ? Il m'indique un Motel Six, en bordure de l'Interstate 25. Je prétexte un emploi du temps chargé et lui suggère de prendre un taxi. Euh, il est un peu gêné point de vue finances. Comment est-il arrivé à Albuquerque ? En car. Aucun résultat n'est sorti de cette offre.

Le contrat cinématographique qui me valut le prestige auprès des amateurs de salles obscures, des amis de mes filles adolescentes, de mes filles elles-mêmes, et d'à peu près la moitié des membres du club de poker auquel je contribue financièrement depuis presque quarante ans, me fut proposé par Robert Redford. M. Redford nourrit depuis très longtemps un profond intérêt pour l'Ouest montagneux et ses tribus, et il y compte de nombreux amis. Son idée consistait à produire une série de trois films reprenant mes personnages de la police tribale navajo, en engageant le maximum d'acteurs indiens, et de tenter, autant que faire se pouvait dans le cadre de ce moyen d'expression, de donner une représentation exacte de la culture tribale. Nous négociâmes une option renouvelable basée sur la condition que je résoudrais la question de la prise en otage de Leaphorn. Cela me coûta les vingt mille dollars mentionnés précédemment.

Mon regain de considération auprès de mes collègues joueurs de poker découla du fait que Redford appela un mardi, alors que rien n'avait encore été signé, et me proposa que nous dînions ensemble ce soir-là pour en discuter. Depuis 1965, le mardi est la soirée poker. Je répondis à Redford que je ne pouvais me libérer. Il me demanda si le lendemain à midi me conviendrait. Parfait, lui dis-je. Je mentionnai cela lors de la partie qui eut lieu le soir même, ce qui engendra un merveilleux exemple de conflit de générations. Les vieux bonshommes bornés comprirent parfaitement (tout comme M. Redford) sans que j'aie besoin d'expliquer que nul homme d'honneur ne reviendrait sur un engagement amical pour s'en aller parler affaires. Les plus jeunes étaient terrassés. Je suis au désespoir de devoir signaler qu'on me demande souvent (il s'agit toujours de gens qui ont moins de soixante ans) si cela s'est vraiment passé de la sorte. Quand j'explique que M. Redford n'aurait jamais voulu que je renonce à cette partie de poker, on me regarde comme si j'étais soit un menteur soit un parfait idiot.

Au moment où je rédige ces lignes, un film a été produit, consécutivement à cette option (*Le Vent sombre*), le contrat demeure en vigueur et on m'a signalé à Albuquerque que la compagnie de M. Redford va peut-être tourner *Porteurs-de-peau* et *Le Voleur de temps* en format télé.

Les producteurs de films essayent d'impliquer le moins possible les écrivains de romans dans le processus cinématographique, pour la raison très compréhensible qu'il est suffisamment difficile de réaliser un film sans laisser de surcroît un amateur intéressé se mêler de cette création. Le scénariste du *Vent sombre* me demanda conseil à une ou deux reprises. Je lui répondis qu'à mon avis l'intrigue du livre était beaucoup trop compliquée, alambiquée et embrouillée pour un film, et il en coupa une partie. Mais pas assez.

Redford, qui se trouvait à Cuba sur le tournage de *Havana*, avait engagé un réalisateur de documentaires connu pour assurer la mise en scène. À son retour, il me demanda de jeter un coup d'œil au « montage préliminaire » et de lui faire savoir si je désirais que mon nom soit retiré du générique, me communiquant le sentiment qu'il n'était pas satisfait du résultat. Il y avait quantité de belles scènes mais j'éprouvai, moi qui avais écrit le livre, des difficultés à suivre le déroulement de l'histoire. Il ne fut pas projeté aux États-Unis mais connut une sortie en France et en Angleterre, avec d'assez bonnes critiques, et finit par arriver dans les magasins de location de cassettes vidéo.

Le côté positif des choses, c'est que cette expérience écorna sérieusement l'un des préjugés auxquels je tiens le plus : un dédain pour le monde du spectacle en général et la profession d'acteur en particulier. Je figurais dans le script sous les traits du directeur du pénitencier de l'État. J'y conduis Jim Chee (incarné par Lou Diamond Phillips) dans le bureau de l'archiviste, le présente et demande à mon subordonné de lui montrer les dossiers. Après avoir oublié mes répliques à trois reprises, mon rôle fut réduit à deux phrases et, dans la version définitive, je finis (comme nous disons, nous autres acteurs) sur le plancher de la salle de montage. Et je finis aussi avec un certain respect pour ceux qui savent jouer.

Plus tard, ce film entraîna un incident si étrange que j'ai des difficultés à croire qu'il a vraiment eu lieu. J'étais en tournée de signatures en France et, en ce triste jour pluvieux, Rivages (mon éditeur français) m'avait envoyé à Toulouse, escorté par Pierre Bondil, le traducteur de tous mes livres. Je m'étais dit que cela consisterait à m'asseoir à une table, dans une librairie, pour signer les exemplaires français des livres et faire comme si je comprenais mes lecteurs locaux baragouinant leur version personnelle de l'anglais. (Les Français ne sont pas plus doués pour parler un anglais intelligible que les Américains pour prononcer le français.) Je m'étais trompé. Pierre, qui était devenu un ami au même titre que mon interprète, avait lui aussi reçu une information erronée. Il apprend maintenant que je dois prononcer quelques mots dans une salle de cinéma du centre de Toulouse. On me fait entrer précipitamment, le film est interrompu, le directeur de la salle et Pierre me conduisent devant l'écran où je parviens à prononcer quelques paroles décousues sur la culture navajo, que Pierre répète (et, j'espère, améliore) en français. Cela fait, nous laissons les spectateurs interloqués, le film reprend et on m'emmène en toute hâte à une conférence de presse.

Les organisateurs de cette manifestation avaient prévu un bar gratuit, ce qui attire les reporters à Toulouse comme à Chicago ou à Albuquerque. Je dis quelques mots sur les tabous navajo, etc., que Pierre traduit. Arrive le moment des questions. Deux ou trois faciles, habilement négociées, puis un journaliste trapu, âgé d'une bonne quarantaine d'années (ci-après nommé Trapu), pose à Pierre une question dont l'intonation paraît plutôt hostile. Au lieu de me la transmettre en traduisant, Pierre répond lui-même. Cela provoque une autre question, apparemment dubitative. Pierre répond. Nouvelle question, visiblement agressive. Pierre s'en charge, après quoi le même individu lui en adresse une quatrième. Des journalistes présents dans la pièce se joignent alors à l'échange houleux et dirigent cris, huées, coups de sifflet, en direction de Trapu. Je n'ai aucune idée de ce qui se passe. Tandis que les autres journalistes réfrènent les ardeurs de Trapu, Pierre m'explique. Trapu a vu *Le Vent sombre* sous-titré en français. Il croit que Pierre est Lou Diamond Phillips et refuse de reconnaître son erreur. Il est furieux car le rôle de Jim Chee aurait dû revenir à un Navajo. Il est clair que Pierre n'est pas navajo. Il est également clair pour quiconque n'a pas le gosier lubrifié par cinq ou six bourbons qu'il n'est pas Lou Diamond Phillips. Il serait tout aussi difficile de prendre Woody Allen pour Clark Gable.

Enfin, bon. L'incident se termine sans casse. Nous reprenons notre périple sous la pluie et j'en conserve le souvenir de l'épisode le plus étrange de toutes mes tournées de signatures.

28

Le livre charnière

J'entendis pour la première fois parler de la notion de « livre charnière » lors d'un déjeuner avec Perry Knowlton, le directeur de Curtis Brown Ltd., et Larry Ashmead, responsable éditorial chez ce qui s'appelait encore Harper & Row. Ils s'accordèrent pour dire que je devrais en écrire un. Je leur répondis que j'ignorais comment m'y prendre. Ils ne pouvaient pas me l'expliquer autrement qu'en me suggérant de lire les romans qui arrivaient en tête de la liste des best-sellers du *New York Times*. Pas trop difficile. En rentrant à mon hôtel, je m'arrêtai dans une librairie, pris le dernier Ludlum sur le présentoir et lus le chapitre d'ouverture. Nous sommes sur un bateau de la marine marchande ballotté par une épouvantable tempête en pleine Manche. Le héros se bat contre deux hommes. Il reçoit un coup de couteau. Il est blessé par balle. Il parvient à atteindre le pont qui tangue, est emporté par une lame et englouti sous les vagues. Puis le bateau explose. Un bon chapitre, à mon avis, une écriture très efficace. Pas un mot de trop. Mais où cela mène-t-il ? Tous les personnages présentés ont été minutieusement éliminés. Jusqu'aux preuves du crime qui ont été anéanties. Je me hâte de passer au chapitre deux. Une chambre d'hôpital, un homme épouvantablement blessé dans un lit. Qui cela pourrait-il être ? Je poursuis ma lecture. La lumière jaillit en moi. Le personnage que j'avais vu poignardé fatalement, atteint par une balle mortelle, noyé et pulvérisé dans l'explosion, est là, devant moi, et il se remet. Je repose le livre où je l'ai trouvé. Il est clair que mon imagination créatrice est trop limitée pour écrire un livre charnière. Mais je dis à Ashmead et à Knowlton que je vais voir ce que je peux faire. Je vais travailler davantage. Peut-être les goûts des lecteurs vont-ils changer.

Je dois marquer ici une pause et expliquer pourquoi Knowlton est aujourd'hui mon agent à la place d'Ann Elmo, et Ashmead mon éditeur en remplacement de Joan Kahn. Ms Kahn, qui était en désaccord avec la direction de Harper & Row, avait démissionné et avait commencé à travailler pour une autre maison d'édition. Ashmead, qui était entré chez Harper & Row (devenu depuis HarperCollins), avait hérité de certains des auteurs de Ms Kahn, au nombre desquels je me trouvais.

Auparavant, après l'histoire du rachat des droits télévisuels de Leaphorn, j'avais décidé de m'occuper moi-même du contrat de *Femme-qui-écoute* avec Joan Kahn. Je lui avais demandé le nom d'agents qu'elle appréciait. Elle m'en avait cité plusieurs. De mon hôtel, j'avais téléphoné à celui qui arrivait en tête de liste. Il m'avait proposé de lui envoyer un livre, ce que j'avais fait. Il y avait jeté un coup d'œil avant de m'annoncer qu'il était d'accord pour me représenter. Parfait. Quand mon prochain roman serait écrit, je n'aurais qu'à le lui confier. Quelques semaines plus tard, je reçois de sa part une lettre laconique stipulant qu'il ne veut plus me représenter. Il a des ennuis par ma faute, de même que les gens, en Europe, qui s'occupent des droits de vente à l'étranger. Ils ont commencé à proposer un livre précédemment représenté par Ann Elmo, laquelle avait déjà vendu les droits en Allemagne.

Oh, tant pis. Me revoilà sans agent. Mais pas pour longtemps. Je me rends à l'université de Californie à La Jolla pour y faire une conférence lors d'un séminaire d'écrivains et je rencontre Perry Knowlton. Lors d'un déjeuner, un propriétaire de voilier californien et Knowlton discutent des joies de la navigation. J'apprends que le bateau de Knowlton a presque neuf mètres de long. Même un marin d'eau douce sait que cela fait un joli voilier. Et les écrivains auxquels il reste encore à écrire ce fameux livre charnière souhaitent avoir un agent qui peut se permettre pareil luxe. Par ailleurs, il m'a déjà dit qu'il apprécie ma façon d'écrire. Il me demande si j'ai un agent. Je lui demande s'il est d'accord pour me représenter. Depuis ce jour, je suis chez Curtis Brown Ltd.

Knowlton et Ashmead avaient exprimé le désir que je produise le livre charnière, mais la réalisation en restait lointaine. D'abord, il me fallut créer Jim Chee, un deuxième policier navajo, puis avoir l'inspiration de le faire œuvrer en tandem avec Leaphorn, un travail d'équipe assez difficile. Il m'est arrivé d'affirmer que Chee est le résultat d'une exigence artistique, et c'est partiellement exact. Mais comme j'ai promis de ne dire que la vérité dans ces souvenirs, je dois avouer que ma tendresse à l'égard de Joe Leaphorn souffrait de savoir qu'il ne m'appartenait plus qu'en partie puisque j'avais cédé les droits de son image télé. Le nouveau livre, *Le Peuple des ténèbres*, devait se dérouler dans la région située à la limite est de la Grande Réserve, celle que l'on désigne sous le nom de Réserve-aux-Mille-Parcelles ou Réserve en Damier. Ce décor m'intéressait du point de vue du récit parce qu'en ce lieu, pour les récompenser d'avoir posé les lignes ferroviaires transcontinentales, les magnats des chemins de fer du dix-neuvième siècle avaient reçu des pans de terre appartenant à la réserve, une partie supplémentaire du pays navajo étant divisée en parcelles de deux kilomètres carrés et demi relevant alternativement des domaines public et privé. Cela avait eu des conséquences sociologiques étranges, ce qui n'a rien pour surprendre : un mélange de Navajos et d'Américains installés depuis plusieurs générations, ainsi qu'une éblouissante diversité de missions religieuses allant des deux versions de la Native American Church à une galaxie de confessions évangéliques fondamentalistes en passant par les églises catholique, mormone, presbytérienne, ménnonite et baptiste du Sud.

J'avais commencé ce livre avec Leaphorn comme personnage principal, mais la représentation que j'avais de lui était désormais fixe et bien établie. Avec sa maîtrise d'anthropologie, il était beaucoup trop informé pour exprimer l'intérêt que je souhaitais le voir témoigner. L'idée ne fonctionnait pas. Voilà pour le mobile artistique. En arrière-plan, il y avait le mécontentement. Si l'un de mes livres réussissait un jour à être adapté au cinéma, pourquoi en partager inutilement les retombées financières ? Ajoutez l'appât du gain à l'art et la motivation est complète.

Je donnai donc naissance à Jim Chee qui était plus jeune, bien moins assimilé, plus traditionaliste, exactement celui dont j'avais besoin. Je ne pris modèle sur personne en particulier, en fis une sorte d'association basée sur dix ou douze de mes étudiants idéalistes des années soixante.

Chee ne me posa pas de problèmes, le livre si. Les deux idées principales qui fusionnaient pour composer le centre de l'intrigue provenaient 1) d'une visite à Barney alors qu'il effectuait des relevés sur un puits de forage au Texas et 2) de la rédaction de la biographie d'un banquier, rendu aveugle par l'explosion prématurée de la nitroglycérine servant à faire « sauter les bouchons rocheux » dans ce genre de puits. Mon méchant sera un géologue qui effectue des forages de prospection près du lac Ambrosia. En étudiant une toute petite carotte de minerai, il s'aperçoit que son outil a traversé un dépôt de pechblende riche en uranium. Il ne fait pas figurer l'existence de ce trésor dans son livre de relevé, sabote le puits, reprend le bail d'exploitation quand il arrive à expiration et, au moment où le livre s'ouvre, il est devenu immensément riche à la suite du boom de l'uranium près de la localité d'Ambrosia Lake.

Par bonheur, ce livre nous valut, à Barney et à moi, notre premier projet commun depuis nos tentatives d'édification de clôtures et de régulation de cours d'eau à la fin des années d'adolescence. Pendant qu'il analysait les échantillons de minerai provenant de sous le plancher d'un puits de forage texan et que je l'observais, cherchant des idées d'intrigue, nous eûmes la conversation qui préluda à *Hillerman Country*. Barney, officier de réserve cartographe, avait vu sa carrière de géologue interrompue par un rappel sous les drapeaux pendant la guerre de Corée et il était toujours célibataire. Il envisageait de gagner sa vie grâce à la photographie, son occupation préférée, et de transformer de la sorte son existence nomade, d'un puits de forage au suivant, en une vie sédentaire permanente. Maman avait largement dépassé les soixante-dix ans, à l'époque, et la perte de mémoire qui ôta tout plaisir à ses dernières années commençait à se manifester. Barney avait décidé de construire une maison pour eux deux, avec un studio attenant faisant aussi chambre noire. S'il y parvenait, nous essaierions de saisir par les mots et l'image la région des Four Corners que nous adorions tous les deux.

Il construisit sa maison-studio de photographe à Oklahoma City. Des années plus tard, après qu'il eut rencontré et épousé Irene, et qu'ils eurent adopté deux fils et une fille, nous trouvâmes le temps de réaliser ce livre. Cette expérience m'apprit que, auteur publié ou pas, le rôle de petit frère se perpétue aussi longtemps que la vie. *Hillerman Country* fut publié par HarperCollins en 1991. Avant qu'il n'ait pu se rendre compte que les critiques étaient plus impressionnés par ses paysages que par mon texte, il fut soudainement victime d'une crise cardiaque fatale pendant qu'il prenait des clichés pour un autre projet.

Comme *Le Peuple des ténèbres* réclamait un crime pire que de simples manœuvres frauduleuses, mon méchant redoute que ses amis navajo de l'équipe de forage n'apprennent ses manipulations. J'avais entendu parler d'un musicien brésilien qui avait dérobé un de ces appareils radioactifs qu'utilisent les vérificateurs de pipelines pour contrôler les soudures. Il l'avait laissé dans la poche de son manteau, dans le placard familial, ce qui avait causé son décès, ainsi que celui de plusieurs de ses frères et sœurs, d'un cancer des os. Cela me conduisit au centre de recherches universitaires sur le cancer, qui tient un « registre des tumeurs ». Là, j'imaginai une manière (qui reçut l'aval des spécialistes en cancérologie) de commettre un assassinat collectif lentement mais sûrement à l'aide de fétiches radioactifs. L'idée paraît bonne, mais il faut que Chee retrouve la trace de toutes ces victimes. Il me fut très difficile d'éviter que l'histoire soit aussi ennuyeuse à lire qu'elle l'avait été à écrire.

Cette intrigue insensée me donna l'occasion de m'essayer à ce que pratiquent les authentiques maîtres du suspense. D'abord, il me fallait un tueur professionnel, une catégorie d'individus à laquelle je n'ai jamais cru. Ensuite, pour que le livre fonctionne, il fallait que j'en fasse un être humain suscitant la compassion. Ici vint à mon secours le souvenir de l'entretien avec Smallwood dans le couloir de la mort. J'attribuai à mon assassin sociopathe une version modifiée du récit que Smallwood m'avait fait sur son retour de l'école, la découverte que sa maman l'avait abandonné, et la façon dont il avait passé sa vie entière à tenter de la retrouver. Le destin terrible de Smallwood me fut favorable. Il faut beaucoup de chance pour parvenir à écrire un livre publiable.

Ce fut la chance, par exemple, qui présida à la rencontre de Chee et de Leaphorn dans un même roman. Je participais à une tournée de signatures pour le lancement du troisième livre dans lequel Chee intervient seul. Une dame pour laquelle je signais un exemplaire me remercia et me dit :

— Pourquoi avez-vous changé le nom de Leaphorn en Chee ?

Il me fallut une fraction de seconde pour que la signification de sa question se fasse jour en moi. Un coup de poignard en plein cœur. Je bafouille. Je cherche désespérément mes mots et finis simplement par dire que ce sont deux personnages totalement différents.

— Oh, me dit-elle, je n'arrive pas à les différencier.

Je suis certain qu'il existe des auteurs suffisamment sûrs d'eux pour oublier ce genre de chose. Qu'est-ce qu'elle y connaît, cette brave petite dame ? Mais pour moi, il ne pouvait en aller ainsi. À l'instar de ce que saint Paul appelait « l'écharde dans ma chair », cela refusait de s'en aller. Je décidai de réunir les deux policiers dans le même livre afin de régler le problème, pour moi. Je tentai l'expérience dans *Porteurs-de-peau.* Cela marcha si bien que je la renouvelai dans *Le Voleur de temps.* Hourra ! Le livre charnière !

Je l'appris alors que j'étais en tournée de signatures en Californie. J'étais en compagnie de Gabe Barillas, le représentant commercial de Harper & Row pour la Californie du Sud. Je venais de signer *Le Voleur de temps* dans la librairie A et nous nous rendions à la librairie B. Comme d'habitude pour ce genre de promotion, pas le temps de déjeuner. Nous nous arrêtons dans une épicerie pour acheter une miche de pain et du saucisson de Bologne pendant que Gabe téléphone à New York en quête de nouvelles. C'est le jour où les espions des éditeurs obtiennent les tuyaux concernant les livres qui figurent sur la liste des meilleures ventes du *New York Times.* Gabe m'appelle, me tend l'appareil. Je dis « allô » et j'entends des cris, des hurlements, une note de trompette. Quelqu'un me félicite, *Vdt* est sur la liste.

Dans la voiture, pendant que nous progressons centimètre par centimètre au milieu de la circulation de Los Angeles, Gabe est tellement ravi qu'il peut à peine manger son sandwich. Je lui demande pourquoi c'est si important. Mes livres ont lentement progressé sur l'échelle des ventes, atteignant les premiers rangs à Boston, dans le *Los Angeles Times*, le *San Francisco Chronicle*, le *Miami Herald*, etc. Pourquoi pareille excitation tout à coup ?

Gabe me l'explique. Tous les gérants de librairies consultent cette liste pour s'assurer qu'ils possèdent des exemplaires des livres en stock. Mes publications, à ce jour, n'ont atteint qu'une faible minorité de ce genre de magasins. Bientôt ils seront pratiquement dans la totalité. *Et* ils figureront sur les présentoirs réservés aux best-sellers. À quoi il faut ajouter que, d'ici un jour ou deux, ils seront dans des milliers de boutiques d'aéroports : les lieux de diffusion névralgiques pour quiconque souhaite tromper l'ennui des voyages.

Les chiffres de vente de mes livres n'avaient pas cessé de progresser, lentement mais sûrement, selon une répartition surprenante. L'Arizona, le Nouveau-Mexique et l'Utah en achetaient bon nombre, comme je l'avais imaginé puisque ces États servent de décor à l'action. À l'exception de la Floride, les États Confédérés représentaient un échec quasi total, de même que l'Oklahoma. Mais les ventes étaient importantes (selon mes normes personnelles) autour de San Francisco et d'Oakland, dans le sud de la Californie et dans le nord-est de la façade atlantique, tout particulièrement à Boston et à New York. Pour moi, cette implantation ne répondait à aucune explication valable jusqu'à ce que je commence à participer à des tournées de promotion.

Pour je ne sais quelle raison, beaucoup de mes lecteurs souhaitaient me l'expliciter. Ils me racontaient qu'ils avaient vécu à Window Rock, qu'ils avaient rendu visite à des amis à Burnt Water, qu'ils avaient enseigné à Teec Nos Pos, ou qu'ils avaient adoré les vacances passées dans les reliefs de cette partie déserte et aride du monde, et que mes livres leur rappelaient ces bons moments. Cela ne me surprenait pas. Un plus grand nombre de lecteurs débutaient cependant la petite discussion précédant l'autographe par un démenti. Ils m'assuraient qu'ils n'étaient pas des amateurs de romans policiers. Ils lisaient mes livres en raison du contenu culturel tribal intimement associé au déroulement de l'intrigue. Ils voulaient apprendre des choses sur les Indiens d'Amérique. Je pris conscience que j'avais mordu sur un lectorat américain composé de gens souffrant de ce problème qui ne cesse de me harceler, le besoin impérieux de travailler. Lire par esprit de pure détente leur laissait un sentiment de culpabilité. Mes livres, semblables à un sandwich au saucisson pimenté de pastilles contre l'acidité, leur apportaient l'absolution en même temps que le péché.

Je dois reconnaître que ces discussions autour des tables de signatures ont eu une incidence sur le comportement de Leaphorn, et surtout de Chee, envers le FBI et la DEA. Mon désir était de rendre mes policiers aussi réalistes que possible en me basant sur des professionnels que j'avais connus quand j'étais reporter auprès des forces de l'ordre et dans les tribunaux. Lors des rencontres avec le public, je demandais régulièrement aux policiers qui achetaient un de mes livres si j'étais trop critique à l'égard des agents fédéraux. Cela engendrait tellement d'anecdotes prolongées sur les ratés et les inepties des représentants du Bureau et des agences de lutte contre la drogue, que quand beaucoup de monde attendait, je cessais de poser la question. Si le ministre de la Justice lit un jour ces lignes, et s'il souhaite profiter de ce savoir hérité de récits transmis par un grand nombre d'hommes représentant une remarquable diversité de forces de police œuvrant pour le compte des villes, des comtés et des États, je vais résumer ici ces conclusions. Peut-être compenseront-elles l'immonde culte du héros dédié aux agents fédéraux dont le cinéma (et la télé aujourd'hui) matraquent les contribuables depuis un demi-siècle.

Côté positif, le vrai flic de la rue atteste que les agents du FBI sont plutôt honnêtes, intelligents et zélés. Il estime que le Bureau est généralement efficace dans les domaines techniques, tels la recherche des cartes de crédit volées, l'utilisation frauduleuse du téléphone, l'établissement de preuves scientifiques. Côté négatif, il les trouve (à quelques exceptions près) d'une ignorance crasse pour ce qui relève du genre de crimes auxquels le véritable représentant de l'ordre est confronté au quotidien. Le policier de base considère les agents fédéraux avec qui il travaille comme handicapés par une bureaucratie gigantesque, surdotée en personnel, stupide dans son « application du manuel à la lettre », qui introduit la politique washingtonienne dans le maintien de la loi. Cela se voit dans les affaires qui attirent une couverture télévisuelle, entraînant de la part du FBI le désir de s'emparer des commandes et de faire capoter des enquêtes, non par mauvaise intention, mais à cause d'une méconnaissance du terrain, des communautés locales, de la fiabilité des informateurs, etc. Toujours du côté négatif, leur action est également grevée par ce qu'un ancien capitaine de la police criminelle m'a décrit sous les termes « d'arrogance fédérale ». Quand il suivait des cours à l'Académie du FBI, m'a-t-il confié, ses camarades de formation, originaires d'agences et de services non fédéraux, prétendaient qu'elle s'acquérait dans un cours intitulé « arrogance deuxième année ». Ajoutez à ces récriminations le sentiment que l'agence souffre de tels sureffectifs que certaines interférences catastrophiques sont le résultat de l'ennui. (Les derniers chiffres officiels que j'ai vus indiquaient onze mille salariés au FBI. Dans la mesure où l'intervention du Bureau se limite au respect des lois fédérales, combien de ces lois faut-il pour maintenir occupés autant d'agents ? Associez à tout cela leur passé de juristes, de comptables et de techniciens, et il n'est pas surprenant qu'ils cafouillent quand on impose leur présence dans les enquêtes criminelles que les policiers locaux, qu'ils soient de la ville, du comté ou de l'État, mènent chaque jour.)

Nous en avons récemment eu un exemple au Nouveau-Mexique lorsqu'un individu a dragué une femme dans le quartier mal famé d'Albuquerque, l'a emmenée dans un lieu touristique, au bord d'un lac et, à en croire la victime, lui a fait subir des sévices et a tourné des images vidéo porno. Elle s'est enfuie et a porté plainte auprès du shérif. S'ensuit l'ouverture d'une enquête. La télé est attirée par le caractère sexuel sordide de l'affaire. La télé attire le FBI, lequel décrète qu'il s'agit d'un kidnapping et donc d'un délit fédéral. Les journalistes qui ont rendu compte du cirque subséquent ont signalé entre vingt et un et trente agents fédéraux grouillant autour du site en quête de cadavres enfouis et d'autres preuves. Ils ont déterré de nombreux os de poulet et de côtelettes cuites au barbecue, ensevelis par des pique-niqueurs soigneux, mais pas de cadavres. En définitive, le suspect mis en cause a été accusé de comportements indécents sans commune mesure avec le meurtre prémédité, et les membres du jury ne sont pas parvenus à trouver un consensus. Un second procès a été nécessaire pour obtenir une condamnation.

Dans *Blaireau se cache*, j'ai profité de cette propension qu'a le FBI à débouler et à prendre les choses en main dans un environnement où il n'a pas la moindre idée de ce qu'il fait. Si la base de mon histoire est un vol imaginaire survenant au casino de Ute Mountain et le quadrillage consécutif de la région des Four Corners aux multiples canyons dans le but de retrouver les bandits, mes policiers navajo imaginaires se souviennent, avec un mélange d'amusement et de crainte, d'une chasse à l'homme authentique survenue l'année précédente. Ils n'ont pas oublié comment les fédéraux étaient arrivés littéralement par centaines quand trois mauvais garçons de la région avaient volé un camion-citerne d'eau, assassiné Dale Claxton, le policier local qui avait tenté de les arrêter, puis disparu dans le paysage désertique des Four Corners. Le Bureau avait installé un quartier général des opérations vers lequel étaient canalisées les informations en provenance du public et des forces de l'ordre locales… mais d'où les renseignements ne s'échappaient qu'au compte-gouttes à destination des équipes qui ratissaient mesas et canyons. Ainsi, le groupe de recherche A s'apercevait qu'il marchait sur les pas du groupe de recherche B… Des traces laissées dans la poussière étaient projetées dans les airs par les pales des hélicoptères fédéraux venus les étudier… Un des vieux pros de la police tribale navajo m'avait raconté que ses hommes avaient été informés très tôt de la prise de contrôle par le FBI : cela annihilait pratiquement tout espoir d'une capture rapide, mais dans la mesure où le Bureau aurait besoin d'un bouc émissaire pour expliquer son échec, les policiers locaux devaient soigneusement éviter de commettre des erreurs.

Et c'est ainsi que les choses se déroulèrent durant ce long été. Les fédéraux ordonnèrent l'évacuation de Bluff. Des gens de la réserve découvrirent le corps d'un des suspects et le FBI décréta qu'il s'agissait d'un suicide. Après des mois passés à piétiner sur place, les agents de Washington disparurent et retournèrent vaquer à ce qui peut bien les occuper d'ordinaire. Un Navajo trouva le corps d'un deuxième suspect, mais il n'y avait plus d'agent fédéral sur place pour conclure au suicide. Le troisième assassin, pour ce qu'on en sait, est toujours en liberté quelque part. Le résultat brut de ce fiasco épique est le meurtre demeuré impuni d'un policier hautement apprécié, la perte sèche des revenus de la saison touristique pour les gens de Montezuma Creek, de Bluff, de Mexican Hat, etc., et l'épuisement complet du budget d'heures supplémentaires pour toutes les forces de l'ordre de la région des Four Corners.

Les seules retombées positives de l'affaire sont l'idée d'intrigue qui m'est venue et un riche filon d'anecdotes qui va animer les conversations pendant des années. Nous nous rendîmes, Marie et moi, sur la zone des combats, car je ne pouvais croire aux allégations de la presse disant que (1) les fédéraux avaient ordonné l'évacuation de Bluff, et que (2) les braves gens de cette ville allaient obéir à un ordre aussi stupide. La plupart d'entre eux l'avaient fait, semblait-il. Le premier à qui je posai la question me décrivit l'épisode de la façon suivante :

— Un type du FBI est venu cogner à ma porte pour me dire que j'avais trente minutes pour rassembler toute ma famille et partir. Ma première envie a été de le saisir par sa cravate, de le traîner jusqu'à la route et de lui ordonner de ne plus jamais remettre les pieds sur ma propriété sans mandat. Mais après j'ai réfléchi que j'avais les études supérieures de mes enfants à payer et que je risquais de dépenser toutes mes économies en frais d'avocats. Alors on l'a fait.

Une mère de famille de Bluff qui attendait de pouvoir rentrer chez elle se gara à un endroit d'où elle jouissait d'une vue d'ensemble et observa le cirque.

— On voyait une douzaine de voitures, toutes sirènes hurlantes, foncer sur la route allant de Montezuma Creek à Mexican Hat. Après, on en voyait un autre paquet, mais avec des peintures différentes, qui fonçaient en sens inverse, et au bout d'un moment, il en arrivait encore, d'un côté comme de l'autre.

Si cela vous semble stupéfiant, souvenez-vous que le FBI signait la chorégraphie d'au moins vingt agences fédérales distinctes, allant du service des parcs nationaux au ministère des Finances en passant pas les services de l'immigration et de la naturalisation. D'autres grands moments de cette représentation incluent les incendies planifiés qui détruisirent les bois le long de la San Juan, et les récits de catastrophes évitées de justesse lorsqu'un groupe de poursuivants s'apercevait qu'il était poursuivi par un autre groupe de poursuivants avant qu'un échange de coups de feu interagences ne se produise. L'annonce par le FBI d'une récompense d'un quart de million de dollars pour la capture des meurtriers ajouta une saveur exotique au chaos ambiant en attirant des chasseurs de primes équipés de fusils à lunette de visée, d'énormes jumelles et de tout l'attirail réuni par les lecteurs du magazine *Soldier of Fortune*. Un de ces individus, qui tentait de louer un canoë à un ami à moi, lui expliqua qu'il allait descendre dans le canyon et détecter l'endroit où se cachaient les fuyards grâce à leurs vibrations psychiques. Au bout d'une huitaine de jours, le Bureau rendit publique une nouvelle directive informant les chasseurs de primes qu'ils devaient rentrer chez eux. Certains acceptèrent.

Si les paragraphes qui précèdent paraissent acerbes, c'est parce que j'ai assisté à cette dilapidation de nos impôts (en tout point digne des films muets burlesques) tout en ayant connaissance de la pénurie dont souffrent les polices locales qui ne disposent pas de moyens suffisants pour moderniser leur matériel, et qui manquent à ce point de personnel que leurs agents patrouillent seuls et affrontent la mort sans aucun espoir de pouvoir compter sur un quelconque soutien. C'est exactement ce qu'a fait l'agent Claxton quand il a arrêté le camion-citerne volé et qu'il a été criblé de balles. Peut-être les forces de l'ordre locales n'auraient-elles pas réussi à attraper les assassins même si les fédéraux n'étaient pas intervenus en fichant la pagaille. Ces canyons représentent un lieu merveilleux pour se dissimuler.

Ce fut à l'époque où j'essayais de trouver le décor qui conviendrait au *Voleur de temps*, le roman qui allait devenir cet insaisissable livre charnière, que j'étudiai de près pour la première fois le bassin de drainage de la San Juan. Plus spécifiquement, il me fallait des ruines anasazi isolées où mes personnages pourraient se livrer à leur pillage illégal d'objets d'artisanat sans être observés, et où j'avais l'intention de faire assassiner l'un par l'autre. Je m'en ouvris à Dan Murphy, naturaliste travaillant au service des parcs nationaux. Murphy connaissait un lieu qui correspondait à mes exigences et que l'on pouvait atteindre en descendant la San Juan à partir de Bluff. Mieux encore, il connaissait un homme généreux, profondément intéressé par l'archéologie, qui avait financièrement contribué à des recherches sur la réserve navajo. Il emmenait des amis pour un périple fluvial en pays anasazi et Murphy l'accompagnait en tant qu'expert de la faune et de la flore. Si j'acceptais d'animer les soirées autour du feu de camp par des récits mythologiques et culturels, il pouvait m'obtenir le voyage gratuit jusqu'aux lieux que je devais voir.

Les journalistes ne sont pas gens à repousser les offres gracieuses ; pareils avantages en nature compensent l'échelle des salaires proche du seuil de pauvreté que pratiquent les journaux. Et j'étais enlisé dans le premier chapitre du *Vdt* parce que je ne parvenais pas à visualiser les endroits où une grande partie de l'intrigue allait se dérouler. J'ai toujours éprouvé le besoin de m'adosser à mon fauteuil et de faire surgir de ma mémoire les sites que je dépeins si je veux me sentir à l'aise dans mes descriptions.

Ce lieu, dont Dan Murphy savait qu'il m'était nécessaire, se trouvait dans la paroi d'une mesa qui dominait Chinle Wash, à quelques kilomètres en amont de l'endroit où ce lit de ruissellement déverse ses eaux dans la San Juan, trois cents kilomètres à peu près en aval du point où elle émerge de Canyon de Chelly pour décrire ses méandres. En 1988, alors que mes souvenirs de ce voyage étaient tout frais et tout récents, je rédigeai un article qui fut publié en juillet 1989 dans le magazine *Audu-*

bon. Je viens de le relire et de m'apercevoir que j'écrivais à l'époque aussi bien qu'aujourd'hui… hélas, mieux peut-être. Je vais donc me plagier moi-même et vous guider jusqu'à notre feu de camp, au confluent de Chinle Wash et de la San Juan.

« Je commence à emmagasiner les impressions qu'aurait ma victime en arrivant dans cet endroit. Elle effectuerait ce voyage en secret et de nuit puisque ces fouilles seraient illégales. Elle porterait ce fardeau de nervosité que ressentent les citoyens respectueux des lois quand ils les transgressent. Néanmoins, la soirée éveillerait en elle les mêmes émotions qu'elle suscite en moi. Des hirondelles d'un vert presque violet patrouillent en quête d'insectes. Un castor qui paraît vieux et las remonte péniblement la rivière en évitant le courant et en ne m'accordant pas plus d'attention qu'il n'en réserverait à une vache.

« Un chant de grenouilles me parvient d'un point en amont du wash. La lune qui se lève dans le ciel éclaire le sommet de la falaise et, beaucoup plus haut sur Nokaito Bench, un coyote se lance dans une conversation échangée avec un congénère. Engoulevents et hirondelles se retirent pour la nuit et sont remplacés par des escadrons de petites chauves-souris. Elles traversent comme un trait la lueur du feu, lancent leurs frêles cris suraigus. Je confie tous ces éléments à ma mémoire. »

À mon retour devant l'ordinateur, l'anthropologue destinée à être bientôt assassinée va ressentir tout cela, épargnant à mon imagination de se fatiguer.

Le lendemain matin, Murphy me conduit dans Chinle Wash. Nous dépassons un pictogramme navajo : un homme décoche une flèche sur un cavalier coiffé de noir lequel, avec son pistolet, fait feu sur le Navajo. Tout près se trouve un pictogramme anasazi élaboré représentant un personnage plus grand que nature, debout derrière un immense bouclier de teinte rougeâtre qui ressemble à ce point au plastron de protection des arbitres que les gens vivant près de la rivière le surnomment « Base-ball Man ». À peu près à cet endroit, l'escalade commence : d'abord depuis le lit du wash jusqu'à un plan horizontal, une dizaine de mètres plus haut, puis, après une nouvelle ascension plus raide, jusqu'à une seconde zone de grès nu encore plus plane. Cette surface s'étend jusqu'aux parois de la falaise qui soutiennent l'immense toit igné de Nokaito Bench.

Murphy pointe le doigt, me dit : « Là-bas », et ajoute qu'il veut que je prenne conscience de la façon dont ces gens se cachaient dans cet univers désert. Nous nous avançons le long de la falaise, dépassons une autre galerie de pictogrammes dont l'un représente Kokopela, allongé sur son dos bossu, soufflant dans sa flûte entre ses jambes relevées. Les anthropologues croient qu'il s'agit d'une représentation de la fertilité, très comparable au dieu grec Pan, et que sa bosse symbolise un sac de graines. Quoi qu'il en soit, il stimule mon imagination. Je commence à imaginer la terreur qui pourrait s'emparer de mon anthropologue condamnée d'avance, et déjà effrayée, si elle commence à percevoir les accents d'une flûte qui s'approche d'elle dans les ténèbres. Le problème de l'intégration des notes de flûte dans mon intrigue est toujours présent à mon esprit quand nous dépassons une petite avancée rocheuse et soudain, nous y sommes. Dans le mur vertical de la falaise, la nature a creusé à même la roche un amphithéâtre caverneux d'une quinzaine de mètres de profondeur, d'un peu plus de largeur et d'une bonne vingtaine de mètres du sol au plafond. L'humidité qui suinte en continu de la paroi donne assez d'eau pour que poussent, selon les normes du désert, un luxuriant assortiment de fougères et de mousses, et pour alimenter, dans le sol de pierre de cette alcôve, un petit bassin qui doit avoir trois mètres et demi de large sur vingt centimètres de profondeur. De minuscules grenouilles l'entourent de toutes parts. Sur une corniche, à quelques dizaines de centimètres au-dessus de cette mare, la famille anasazi a bâti sa maison : le toit a disparu mais les murs, protégés ici des vents et des intempéries, sont presque intacts. À l'entrée de l'alcôve, des entailles pour les pieds ont été sculptées dans la paroi, conduisant à une saillie, plus haut, où se trouve une structure de pierre encore plus petite. Un poste de guet, suppose Murphy, ou le retranchement de la dernière chance au cas où un péril les piégerait sur la falaise.

Pendant que nous nous reposons à l'ombre fraîche, je me débarrasse du premier chapitre déjà rédigé du *Voleur de temps*. Un livre très différent prend forme autour de ce que j'ai vu pendant ce voyage sur le fleuve. Et voici la façon dont je songe que doit s'organiser ce premier chapitre :

Il est désormais absolument acquis que ma victime sera de sexe féminin. Elle a atteint ces ruines proscrites exactement de la même manière que Murphy et moi, mais au crépuscule. Elle a vu le pictogramme de Kokopela, les ruines, la mare et les petites grenouilles alentour. Elle a décidé de dormir puis d'entreprendre ses fouilles avec le jour. Elle remarque que les batraciens semblent bondir vers l'eau sans jamais l'atteindre, observe de plus près, découvre que des vingtaines de ces créatures sont retenues à des brindilles plantées dans le sol à l'aide de liens en fibres de yucca. Ça lui semble cruel, sadique, dément, et, dans la mesure où les grenouilles sont toujours pleines d'ardeur, récent. L'auteur de cette horreur insensée doit être proche. Puis elle entend le son d'une flûte. Elle pense à Kokopela. Écoute. Reconnaît la mélodie de *Hey, Jude*. À ce moment, elle distingue une silhouette qui s'avance vers elle dans les ténèbres. Fin du premier chapitre.

Quelle est l'origine de cette folie ? Sur le bord de la San Juan, nous nous étions arrêtés devant des ruines. L'un des hommes qui manœuvraient notre bateau pneumatique m'avait expliqué qu'elles avaient été vandalisées par un jeune Navajo qui avait la réputation d'être schizophrène. Comment vais-je l'intégrer dans l'histoire ? Je ne vais pas le faire. Je vais greffer cette folie sur le fils inventé d'un propriétaire de ranch de la région. Le garçon a assassiné sa mère et les autres enfants de la famille des années auparavant. Son père, débordant d'amour et de pitié, lui apporte des vivres en secret dans cette région désertique.

Mais en quoi ai-je donc besoin d'un semblable personnage ?

Parce que (1) il me faut une scène de suspense angoissant dans le premier chapitre et (2) j'ai bien compris que la victime de ce meurtre doit survivre et il me faut donc quelqu'un pour s'occuper d'elle avant que Joe Leaphorn n'arrive et ne la sauve.

Pourquoi survivre ?

Parce qu'il faut que je trouve un moyen de motiver Leaphorn au point de s'impliquer dans une affaire qui ne le concerne en rien et de prendre trois ou quatre jours pour descendre le cours de la rivière et cheminer dans les canyons. C'était un des deux problèmes principaux rencontrés pour bâtir l'intrigue au moment où j'étais monté dans le bateau à Sand Island, à l'entame de ce voyage. L'autre concernait aussi la motivation. Il me fallait un mobile crédible pour qu'un professeur d'anthropologie (des gens plus affables et dépourvus de méchanceté que le professeur moyen) massacre un de ses collègues. Mon intention avait été de tabler sur l'ambition universitaire : le désir de mettre au jour une découverte majeure concernant la culture anasazi avant que ses rivaux n'y parviennent. C'était un mobile que j'avais déjà utilisé dans *Là ou dansent les morts*. Cette fois, je ne savais pas bien pourquoi, il ne me semblait pas tout à fait suffisant.

Lors du premier crépuscule de notre voyage, la Providence, qui veille sur les écrivains de romans policiers bien intentionnés, me fournit l'idée susceptible de motiver Leaphorn. Une aigrette prit son envol au-dessus d'un banc de sable dont nous approchions et partit vers l'aval, silhouette blanche gracieuse qui se détachait sur la falaise sombre devant nous. Je me rappelai la forme d'une aigrette (dotée de pieds humains, celle-là) gravée au milieu d'une fresque composée d'autres représentations spirituelles, que nous avions remarquée sur une falaise plus tôt dans la journée. Mais que faisait cet oiseau ici, solitaire, sans aucun de ses congénères à proximité ? Les aigrettes étaient-elles, comme certaines autres espèces, monogames ? La mort de sa compagne ou de son compagnon l'avait-elle laissée seule, ici, pour le restant de son existence ? Ce qui me rappela (Dieu seul sait comment fonctionne l'esprit d'un écrivain !) que j'avais presque rendu Leaphorn veuf dans le roman précédent… ne sauvant Emma que grâce à une décision de dernière minute qui lui permettait de se remettre d'une opération réussie, l'ablation d'une tumeur au cerveau.

Je me souvins également que Leaphorn discutait de ses enquêtes avec son épouse et qu'il était influencé par son opinion. L'inspiration frappe. En définitive, Emma aura succombé (une infection postopératoire, des staphylocoques). Leaphorn, en proie au deuil, saura qu'Emma aurait désiré qu'il retrouve cette femme disparue. Qu'il se trouve sur son territoire de compétences ou non, cette tentative sera le cadeau d'adieu qu'il lui fera.

Je trouvai la solution au second problème de motivation grâce à mon syndrome du *self-made-man*. J'aime bien ces gens-là. Je les admire. J'en connais un certain nombre. Dans les commissions de recrutement universitaires, quand j'ai affaire à des candidats qui possèdent des niveaux de compétence égaux, je leur donne la préférence : je sous-note ceux qui ont un passé d'écoles privées et d'universités prestigieuses en arguant que s'ils terminent dans le même tour que les diplômés de l'État du Dakota du Nord, ceux de la Nouvelle-Angleterre ont bénéficié, grâce à leur famille, à l'argent, au réseau occulte des relations, sans oublier le snobisme inhérent de la faculté, d'un phénoménal avantage au départ de la course.

Ce préjugé me revint au cours de ce voyage alors que devant l'un de mes compagnons je m'enorgueillissais du fait que, parmi les Navajos qui dirigeaient le bateau, il y avait un authentique *self-made-man*. Né sur la réserve dans une famille trop pauvre pour l'élever, il avait été confié à une grand-mère qui habitait de l'autre côté de la rivière (et de la frontière), dans l'Utah. S'étant retrouvé de la sorte sans extrait de naissance dans un État comme dans l'autre, il ne pouvait postuler à aucun emploi tribal car il ne pouvait établir qu'il était navajo. Partant du point le plus bas, il était maintenant propriétaire d'un camion équipé de quatre roues motrices et du matériel pour assurer le remorquage, le rechargement des batteries et le regonflage des pneus. En hiver, il parcourait la réserve bloquée par la neige, dépannant les clients immobilisés, et l'été il augmentait ses ressources en convoyant les gens sur le fleuve.

— Alors, dis-je en me rengorgeant, ce n'est pas un *self-made-man*, ça ?

Le bénéficiaire de cette vantardise contre-attaqua en affirmant que notre généreux hôte méritait pareillement ce titre. Il avait débuté sa carrière dans l'un des établissements boursiers du pays comme garçon de courses et homme à tout faire au service des courtiers. Du tout dernier barreau de l'échelle il s'était hissé à la force du poignet jusqu'à la richesse, la célébrité, la respectabilité et les cimes de la finance.

Toute la journée, je me réjouis à l'idée de me trouver sur le même bateau que deux personnages ne devant leur réussite qu'à leur seul mérite. Puis vint le soir et notre hôte sortit de sa tente. Il portait une casquette de marin rehaussée du nom d'une des plus chères, des plus exclusives écoles privées de la planète réservées aux rejetons des vieilles familles aisées. J'en restai stupéfait. Et ce même soir au dîner, pendant que je profitais des largesses dispensées par ce personnage, je commençai à m'interroger sur mon changement d'attitude. Il était toujours aussi charmant, spirituel, amical, mais il était devenu l'un d'entre eux et non plus l'un de nous. Pourquoi ? Parce que, en dépit de ce que papa avait essayé de nous inculquer sur la bêtise malfaisante qui consiste à ranger les gens dans des stéréotypes, je continue à entretenir une rancune stupide à l'égard de ceux qui ont été élevés dans la soie.

Comme je suis catholique, cela aurait dû m'inciter à faire un acte de contrition et à prendre la ferme résolution de m'amender. Au lieu de cela, je vois aussitôt comment je peux transférer ma propre intolérance sur Maxie Davis, anthropologue belle, intelligente, sur qui s'orientent les intérêts amoureux de mon récit, et faire de Randall Elliot, l'anthropologue beau garçon qui l'aime, la victime de mon vice de caractère, que j'ai repassé à Maxie. Problème de motivation résolu.

Je donne à Elliot (vous avez remarqué que j'ai tendance à affubler mes méchants de patronymes vénérables et célèbres d'origine britannique) un arrogant passé d'écoles privées et d'universités prestigieuses de l'est du pays, un oncle amiral, un grade dans les forces aériennes de la marine et les médailles appropriées pour ses états de service au Vietnam. Maxie, quant à elle, est issue d'une petite ferme poussiéreuse, c'est en travaillant qu'elle a suivi les cours d'une petite université financée par les deniers publics, puis qu'elle a obtenu son doctorat dans une université d'État, et elle a un frère qui s'est battu au Vietnam comme deuxième classe et qui a reçu la décoration que reçoivent fréquemment les troufions de base : la Purple Heart décernée à titre posthume et envoyée au parent le plus proche. Ainsi, Maxie pense qu'Elliot est un gentil garçon et qu'un jour, peut-être, il sera un homme, mais que tout ce qu'il a fait jusqu'à présent a été de recevoir ce qu'on lui attribuait en raison de son appartenance sociale. Par conséquent notre méchant, mû par l'ardent désir d'impressionner la femme de ses rêves, se livre à des falsifications pour établir la preuve de sa théorie scientifique, se fait prendre la main dans le sac. Je suis très satisfait de cette solution. L'intolérance peut avoir son utilité.

Le Voleur de temps figura dans la liste du *New York Times* recensant les livres importants de l'année, grimpa sur celle des best-sellers de ce quotidien et a été à ce jour publié dans dix-sept langues, un record pour moi. Il resta aussi au premier rang de ma liste personnelle et ce, jusqu'à ce que je réussisse enfin à écrire le livre dont j'avais rêvé, celui où mon Monsieur-tout-le-monde se retrouvait confronté au chaos anarchique du Congo belge.

Ce qui nous amène à *Moon*, qui se déroule quasiment aussi loin qu'il est possible de l'Afrique et du bassin du Congo. Et à un autre voyage riche en souvenirs pour moi.

29

Enfin, *Moon*

Depuis environ trente-cinq ans Marie m'entendait dire que j'allais écrire mon roman sur le Congo belge quand, en 1985, nous vîmes à la télévision un documentaire marquant le dixième anniversaire de la chute de Saigon. Le spectacle des civils luttant aux portes de notre ambassade me remémora le chaos de Stanleyville que j'avais eu l'intention de dépeindre. Le bain de sang congolais étant depuis longtemps oublié du monde entier, je décidai de transposer mon histoire dans le Sud-Est asiatique. J'en parlai à mon agent et à mon éditeur sans détecter d'enthousiasme. Les deux choses que l'on souhaite éviter, sur la couverture d'un livre, sont la photo d'une araignée ou tout ce qui se rapporte au Vietnam, que nous essayions alors d'oublier. Mon propre bon sens me disait qu'ils avaient raison. Il serait stupide de cesser d'écrire des romans sur la police tribale navajo, dont les ventes croissaient, pour proposer un livre dont personne ne voulait. Mais maintenant, l'idée était totalement réactivée.

J'en parlai à Marie. Comme toujours, elle me conseilla de faire confiance à mon intuition. Si j'y voyais un bon livre, il fallait que je l'écrive. Je commençai à construire l'intrigue dans ma tête. L'histoire se passerait dans les quelques jours qui précédaient, et qui suivaient, la chute de Saigon. Elle se déroulerait partiellement à Manille et beaucoup au Cambodge. Il s'agirait d'un frère aîné que les circonstances obligent à se jeter dans ce qui, pour moi, constitue le cœur des ténèbres, pour ramener chez lui un enfant que son cadet, désormais décédé, a engendré là-bas. Cet élément une fois établi, j'avais besoin de sentir les décors et d'engranger des données visuelles.

Le moment était mal choisi pour demander un visa. Ni le Vietnam ni le Cambodge n'en accordaient. J'allais partir aux Philippines et voir où cela me mènerait. Une fois de plus, mes années de journalisme payèrent. Les accréditations journalistiques peuvent grandement faciliter l'accès à des lieux intéressants. Je pris contact avec une organisation composée de gens qui œuvrent pour les guides touristiques et me joignis à un voyage promotionnel financé par le gouvernement des Philippines dans le but d'encourager cette industrie. Cela me permit d'obtenir un billet en classe affaires sur la compagnie nationale philippine, plus une chambre dans le nouvel hôtel construit par Imelda Marcos, la femme du président et l'instigatrice de cette impulsion donnée au développement du tourisme.

Deux problèmes apparaissent immédiatement. Le premier, au moment où nous nous préparons à atterrir à Manille et où je m'aperçois que je me suis trompé de passeport. Celui que je tiens dans ma main couverte de transpiration, alors que nous roulons sur la piste, affiche le tampon PÉRIMÉ en travers de ma photographie. Il a expiré en 1974. Le nouveau est sur mon bureau, à Albuquerque. Une fois de plus, la Providence me sauve. Les partisans de Cory Aquino viennent de renverser le gouvernement Marcos, Ferdinand et Imelda sont en fuite à Hawaii, il y a la grève générale dans le pays et l'agent des douanes préoccupé se contente d'appliquer sur la dernière page le tampon de ma date d'arrivée dans son pays avant de me faire signe de passer.

Ce passeport invalidé, néanmoins, anéantit mes espoirs de traverser la mer de Chine méridionale pour me rendre au Cambodge ou au Vietnam. Le projet que je nourrissais d'obtenir l'autorisation de visiter l'immense prison de Bilibad, à Manille, est contrecarré par le gouvernement de Cory qui procède à la remise en liberté de plus de cinq cents prisonniers politiques. À la place, on m'accorde la permission de me rendre à la centrale de haute sécurité des droits-communs sur l'île de Palawan. Pendant que je pars vers le sud, Marie expédie mon passeport valable à l'hôtel d'Imelda, à Manille, pour qu'on le tienne à ma disposition le jour où je repasserai sur le chemin du retour.

Dans l'avion, je suis assis à côté d'un négociant en « articles ethniques » qui seront vendus dans des villes comme Melbourne, Hong-Kong et Tokyo. Il a pris l'avion à Zamboanga, où il a conclu un marché pour des objets d'artisanat, et il se rend à Puerto Princesa car il veut exiger un meilleur contrôle de la qualité de la part de son fournisseur en sarbacanes. Il sort de ses affaires un tube en bambou creux et un sac renfermant quatre petits bouts de bois pointus taillés dans la même plante.

— Honteux, me dit-il en me les montrant. Même un touriste ne croirait jamais que ça puisse marcher.

Avant que j'aie pu lui demander à quoi cela peut servir, il me montre par le hublot le mont

Mantalingajan qui pointe à travers les lambeaux de nuages.

— Deux mille quatre-vingt-cinq mètres de haut, commente-t-il avant de me fournir des données géographiques tout aussi précises sur l'île que domine la montagne.

Parmi les sept milliers d'îles que comptent les Philippines, Palawan est l'une des plus grandes et la plus étroite : quatre cent cinquante kilomètres de long sur moins de soixante de large. Elle s'étire vers le sud-ouest par rapport à Luçon, presque jusqu'à Bornéo, avec cinq cents kilomètres de mer de Sulu bleu foncé qui la séparent du reste du pays.

Comme je l'ai déjà signalé, les salaires notoirement bas des journalistes contraignent ceux qui survivent à prendre l'habitude de recycler ce qu'ils écrivent. À l'époque où je travaillais en salle de rédaction, par exemple, je vendais des articles dérivés à des journaux allant de *Film Daily* et de *IBM World News* à *Capper's Farmer* et au *Portland Cement Assn. Journal.* (Un ami gagna l'admiration de tous ses confrères en plaçant dans onze quotidiens et magazines différents un petit texte qu'il avait rédigé sur les difficultés rencontrées pour obtenir qu'un tas de compost produise effectivement de l'engrais végétal en climat aride, moyennant des modifications minimes pour répondre aux besoins de chaque rédacteur.) Me voilà donc à recueillir des données pour un roman que personne ne souhaite publier, à prendre mes notes habituelles en vue de l'article qu'il me semble possible de vendre à un magazine. Pour démontrer comment le système fonctionne, je vais recycler ici-même une partie de l'article que j'ai vendu à *Islands*.

Mon ami exportateur et moi nous apprêtons à atterrir à Puerto Princesa.

« Juste en contrebas s'étendaient un fouillis de bâtiments chapeautés de plaques métalliques, de feuilles de palmiers et de tuiles, et les docks du port maritime, surtout investi par des barges et une multitude de petites embarcations. Le plus gros des bateaux était un dragueur de mines rouillé, probablement abandonné par la marine américaine en 1945. Mais ce qui attira mon regard était un deux-mâts à la peinture neuve, blanche comme neige : une perle sertie dans un champ de bernaches. Avant même que notre avion n'ait touché la piste d'atterrissage envahie d'herbes, j'avais engrangé deux personnages, mon voisin de siège et ce voilier éblouissant. »

L'aéroport existe, m'expliqua le négociant, « parce que Imelda l'a voulu ». Elle était propriétaire de l'unique lieu d'hébergement de l'île (jouxtant l'aéroport) et un de ses oncles bâtissait une station balnéaire à une trentaine de kilomètres, sur la mer de Chine méridionale. Une route goudronnée devait être construite pour mener à ce lieu de villégiature, faisant plus que doubler les actuels douze kilomètres de chaussée macadamisée de l'île, mais il soupçonnait Cory Aquino de préférer goudronner une route pour quelqu'un de sa propre famille.

La voie qui mène à la prison de sécurité maximum ne figure pas au nombre des chaussées goudronnées. Le taxi, un croisement de petit car et de Jeep (Puerto Princesa en comptait six), suit une étroite piste de terre, enserrée entre des rizières qui s'étendent de part et d'autre jusqu'aux montagnes couvertes par la jungle. Le chauffeur, après m'avoir exposé la biographie de la galerie de saints qui sont soudés sur le capot de la Jeep, parle en des termes critiques de la façon dont les hommes qui cultivent les rizières font travailler leurs buffles.

— Tous des citadins, m'explique-t-il. Personne ne leur a appris à labourer.

Je m'étonne que des habitants des villes s'occupent de labours si loin d'une agglomération.

— Ce sont des détenus, me répond-il.

Et c'est effectivement le cas.

La porte de la prison de Palawan est un tronc de palmier placé en travers de la route. Le chauffeur appuie sur son klaxon plusieurs tons. Un personnage replet d'une quarantaine d'années sort d'une cabane en bambou, bavarde un instant, écarte le tronc et nous fait signe de passer. Quinze cents mètres plus loin environ, nous arrivons à un complexe de bâtiments en béton érigés par l'armée américaine pendant l'insurrection des Philippines. Le directeur a son bureau dans le plus grand d'entre eux. Un tableau, sur le mur, indique la nature et le nombre de ses pensionnaires. La population s'élève à trois mille trois cent dix-huit ; la catégorie que j'appellerai celle des « métayers » en recense beaucoup moins, et un groupe plus réduit encore achève son séjour et se prépare à retrouver la liberté. Le chiffre inférieur (trois, au total) correspond aux « absents ».

Cela veut-il dire qu'ils se sont évadés ?

Non. Cette catégorie concerne ceux qui ont manqué l'appel deux jours de suite. Ils s'enfoncent dans la jungle mais il n'y a rien à manger, ça grouille de serpents, d'insectes qui piquent, d'araignées, etc., alors ils reviennent.

Ils ne quittent pas l'île ?

Il n'y a aucun moyen de la quitter, me répond le directeur, et les statistiques officielles soutiennent ses allégations. Aucun évadé recensé, jamais.

Déclenchent-ils des chasses à l'homme pour retrouver ceux qui sont signalés absents ?

Pourquoi est-ce que je pose cette question ? Ils ont faim. Ils reviennent.

Je la pose, bien sûr, parce que mon intrigue exige qu'une évasion se produise de cette prison. J'ai besoin de détails précis.

Ayant, dans le cadre de mes fonctions de journaliste, fréquenté les pénitenciers de deux États, je suis impressionné. Il n'y a pas de murs ; si les gardiens sont armés, je n'en vois nulle trace. Les détenus métayers coupent les bambous pour fabriquer leurs propres habitations, font venir leurs femmes et leurs enfants au bout de six mois de bonne conduite (un car mène les petits en ville pour y recevoir leur instruction), et ils partagent les bénéfices de la récolte de riz après les déductions relatives à l'eau et à la location des buffles. Dans l'atelier de la prison dont le sol est en terre, les détenus fabriquent des cannes en bois de feuillu et autres objets commercialisables, chassent de la voix les cochons (propriété des prisonniers) qui partagent l'espace avec eux.

Avant de quitter Puerto Princesa, je visite le port pour voir le deux-mâts de près. Son nom figure à la proue, peint en lettres d'or soignées : *La Gloire de la Mer*. Il emportera mon héros, que j'ai maintenant nommé Mathias en mémoire du défunt sergent Carl Mathias, un homme d'un courage extrême, à travers mille trois cents kilomètres de mer de Chine méridionale vers l'embouchure boueuse du Mékong, d'où je le ferai pénétrer au Cambodge. Sur le marché, j'achète une sarbacane en bambou à l'aspect efficace avec son carquois de flèches également en bambou et je reprends le chemin de Manille.

Là, je loue les services d'un taxi dont le conducteur est suffisamment âgé pour se rappeler comment était la ville en 1975, nous trouvons un bureau à très faible loyer pour le juriste véreux que je vais devoir inventer et un bar sordide comme lieu de rencontre. Un autre long trajet en taxi me conduit dans le village de Luçon que je vais devoir décrire, et à un combat de coqs où je contribue à faire circuler l'argent des paris autour de l'arène mais où je ne partage pas le volatile tout juste rôti (un perdant) que l'on vend au guichet des billets.

La veille de mon retour, je me promène longuement sur le front de mer, emmagasinant bruits, odeurs et images, y compris celle d'une migration de cafards qui ruisselle sur le trottoir en direction de mes pieds tel un déferlement d'eau noire. Je passe une heure dans un casino dont la porte est gardée par des soldats armés de mitraillettes et dont les clients se composent d'un mélange de Japonais et de Philippins, tous de sexe masculin, austères et silencieux, qui jouent au black jack et à la roulette. Puis la chance qui me sourit se manifeste à nouveau. La pluie me chasse dans la cathédrale déserte et, pendant que j'attends dans la quasi-obscurité que la bourrasque s'éloigne, les cierges, l'odeur de l'encens stimulent mon imagination et me suggèrent la scène clé qui permet au livre de bien fonctionner. Moon devient catholique non pratiquant. Je le fais entrer dans la cathédrale pour y patienter jusqu'à la fin de la pluie, il s'installe dans un confessionnal vide où il n'a pas pénétré depuis son enfance, se souvient de la prière prescrite comme préambule à l'obtention du pardon. Pendant qu'il la récite, il s'aperçoit qu'un jeune prêtre est assis de l'autre côté de la paroi qui les sépare, attendant patiemment l'arrivée de pénitents. Cela fait maintenant une quinzaine d'années que j'ai rédigé ce chapitre et je m'en souviens encore comme de l'un de ces rares moments de joie où l'on sait que l'on écrit bien.

Plus rien à faire à Manille désormais si ce n'est franchir la douane avec mon nouveau passeport. La situation s'est calmée et le préposé a le temps d'inspecter la page recensant mon entrée dans le pays et de découvrir qu'elle ne porte aucune trace de mon arrivée. Il m'en demande la date. Je la lui donne. Il étudie à nouveau le feuillet. Toujours vierge, mais l'expression du douanier, elle, est devenue méfiante. Suis-je certain que c'était bien cette date-là, me demande-t-il, et, avant que j'aie eu le temps de répondre, il fait signe à un policier d'approcher. Une femme qui se trouve dans la queue voisine de la mienne m'adresse un geste de la main : une des journalistes de la presse touristique que j'avais rencontrée durant le voyage aller. Je la hèle en l'interrogeant sur la date de notre arrivée. Elle me crie la réponse.

— C'est votre femme ? m'interroge le douanier.

Je hoche la tête avant de demander à la journaliste si nous pouvons voir son passeport. Elle nous l'apporte. Le douanier vérifie la date, l'inscrit sur le mien. Le problème est résolu. Je suis même autorisé à monter à bord en gardant ma sarbacane et mes flèches.

30

El Fin

Le jour d'avril où j'interrompis le roman navajo à venir pour rédiger ces Mémoires, l'herbe qui s'étend devant ma fenêtre flamboyait de fleurs de pissenlits et le lieutenant (à la retraite) Leaphorn buvait son inévitable café à l'Auberge Navajo en attendant l'ami qui allait lui en apprendre plus sur un meurtre exempt de mobile. Aujourd'hui, le jaune qui parsème notre pelouse est la moisson d'automne, les feuilles que nos trembles de Fremont ont perdues, et Leaphorn attend toujours de poursuivre ses occupations. Divers fragments et morceaux de Prochain Livre s'élaborent dans mon esprit depuis des mois. Il me procure ce sentiment que suscitent les romans, dans leur phase préparatoire, celui de devoir être enfin le très bon livre. Je veux avancer dans l'histoire. Par ailleurs, le fait d'arracher à son subconscient des souvenirs exploitables entraîne un recentrage sur soi qui n'a rien de plaisant. Ça vous met en contact avec des amis décédés depuis longtemps, de bons copains, des gens que vous avez aimés, qui vous ont témoigné de la gentillesse, dont la disparition a laissé un vide, les camarades de jeux, les hommes de la compagnie Charley auxquels je n'avais plus repensé depuis des années. Il y a une grande tristesse dans tout cela.

Mais quand j'essaye de résumer mes soixante-quinze années, je dois reconnaître que dans leur immense majorité ce sont des moments de bonheur. Et comment faire pour clore une autobiographie quand des centaines de souvenirs heureux n'y ont pas trouvé place ?

J'ai demandé à ceux qui, depuis presque quarante ans, sont mes partenaires au poker comment l'on peut mettre un terme au récit de sa vie.

Le suicide ? m'a suggéré l'un d'eux. Ça mettrait un point final.

Ça ne marcherait pas, a répondu un autre, tu serais obligé de rédiger une lettre d'explication.

Il me semble que Stendhal a eu une meilleure idée quand il s'est lassé d'écrire ses très autobiographiques *Promenades dans Rome*. Les érudits nous disent qu'il envisageait de mettre fin à ses jours. Et ils nous disent que, pendant qu'il écrivait ce journal très intime, l'idée de son roman *Le Rouge et le Noir* lui est venue et il a voulu se lancer dans sa rédaction. Et, par conséquent, il a achevé les *Promenades* en écrivant :

« Demain nous (ce "nous" correspondait aux compagnons imaginaires dont il se servait pour étoffer son récit) quittons Rome, et à notre grand regret. Nous allons à Venise ; nous passerons cet été quinze jours aux bains de Lucques et un mois aux bains délicieux de la Battaglia. »

Cela fait, il écrivit *Le Rouge et le Noir*, son classique. Si l'écrivain français a été capable de s'en tirer par pareille pirouette, pourquoi pas moi ?

Et donc, la prochaine fois que j'allumerai cet ordinateur, je serai en compagnie du lieutenant (à la retraite) Joe Leaphorn qui attend un invité pour déjeuner à l'Auberge Navajo. Il prêtera une oreille distraite à deux enseignantes âgées qui se remémoreront un étrange incident survenu quinze années plus tôt, à Halloween. Des élèves qui traversaient le périmètre depuis longtemps déserté du vieux Fort Wingate en faisant l'école buissonnière avaient été terrifiés par un mauvais plaisant : quelqu'un qui imitait les cris d'une femme implorant au secours. Et cela rappelle à Leaphorn un curieux homicide commis à Halloween, quinze ans plus tôt lui aussi, et l'incite tout à coup à se demander si... Mais ça, c'est pour demain. Auparavant, il me faut procéder à un ultime survol sommaire de mes soixante-quinze années.

Elles furent bien meilleures que ne le mérite quiconque, illuminées pour les deux tiers par Marie qui, dans chaque désastre ou presque, a su déceler le côté amusant, et furent pour bon nombre rendues joyeuses, intéressantes, crispantes et éprouvantes pour les nerfs grâce aux six enfants que nous avons élevés. De ces trois quarts de siècle ressortent le grand nombre des réussites heureuses et la rareté des déceptions.

À cela, il existe deux raisons principales. D'abord, grâce à papa et maman, nous avons été lâchés dans la vie en ayant appris qu'elle ne constitue qu'un court voyage vers l'Ultime et Sublime Aventure, et en comprenant que les Évangiles enseignés par le Christ sont la carte routière nous permettant d'y parvenir au gré d'un parcours heureux. Cela rend compte des premières années. Les cinquante-deux suivantes ont été remplies d'amour, de joie et de rires par une épouse, compagne et complice merveilleuse nommée Marie.

Addendum

À bien des égards, les pages qui précèdent ont expliqué la genèse de six de mes livres, depuis le premier (*La Voie de l'ennemi*), jusqu'au plus récent (*Blaireau se cache*). Chacun des autres m'a confronté à un problème particulier et m'a appris quelque chose sur les techniques du récit.

Des exemples, par ordre chronologique :

La Voie de l'ennemi (1970). Il me fut assez facile d'intégrer la cérémonie de la Voie de l'ennemi à l'intrigue. Elle sert à guérir ceux qui ont été exposés à la sorcellerie, et mon méchant essayait d'empêcher les Navajos de venir sur son territoire en répandant la peur des sorciers. Mon problème consistait à découvrir comment Leaphorn allait établir un lien entre cette cérémonie et le meurtrier. La solution m'apparaît quand je remarque le tracé particulier des taches de sueur générées par un ruban concho sur un chapeau de feutre. Avec cette idée à l'esprit, je prends un des chapitres du début, introduis Leaphorn dans un comptoir d'échanges où il voit le méchant qui s'achète un couvre-chef pour remplacer celui qu'on lui a dérobé et où il se demande pourquoi quelqu'un volerait un vieux chapeau et laisserait sa précieuse décoration en argent. Cela fait, je repars plus loin jusqu'à la phase de la cérémonie que l'on appelle « la chasse du scalp », je m'arrange pour que Leaphorn remarque que ce « scalp » est un chapeau orné de traces de sueur, puis je lui fais approcher le « Chasseur-du-scalp » qui a fourni l'objet servant pour le rite guérisseur. Leaphorn apprend de sa bouche où (et pourquoi) il l'a volé et, de la sorte, résout l'énigme.

La Mouche sur le mur (1971). Comment motiver mon héros si peu héroïque à aller de l'avant, dans son enquête journalistique, après une menace de mort : tel fut mon problème. J'imagine qu'il s'enfuit au Nouveau-Mexique, qu'il va pêcher dans la Brazos, mon petit cours d'eau favori qui traverse les prairies isolées, et il comprend que cette menace de mort n'est qu'un stratagème pour l'éloigner de la capitale de l'État et le conduire dans un endroit où on pourra l'éliminer tranquillement. Il sait donc que son seul espoir consiste à trouver la solution du crime.

Le Garçon qui inventa la libellule (1972). Pendant que j'effectuais mes recherches sur la religion complexe des Zuñis, avant d'écrire *Là où dansent les morts*, je tombai sur l'histoire de la libellule que l'on raconte aux enfants afin de leur enseigner l'éthique, la morale, l'hospitalité et les méfaits de l'égoïsme. C'est un magnifique conte sur la puissance de l'amour et ma seule difficulté consista à le simplifier pour des lecteurs qui ne sont pas zuñi.

Là ou dansent les morts (1973). Cette fois, il me fallait faire en sorte que Leaphorn saisisse ce qui motivait le comportement de George Bowlegs, un jeune Navajo fugueur. Pour y parvenir, je m'arrangeai pour qu'il comprenne progressivement la théologie des Zuñis comme pourrait le faire un Navajo (ou un écrivain de romans policiers blanc), et qu'il prenne conscience que le jeune garçon tentait de rentrer en contact avec le Conseil des Dieux zuñi. Ainsi George Bowlegs (et Leaphorn) assisteraient à la cérémonie de Shalako durant laquelle ces esprits effectuent leur retour annuel dans le pueblo et, par conséquent, j'aurais l'occasion de décrire cette cérémonie d'une beauté incroyable.

Le Grand Vol de la banque de Taos (1973). La majeure partie des essais qui composent ce recueil furent rédigés pour obtenir ma thèse d'anglais à l'université. Ils devaient établir ma capacité à traiter de sujets variés, allant du caractère farfelu de la ville de Taos à l'attitude d'un leader chicano ultramilitant en passant par le travail d'enquête effectué pour déterminer la source de la peste bubonique.

New Mexico (1974), *Rio Grande* (1975) et *Indian Country* (1977) correspondent aux textes de livres publiés en collaboration avec des photographes.

Femme-qui-écoute (1978). Ce roman m'apprit que l'incapacité rencontrée à structurer une intrigue possède des avantages. Mon intention était de me servir de Tueur-de-Monstres et de Né-des-Eaux, les jumeaux héroïques de l'histoire de la genèse navajo, dans un livre policier faisant intervenir des frères orphelins (un « prêtre défroqué » et un militant radical) qui s'affrontent dans leurs tentatives respectives pour aider leurs ouailles. J'allais me servir d'une shamane, dernière personne à s'entretenir avec ma victime avant qu'elle ne soit assassinée, comme source d'informations religieuses dépourvues de sens pour le FBI mais révélatrices aux yeux de Leaphorn. Après une série de premiers chapitres qui ne menaient nulle part, j'écrivis le deuxième dans lequel Leaphorn arrête l'assassin pour excès de vitesse et, plus pour m'amuser qu'autre chose, je fis en sorte qu'il remarque un énorme chien, très laid, qui occupe le siège arrière de la voiture, avec dans l'idée d'utiliser la touche « efface » de mon nouveau (et premier) ordinateur pour effacer ultérieurement le chien en question. Cet animal, qui ne s'intégrait pas dans le plan d'ensemble, prit une importance fondamentale pour l'histoire. Fini les tentatives de plan d'ensemble structuré.

•

Le Peuple des ténèbres (1980). Mon Leaphorn plutôt âgé, sage et urbanisé, refusait de s'intégrer dans ce projet d'histoire ayant pour cadre la Réserve-aux-Mille-Parcelles où le gouvernement fédéral avait octroyé une zone d'un mile carré sur deux aux gens des chemins de fer et où les Navajos sont mélangés à pléthore de Blancs, de Zuñis, de Jemez, de Lagunas etc., et à une dizaine de postes de missionnaires représentant autant de religions différentes. Dans la mesure où rien de tout cela ne pouvait surprendre Joe, je donnai naissance à Jim Chee, plus jeune et moins assimilé d'un point de vue culturel.

Le Vent sombre (1982). L'une des nombreuses facettes qui me plaisent, dans la culture navajo, est l'absence de valeur qu'elle attribue à la vengeance. Cette notion du « œil pour œil », partout présente dans la culture des Blancs, est considérée par le Dineh comme une maladie mentale. Je souhaitais mettre l'accent sur ce point au moyen d'un crime ayant la vengeance pour mobile : la difficulté résidait dans la manière dont Joe, qui ne croit pas à la vengeance, parvient à résoudre l'énigme. La solution m'apparut quand je me souvins d'un long entretien que j'avais eu autrefois avec un détective privé, concernant sa profession. Je n'en ai jamais utilisé le moindre élément, mais un tour de cartes qu'il m'avait montré se révéla correspondre exactement à ce dont j'avais besoin. Mon méchant, le tenancier d'un comptoir d'échanges, montre ce même tour de cartes à Leaphorn et, quand celui-ci parvient à le résoudre, il sait comment le crime a été commis.

La Voie du fantôme (1984). Le point de départ de ce livre fut un hogan de pierre sans toit, avec un abri attenant, dans une petite niche alimentée par une source sur Mesa Gigante, laquelle domine la réserve navajo de Canoncito. Je le découvris par hasard par un après-midi d'automne, remarquai qu'un trou avait été percé dans son mur nord, le trajet de sortie traditionnel pour le cadavre quand la mort a infecté le hogan. Mais pourquoi ce mourant n'avait-il pas été porté à l'extérieur avant son dernier souffle afin que son *chindi* puisse s'échapper ?

L'histoire se développa en partant de cette idée.

L'homme décédé devient un blessé qui a échappé à la mafia et s'est réfugié chez son grand-père pour y mourir. Mais Chee remarque que le malheureux n'a reçu qu'une partie des rites de l'enterrement et que le reste lui a été refusé, que le vieil homme, en abandonnant le hogan, a laissé derrière lui sa bourse des quatre montagnes contenant ces objets que les Navajos traditionalistes prélèvent sur les Quatre Montagnes Sacrées. Bien évidemment, le FBI ne sait pas davantage que ces éléments particuliers revêtent une importance cruciale qu'il n'est capable de les expliquer. Chee oui, et j'ai ainsi la possibilité de guider le lecteur à travers certaines marges de la culture navajo.

Porteurs-de-peau (1986). Comment m'y prendre pour réveiller Jim Chee, qui dort sur sa couchette tout contre la fine paroi d'aluminium de sa caravane afin qu'il ne soit pas tué lorsque la meurtrière vide son fusil de chasse à travers la paroi en question ? Tout ce que je parviens à imaginer relève de la coïncidence parapsychologique, ce que je déteste dans les romans d'énigme. Rien ne marche jusqu'à ce que me revienne le souvenir du *clac, clac* que fait le chat d'un ami lorsqu'il passe par la « chatière » pratiquée dans la porte de sa véranda. J'inclus une chatte errante, très craintive, pour laquelle Chee a fabriqué ce passage (me permettant de l'imposer comme un garçon sympathique et m'offrant l'occasion d'expliquer la relation « d'égale citoyenneté » que les Navajos entretiennent avec les animaux). La chatte, chassée par l'approche de la meurtrière, fuit sa litière au pied d'un pin pignon et se réfugie dans la caravane en réveillant mon policier. À la fin du livre, quand il me faut mettre un terme à une romance naissante, la chatte tient un rôle merveilleusement symbolique. Ce fut le premier roman dans lequel j'utilisai en même temps Leaphorn et Chee. Il marqua un grand bond en avant au niveau des ventes et figura sur un certain nombre de listes de best-sellers, mais pas celle, cruciale, du *New York Times*.

Le Voleur de temps (1988). Mon « livre charnière » a été antérieurement décrit de manière extrêmement détaillée. Ce fut un livre « charnière » à bien d'autres égards que celui des ventes et il me valut d'obtenir le prix des Services Publics du ministère des ressources et territoires, le statut honoraire de membre à vie de l'Association de littérature de l'ouest, le prix des médias décerné par l'Association d'anthropologie américaine et celui d'Ambassadeur du Cercle de soutien aux Indiens d'Amérique, un magnifique bronze représentant un guerrier comanche brandissant son bâton à coups.

Dieu-qui-parle (1989). Un livre modifié en raison de coïncidences. Au moment où j'écris le chapitre trois, je m'interromps parce que c'est l'heure de la messe dominicale. Mais mon problème ne me quitte pas durant l'office : comment décrire un cadavre découvert le long de la voie ferrée, en dehors de Gallup. Je remarque un vieux monsieur d'origine hispanique, au visage aristocratique et au costume coûteux mais portant les marques de l'usure, qui est chargé de conduire les fidèles vers les places disponibles. Il devient la victime. Mais un tel personnage refuse de s'intégrer dans mon intrigue où un meurtre est commis au sein d'un gang et il entraîne le livre vers un assassinat lié à une conspiration politique en Amérique centrale. Puis mon vieil ami écrivain Bill Buchanan (*Shining Season, Execution Eve*, etc.) me parle de l'annonce qu'il a passée pour vendre son réfrigérateur et mentionne que l'homme qui vient d'y répondre n'est pas un acheteur potentiel mais un individu solitaire qui éprouve le besoin d'échanger des paroles avec un congénère. Cette information s'incruste elle aussi dans mon esprit. Je m'en sers. Mon assassin devient un personnage terriblement seul, ce qui me fournit une fin bien supérieure. Le premier chapitre, lui, ne représenta pas du tout un problème. Un Navajo urbanisé ambitieux envoie à une responsable du musée de la Smithsonian un colis contenant les os d'un de ses ancêtres, déterrés dans un vieux cimetière épiscopalien, afin qu'elle les expose à côté de ceux de ses ancêtres à lui. Cette idée me valut des commentaires de félicitations de la part d'une vingtaine d'Indiens.

Coyote attend (1990). Quand Barney et moi parcourions la région des Four Corners, moi prenant des notes et lui des clichés pour notre livre *Hillerman Country*, il me donna un cours de perspective optique qui résolut le problème rencontré par Leaphorn pour trouver le témoin d'un meurtre dont il avait besoin. Barney faisait de l'anthropomorphisme avec les falaises, les canyons, les arbres, conférant aux ombres et aux lumières qui y jouaient les profils de présidents, la silhouette d'un ours et ainsi de suite. (Je le fais, moi, avec les formations nuageuses, y voyant non seulement la gloire divine mais des dragons, Popeye, des avions.)

— Arrête-toi, me disait-il en désignant une

structure rocheuse. Tu vois le zèbre avec la pipe à la bouche ?

Je répondais non. Il me disait de reculer un peu. Nous faisions halte à l'endroit où tous les éléments nécessaires s'alignaient comme il fallait et soit je voyais la représentation d'un zèbre, soit je lui disais que je la voyais et je reprenais la route pendant qu'il m'exposait comment la position de celui qui regarde et les lentilles télescopiques agissent sur ce que l'on voit. C'était le genre de données que j'ai, d'ordinaire, des facilités à oublier, mais elles me revinrent quand je me trouvai sans raisonnement logique pour expliquer la présence du témoin dans une région désertique. Il devint un élève du secondaire très solitaire dont le loisir consiste à photographier des paysages et qui invente un moyen de déclarer son amour en peignant à la peinture blanche les roches basaltiques en des endroits choisis avec soin afin que le message ne puisse être lu que depuis le hogan de la jeune fille.

Je passai des semaines à tenter de déterminer comment Leaphorn allait trouver l'explication, souhaitant n'avoir jamais entendu parler de perspective.

Hillerman Country (1991). Ce livre nous offrit, à Barney et à moi, la première occasion de travailler ensemble depuis que nous avions creusé nos trous pour les poteaux de clôture, en 1942, et ce fut un pur plaisir. Je lui avais envoyé une longue liste d'endroits qu'il devait photographier pour illustrer mon texte. Il me fit parvenir de grandes planches-contacts représentant des paysages totalement différents, démontrant ainsi que je demeurais le petit frère et que les photographes n'obéissent qu'à leur propre instinct. Je fis donc des concessions, lui aussi, et nous fûmes tous deux ravis du résultat définitif. Barney, qui avait toujours considéré qu'on n'entre dans les hôpitaux que pour rendre visite à ses amis malades, mourut alors qu'il était parti prendre des clichés pour un autre projet de livre, quelques semaines à peine après la publication de notre entreprise commune.

Les Clowns sacrés (1993). Ce roman se développa autour d'un élément non utilisé dans un titre précédent. *Le Vent sombre* avait exigé de ma part que je me renseigne sur les Hopis. J'avais dormi dans mon pick-up en limite de Walpi, attendant le matin pour interroger un habitant en vue d'un article dans un magazine. Je me réveillai au lever du soleil (chose aisée quand on a dormi contorsionné dans un Toyota) et je vis un homme sortir d'une maison. Il présenta le paquet qu'il tenait dans ses mains au soleil levant, garda cette position un long moment en donnant l'impression de psalmodier quelque chose avant de disparaître à l'intérieur. J'appris qu'il venait de présenter à Dieu, symbolisé par le soleil levant, son enfant âgé de huit jours, dans une cérémonie qui, à certains égards, ressemble au baptême chrétien et qui, à d'autres, le dépasse. Le vieux monsieur que j'interviewai m'expliqua que le chant psalmodié présentait le nouveau-né comme un enfant de Dieu, qu'il reconnaissait le père et la mère humains comme parents d'adoption qui promettaient de nourrir et d'éduquer cet enfant de Dieu selon les préceptes du Créateur, et qu'il sollicitait la bénédiction divine pour les assister dans cette tâche.

Le statut sacré conféré aux enfants dans la philosophie religieuse de nombreux pueblos éclaira à mes yeux le rôle des Koshare, Têtes Boueuses, et autres sociétés des « clowns sacrés », et explique pourquoi l'on voit rarement un enfant des pueblos se faire tirer l'oreille ou endurer un quelconque châtiment corporel. Je partage la croyance que chaque être humain possède cette relation particulière avec Dieu qui (« C'est à moi de faire justice », dit le Seigneur) veillera à dispenser punitions et récompenses. En conséquence, je passai d'incalculables mois à trouver un moyen de m'en servir dans l'intrigue correspondant à un livre qui fut nommé *Mudhead Kiva*.

Durant ce processus, j'appris que je souffrais d'un cancer, je passai un bon moment à l'hôpital (loin du téléphone, une merveilleuse période pour réfléchir). Le temps que je me remette sérieusement à l'écriture, *La Kiva des Têtes Boueuses* était morte et *Les Clowns sacrés* avaient fait leur apparition : il ne restait plus à HarperCollins qu'à expliquer la campagne de publicité annonçant un livre imaginaire. L'histoire, toutefois, avait subi une amélioration comparable à celle du titre.

Moon (1995). Le livre qui me tient le plus à cœur, un avis que ne partagent ni mon éditeur, ni mon directeur de collection, ni un grand nombre de mes lecteurs. Peter Thorpe, le talentueux concepteur des couvertures de mes romans navajo, réalisa une superbe maquette pour celui-ci, peignant une lune qui se lève au-dessus des montagnes cambodgiennes avec la silhouette d'un homme qui se détache sur l'astre. On me la montra très tôt et j'exprimai mon accord, ce sur quoi elle fut modifiée pour coller davantage au style adopté pour mes livres antérieurs... le genre d'épisode qui rappelle aux écrivains quel statut est le leur dans le monde de l'édition.

Un homme est tombé (1996). Plusieurs idées provenant de ma réserve d'intrigues potentielles entrèrent en conflit pour ce livre. L'idée numéro un consistait à laisser un amateur d'escalade coincé au piège au sommet du Vaisseau de Pierre, comme le fut Tueur-de-Monstres dans l'histoire navajo des origines. La deuxième, de placer un fusil de compétition qui serait une pièce unique, dont les projectiles seraient uniques aussi, entre les mains d'un tireur d'élite embusqué sur la falaise de Canyon de Chelly pour assassiner un témoin tout en bas, dans le fond. La troisième de faire intervenir les vols de bétail et les tactiques de lutte contre les auteurs de ces délits en travaillant avec des « guetteurs ». Certaines de ces idées fonctionnèrent, mais une demi-douzaine d'autres firent long feu, m'obligeant à apprendre bien plus de choses que je ne le souhaitais sur les techniques de l'escalade professionnelle.

Le Premier Aigle (1998). Le déclencheur de ce livre fut une nouvelle loi instaurant la peine de mort pour certains crimes perpétrés sur les réserves fédérales. Dans la mesure où environ quatre-vingt-quinze pour cent de la superficie des réserves fédérales s'inscrit également dans celle des réserves indiennes, cela ressemblait fort à une « loi instaurant la peine de mort pour les Indiens ». Pour que le livre fonctionne, il me fallut une intrigue encore plus alambiquée qu'il n'est dans mon habitude d'en imposer aux lecteurs. Heureusement, la matière principale de Marie, à l'université, était la bactériologie, une immense aide lorsqu'il s'agit d'intégrer la peste bubonique dans le récit, tout comme le fut celle des contrôleurs des vecteurs de transmission qui en traquent l'origine et des professeurs de bactériologie que j'allai importuner.

Je me créai un problème supplémentaire en choisissant Gold Tooth, dans l'Arizona, comme site crucial parce que ma carte indiquait que ça se trouvait dans la zone extrêmement déserte où les territoires des Hopis et des Navajos se touchent. Un nom merveilleux, Gold Tooth[1], et une ville fantôme, qui plus est, mais je ne parvenais pas à trouver la piste de terre défoncée qui était censée y mener afin de la fixer sur ma rétine. Cela m'ennuyait. Marie et moi effectuâmes donc un nouveau voyage pour tenter de « trouver la Dent en Or » sur la route entre Moenkopi et la Mesa Hopi, à l'affût d'un embranchement quel qu'il soit. Ce fut un échec supplémentaire mais, au comptoir d'échanges de Tuba City, nous rencontrâmes une femme navajo qui connaissait le chemin.

« Vous franchissez le sommet de la côte en sortant de Moenkopi Wash, vous roulez lentement et vous regardez attentivement le côté, sur votre droite. Au bout de quinze cents mètres environ vous verrez un endroit où des gens ont quitté la chaussée. Suivez leurs traces pendant à peu près vingt-cinq ou trente kilomètres. »

Nous repérâmes les traces de pneus, parcourûmes ces à peu près vingt-cinq ou trente kilomètres, dépassâmes une éolienne, trois vaches, et finîmes par arriver à un bâtiment de pierre sans toit ni

1. La Dent en Or. (*N.d.T.*)

fenêtres, sur notre droite, et à un hogan rond à l'ancienne, sur notre gauche. Ça n'avait guère de ressemblance avec ce que j'avais décrit, mais Marie me consola en me rappelant que bien peu de mes lecteurs auraient l'occasion de s'en apercevoir.

Blaireau se cache (1999). Un crime réel, suffisamment bizarre pour répondre aux besoins d'un écrivain de romans policiers, fut la graine d'où germa *Blaireau se cache*. J'avais décidé d'utiliser les mauvais souvenirs de cet événement : le vol d'un camion-citerne d'eau par trois hommes lourdement armés, le meurtre du policier qui les avait arrêtés, la chasse à l'homme digne des poursuites de films burlesques lamentablement orchestrée par le FBI, l'évacuation de Bluff, dans l'Utah, l'offre de récompense fédérale d'un quart de million de dollars qui attira une horde de chasseurs de primes, l'immense gâchis de l'argent versé par les contribuables, tout cela devait servir de toile de fond à mon récit. Je pensais que ça allait en faciliter la rédaction. Il n'en fut rien. Je me retrouvai avec le problème de déterminer comment mes *bandidos* à moi allaient bien pouvoir s'échapper. Plusieurs aviateurs d'un âge conséquent vinrent à mon secours en me renseignant sur le genre de vieil appareil d'autrefois dont j'avais besoin pour leurrer mes agents du FBI, et Patti Collins fit de même ainsi que l'équipage de son hélicoptère de la protection de l'environnement en me fournissant des données sur des mines d'uranium et de charbon à l'endroit où j'en avais besoin.

Les trois anthologies qui portent mon nom, *Spell of New Mexico, The Best of the West* et *The American Detective Story*, naquirent d'idées venues de tiers. *Spell* fut le résultat de maints repas de midi au Campus Drug avec Jack Rittenhouse, responsable du département d'histoire pour les presses de l'université du Nouveau-Mexique et grand collectionneur de livres depuis son plus jeune âge. Au cours de ces repas, nous prîmes l'habitude de nous remémorer ce que des gens célèbres, de D.H. Lawrence à Karl Jung, ont écrit sur le Nouveau-Mexique. Jack suggéra de rassembler un choix de ces textes dans une anthologie. L'idée m'attirait beaucoup, mais pas les tâches qui allaient de pair. Jack m'assura qu'il allait se charger de regrouper les textes, de les mettre en forme, (quatre-vingt-quinze pour cent du travail), si j'acceptais de rédiger l'introduction et le tissu conjonctif. Au moment de la publication de l'ouvrage, il m'apprit que son nom ne pouvait pas y figurer en vertu des règles qui s'appliquent aux presses universitaires.

Best naquit également de ces repas, en réponse à une autre des idées de Jack qui consistait à revenir aux tout débuts de l'alphabétisation, dans notre partie du monde, et à réunir des éléments de toutes sortes qui éclairaient le lieu et l'époque. Cela commencerait par des lettres, des journaux intimes, divers documents et même des inscriptions sur des pierres tombales ou des mises en garde gravées dans le roc, pour aboutir aux récits de fiction. Cela me fit l'impression d'une tâche titanesque, mais Rittenhouse disposait dans sa collection personnelle de la majorité des livres et des autres documents nécessaires et il savait comment se procurer ce qu'il ne possédait pas. Mon aide consisterait uniquement à trier et à rédiger les notes explicatives. Jack était désormais malade, il avait abandonné son poste aux presses universitaires et, par conséquent, la clause qui lui avait interdit d'inscrire son nom sur notre premier projet commun ne s'appliquait plus. J'appris à ce moment-là que pareille disposition n'existait que dans son imagination. Dans toute ma vie, je n'ai jamais rencontré quelqu'un qui aimait davantage les livres que lui. Mais il ne voulait pas que son nom figure sur l'un d'eux. Pendant que nous en étions encore à débattre de ce point, il vint chez moi et m'apprit que nous allions devoir accélérer le rythme. Son médecin l'avait informé que le cancer n'allait lui laisser que quatre semaines à vivre environ. Nous terminâmes juste à temps et, si le nom de Rittenhouse ne figure pas sur la jaquette, j'ai un peu joué sur les termes de ma promesse en relatant toute l'histoire dans la préface.

L'idée de *The American Detective Story* vint de Rosemary Herbert, qui est aujourd'hui directrice de publication au *Boston Herald* et qui souhaitait illustrer l'évolution de ce genre dans sa composante américaine : de « l'exposé rationnel des faits » dans les confortables salons à l'anglaise, aux « rues violentes » des États-Unis. J'avais un peu écrit sur le sujet et l'idée me plaisait. Mais Rosemary maîtrisait bien plus la forme que moi et, comme toujours, ce fut elle qui fournit la majeure partie du travail. Elle posa même pour la photographie de la jaquette.

Annexes

IL FIT FACE AVEC TÉMÉRITÉ

par BEATRICE STAHL

C'est un homme de courage qui en a décoré un autre le jour où le soldat de première classe Anthony G. Hillerman a reçu sa Silver Star. Car Hillerman, un militaire originaire de l'Oklahoma, a été honoré par le héros de Bastogne qui, de deux petits mots, a marqué l'histoire de son empreinte.

Le 12 février au matin, en un lieu non spécifié sur le territoire du Reich, le général deux étoiles Anthony C. McAuliffe, qui répondit « mon cul ! » aux nazis exigeant sa reddition, épingla une Silver Star sur la tunique empruntée par le soldat Hillerman lequel, à lui seul, repoussa une contre-attaque violente portée sur le flanc droit de sa compagnie lors d'un combat ultérieur.

Tony Hillerman a dix-neuf ans. Né dans le comté de Pottawatomie, il n'a jamais habité ailleurs que dans sa ville natale de Sacred Heart. Ayant obtenu son diplôme de fin d'études secondaires à Konawa, il venait d'entrer à l'université A&M lorsque son frère aîné s'engagea. Tony quitta alors les bancs de la faculté pour s'occuper des cinquante-six hectares de la ferme familiale.

Puis arriva son dix-huitième anniversaire et il décida que l'armée avait besoin de lui aussi. Il débarque donc en France le jour J avec le personnel au sol d'un bataillon de planeurs avant d'être transféré dans l'infanterie. Les deux frères sont aujourd'hui engagés dans les opérations en Europe.

C'est à sa mère, Mme Lucy Hillerman, et à sa sœur, Margaret Mary, domiciliées au 709 NW 9, qu'il écrivit au soir de ce grand jour du 12 février.

« Ce matin je me suis rasé, j'ai enfilé les vêtements les plus propres que j'ai pu emprunter et on m'a conduit vers les lignes arrière. Là, il y avait une importante revue de troupes, un orchestre qui jouait, et une estrade sur laquelle avaient pris place un grand nombre de gradés.

« J'ai gravi les marches de la plate-forme et le général qui commande notre division (la 103e division d'infanterie) m'a accroché une médaille sur la poitrine et m'a serré la main, après quoi j'ai regagné ma compagnie… C'était à la suite d'un épisode qui s'est déroulé en janvier. Les copains en profitent pour se moquer copieusement de moi, mais en fait, je suis assez fier… Cette citation ne doit pas vous inquiéter. Je me suis seulement trouvé au bon moment au bon endroit. »

La citation qui accompagne cette Silver Star, dont le général McAuliffe a donné lecture ce matin, récompensait ce soldat de première classe pour son « magnifique courage » et faisait le récit d'une action audacieuse durant les premières heures du 19 janvier, près d'une localité française dont le nom n'a pas été divulgué.

Dans la semi-obscurité de l'aube, Hillerman, qui est servant de mortier, était engagé dans un combat avec sa compagnie lorsqu'une brutale et soudaine contre-attaque de l'ennemi s'exerça sur leur flanc droit. La concentration des tirs de mortier et d'armes de petit calibre ennemis était si terrible que le mortier de Hillerman fut mis hors service dès les premiers instants de l'attaque.

La position qu'il occupait était primordiale. Il prit aussitôt conscience du danger qui menaçait toute sa compagnie si jamais l'ennemi s'emparait de ce lieu. Oubliant le péril de sa propre situation, il demeura à son poste, armé en tout et pour tout de son pistolet et de grenades.

Les nazis déferlèrent sur lui, soutenus par la totalité de leur puissance de feu. Il ne parvenait pas à déterminer combien ils étaient. Mais cela n'avait plus d'importance. Il savait qu'il devait parvenir à les arrêter. Et ce fut alors qu'il cessa de rester tapi à côté de son mortier détruit. Il se redressa.

La citation reprend son récit : « Il affronta avec témérité le feu de l'ennemi, tirant avec son pistolet et lançant simultanément des grenades dans la masse des assaillants qui se ruaient à l'assaut.

« Au mépris total de sa vie… par sa bravoure et la précision de son tir, il laissa quatre ennemis morts et parvint à désorganiser totalement l'attaque allemande. La magnifique bravoure démontrée par le soldat Hillerman s'inscrit dans la plus haute tradition du service armé. »

Certaines des lettres de Tony Hillerman nous apportent une description détaillée de la façon dont nos garçons s'en tirent là-bas, au milieu de ce qu'il appelle « une guerre bizarre ». Le 18 décembre, il écrivait :

« Ce soir, je me trouve dans un appartement luxueux, enfoncé dans un fauteuil capitonné tandis qu'un lit de plumes douillet m'attend dans la chambre voisine. Bien sûr, pour être crasseux, je le suis. Cela fait plus d'un mois que je n'ai pas retiré ma chemise ni mon pantalon. Mais comme nous sommes tous dans le même cas, ça n'a pas d'importance. Demain soir, je dormirai peut-être dans mon trou de fantassin, mais ce soir, j'ai droit à un couvre-pieds en soie. »

Le 23 décembre : « Tout compte fait, nous allons vraisemblablement avoir un Noël blanc et l'on se croirait dans une carte de vœux. Étroites rues pavées, toits pointus couverts de neige. Tuyaux de cheminées, etc. Tout ce qu'on s'attend à voir sur un joli modèle de carte de Noël de chez Hallmark.

« Nous vivons même dans une mangeoire, en ce moment. Pas mal, n'empêche, avec un poêle et plein de paille. Nous n'arrêtons pas de chanter des chants de Noël, etc. Ce n'est pas comme d'être chez soi pour le 25, mais ce sera pour l'an prochain... pour nous tous.

« Dans notre dernière ville, l'homme de la maison est entré dans la cuisine où nous étions tous réunis autour du poêle et il a entonné les chants de Noël avec nous. En allemand, bien sûr. Il avait une très jolie fille, ce qui ne gâte rien. Je me plaisais bien mais nous avons dû repartir. C'est toujours comme ça. Nous avons donc serré la main de ce vieux "pop", avons fait un baiser d'adieu à Joséphine, mis notre barda à l'épaule et repris la route.

« C'est une vie étrange. Aujourd'hui nous créchons dans une mangeoire, demain nous disposerons peut-être d'une suite dans un hôtel, mais peut-être aussi d'un trou de fantassin creusé dans la terre. »

En mars, il écrivait de son lit d'hôpital, en France, où il se remet de blessures dues à des éclats d'obus endurées lors d'une mission pour laquelle il s'était porté volontaire.

« Je suis drôlement fier de mes copains. Dans le monde entier il n'y a pas hommes plus courageux.

« J'espère que vous ne nourrissez pas d'inquiétudes à mon égard. Que vous ne me plaignez pas non plus. Moi, je ne me plains pas. Cette guerre m'a rapporté plus que mes cicatrices. J'y ai découvert à quel point je suis un homme bon. J'ai beaucoup appris, et j'ai acquis une confiance et un respect de moi non négligeables.

« Je n'étais pas obligé de participer à cette mission, et je n'y suis pas non plus allé parce que je le voulais. Personne ne le veut. Je ne parviens pas à trouver les mots qui pourraient exprimer ce qui nous pousse à continuer. Cela s'apprend en regardant les gens que nous aimons faire des choses pour nous.

« Chaque fois que j'ai été en danger, j'ai pensé à vous qui priiez pour moi et vous ne pouvez savoir à quel point cela m'a aidé. Je voudrais réussir à vous dire à quel point je vous adore tous. Tony. »

Oklahoman
Oklahoma City, Okla

Formulaire B
Destinataire : VIIe Armée BRP
Origine : Section presse
103e division, G-2 à effet immédiat

SERVANT DANS LA 103e DIVISION DE LA VIIe ARMÉE EN ALLEMAGNE...
1re classe Anthony G. Hillerman 709 N.W. 9th, Oklahoma City, Okla
(grade) (nom) (adresse rue, ville, État)
a récemment été décoré de la SILVER STAR pour ....
Il est le fils de Lucy M. Hillerman habitant à (lien parental) (patronyme complet) même adresse , et est sous les drapeaux depuis le 2 août 1943. Ses (adresse rue, ville, État) (date d'incorporation) devoirs l'ont appelé outre-mer le 6 oct. 1944 et il sert dans le 410e rég. d'inf. (date) (unité) de la 103e division d'infanterie.

Résumé de la citation (si médaille octroyée)

Pour acte de bravoure sous le feu de l'ennemi. Pendant les heures du petit matin, le 19 janvier 1945, dans les parages de *** France, Hillerman, servant de mortier, participait à une attaque avec sa compagnie quand une violente contre-attaque ennemie fut lancée sur le flanc droit de nos soldats. La concentration des tirs de mortier et d'armes de petit calibre de l'ennemi était si nourrie que le mortier de Hillerman fut mis hors service lors de la phase initiale de l'attaque. Prenant conscience du danger qui menaçait sa compagnie si l'ennemi franchissait sa position, armé en tout et pour tout de son pistolet et de grenades, et au mépris complet de sa vie, il demeura courageusement à son poste. Il fit face avec témérité, affrontant le feu de l'ennemi, tirant avec son pistolet et lançant simultanément des grenades dans la masse des assaillants qui se ruaient à l'assaut. Par sa bravoure et la précision de son tir, il laissa quatre ennemis morts et réussit à désorganiser totalement l'attaque allemande.

Autres décorations dont ce soldat est détenteur :
Insigne du spécialiste de l'infanterie
Insigne du fantassin au combat

Bureau des relations publiques
VIIe Armée

TABLE DES MATIÈRES